U0469780

诺曼底公寓

NORMANDIE
APARTMENTS

高渊 著

上海文艺出版社

"诺曼底公寓没有主人，
　我们都是过客。"

目 录

楔子

001

上部

第一章　危楼高百尺　005

第二章　谁与共孤光　037

第三章　击石乃有火　061

第四章　出没风波里　090

中部

第五章 还我万夫雄 129

第六章 独立顾八荒 163

第七章 孤灯寒照雨 198

第八章 恨别鸟惊心 231

第九章 人去空流水 265

下部

第十三章 今夜须沉醉 402

第十二章 共剪西窗烛 369

第十一章 此恨何时已 337

第十章 回首已三生 303

尾声
435

后记
445

楔子

一九一八年十月，一艘从中国东北驶来的日本轮船抵达上海码头。船上下来一个二十五六岁的洋人，一瘸一拐走在人群中。

这是一名倒霉的中尉，他的头部在战斗中遭受重创，成了哥萨克人的俘虏；这是一个仓皇的逃犯，从战俘列车上跳下，隐遁于西伯利亚的小镇。他没有国籍，曾经的祖国奥匈帝国正在土崩瓦解；他不名一文，所有的积蓄换来了前往上海的船票；他身有残疾，在一次骑马中三处骨折，左腿比右腿短了一截。

二十九年后，年轻人已年过半百，他带着家人搭乘"波尔克总统号"轮船离开上海，行李中装着两样笨重的东西——一张绘图桌和一扇木门。

这个叫拉斯洛·爱德华·邬达克的建筑师，在上海留下了超过百幢单体建筑，其中有一幢地处六岔路口、夹角小于三十度的锐角公寓，当年命名为"诺曼底公寓"，一九五三年更名为"武康大楼"，迄今已有百年。

每个屋檐下，只有住进了人，才有了灵魂。此所谓，人造房，房亦造人。这幢公寓里发生的故事，远比建筑本身更精彩，这是邬达克当年也无法预知的。

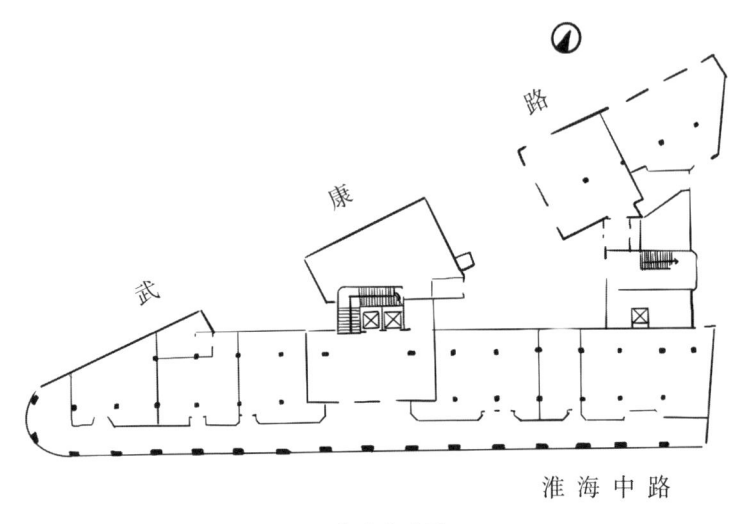

底层平面图

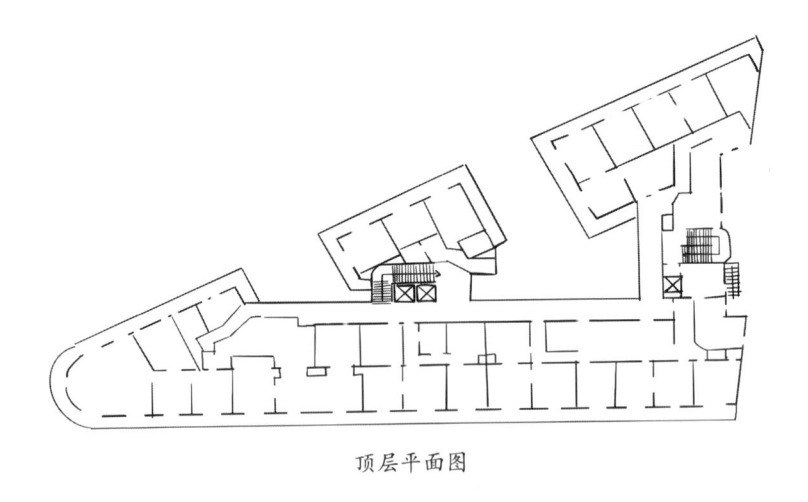

顶层平面图

上部

第一章
危楼高百尺[1]

那是一个本该很平常的黄昏,但发生了一些奇特的事,于是成了周鼎心中挥之不去的记忆。而那晚一切好事与坏事的开端,是傍晚近六点,他走出紫罗兰理发厅的那一刻。

理发厅的大门向外推开,一个男孩从里面蹦跃而出,体态消瘦、眉目清秀,看模样大概十二三岁。刚走到门口,一阵大风袭来,差点把他吹回店里。他使劲睁开眼睛,只见霞飞路[2]上行人寥寥,唯有一个背对着他的中年男人。

包括紫罗兰在内的一排商店并不直接开在马路边,而是都收进了两三米,形成了骑楼。那人站在骑楼外的霞飞路边,体态壮硕、头顶微秃,身上穿着一套黑色西服,双眼紧紧盯着左手手腕上的手表,如雕塑般一动不动。

男孩不明就里,加快脚步走到雕塑男身边,这不就是刚从紫罗兰理完发出来的德国佬吗?男孩正要说话,一个路人快步穿过霞飞

---

1 危楼高百尺:唐·李白《夜宿山寺》。
2 霞飞路:后更名为泰山路、林森中路,今淮海中路。

路，张开双手用尽全力将男孩和德国佬往骑楼里推去。男孩"噔噔噔"接连倒退好几步，一头撞在紫罗兰的大门上，后脑勺顿时隆起一个包。而那个德国佬站立原地纹丝不动，双眼还是盯着手表。

对于两人反差极大的反应，路人也有点发愣。此时，德国佬突然轻舒一口气，仿佛活了过来，双手一把抓住那路人的衣领，从喉咙里发出低沉浑浊的怒吼："你想打架？！"

路人一时气阻，一句话也说不出来。男孩已经忍痛站起身来，快步过来，双手紧紧抓住德国佬壮硕的双臂，脸却朝向那个路人："干什么推我们？"看路人涨红着脸说不出话，男孩又仰头对德国佬大声说："菲兹曼先生，先放开他，他大概有事。"

菲兹曼想了想，便松开了手。路人赶紧向旁边退开好几步，喘着粗气说："我是好心救你们。"然后举手指着天上说："你们倒是看看上面。"

男孩和菲兹曼抬头望去，在两人头顶正上方大约三十米处，顶楼一个阳台外面挂着一个人，双手抓着阳台栏杆，人在风中摇摆。看这样子，随时可能掉落下来，顺便砸死他们两个。男孩反应极快，拉着菲兹曼往边上跑出三四米。

"菲兹曼先生，上面那人要跳楼？"男孩知道菲兹曼会说中国话，便没有换成法语。菲兹曼却不理会，而是怒气冲冲地抬手指向紫罗兰的前门："这个鬼地方，他们的钟快了四分钟！"他觉得男孩可能没听懂，又补充道："我每次理发都用半小时，这次早出来了四分钟，我走到马路边上看手表才发现，只能等过了四分钟再做别的事。"

菲兹曼说得理直气壮，男孩强忍着不笑出声。他知道，这个菲兹曼是个极其古板固执、如疯魔般守时的人。此人是法国轮船公司上海代表处的总经理，人长得高大粗壮，比一般法国男人高一个头、壮半个身体，倒更像跟法国有世仇的德国人，所以他的法国同事背地里都叫他"德国佬"。久而久之，"菲兹曼先生"就已经沦为只有菲兹曼自己能听到的称呼了。

菲兹曼转身就要走，男孩赶紧拉住他："那个要跳楼的就在你家旁边，你要不要上去看看？"菲兹曼又抬头看了一眼，匆匆穿过马路，头也不回地扔下一句话："我的约会要迟到了。"

男孩没有半点迟疑，转身穿过骑楼，飞奔进紫罗兰边上的一个大门。门口一侧上方，有一块不太起眼的铸铁铭牌，上面写着：I.S.S Normandie Apartments（诺曼底公寓）。这一天，是一九三三年九月二日。

照规矩，住在这幢大楼里的中国人，都不能乘坐门厅正前方的两台电梯，而要沿着走廊往东走到底，乘坐一台小电梯，或者从它边上的消防楼梯上楼。因为这里的所有正牌住户都是洋人，而楼里的中国人都是他们的跟班、厨师、仆人或司机等。

男孩此时不想守规矩，他直接冲到门厅电梯口，对停着的电梯说："乌老二，快点快点，开我到顶楼。"透过电梯的栅栏，里面坐着一个黑黑胖胖三十出头的妇女，斜着眼睛看了看，懒洋洋地说："小钉子啊，没大没小，也不叫声阿婶？"

小钉子是男孩子的小名，他的大名叫周鼎，因为"鼎"字的谐音，大楼里的中国人大多叫他小钉子。"你不知道吗？顶楼阳台外面吊着个人，好像是在赤脚芬妮的家里，赶紧开我上去。"说到这里，周鼎马上加了一句，"乌老二阿婶，行行好。"

"急啥，没人救你，你还要去救别人？"乌老二又斜着眼睛瞟了周鼎一眼,面无表情。周鼎不解其意,但内心焦急,便不多言,转身就往走廊东头的仆人电梯跑去,边跑边说:"你们乌老四还没去吃鸦片吧?"

诺曼底公寓的三台电梯,由乌家四兄妹轮流开。这四兄妹三男一女,三四十岁年纪,老大老二老三都长得黑黑胖胖,唯老四精瘦枯干,据说是鸦片瘾太大的缘故。但也正因他瘦小,正好适合开狭小的仆人梯,如果其他三兄妹挤进去,要占掉一小半空间。照规矩,仆人梯是早上七点开到晚上七点,但乌老四鸦片瘾一上来,随时都会溜出去,这时候楼里的中国人就只能爬楼梯了。

正此时,旁边那辆电梯下到底楼,里面急匆匆走出一个十三四岁的洋人少女,肤色奶白、身材圆润,她穿着一条浅绿色长裙,迈步间露出白皙细腻的双足,比一般中国女孩大了一号。少女看到飞奔的周鼎,大声叫道:"小钉子,你去哪里?快上楼。"

周鼎立刻停步回头:"芬妮,我……"看了一眼乌老二:"她不让我坐电梯!"芬妮忙伸手拉着周鼎,转身上了刚刚下来的电梯。开电梯的是乌老三,跟他阿姐一样黑黑胖胖,两只眼睛白多黑少,嘴巴甚大,所不同的是开口必笑。他的眼睛上下溜了一遍两人,贼兮兮地笑道:"你们急着进洞房啊?"

芬妮瞪大圆溜溜的双眼,没听懂他说什么。一旁的周鼎正色说:"不要瞎讲,顶楼阳台外面挂着个人,你不知道?"乌老三继续咧开嘴笑道:"你不要看我天天关在铁笼子里,啥事情我不晓得。这不就是青帮几个流氓来敲诈吗,要么出点铜钿,要么那个肉票跌死,无啥稀奇。"又摇了摇头,自言自语:"不过这事情,我在诺曼底公寓倒是第一趟遇到,这帮流氓为啥胆子噶大,敢到法租界最高档的公寓来敲诈外国老板？"

电梯到顶楼，一路上乌老三眼睛没离开芬妮的赤足，他冲周鼎努努嘴："快点帮赤脚小美女开门。"周鼎马上拉开铁门，示意芬妮走在前面，自己用身体挡住乌老三的视线。

电梯斜对面，芬妮家的房门虚掩。芬妮轻轻推开门，宽大的客厅里面站着七八个人，只有一个五十岁开外的精瘦外国男人，跷着二郎腿，神色平静地坐在单人沙发上。这人中等身材，一头梳理得体的黑发，一个高耸的鹰钩鼻子甚是夺目，正是芬妮的父亲布莱特。

他的身前，站着三个流氓模样的人，其中两个短打穿着，双手抱在胸前；另外一个人穿一件浅灰色派力司长衫，扣子扣得整整齐齐，身形没有那两个人壮实，一张发青的长脸，下巴留着一撮短须。双方都不说话，布莱特看到两个小孩进来，只是微微点头。周鼎朝落地窗外看，外面是一圈环廊，一个四十多岁瘦小的中国人，正悬空吊在外面，两只手紧紧抓住环廊扶手，手臂上青筋爆出。

周鼎再往客厅看，只见一对三十岁左右的中国夫妇站在墙边，男的长着国字脸，模样端正，一脸茫然；女的细眉细眼，一头短发梳理得甚是清爽，正朝着四处观瞧。他们身边，站着一个十岁左右的娇小女孩，乌溜溜的眼睛，小而翘的鼻子，嘴唇略厚，肤色比芬妮还白了两分。看到周鼎和芬妮进来，小女孩就要跑过来，那短发妇女眼疾手快一把拉住。他们边上，还站着一个六十多岁头发花白的洋妇人，一身厨娘打扮。

此刻的空气，就像刚才霞飞路边呆立的菲兹曼，是完全凝固的。周鼎轻声问芬妮:"你妈妈呢?"芬妮正在四处搜寻,摇头说:"我下楼时还在,现在不知去哪儿了。"正此时,卧室门开了,一个三十多岁的妇女走出来,她穿着一件考究的连身长裙,手里托着一个盘子,上面放着不少银元。那女人走到长衫男人面前,把托盘递过去:"我们所有的钱都在这里了。"

长衫男人并不伸手接,只是扫了一眼,用带着苏州腔的国语说:"布太太,我们不是来抢钱,也不是来敲诈的,我们是来好言相劝,希望与你们做一笔好买卖。"布莱特太太没接话,把托盘轻轻放在了茶几上,转身在对面的沙发上坐了下来,看着丈夫。

布莱特哼了一声,抬手指指窗外吊着的人说:"既然是谈生意,那就好好谈,叫他上来吧,我们法国人不喜欢这么谈生意。"长衫男人干笑了几声,也转到沙发前坐了下来说:"我们这个兄弟性子急,看到这么好的生意放在面前,布老板你不肯做,他急死了。今朝正好两路飓风一起到上海,他自己吊在外面吹吹风,降降火气,我拿他有什么办法。解铃还须系铃人,只要你布老板一句话,这个兄弟马上自己跳进来。"

此时的窗外,天色越发阴暗,风力更强了,霞飞路两边的梧桐树叶的"沙沙"声愈发强劲。两天前,徐家汇天文台就发出警报,两路飓风将几乎同时正面登陆上海,报纸上说,这两路飓风在九月二日晚汇合后,将一起在上海度蜜月。二号一早,外滩的江海关大楼顶上,更是挂上黑色风球,表示飓风即将来袭。

窗外悬空那人已经满头大汗,他用尽全力将双手伸过栏杆,用两肘挂在上面,但双脚并不踩上连廊外延。一身破旧的衣服在大风中凌乱翻飞，整个人就像一只暴风雨中的江鸥，随时可能投入飓风的怀抱。

半个多小时前，周鼎正在底楼门厅分发各家住户的信件，从门外走来四个人，走在前面的身穿长衫，后面三人都是短打，其中一人神情委顿、衣衫破旧。长衫男人打量了一下四周，走上前问周鼎："小孩，你是这个大楼的看门人？"周鼎停下手中的事，抬头说："是，我已经十二岁了。"

长衫男人笑了笑说："法租界就是出稀奇事，小孩也能当看门人。请问一下，美华洋行的布莱特先生住在几楼？我们有事拜访。"周鼎问："你们和布莱特先生约好的吗？""是啊，我们是老朋友，前天就约好了，约的是今天下午五点半，你看我们早到了五分钟。"

周鼎又问："你们既然是老朋友，你怎么不知道他住几楼？"长衫男人似乎早有准备，不假思索地回应："我们是生意上的朋友，今天是第一次登门拜访。我们跟布莱特夫妻俩都很熟，还认识他们的女儿芬妮，小姑娘老是喜欢赤着脚。"说着，他凑近周鼎的耳边轻声说："他们虽然自称法国人，其实是犹太人，法国犹太人。"

周鼎听芬妮说起过，她爹妈一直避讳他们的犹太人身份，虽然上海人对犹太人并不在意，但她父亲平时跟法国政商两界接触密切，犹太人身份很容易受到歧视。跟周鼎说了这些，芬妮还特意叮嘱："我当你是最好的朋友，才跟你说这些，到外面千万别说。"

他见长衫男人知道这个秘密，便不再多问，转身按下电梯按钮，指着电梯上方的箭头说："电梯现在在三楼，你们一会儿坐到顶楼，71室就是布莱特先生的家。"说话间，电梯已经下来，里面开电梯的是乌老大，比老二老三更胖一圈，脸上长着横肉。这乌家四兄妹是诺曼底公寓里的名人,他们对洋人点头哈腰,对中国人很少有好脸色。楼里的中国人都知道,老大凶、老二刁、老三色、老四浑,但有一个共同点,就是门槛精到贴上毛就是猴子。

"乌老大,他们是布莱特先生的朋友,送到顶楼。"乌老大听了周鼎这话,转头朝那四人看了看,脸上掠过一丝惊诧,马上平静神色说:"上来吧。"然后看着周鼎,恶狠狠地低声道:"小赤佬,是你让他们上去的。"

周鼎并没在意,这时旁边一辆电梯门开了,里面走出壮硕的德国佬。一见周鼎,德国佬用低沉的声音问:"我的急件到了吗?"周鼎说,信差半个多小时前来过,没有看到急件。德国佬抬手看了看手表,烦躁道:"过两分钟,我就应该在紫罗兰理发了,急件一到马上给我送来。"

坐在客厅里,长衫男人喝了一口短发少妇刚刚倒上的茶水,笑笑说:"布莱特先生,上海人就是喜欢轧闹猛,你看刮这么大的风,楼下已经有人看热闹了,万一我那兄弟手一滑掉下去,明天就是上海滩的大新闻,比刮飓风还要大的新闻。你想想报纸上会说什么,会说美华洋行的总经理布莱特家里出了人命案,肯定是这个法国犹太奸商为富不仁,手底下做工的工人上门要工钱,冷血的布莱特任由他跳楼摔死。你想想,这样一来你的名声会怎样,在上海的生意还做得下去吗?"

此时,那个娇小女孩趁着她妈妈刚才去倒茶,已经一溜烟跑到了周鼎和芬妮身边,她知道周鼎的主意多,一双妙目一眨不眨地看着周鼎。

周鼎的大脑正迅速转动，刚才乌老大恶狠狠地说，"是你让他们上去的"；乌老二阴恻恻地说，"没人救你，你还要去救别人"。他心想，原来乌家兄妹一见这四个人就知道不是好人，自己还是年纪小，没见过世面，做了引狼入室的事。事情既然由自己而起，就应该自己来解决，现在的关键是把悬空吊着的那人救下来，问题是怎么救呢？

想到这里，他低头贴到娇小女孩的耳边："阿苇，他们到底要什么？""他们要布莱特先生存三十万银元到他们的银行里，布莱特先生不肯，那个人就自己爬到外面去了。"阿苇年纪虽小，但口齿伶俐，只一句话就把复杂局面讲明白了。

周鼎有一次听喝多了的乌老三讲过，帮会里的人要做敲诈勒索的事，有时候会带上一个欠他们钱还不起的人，叫那人以自杀威胁对方，这叫"死猪猡"。对这人来说，好处是敲诈成功欠款一笔勾销，如果真死了，家人还能得到一点赔偿。那些实在欠钱还不上的，也就愿意拿命来赌一赌。

他再看向窗外，悬吊那人似乎已经用尽气力，身子从围栏的上方滑到了下面，双手还死死抓住栏杆底部，楼下围观的人群不断发出惊呼声。周鼎很奇怪，虽说今天刮大风，但在霞飞路的半空吊了这么久，为什么巡捕房的人还没出现？

正想着，只听布莱特说道："这样吧，我以前也在金城银行存过钱，我的生意不大，钱是一定要周转的，没多少钱可以存进去。我会想一切办法，三天内给你们银行存进五万银元，你看怎么样？"坐着的布莱特，此时已经看不到窗外的人影，他也知道事情已迫在眉睫，退让了一步。

长衫人仰头笑了起来："布老板，我们既不是来敲诈，也不是来讨饭的，我们需要的是三十万银元，不是五万。这样吧，我也退一步，你在银行存一年就行，不用两年了，到时候我们还本付息。"

这回轮到布莱特笑了，挥挥手说："最多五万，多一块都没有。"周鼎眼见要谈崩，一手拉一个女孩，低声说："我们走。"

刚走两步，却听身后长衫男人低声喝道："三个小孩不要走！"站在他身后那两个打手快步走到门口，把住了出路。

周鼎和芬妮只得站住，阿苇却像没听到，加快脚步想从那两个打手中间钻过，被一个打手抓住左臂，像抓小鸡一样拎了回来。

长衫男人板着脸问："你们想去哪里？"芬妮看这阵势，眼泪已经在眼眶里打转。周鼎直盯着那人，脑子里在盘算如何脱身。阿苇却到处瞧，看还有什么空档可钻。见此情景，长衫男人忽然又笑了起来："你们跑出去，无非是想去找巡捕房，你们小孩子也不想想，为什么闹到现在没见一个巡捕来，连安南兵也没个鬼影？"

这话说得在场的人都心中一凛，布莱特和周鼎心想："巡捕房被他们收买了？"芬妮心想："因为风太大啊。"阿苇却似乎毫不在意，两只眼睛滴溜溜到处转，看到少妇正朝她招手，她迅速把头转到一边。只听长衫男人正色说："你们想出去也可以，不过要做一件事。"他指着厨房说："去放一大盆自来水，端过来。"

此时，在边上站了很久的阿苇父亲满脸堆笑道："这个我来。"阿苇妈一把拉住他，狠狠白了一眼。周鼎也不明白这是何意，但还是麻利地打来了一大盆水，长衫男人示意放在茶几上，对布莱特说："你只要做一件事，你说存五万就五万。你看到这盆水没有，你端到环廊上，浇到外面那兄弟头上就行，让他舒舒服服汰个浴。"

布莱特没作声，心道："这是既要我的钱，还要坏我的名声。"明摆着，如果把这盆水倒在悬空者的头上，气力已竭的那人很可能坠落，即便侥幸不坠落，当着楼下几十上百双眼睛这么干，布莱特在上海滩从此名誉扫地。

只见布莱特慢慢站起身来，伸手端起那盆水，缓步往环廊走去。房内所有人的目光都紧盯着布莱特，周鼎忽感右手掌心被细腻的手指挠了几下，低头一看，阿苇正仰头看着自己，微噘道："还不快走？"

周鼎连忙拉上芬妮，三人撒腿往门外跑去。那两个挡在门口的打手，正紧盯着阳台外面，此时布莱特已经走上环廊，衣服、头发都在大风中狂舞。三个小孩从两人中间钻了过去，两人正要阻止，但想起长衫男人刚才说"只要倒盆水，就放你们走"的话，犹豫了一下，三人已经一溜烟跑了出去。

冲到电梯口，周鼎正要按按钮，只见左边那辆电梯已经上来了。满头大汗的乌老大拉开里面精钢铸就的栅栏，再推开外面的铁门走了出来，紧跟着的是乌老三，后面有一个三十来岁的中国男人，个子不高，穿一件做工普通的灰色西装。他后面还有一个二十岁左右的年轻人，肤色较黑，穿一件深蓝色轮船公司制服，头戴一顶西式便帽，周鼎高兴地叫了声："归一阿哥！"

后面这两个分别是布莱特的司机孟祥，和德国佬菲兹曼的司机归一，平时都住在诺曼底公寓汽车间上面，那里的简陋住房主要供楼内的司机居住。周鼎跟归一甚是要好，正要跟他说房间里的事，却被乌老大打断："里面谈好了吗？外面风太大，那个死猪猡马上要摔死了。"

周鼎正要回答，被身边的阿苇抢过话头，三言两语就把里面情况讲了一遍。乌老大狠狠瞪了她一眼说："没有问你。"然后又自言自语："小姑娘讲是讲得真清楚。"

四个壮汉和三个小孩站在顶楼电梯口，盘算着下一步怎么做。这时，隐约听到楼下接连传来惊呼声，乌老三说："进去看看，那个犹太老板的女人标致得很。"说着瞅了一眼芬妮的赤脚，乌老大沉着脸，抬脚便往门口走。"乌老大，等一等。"周鼎一把拉住乌老大后衣襟，"我刚才看到那人已经滑到栏杆最下面了，这样进去救不了人的。"

乌老大双眼一瞪："那你说怎么救？"周鼎似乎已有主意，一手拉着一个女孩，对众人说："跟我来。"他们正要从电梯旁的楼梯走下去，另一台电梯门开了，脸色蜡黄、皮包骨头的乌老四打着晃儿走了出来，电梯里的乌老二说："老大，他说也要来赚点鸦片铜钿。"乌老大哼了一声，只对周鼎说："快走啊！"

周鼎带着众人直奔六楼。诺曼底公寓共八层，进门那层称为底层，上来依次为一二三四五六七层，顶楼称为七楼。走到61室门口，众人不解，归一问："从这里爬上去？"芬妮说："不行，这样太危险。"阿苇说："小钉子阿哥真聪明。"

"这里是曼德斯基的家，上面就是芬妮家。"听周鼎这一说，乌老大似乎也明白了，对归一和孟祥说："你们是司机，这家也是斯基，你们去敲门吧。"归一伸手只敲了两下，门便迅速打开了，里面站着一个五十多岁、体态肥硕的白俄妇人，看到门外众人立刻大声说："你们快来救命啊！"

众人转过玄关，顺着胖妇人的手往前看去，只见落地窗外的阳台上方，挂着在大风中摇摆的两条腿。"他身体越来越往下，马上要掉下去了。"胖妇人中文并不流利，但众人也都听懂了。住在61室的是俄国人曼德斯基夫妇，丈夫是太阳人寿保险公司的高级销售代表，妻子是家庭妇女，两人并无子女，今天看这样子是胖妇人一个人在家。

就在头顶上方，双方已经接近摊牌。刚才布莱特端着一盆水走到环廊上，一阵狂风吹来，随时有被风卷走的危险。看到楼上这一幕，楼下围观已久的众人顿时发出惊呼，绝大多数人不知道出来的这人是谁，但他们都知道，这场惊险剧要进入高潮了。

狂风呼啸而来，地面的人都已有些站立不稳，更何况是在毫无遮挡的空中。布莱特用尽全力挪了一步，还是被风吹倒在地，那盆水也倾覆在地。长衫男人已经站了起来，但只是冷冷地看着这一幕。布莱特夫人起身要去扶，被倒在环廊上的布莱特摆手制止。

阿苇妈实在忍不住，快步冲上环廊，伸手扶起布莱特，转身冲长衫男人喊道："头顶三尺有神明，你们这么做就不怕有报应？"见此情景，阿苇爸也缓步向环廊走了三四步，他不知道他应该做什么，但他觉得他应该做点什么。

长衫男人只是冷冷地看着狂风中的布莱特，指着栏杆外只能看到双手的悬空者："不管贵贱总归是一条人命，他的命就在你布老板手上。"正此时，暴雨伴随狂风倾覆而下，霞飞路上一阵骚动，众人纷纷逃散，但很多人又不舍离去，尽量找个避雨处伸着脖子继续看。

布莱特半跪在环廊上，全身已经湿透，他转头看了一下悬空者，那人死死握着栏杆的双手在暴雨中继续往下滑，布莱特知道已经到生死的最后关头。他回身向屋内吼道："十万！我存十万银元！"说完，快步迈过去，伸手去拉悬空者。

这瞬间，悬空者双手一松，急坠而下。楼下爆发出震耳欲聋的惊叫声，很多人已从避雨处跑出来看，因为这样的狂风暴雨，就算在屋檐下避雨也无济于事。

布莱特的大脑一片空白，楼下又传来一阵惊呼，但这阵惊呼已不像刚才那么绝望。他立刻冲到栏杆边，探头往下望，看到的却不是悬空者脑浆迸裂的惨状，只见楼下阳台伸出八只大手，死死拉住了那人的两条腿，那人变成了头朝下、脚朝上的倒悬新姿势。

刚才冲进61室后，乌老大示意乌老三跟自己抓那人左腿，归一和孟祥抓右腿，把悬空者拉下来。哪知正当四人八只手搭上那人的双腿，大雨倾覆而下，那人力竭滑落。此时，61室阳台外的倒悬者，正在暴风雨中挥舞双手，极力寻找一根救命稻草。

周鼎焦急地环顾四周，想找样东西让倒悬者拉住。阿苇从卫生间拿来一个拖把，一旁的乌老四已经急不可耐，爬上阳台围栏，半个身体探到空中，伸手去拉。倒悬者一触到乌老四的手，便使出最后一点力气拼命拉住，皮包骨头的乌老四哪里经得住这么一拉，整个人迅速往阳台外倒去。

伴随着旁边乌老大等人的惊呼，以及楼下众人的惊叫，周鼎快步蹿上前，双手拉住了乌老四的右脚，阿苇和芬妮也跑了过来，抓住了乌老四的左脚。这样，乌老四拉着倒悬者，三个小孩拉着乌老四，但他们力气太小，乌老四还在往下滑。他们回头急切地招呼胖妇人来帮忙，只见那妇人站在客厅中央呆若木鸡，双脚就像生了根。

乌老大见此情景，涨红着脸怒吼："老四撑住，一二三拉！"四人齐发力,猛地把倒悬者拉上了阳台。楼下一阵欢呼,紧接着却又是惊呼。原来乌老四大半个身体还是垂在阳台外,只有两只脚被三个小孩拉着。

此时,乌老大飞身扑了过来,探出身体抱住乌老四的左腿,其他三人也跑上前,奋力把乌老四拉了进来。楼下又传来欢呼声,并伴着叹息声,似乎在感叹一场好剧就此落幕。

乌老大招呼归一等人,把那个倒悬者捆起来,以防他再度跳楼。然后走到乌老四身边,看到他口吐白沫,刚刚苏醒,飞起一脚踢在他后背,怒道:"你想一起跳楼啊?"乌老四急促喘息着说:"我也想讨点赏钱,买点烟泡。"乌老大作势又要踢去,吼道:"鸦片鬼自己作死,要不是爷娘死的时候叫我照顾你,刚刚就让你摔死算了。"

等收拾停当后,乌氏三兄弟一起推着被绳索捆绑的悬空者,慢慢走上七楼。归一和孟祥想帮一把,被乌氏兄弟一把推开:"你们站后面,不要抢在前面。"周鼎忍不住直乐,他知道这是乌氏兄弟邀功请赏的重要时刻,哪里容得旁人分一杯羹。

走到71室门口,乌老大想了想,叫两兄弟解开那人身上的绑绳,低声叮嘱:"你们抓牢点,不要让他跑了。"芬妮这时已经打开了房门,眼前一幕让他们吃了一惊。

只见布莱特坐在单人沙发上,已经换上了一套睡衣,布莱特夫人正用毛巾擦干他的头发。而长衫男人坐在三人沙发的一侧,通往环廊的落地窗已经关上,屋内气氛平静了不少。

这时,阿苇妈端上两个酒杯,里面分别倒了四分之一杯红酒。布莱特说:"太少了,多倒一点。"此时看到全身淋湿的众人进来,布莱特冲他们点了点头,抬起头对夫人说:"你带孩子们去换衣服。"布莱特夫人带着芬妮,阿苇妈叫来阿苇,两个女孩都回头冲周鼎招手。周鼎微微迟疑,说:"你们去换吧,给我块干毛巾就行。"

相比三个半干半湿的小孩,乌老大等人都是全身湿透,但布莱特已经转过脸去。乌老大见此,肚子里已经把布莱特一家祖祖辈辈骂了个遍,乌老三只管贼溜溜地盯着布莱特太太苗条的背影。

布莱特端起红酒杯,对长衫男人说:"我们法国人说话算话,我说存十万就存十万,但我最近没听说金城银行有人挤兑,你们要这笔钱到底做什么,这个必须告诉我。"长衫男人见到"死猪猡"哆哆嗦嗦走了进来,而布莱特答应存十万元,心想这笔生意做得还算漂亮,也端起酒杯说:"实不相瞒布老板,金城银行确实没有挤兑,但这家银行的后台老板,最近遇到一件烦心事。"说着,看了看客厅那头站着的乌老大等人。

布莱特当然明白他的意思,招手叫来周鼎,让周鼎在他耳边将刚才的过程讲了一遍。乌老大远远地看着,心想:"这个小赤佬要是不提我们三兄弟的功劳,明天狠狠打他一顿。"此时周鼎已经说完,布莱特对乌老大说:"小钉子说你们三兄弟立了大功,我要重重酬谢。"转头对厨娘说:"你去跟太太说,拿……"说着迟疑了一下,乌老大的心已经吊到了嗓子眼,只听布莱特说:"拿八十块银元,等等……"乌老大心中先是一喜,又是一紧,再听布莱特说:"不,七十五块银元,他们三个正好每个人二十五块银元。"乌老大心中大急:"八十块啊,我领头的多拿五块也不多啊。"

只听周鼎说:"他们三兄弟里,乌老大功劳最大,就让他多拿点吧。"布莱特迟疑了一下,狠狠心说:"那就八十块,我们法国人最大方了。"

乌老大三兄弟欢天喜地地走了,他们开电梯一个月十五块银元的工钱,这下算是发了一笔财。乌老四跑得最快,想必是急着去吃鸦片,乌老大紧跟其后,乌老三还恋恋不舍地往关着的卧室门望去,想再看几眼布太太。

这时,孟祥和归一对视了一下,孟祥说:"布先生,我和归一不要赏钱,没事的话就先走了。"布莱特说:"你们去换下衣服就过来,你们为我做了事,当然要付报酬给你们。"他不知道接下来会谈得怎样,因此要让这两人过来壮壮胆。

长衫男人见这几人都出去了,说:"布老板你晓得,金城银行跟三家银行一起设立的四行储蓄会,拿出很多真金白银,要在静安寺路[1]上造一幢远东最高的楼,名叫四行储蓄会大厦,因为就在派克路[2]口,洋名叫派克饭店[3]。设计师有点小名气,是一个从欧罗巴来的邬先生。"

布莱特点头:"拉斯洛·邬达克,我们这幢诺曼底公寓也是他设计的。"

"但哪里想到,这个大楼造到一大半,资金周转不过来了,就来找我们帮会兄弟,帮他们拉点储蓄。在下名叫汪步青,在杜先生

---

1 静安寺路:今南京西路。
2 派克路:今黄河路。
3 派克饭店:今上海国际饭店。

门下讨口饭吃,叫我阿青就好。今朝对不住布老板,我在法租界帮杜先生照管两家鸦片馆,往后有啥事情,布先生吩咐就是。"说着站起身,按青帮规矩朝布莱特施了一礼。

布莱特来上海已经十多年,当然知道他开口闭口说的杜先生是青帮大佬杜月笙[1],并不接口。汪步青笑笑说:"今朝让布先生受惊了,不过我阿青也有小礼奉上,帮侬压压惊。"说着冲两个打手使了个眼色,其中一人大步走到落地窗前,打开窗便跨了出去。

屋内诸人大惊,莫非要换个人重演刚才那一幕?两个女孩已经换好衣服出来,阿苇妈马上溜进厨房拿出一把菜刀递给阿苇爸。阿苇爸愣了一下,接过菜刀拿在手中,急得阿苇妈连连示意他把菜刀藏到身后。布莱特正后悔刚才让孟祥和归一去换衣服,周鼎在犹豫要不要冲过去把那个打手拉进来,但自知凭一己之力是办不到的。

只见那个打手伸手朝楼下挥了几下,便反身进屋了。汪步青对周鼎说:"小兄弟,辛苦跑一趟,到楼下接两个人上来,他们在下面等着。"周鼎望向布莱特,只见布莱特皱了皱眉,没说话。却听汪步青说:"布先生放心,我绝无恶意。"

不一会儿,周鼎带进来两个全身淋湿的男人,看着都三十多岁年纪,其中一人挎着一个大包。汪步青说:"布老板,我介绍一下,这两位是《金刚钻报》的名记者,今朝布先生舍生忘死,勇救失足坠楼的清扫工人,应当让全上海的市民都晓得,这样的洋大班真正是大仁大义。"

---

[1] 杜月笙:1888—1951年,民国上海青帮头目。

布莱特心想，原来这两个小报记者是事先安排好的，如果那个"死猪猡"摔死，他们便渲染我如何不仁不义；如果生意谈成，他们就来报道我如何大仁大义。只是不知给了这两人多少好处，让他们在风雨中站了两三个小时。

想到这里，他很配合地说了一番舍身救人的话，至于那人是在六楼被救的细节自然略过不提。然后，记者提出要给布莱特和"死猪猡"拍张合影。布莱特去换了一套新的西服，但看到坐在角落瑟瑟发抖的"死猪猡"，他是绝不肯把自己的衣服给他穿的。这时孟祥和归一已经换好衣服回来，布莱特便让孟祥脱下衣服。孟祥大感为难，借衣服倒没什么，但这里女眷甚多，自己光着身子很是不雅。

周鼎甚是机灵，走到阿苇爸跟前："胡大厨，能借一套你的旧衣服吗？"阿苇爸双手在身后兀自紧握菜刀，正要问衣服派什么用，阿苇妈已经迅速从门口的仆人房拿来衣服，然后对阿苇爸说："去做晚饭啊。"阿苇爸疑惑道："菜刀给你吗？"阿苇妈伸手推了他一把："拿着菜刀切菜去。"

狂风大雨之夜，诺曼底公寓里各家各户都紧闭着门窗，自打那四个人下楼离开后，大门口几乎无人进出。将近晚上十点，寂静的门厅中，周鼎拿着拖把在拖地。他身后的一台电梯已经停运，另一台中坐着值夜班的乌老四，大概是刚才领了赏金吸足了鸦片，此刻他并不像平时那么哈欠连天。周鼎经历了傍晚的忙碌后，此刻有些困倦，打算拖好地就回房睡觉了。

这时，大门"吱呀"一声被推开，在风雨裹挟中，走进来两个黑影。一个中等个头，另一个似乎是少年，走进门后脱下了身上的黑色雨衣。前面那个男人穿着衬衫长裤，看样子四十岁左右，体态不胖不瘦；后面是个浓眉大眼的少年，比周鼎强壮一些，十五六岁模样。

那中年人走到周鼎面前问："你是看门人的儿子？"那人说话时，嘴角有不少皱纹，略显苦相，周鼎只是点了点头。那人神情肃穆，也点点头说："我叫曹鲁，新来的看门人。"

周鼎心中一惊，大声说："我爸爸才是这里的看门人！"曹鲁面无表情地说："你爸爸不在了，看门人是我。"周鼎怒道："我爸爸的活我都可以干，是谁让你来的？"

见周鼎急了，曹鲁身后的少年走过来说："是万国储蓄会在招看门人，他们说你爸爸失踪一个多月了，这个公寓不能没有看门人。我爸爸本来在逸园跑狗场做工，会几句法文，所以储蓄会的老板让他过来。"

少年的口齿比他父亲灵便很多，年纪又相仿，让周鼎心绪略微平复。他当然知道诺曼底公寓是万国储蓄会斥资建造的，建成后也一直由他们管理，说："说不定我爸爸过几天就回来了呢，到时候怎么办？"

曹鲁说："我们就走。"少年又补充道："如果你爸爸回来了，我们马上就走，储蓄会的人就是这么跟我们说的，到时候他们会安排我们做别的活。"

听他们这么说，周鼎也没什么话了，只问那少年："我叫周鼎，你叫什么？"

"我叫曹南乔，今年十五岁。你爸爸是怎么失踪的？"

这一个多月来，整个公寓的人都在问这句话，"你爸爸是怎失踪的",周鼎已经回答了无数遍,他不想再回答这个问题,岔开了话题:"晚上你们睡哪儿?"

看到曹氏父子面面相觑,周鼎带他们走到门厅拐角,有一个隐蔽的小门,打开门是一个小屋子,看上去不到十平方米,有一扇朝北的小窗,屋内放着一床、一柜、一桌和两个凳子,已经挤得满满当当。

曹鲁摇摇头说:"怎么睡的?"周鼎知他是问以前自己和父亲怎么睡,便说:"我爸爸睡床,我睡这块木板上。"说着从柜子后面抽出一块长木板,麻利地一头搭在桌上,一头搭在柜上。这回轮到他摇头了:"现在你们来了,就真的没法睡了。"

"这么大的公寓里,就没有别的地方可以住吗?"曹南乔问。

"都是洋人住的,他们怎么会让我们去住。"说着,周鼎突然灵机一动,"对了,你们先住这里吧,我去想想别的办法。"

"你去哪里睡?"周鼎已经快走到底楼的后门,听曹南乔这么问,头也不回地说:"去汽车间。"他打开后门,冒着大雨飞奔穿过天井,走上几级台阶,里面就是汽车间。为了采光和通风,邬达克在设计诺曼底公寓时,在北面开了两个口子,中间便形成了一个未被完全包围的大天井。

在汽车间里,他一眼就看到布莱特的塔尔伯特汽车,而原本应该停在一旁的雪铁龙汽车却没见踪影。周鼎心想:"归一开车出去了。"走到汽车间顶上,那里有几间设施简陋的司机住房,归一那间屋子果然上了锁。隔壁孟祥的房间还亮着灯,里面已经传出呼噜声,听着像阿苇爸的声音。周鼎知道,孟祥和阿苇爸同住一屋,而阿苇妈带着阿苇则住在71室的仆人房，跟老厨娘葛妮亚住在一起。

周鼎在归一房门口坐了下来，他想这么暴风骤雨的晚上，德国佬菲兹曼如果是在外面应酬，那早该回来了，很可能是去他在法租界外滩的船公司了，今晚就住在办公室，这样的话归一也要明天回来，自己今晚睡哪里呢？

想着想着困意袭来，他连打了好几个哈欠，不知为何，此刻双眼噙满了泪水。他想起了一个多月前同样风雨交加的夜晚，也是晚上十点多，出门两天的父亲突然回到底楼的看门人房间，把已经熟睡的自己叫醒。他惊讶地看到，父亲双眼噙着泪水，两只大手紧紧握着自己的胳膊，还在微微发颤。

只听父亲说：ّ"小鼎，爸爸要出门办件事，很要紧的事，可能要好几天，也可能要好几个礼拜。如果有人来找我，你不要说今晚我回来过，就说我前天出门后一直没回来，那以后就没见到过我。"说着，父亲从口袋里掏出一包银元："这是十五块银元，你拿着，这几天看门人的活你来做，如果有什么事可以找顶楼的阿苇爸妈。"随后站起身，拿起身边的一个箱子，头也不回地走了。

从这个夜晚开始，周鼎成了孤儿。诺曼底公寓的门厅里，原来那个身材瘦高、殷勤谦和的看门人周茂生消失了，只剩下了消瘦而机灵的儿子周鼎。一开始，几乎所有人都会问："你爸爸去哪里了？"过了一段时间，这个问题被叹息声替代："小钉子真可怜。"因为公寓里住着很多法国人，而法语钉子clou的发音接近上海话"可怜"，有些人干脆就叫他"小可怜"了。

周鼎用袖子擦了擦眼睛，看到隔壁孟祥房间的灯也关了，他突然想到一个地方可以睡觉，那就是顶楼芬妮家的隔壁72室。那里原来住着阿克塞尔一家,他在英国驻沪领事馆任职,因为太太是法国人,就住在了法租界。两个多月前他接到远在德国杜塞尔多夫的姑妈来电,称自己病重,要把大部分财产留给这个她最心爱的侄子。阿克塞尔二话不说,马上打点行囊,临走时他把周茂生父子叫到房间里,郑重地把房门钥匙交给老周,说自己这一去至少要半年,家里养的萨摩耶犬会带上,但还有一大缸的金鱼没法带走,就托给他们父子照管。

想到这里,周鼎撒腿就往楼下跑,因为72室的钥匙放在看门人房间的柜子抽屉里。来到门厅,小屋门虚掩着,只听里面有人说话。"爸爸,以后我们就住这里吗?"回答是"嗯"。"在跑狗场能拿很多小费,为什么要来这里?"回答还是"嗯"。

周鼎推门而入,只见那父子俩正在铺床,周鼎俯下身去,在柜子下面的抽屉里,摸出了那把钥匙。因为上面被床板挡着,别人看不到他拿了什么,只听曹南乔问:"你有地方睡吗,回来找什么?"周鼎留了个心眼,只是说今晚风雨太大,要拿上钥匙去把大楼边门和后门锁上,说着便往门外走去。

身后传来曹鲁低沉的声音:"下大雨,挤挤吧。"这是他自打成为"小可怜"以来,难得听到的一句关怀,不由地眼眶一热,但只摇摇头,往走廊尽头跑去。

夜已深,电梯里的乌老四早已不见了人影,周鼎选择走僻静的仆人梯兼消防梯。跑到顶楼,周鼎放慢了脚步,走到72室门口,掏出钥匙轻轻打开了房门。

房间主人阿克塞尔一走,周茂生便把钥匙给了周鼎,叮嘱他每天去照看金鱼并打扫卫生,但不能动房间里的东西,也不能带其他人进去。若非今天实在没办法,周鼎不会想到在这里住一晚。卧室的床是决不能睡的,客厅正中那张三人皮沙发倒是不错,周鼎倒头便躺了上去。他毕竟年少,懒得去拿盖的毯子,只抱着一只沙发靠垫取暖。正要睡去,忽听门外走廊上响起重重的敲门声和叫嚷声。诺曼底公寓的隔音很好,今晚一是夜深人静,二是那声音实在太响,居然直接将周鼎惊起。那是德国佬菲兹曼的声音,他住在70室,是整座大楼里房间最宽敞、视野最开阔的一套。诺曼底公寓建在霞飞路和福开森路[1]交叉的三角形地块上,夹角小于三十度,整幢楼外形像一艘巨轮,而位于顶楼突出部位的这套公寓,就像这艘巨轮的驾驶舱,因此有不少人称之为船长室。

菲兹曼夫妇就住在这个船长室。菲兹曼夫人只有二十多岁,是位身材婀娜的褐发少妇,脸上长着不少雀斑。以前,夫妇俩用着两个女佣和一个司机,大约一年前,他们把两个女佣都辞掉了,只留下一个司机,就是归一。

只听菲兹曼用力地敲门,还用法语高声叫门,过了好一会儿,叫声才停下。世界重新恢复安静,只有窗外的风雨不停地拍打着大楼。周鼎疲倦已极,刚发出第一声鼾声,忽然一阵窸窸窣窣的钥匙开门声,从落地窗那边传来。

周鼎一惊坐起,落地窗已被轻轻打开,一个人被风雨推了进来。那人是个高个子,进来后就脱下了雨衣,刚反手要关上落地窗,外面环廊上却快步走来一个人,伸手顶住了落地窗。高个子惊

---

1 福开森路:今武康路。

叫了一声，外面那人一步跨了进来，轻轻说了声："芒斯。"

这回轮到周鼎差点叫出声，说话的正是隔壁的布莱特。他又想："高个子难道就是楼下紫罗兰的理发师芒斯？"黑暗中，只见布莱特关上了落地窗，然后脱下雨衣，示意高个子到沙发上坐下。周鼎赶紧爬到一个单人沙发的背后，所幸地上铺着地毯，没有发出声响。只听两人在用法语对话，布莱特说："你刚才从德国佬家里出来，我都看到了。"

"布……布莱特先生，你有事吗？"

周鼎从小生长在诺曼底公寓，法语日常听说都没问题。一听声音，果然是很招楼里洋女人喜欢的理发师芒斯。他将近三十岁，身材高挑纤细，一头娘肚子里烫过的黑色卷发，一张娃娃脸，皮肤白得有透明感。更难得的是他举止轻柔，常常用小手指撩起一缕女顾客额前的头发，轻声细语说："上帝给了你最美的头发，我要帮你好好保护她。"这话打动了楼里几乎每一个洋女人，她们把芒斯视为上帝派来的理发师。

此刻，芒斯已经在布莱特身边坐下，只听布莱特说："你没想到这样的天气，德国佬还会回来吧？"黑暗中，芒斯的身影纹丝不动。布莱特继续说："你跟那个女人的事，我早就知道了，你只要答应我一件事，我就不跟别人说，特别是大块头德国佬。"

芒斯依然不动。

"你知道，我跟德国佬夫妇提过好几次，想租下他们那套房子。现在好了，你替我去说吧。"布莱特说。

"布莱特先生，你想租船长室？"

"对，我想站在落地窗前看西边的晚霞，透过云层一路往西看过去，或许还能远远地看到我的家乡。"

"可是，可是布莱特先生，你只要站到你家外面的环廊上，不也能看到西边的落日吗？"

布莱特干笑了几声："你不会真以为我只为了看晚霞吧？你去吧，不管你用什么办法，三天之内要谈成这事，一个礼拜内我要搬过去。"说着，布莱特站了起来，黑暗中隐约见他抬起手指了指门口。芒斯如逢大赦，快步跑向大门。

"等等，"布莱特突然叫住芒斯，"落地窗都是从里面反锁的，你怎么能开进来？"芒斯耸耸肩，有点不屑地说："布莱特先生，看来你是正经生意人。这个房间是我的避难所，如果德国佬临时回来，我就要随时跑过来，总不会笨到被落地窗反锁在外面，早就配了把钥匙。"他看布莱特不再说话，打开门迅速消失了。

周鼎以为布莱特也要走，刚想挪一下身子，却见布莱特又坐了下来，半响不动。

周鼎毕竟只有十二岁，这两人的对话他似懂非懂。他在想，芒斯刚才肯定是在德国佬的家里，听到敲门声和叫喊声后，才从落地窗外面的环廊跑过来。芒斯是不是在给菲兹曼太太做头发，他为什么不敢见菲兹曼？为什么布莱特会跟着来，还要求芒斯帮他租下船长室？

饶是周鼎如此聪明，成年人的世界还是让他一头雾水。

只见布莱特跷起了二郎腿，伸手从口袋里摸出一样东西，伴随着一声摩擦，划亮了一根火柴。客厅瞬间明亮了几秒钟，周鼎看到布莱特穿着睡衣，坐在沙发上抽起了烟，他突然看到前方落地窗帘的边上，露出了一只箱子的一角。正待细看，火柴已经灭了。

这是在这个风雨之夜里，周鼎受到的又一次惊吓。因为借着微弱的火柴光，他看到那好像是一只帆布箱子，而一个多月前父亲离开时，正是提着一个帆布箱子。周鼎使劲回忆，这一个多月来他每天上来打扫屋子，如果落地窗帘下面有一只箱子，他是不会没看到的。

黑暗中，周鼎瞪大着双眼，布莱特则不紧不慢地抽着烟，想着自己的心事。等烟抽完，他站起来缓步走向落地窗。忽然，被脚下的东西绊了一下，他俯身在地上摸，拿起来了两件雨衣。显然，一件是他自己的，另一件则是芒斯脱下的。布莱特穿上其中一件，手拿另外一件，深吸口气打开落地窗，迎着呼啸的风雨走了出去，并随手关紧了落地窗。

周鼎从地上爬起来，弓着身子迅速跑向那个箱子，跑出没几步，被一只大手拦腰抱住，刚要叫喊，另一只大手把他的嘴巴紧紧捂住。

周鼎拼命挣扎，却听耳边有个声音低声道："小鼎别怕，是爸爸。"周鼎猛地转身，黑暗中只看到一双有神的眼睛，正是好久没见的父亲周茂生。

周茂生的手继续捂着，叮嘱道："低声说话。"见周鼎连连点头，才松开了手。周鼎急切地问："爸爸你去哪里了，你怎么在这里？"

"小鼎你受苦了，这段时间吃了什么，你瘦了。"周茂生双手抚摸着周鼎的脸和胳膊。周鼎故作轻松地说："爸爸，你忘了你留给我这么多钱，我自己会买大饼吃。归一哥请我吃了好几次阳春面，芬妮给我吃那种特别硬的棍子面包,还有阿苇也会带给我她爸爸做的菜。"

周茂生走到落地窗帘前,拎起藏在后面的帆布箱,从里面摸出好几只包子:"小鼎,这是你最喜欢吃的大肉包,现在还有点热。"说着,拉周鼎到沙发上坐下。周鼎拿起包子,果然还略有余温。他紧靠着父亲,发现父亲身上的衣服全湿了,但帆布箱还是干的,想来父亲为了不让包子在大雨中淋湿,肯定用雨衣裹紧了帆布箱。

看周鼎大口吃着包子,周茂生说:"慢慢吃,等你吃好,我跟你说件事。"周鼎顿时停下不吃,抬头说:"爸爸我不饿,你说吧。"周茂生点点头,但还是看着周鼎吃好包子,才开始讲述那件彻底改变父子俩生活的事。

"你记得一个多月前,爸爸出去了两天,后来匆匆回来拿了东西又出门了。我出去那两天,是要去拿一样东西,非常重要的东西,就是宁可自己的命不要,也要保管好的东西。东西在有点远的地方,爸爸在那里住了一晚,第二天拿到东西就往回赶。我要把这东西送到霞飞路上的一个小旅馆,离我们公寓不远,当晚七点多钟走到公寓对面的雷上达路[1],我正要穿马路,突然从身后开来一辆小汽车,里面跳下一个戴鸭舌帽的人,笑着对我说,周先生今天这么晚啊。"

说到这里,周茂生一阵哆嗦,周鼎站起来想给他找干毛巾,被一把拉住:"你认真听我说。我刚想回答,突然后脑勺被重重地打了一下,我摔倒在地,后面那人一把就抢去了我手上的东西,然后

---

1 雷上达路:今兴国路。

跟鸭舌帽一起上了小汽车。"

"爸爸,你拿的是什么东西?"

周茂生没回答,继续说:"我倒在地上,不过还没晕过去。迷迷糊糊看到这辆车没有马上开走,好像有个人从左面的车门下了车,朝这个大楼跑过去。过了一会儿,这辆车在路口掉了个头,沿着雷上达路朝北开走了。"

"你没追上去?"

"我想追啊,但眼前金星乱冒,爬都爬不起来。我在路边躺了半个多小时,才勉强站起来,沿着雷上达路追上去,走了很久,但根本没看到那辆车的影子。"

"爸爸,你看到车牌了吗?记得是什么牌子的车吗?"

周茂生摇摇头:"天完全黑了,车牌看不清,只记得那辆车好像是雪铁龙,是法租界里最常见的。"

"跟德国佬菲兹曼家的车差不多吗?"

"是的。我在外面这一个多月,就是为了找这辆车,但光是法租界就有两千多辆雪铁龙,这样找真的是大海里捞针。"

周鼎想起一个这些天埋在心底的问题:"可是爸爸,你为什么不回家呢?你可以白天出去找东西,看门人的事我来做,晚上回来睡觉啊。"

周茂生伸手摸摸周鼎的头:"你不知道,爸爸丢掉的这件东西太重要了,会有很多人来找我,很可能会把我抓走,还会连累你。我只有找到这件东西,才能回到这里来。"

周鼎刚想问今天为什么回来,周茂生已经在说了:"今天回来,一是来看看你,还有更重要的,是想让你帮爸爸找。"

周鼎马上从沙发上站起身:"好啊爸爸,我跟你一起去找。"

"不是跟我一起找,而是要你在这个大楼里找。"周茂生让周鼎重新坐下,"我原来一直认为,那天只有两个线索,一个是那个戴鸭舌帽的人,看上去二十多岁,眉目没看清,二是那辆雪铁龙小汽车,这些日子我就是顺着这两个线索找的。不过,我昨天又想到第三个线索。"

刚说到这里,周鼎插话说:"那个从左边车门下车的人?"

周茂生心里在夸儿子聪明,但话语中没有表现出来:"对,我在想那辆车为什么要停一会儿才开走,照理说东西抢到手,应该马上开走才对。有一种可能,就是他们想挡住我的视线,不让我看到有人下车穿过马路。"

"你看到那个人进了这个大楼吗?"

"没看到,在雷上达路那边是看不到诺曼底公寓大门的,我从汽车底盘下面看过去,只看到那人的小腿下面部分,应该是个女的,朝公寓方向跑了过去。"

"爸爸,刚才你说那个鸭舌帽叫你周先生?"

"是的,所以那人应该知道我是这个大楼的看门人,但这就说不通他们为什么要往楼里跑。"

周鼎忽然想到一事,提高了声音:"叫你周先生,就说明他们不是住在这幢楼里的。爸爸你想,这个楼里的人是怎么称呼你的?"

"这里的洋人都叫我周,中国人都叫我周格里,确实没人叫我周先生。"周茂生点头,内心再次赞许,拉着儿子的手说,"不管那女人有没有进大楼,现在没有别的办法,就当她拿着箱子进了楼,接下来你帮爸爸盯着这里,找到那件东西。"

"爸爸,我还不知道那是件什么东西呢。"黑暗中,周鼎握紧了拳头,紧盯着父亲的眼睛问。

周茂生拿起身边的帆布箱说:"那是个深咖啡颜色的皮箱,比这个箱子小一些。皮箱很坚固,不过他们抢到箱子后,可能已经想办法把里面的东西拿出来,把箱子扔了。那个箱子上有两把锁,钥匙我没有,按规定是绝对不能自己打开的。"他跟儿子对视了一会儿说:"你要答应爸爸,这事绝对不能跟任何人说。"

周鼎马上说:"我知道,就算是阿苇、芬妮和归一阿哥也不说。"周茂生知道,儿子平日跟这三个人最要好,这么说,意思就是保证谁也不说了。周茂生说:"里面的东西肯定非常贵重。"

周鼎用力点点头:"好的爸爸,我明天就开始找,不过我知道不能让别人看出来我在找东西。"稍沉默了几分钟,又问:"爸爸,你怎么知道今天晚上我会在这个房间里?"

"我九点多就来了,一直在仆人电梯那里躲着,想等你回房间再来找你。后来看到那对父子来了,再看到你去汽车间找归一,然后你又回到底楼拿了钥匙,就知道你要到这里来,我就抢在你前面先进来了。"

周鼎奇道:"爸爸,你怎么会有72室的钥匙?"

"阿克塞尔先生把钥匙给我当天,我就去配了一把,作为备用。那天我走的时候,带上了这把备用钥匙。刚才芒斯和布莱特先生进来时,我就躲在落地窗帘后面。"

"那你听到他们说话了,为什么芒斯看到布莱特先生会这么害怕?"

周茂生笑了笑,说:"大概芒斯有什么把柄落在布莱特手上吧。

我刚才奇怪一件事，芒斯为什么会有这个落地窗的钥匙，这个钥匙连我们都没有。"

"会不会阿克塞尔先生临走前，把落地窗钥匙给了他？"说着，周鼎自己也笑了起来，"很可能芒斯自己偷偷配了一把，可是他要这个钥匙做什么？我天天上来，没看到房间里少掉东西。"

周茂生心想，芒斯把这里当作跟德国佬太太偷情的避难所，是没必要跟孩子解释的，便说："那个新来的看门人刚才跟你说了什么？我离得远没听清。"

周鼎便把刚才的对话复述了一遍，问："你没听到我们说什么，为什么知道他是新来的看门人？"

"我看到你带他们进我们的房间，更何况我已经失踪了一个多月，照理是该来新的看门人了。"说着，他让周鼎赶紧躺下睡觉，毕竟时间太晚了。周鼎问他要不要到卧室床上睡，周茂生连说不可以，不能随便睡房屋主人的床。

当晚，周鼎睡沙发，周茂生就睡在客厅的地毯上，身体紧挨着沙发。显然，他是想尽量离儿子近一点，因为他不知道，下一次能这么紧挨着睡会儿是什么时候。

第二章

谁与共孤光[1]

周鼎醒来,发现落地窗帘露出的缝隙中,挤进了一道明亮的光。他一惊,立刻转头看沙发边的地板,那里已经收拾干净,父亲却不见踪影。他再看客厅一角的落地钟,指针指向八点十三分。

他一跃而起,心有不甘地在屋内找了一遍,每个房间都整整齐齐、空空荡荡,父亲显然早已离去。他突然想起,当他熟睡时,好像父亲的大手抚摸过自己的头,还低声反复在他耳边说:"小鼎,爸爸要先走了,我来过这里不能跟任何人说。"当时自己困得实在睁不开眼睛,大概含糊答应了一声。

周鼎迅速收起沙发上的毯子,这显然是昨晚父亲帮他盖上的。然后,他又环视客厅每个角落,看到昨晚被风雨打湿的地板也都已经擦拭干净,便拿上钥匙走出了房门。

他没坐电梯,而是沿着楼梯一路跑下楼。这一蹦跳,听到上衣右侧口袋里发出"叮叮当当"的响声,他伸手一摸,从里面掏出六块银元,心想这肯定是父亲塞在口袋里的,但他在外漂泊,不知道

---

[1] 谁与共孤光:出自北宋苏轼的词《西江月·世事一场大梦》。

这些钱是怎么挣来的。想到这里，已到底楼楼梯拐角，周鼎用袖子狠狠地擦了两下眼睛，迅速跑了下去。

只见门厅当中站着三个人，个子矮一点的是曹南乔，穿着跟昨晚一样的衬衣长裤；中等个子是曹鲁，他穿着一件明显不合身的深灰色制服，衣服下摆垂到了臀部下面；高个子是德国佬菲兹曼，穿着一身便装，正用低沉的声音愤怒地说着什么。

曹南乔看到周鼎来了，急道："你怎么才来？"周鼎虽然只是看门人的儿子，但自从父亲失踪后，他一直把自己视为临时看门人，他知道对看门人来说，这个时间才出现在门厅里是大大失职了。

他并不回答，径直走到德国佬身边，只听德国佬反复在嚷嚷着："Le Journal de Shanghai！"曹鲁满脸迷惑，只是频频摇头。周鼎猛地用拳头敲敲自己的额头，大声说："哎呀，今天是礼拜天！"便迅速跑到门厅里的柜台后，从一堆报纸里翻出一张当天的 Le Journal de Shanghai（《法文上海日报》），递给了德国佬："菲兹曼先生，我今天睡过头了，忘了把报纸准时送上来，实在抱歉。"

德国佬转头看了看，停止了嚷嚷，对周鼎说："你知道现在几点了，已经八点十九分了，八点半我就要出门做礼拜天弥撒，你只给我十一分钟看报吗？"说着拿起报纸快步朝电梯走去，坐在电梯里的乌老三赶紧给他拉开电梯门。

德国佬虽然可以用中文进行日常对话，但对一些专用名字，一时急起来常常忘记对应的中文怎么说。比如刚才他下楼来取今天的《法文上海日报》，却忘了中文应该怎么说，而曹鲁父子完全不明白他在说什么。

这是一个毫不浪漫的德式法国人，他平时都住在法租界外滩的船公司办公室里,按惯例是礼拜六下午回家,礼拜天吃过午饭就回公司。而他礼拜天的规矩是,早上八点前,看门人要把当天的《法文上海日报》放在他公寓门口的小架子上。今天他在八点整和八点零一分先后两次打开房门,发现架子上居然没有报纸,立刻心烦意乱,快步下楼兴师问罪。

难怪他美丽风骚的雀斑太太经常跟人抱怨说,菲兹曼就像一根烘烤了一百年的法棍面包,从来不懂柔软变通之道。有一次在紫罗兰烫发时,她跟芒斯这么说,芒斯手上继续卷着头发,俯下身贴在她耳边轻声细语:"我就是一个刚做好胚子的法棍,等待你撒上芝麻,然后一起进入温暖的烤箱。"菲兹曼太太"哧"地笑了一声说:"我哪来的芝麻?"芒斯凑到她另外那个耳朵边:"你脸上俏皮可爱的小雀斑啊。"

目送菲兹曼走进楼梯,周鼎转身看着曹鲁,原来他穿的是父亲的看门人制服,而他比父亲矮小不少,难怪这么宽大。周鼎奇道:"曹……曹叔,你不是以前在法租界跑狗场做工吗,你听不懂法语?"

曹鲁皱了皱眉,曹南乔抢着说:"去跑狗场赌钱的大多数都是中国人,我爸爸会简单的法语,刚才那个大个子说得太快了。"这时,大门推开,几个人走了进来,外面的光线直射到曹南乔脸上。相比瘦瘦的周鼎,曹南乔更显几分英武之气。

走在后面的是头戴西式便帽的归一,周鼎连忙叫住他:"归一阿哥,我昨天晚上来找你,你怎么出去了,昨天不是礼拜六吗?"

归一笑了笑:"昨天晚上刮飓风下大雨,菲兹曼先生下午就跟我说，晚上要去外滩办公室，他担心那些要装船的货物被淋湿。不过我们的车一路往外滩开，地上的水越来越深，开到河南路就看到好几辆车抛锚，我的车已经在水里打飘了，菲兹曼还想下来走，被我硬拉住了，我说可别淹死。他实在没办法才回来的，到家已经快十一点了。"

周鼎想起了昨晚菲兹曼使劲敲门的一幕，话锋一转："可也真奇怪，昨晚雨这么大，怎么今天一早天就好了？"

"我刚才去福开森路上吃大饼，一路上就是风大点，天很亮了，很快就要出太阳了。"听归一这话，坐在电梯里的乌老二冷冷地说："小赤佬一点见识也没有，上海是啥地方，中国菩萨、外国上帝都保佑的，不要讲飓风来了就掉头，连东洋人也不敢打过来。"

归一年轻气盛，大声说："乌老二阿婶，你这句话说得对，去年年头上八万多个东洋人打过来，被我们十九路军和第五军四万多人打得头破血流。假使东洋人再敢来，我归一第一个不答应。"

乌老二连连喷着嘴巴说："满口话讲讲省力来。"

归一正要反驳，另一台电梯下来，衣着正式的德国佬和他太太一起走了出来。归一赶紧在前面引路，雪铁龙汽车已经停在大门口。走过他们几个人身边，德国佬狠狠瞪了周鼎一眼，用手指了指腕上的手表，此时正是八点三十分，这是去做礼拜天弥撒时间。

"吃早饭了吗？"

听曹鲁在问，周鼎转过头去看了看说："是问我吗？"

曹鲁点点头，曹南乔高兴地说："我也没吃早饭，我们一起去吧。"曹鲁已经从口袋里掏出钱，递给曹南乔说："吃好点。"

周鼎连连摇头:"我不饿,我最近一直不吃早饭,到了中午连午饭一起吃。"曹鲁只说不行,挥手示意赶紧去吃。

周鼎正犹豫要不要去,只见走廊尽头的仆人电梯门开了,吐出来两个人,身材纤细、穿着小碎花连衣裙的快步跑了出来,长裙赤足、身材圆润的走在后面,正是阿苇和芬妮。阿苇举着手中的一块银元,对周鼎说:"小钉子,吃早饭去,这是芬妮妈妈给我们的,终于可以不用吃我爸爸做的早饭了。"说着看到曹鲁穿着不合身的西装,咯咯咯笑了起来,一时居然停不下来。

芬妮也走了过来,轻轻问阿苇:"你笑什么?"阿苇只用雪白的小手捂着嘴,另一只手指了指曹鲁。芬妮也是一笑,看到曹鲁被笑得有点尴尬,便问:"你是新来的看门人?"曹鲁点点头,芬妮又对着曹南乔说:"你也是?"

曹南乔看到一个黑色头发、浅褐色眼睛的洋人少女笑吟吟地问自己,连忙回答:"我爸爸是,我不是。"

"我叫芬妮,她叫阿苇,你叫什么名字?"

"我叫曹南乔,《诗经》上有句话:南有乔木,不可休思;汉有游女,不可求思。"

芬妮一脸诧异,阿苇此时刚刚止住笑,听了这话又忍不住笑出声来。曹南乔问:"这有什么好笑的?"阿苇边笑边说:"你跟……一个法国人说……说《诗经》……"周鼎忙说:"别笑了,再不去,早饭吃不到了。"

刚走两步,只听背后电梯里传来乌老三的声音:"赤脚芬妮这么出门不怕冷啊。"三人这才注意到芬妮的赤足,阿苇和周鼎见惯不怪,曹南乔跑回小房间拿来了一双布鞋,放在芬妮脚下说:"昨晚刚下过大雨,外面地上很湿,穿穿看合不合适。"

芬妮倒也不犹豫,弯下腰拿起鞋子就往脚上套,一时站立不稳,便斜靠在曹南乔身上。芬妮的动作很自然,曹南乔却顿时红了脸,鼻子里还闻到芬妮身上淡淡的香味,竟似云里雾里。

看到芬妮穿鞋,乌老三已经从电梯里跨了出来,歪着身体目不转睛地看着芬妮的脚。别人没注意,周鼎看在眼中,走上去扶着芬妮的另一只手臂,顺势挡住了乌老三的视线。乌老三心中连声骂着小赤佬找死,阿苇在一旁说:"要不你们两个抱着芬妮,我来帮她穿鞋。"芬妮脸颊微红,推开了两人的手。

四个人沿着福开森路走了四五十米,然后拐了个弯,一个弄堂口有一家小饭馆。此时早市已过,店里面只坐着一个头戴破草帽的人,正坐在角落里吃阳春面。芬妮是这家店的常客,堂倌知道她出手大方,满脸堆笑招呼入座。

阿苇一坐下就吃起了羊角面包,这是刚才出门时,在诺曼底公寓门口面包房买的。芬妮知道阿苇爱吃西餐,而且胃口很小,只问两个男孩要吃什么。周鼎想也不想就说阳春面,曹南乔忙说不行,对芬妮说:"我和小钉子每人一碗排骨面,我爸爸给我钱了。"听到两个女孩一口一个"小钉子",他也入乡随俗了。

芬妮招呼堂倌,上三碗排骨面,还给每人要了肉包,并点了鳝糊、虾仁等浇头。随后,她一个人走出了店门,一会儿买来了鸭胗和肉松等,小桌子上几乎摆满了。

曹南乔关切地问:"鞋子穿着舒服吗?"芬妮坐在板凳上抬起了双脚说:"正正好好,就像特地给我做的。"曹南乔笑了笑,心里说:"这鞋子我穿还有点大,洋人真是好大的脚。"

阿苇小口吃着羊角面包,在芬妮的一再招呼下,才吃了一两口鳝糊和鸭胗。芬妮大口咬着肉包吃着菜,对周鼎说:"小钉子,我爸爸妈妈说昨晚多亏了你,他们想过几天请你来我家吃饭。我们家的饭可好吃了,有胡大厨做的中国菜,还有葛妮亚做的法国菜。"

阿苇把一小口面包含在嘴里说:"我爸爸做的菜还说好吃,要么太咸要么太淡,只有你才要吃。"她心思极快,知道曹南乔不知道昨晚的事,三言两语说了一遍,曹南乔居然听入了神,过了一会儿说:"如果我早两个小时到就好了,也能帮上忙。"

见周鼎默不作声,只是低头吃面,曹南乔问:"昨晚你睡哪儿了?"周鼎没抬头,只说在汽车房找了个空房间,引来两个女孩连连惊呼。阿苇说:"空房间里面有老鼠,妈妈说不能去的。"芬妮嘴里塞满了食物,用力咽下一些说:"小钉子真是小可怜,你爸爸没了,现在连住的地方都没了?"

周鼎马上抬起头说:"谁说我爸爸没了,他只是出去找东西。"这话刚出口,连忙改口道:"去找个工钱高的事情做。"

阿苇听到这话,把手上小半个羊角扔到桌上,气呼呼地说:"如果你爸爸找到新的事情,你就要走了,不跟我们在一起了?"

周鼎连忙说他不会走的,而且父亲很可能找不到别的事,又回来当看门人。阿苇这才笑了笑,把另外一个没吃的羊角递给周鼎说:"小钉子,你可别走啊。我吃饱了,这个留给你吃。"

此时,三人都已吃饱,便坐在那里看着芬妮吃。芬妮不以为意,慢慢地吃完了桌上的东西,又拿起阿苇刚才扔下的小半个羊角,这才站起身,满足地说了声"吃饱了"。

小孩子不会客套,见阿苇把那块银元给了堂倌,曹南乔便没说他来付。四个人站起来往外走,那个破草帽食客站起身来,走到他们这一桌前,大嚼起碗里剩下的东西。

一个多礼拜后的一个午后,周鼎往嘴巴里塞进了最后一块大饼,到看门人小屋子找水喝。他只在那个飓风来的夜晚,在72室睡了一夜,曹鲁便叫他住回来。一开始,他说可以跟归一一起住汽车房,曹鲁坚决不同意,说:"南乔住校,你回来。"

周鼎原以为曹南乔上的是一个住宿制学校,后来一问,曹南乔才说他父亲让他跟学校一个上了年纪的工友住,这样一个礼拜便只礼拜六下午回来,礼拜天吃过晚饭就回学校。周鼎惊讶道:"那个德国佬菲兹曼才是这样的,这样你不就成了小德国佬了吗?"

他们说此话时,正好被阿苇听到,阿苇便去跟芬妮说了,并说:"以后我们就管曹南乔叫小德国佬吧。"哪知芬妮睁大那双浅褐色的大眼睛,想了想说:"这不好,小德国佬多难听。"阿苇讨了个没趣,也只得作罢。

周鼎正在屋内喝水,见芬妮正在门外往里张望,赶紧走出去。芬妮看到他,笑了笑说:"小钉子,别忘了今天晚上来我们家吃饭,你是我爸爸妈妈请的客人。"周鼎点头说:"我记着的,不过只是你爸爸妈妈请我,你不请我吗?"

芬妮有点委屈地提高声音说:"不是,我也请你啊,但要我爸爸妈妈同意才行。"周鼎心想,芬妮不是阿苇,有些玩笑话她未必理解,容易错会了意思,忙说:"可惜小德国佬住在学校,不然可以请他一起来。"

芬妮却连连摇头:"我爸爸只说请你,没说还请别人。胡大厨前几天问他,要不要把乌老大、乌老三、乌老四、归一、孟祥都请来,说他们那天晚上也出力的,被我爸爸瞪了一眼。"说着转身要走,又停步回头说:"小钉子,以后别管曹南乔叫小德国佬,多难听,而且我爸妈听到也不会高兴。"然后压低了声音凑到周鼎耳边说:"我们犹太人现在都讨厌德国人。"

周鼎正要问为什么,只听曹鲁在门厅里叫他。周鼎跑过去一看,门厅当中站着一个二十多岁的洋人,左手提着一个手提箱,身边还放着一个快到他胸口的大箱子。那人中等个子,一头黑发,鼻梁如雕塑般挺直,看到周鼎过来,忙用法语问:"你会说意大利语吗?"

看到周鼎点头,洋人就像遇到了救命恩人,正要开口说话,想了想把手提箱小心翼翼地放下,随即手舞足蹈地说了起来。诺曼底公寓的租客以法国人为主,也有一些俄国人、意大利人、匈牙利人甚至美国人,周鼎接触多了,各种语言多少都会说一点。

那个意大利人一通长篇大论之后,突然停下挥舞的双手,改用法语问:"你明白了吗?"周鼎大致明白,那人先是自我调侃,说他们意大利人不打手势就不会说话,然后说他叫马尔基尼奥,租下了这个公寓的26室,合同已经签好,房门钥匙也拿到了,现在需要请人帮他把大箱子搬上去。

周鼎秉承了看门人爱聊天的特质,问他是不是第一次来上海,来做什么?意大利人听他用意大利语发问,顿时高兴地一把抱住了周鼎,大声说:"你是我前天下船后,遇到的第一个会说意大利语的人。"然后指指地上那个手提箱说:"我是音乐家,吹圆号的,梅百器[1]先生请我来上海,到工部局乐队当圆号首席。"

他边说边比划吹号的样子,见周鼎一脸茫然,他弯下身轻轻打开箱子,取出一个金色的号子,这个号子形状特别,有个圆圆的身子和一个超大的喇叭口。马尔基尼奥指着弯曲折叠的圆盘说:"这是最适合我们意大利人吹的,你看这里像不像意大利面,我每次吹号感觉就像在吃一盘美味的意大利面。"然后,他把右手塞进喇叭口,左手按键,一阵华丽悠扬的号声顿时在大楼里回荡。

芬妮随父亲听过交响乐,知道圆号是一种很重要的铜管乐器,也知道意大利人所说的梅百器是钢琴家和指挥家,问:"你说的工部局乐队是公共租界的,为什么住到我们法租界来?"

她说的是法语,马尔基尼奥耸肩摊手表示听得费力,待周鼎翻译完,笑道:"我在米兰时就听说,上海法租界里美食多美女多啊!"

沉默的曹鲁已经把大箱子搬进了电梯,过来要搬那个手提箱,却被马尔基尼奥一把拦住,伸手把箱子揽在自己怀里说:"这是我的小宝贝。"

傍晚五点半,天色渐渐暗了下来。半个小时前,阿苇就下楼来,叫周鼎早点上去。但周鼎知道,洋人请吃饭不能太早去,他以前见过几个洋人去芬妮家吃饭,可能早到了一会儿,居然一直在门厅里站着聊天,等时间到了才上去。

阿苇连催了几次,周鼎这才回到小屋里,换上一件八成新的

---

[1] 梅百器:1878—1946年,意大利指挥家、钢琴家,曾长期担任上海工部局乐队指挥。

白衬衫，这也是他最新的衣服。阿苇走过来，掏出一把梳子递给周鼎："头发这么乱。"这间屋子很多年没有住过女人，连镜子都没有，阿苇见周鼎梳得没有章法，伸手抢过梳子说："头低下来。"随后踮起脚尖，迅速给周鼎梳了几下。

两人往走廊尽头的仆人电梯走去，阿苇向来性子急，一路小跑着，周鼎也只能迈开大步跟上。周鼎比同龄人略高，而且很瘦，看着更显高。而阿苇这年十岁，比周鼎小两岁，生来体型娇小，食量又小，走在一起比周鼎矮了大半个头。

仆人电梯里灯没亮，里面空无一人。阿苇说："我刚才下来乌老四还在，现在不知道又跑哪儿去了。""肯定抽鸦片去了，我们走上去吧。"

正此时，门厅那里传来一阵吵嚷声，一个是中年女人的声音，听着是乌老二，还有一个男人嗓门，听不出是谁，但似乎有点耳熟。周鼎心想，曹叔刚出去吃晚饭了，不知来了什么人，便让阿苇等一下，自己往门厅跑去。

只见门厅里站着一男一女，女人长得黑胖，正是乌老二，那个男的穿一件长衫，面庞发青，下巴上留着一小撮胡子，是那天晚上带头来闹事的青帮汪步青。周鼎心想这人怎么又来了，忙过去解劝。乌老二满脸不高兴地说："小赤佬眼睛一眨人就不见了，看门人么就是要看门啊，这个人要乘电梯，你说让他乘还是不让他乘？"

汪步青自然认得周鼎，说："我去顶楼找一下布先生，几句话的事，乘乘电梯有啥不可以。"说着撸起袖子，作势要打乌老二。周鼎连忙拦住问："阿青爷叔，你又去找布先生有什么事？"

047

"上次的事情还没了结，说给你听，你小孩子也不懂的。"他说着便往电梯里硬闯。周鼎两只手拉住汪步青，回头见阿苇正在走廊尽头看着这里，忙对她扬了扬下巴。阿苇当即领会，一溜烟便往楼梯跑去。

周鼎实在拦不住汪步青，只能跟他一起上去。此时，乌老二的电梯已经开走了，他们上了旁边乌老大开的电梯。乌老大猛然看到汪步青，心中一惊，但随即便是一喜。惊的是这个青帮恶人怎么又来了，上次没闹够吗？喜的是上次救下那个"死猪猡"后，帮布莱特解了围，拿了不少赏钱，"说不定他又来闹事，我又能拿钱了。"想到这里，乌老大喜上眉梢。

周鼎见乌老大脸上变颜变色，心想这人不知道又在打什么算盘。电梯上到顶楼，周鼎抢在汪步青前面，快步跑向芬妮家。他想，如果阿苇没来得及上来报信的话，至少他可以早一步进门。

这时候，房门突然打开，阿苇急匆匆从里面跑出来，后面跟着西装笔挺的布莱特。此时，乌老大也跟在后面走出了电梯，却见布莱特指了指阿苇，让乌老大把阿苇送到底楼。乌老大歪着嘴冲着前面的汪步青拼命努了努，满脸堆笑问："布莱特先生，有什么事要我乌老大帮忙吗？"布莱特的瘦脸立刻沉了下来，显得鹰钩鼻子又高了几分，说："送她下去，马上。"

此时，汪步青已经走到门口，布莱特并不说话，只是冷冷地看着他。汪步青在门口站定，抱了抱拳说："布先生，我再次拜访，只有几句话，讲完就走。"

见布莱特没说话，汪步青自己讪笑了几声说："上次来打扰布先生，一晃已经将近两个礼拜了，自从报纸上写了文章，还登了照片,现在上海滩啥人不晓得美华洋行布莱特是重情重义的大老板,连我们杜先生也问起,说啥辰光请到杜公馆里见面吃饭……"

布莱特一听便知他的来意,打断他的话头说:"汪先生,上次……"一听这话,汪步青连连摆手说:"布先生千万不要这样叫我,我哪能消受得起,叫我阿青就好。"

布莱特并不跟他客气,便说:"阿青,上次说的十万银元,我说话是算数的。不过上次并没有说好时间,你说对不对?"见汪步青眉毛一抖,脸色发青,布莱特不紧不慢说:"我上次说的是真话,最近确实手头周转有点紧,嗯,这样吧,两个礼拜之内,我把十万银元存进金城银行,一年为期。"

一听这话,汪步青顿时脸色缓和下来,看了看布莱特一身洋装说:"这就好,布先生在上海这么多年了,肯定晓得阿拉这地方有句闲话,叫做'不怕天火烧,就怕摔一跤',布先生是大老板,肯定要体面的。阿青不打搅了。"然后凑近布莱特低声说:"布先生这身洋装老价钿了,要当心啊。"

他说着,便往电梯口走去。只见电梯口打开,一个娇小女孩第一个冲了出来,身后跟着两个年轻人,都嘘嘘带喘。刚才阿苇上来报信后,布莱特就让她赶紧去汽车房,把孟祥和归一叫来帮忙。见这三人头上冒汗,汪步青拍拍归一的肩膀:"小兄弟身胚蛮好,一看就有把子力气。不过我们帮会讲的是交朋友,不是打相打。"回身朝布莱特又拱了拱手,大声说:"一言为定。"就上了电梯。

汪步青刚才那番话显然话里有话,布莱特来上海已有十多年,当然听得懂。他冷冷地目送电梯下楼,转头对孟祥和归一说:"没事了，你们去吧。"这时芬妮也走了出来，她穿着一件镶着褶边的连衣裙，头发上别着彩色的大蝴蝶结，脚上穿着黑色的漆皮鞋和白袜子，见状忙说："你们吃过晚饭了吗？"

孟祥和归一都是一愣。孟祥马上点头，连说刚刚吃好；归一立刻摇头，连说正要出去吃。其实，这时不过五点半，两人都还没吃晚饭。孟祥给布莱特开了五六年车，深知这个外国老板的习性，除了工钱是不会给什么别的好处的，更不会留他吃饭，何必自讨没趣。归一却是实话实说。芬妮忙对父亲说："请归一跟我们一起吃饭吧。"

布莱特没说话，转身进了房门。没一会儿，阿苇妈走了出来，手里拿了四块面包，分别塞给孟祥和归一说："布先生说给你们带回去吃吧。"孟祥把自己那份给了归一。拿着四块面包，归一有点尴尬地和孟祥一起下楼了。

周鼎没关心这些，他只觉得有点奇怪，今天不仅布莱特西装笔挺，芬妮打扮得像个洋娃娃，还难得在家里穿上了皮鞋，就连平时不注重衣着的阿苇妈，也换上了全新的侧面开衩的白上衣，黑色的长布裤，脚上一双新的黑布鞋。

走进客厅，他看到布莱特太太也穿着崭新的浅紫色长裙，连在厨房忙碌的阿苇爸胡大厨也破例穿着一件深灰色对襟短衫，只有胖胖的葛妮亚还是原来的厨娘打扮，只是脸上笑意多了些。他正要问芬妮今天有什么特别，这时胡大厨端上一大盘红烧鲳鱼，放在厨房门口的方桌上。

芬妮素来喜欢中国菜，这时肚子早已饿了，抄起一把叉子，抢步上前叉起一块鱼肉便往嘴里送。她先是哈了一大口气，那是因为太烫，马上又很享受地嚼了两下，接着"呸"的一声把鱼肉都吐了出来。

众人看着芬妮，布莱特走过去拿过芬妮手中的叉子，也叉起一块鱼肉放进嘴里。他嚼了两下，脸上眉头紧锁，但没有吐出来，而是囫囵吞枣咽了下去。此时，阿苇妈已经从厨房里拿来一双筷子，夹起鱼肉尝了一下，脸上顿时表情痛苦，连忙把鱼肉吐在手上，对站在一旁的胡大厨说："这个鱼太咸了。"

胡大厨一脸茫然，想了想说："我忘记了，鱼好像多腌了几次，烧的时候又放了盐和酱油……"没等他说完，布莱特大声说："小钉子，快去把汪步青叫回来！"周鼎有些不解，布莱特急道："快去！"

阿苇见状，拉着周鼎就往门外跑。两人不坐电梯，飞奔到底楼，见曹鲁正在门厅，忙问有没有见到一个青脸长衫的人出去。曹鲁答说刚走，然后指指大门左面，两人便快步跑了出去。

周鼎和阿苇带着汪步青再次坐电梯到顶楼，布莱特已经在房门口等着了。他只示意两个小孩进去，却并不把汪步青往里让，说："阿青，有劳你又跑了一趟，我刚才想了想，我再加十万块，总共拿出二十万银元。"

汪步青心中惊讶，正要接口，布莱特抬手止住："不过么，我的钱不是存进金城银行，我想见一下投资派克饭店的几大银行老板，有事相谈。"

"布先生，你说的就是国际饭店吧，带话不花啥力道，不过你要先告诉我具体谈什么，那几个大老板不是想见就能见的。"显然，在汪步青眼中，布莱特的华美洋行在上海滩还只是小角色，跟那几

051

个金融巨头不在一个档次。

布莱特盯着汪步青的眼睛,一字一字缓缓地说:"我要参股派克饭店。"

此时,在诺曼底公寓71室的餐厅长桌上,摆满了缤纷的食材——番茄、黄瓜、红椒、黄椒、青椒、麦粉、蒜末、香菜、石榴、松子……布莱特夫妇和芬妮都招呼周鼎坐下,然后葛妮亚走到桌边,把这十几种食材依次放入玻璃大盆中,淋上柠檬汁,再撒上黑胡椒和盐,搅拌均匀后,放在了长桌正中间。

胡大厨一家则坐在厨房口的小方桌上,上面放着四五样中式炒菜,只有那道红烧鲳鱼刚才动了几叉几筷,其他像葱油扇贝、豆瓣雪菜、黄焖牛肉等都刚刚端上。阿苇坐在凳子上,黑黝黝的眼睛却一直瞧着长桌,而芬妮则瞪大眼睛看着方桌,还咽了几口口水。两人目光偶一交汇,都轻轻笑了笑。

长桌上,布莱特夫妇正入定般静默,芬妮却四处张望,时而看看周鼎,时而瞧瞧那边方桌上的美味,似乎有点焦急地等待晚餐的开始。

过了几分钟,布莱特先生举起面前的红酒杯,轻轻说了句:"新年快乐,哈里路亚!"听闻此言,芬妮如逢大赦,拿起勺子从玻璃大盆中舀了一大勺,放在盘中大口吃了起来。见周鼎坐着有点拘谨,马上也给他舀了一勺,轻声说:"这是我们的传统食物,叫塔布勒色拉,你看五颜六色的这么多配料,就是祈祷每个人都要幸福。"

见周鼎吃了两口,芬妮把声音压得更低:"告诉你一个小秘密,今天是我们犹太新年,所以有很多好吃的。不过对我们来说,新年不仅仅吃吃喝喝，还要在心中检讨这一年的过失。"周鼎恍然大悟："难怪你爸爸妈妈刚才一直不说话。"

芬妮吃了几口塔布勒色拉，已经坐不住了，站起身走到方桌边坐下吃了起来。那道咸得离奇的红烧鲳鱼当然必须绕开，而扇贝她也一点不碰。只听阿苇妈在跟阿苇爸抱怨："跟你说过多少次了，芬妮不吃蟹虾贝壳这种东西的，你今天怎么又做了？"

阿苇爸想了想说："我忘记了，洋人怎么这么多忌口？"

"不是跟你说过了吗，他们犹太人只吃有鳞的鱼，他们嫌这种贝壳脏，不吃的。"

阿苇爸有点不屑地说："脏什么脏，我们宁波人谁不是从小吃到大？"见他不可理喻，阿苇妈只叮嘱了一句，"你到外面别说他们是犹太人"，便自顾吃饭，不再搭理。

说话间，阿苇已经跑到长桌边，伸手拿起一块桌上的面包。面包呈螺旋状摆放，意寓生命的轮回。然后，她又拿起一个小盘子，盛了一点色拉，便回到方桌边。布莱特家里，每天晚餐都做中西两种餐食，芬妮总是吃几口西餐便去吃中餐了，而阿苇则相反，吃几口中餐就要来吃西餐。布莱特夫妇虽不允许阿苇坐在长桌上吃，但对她拿着盘子来舀点菜，却从不阻止，有时布莱特夫人还会笑吟吟地看着这个娇小漂亮的中国女孩窜来窜去。

这时，葛妮亚从厨房里端来一个平底锅，周鼎朝里一看，只见里面红红绿绿的一锅糊状东西。布莱特夫人拿起一块面包，示意周鼎跟着她学，用面包蘸着吃。周鼎只觉满嘴酸酸甜甜的，甚是美味。布莱特看了一眼，说："这是用西红柿、洋葱、鸡蛋、橄榄油一起煮的，要说还有什么比这个更好吃，那只有今天胡大厨烧的红烧鲳鱼了。"

见布莱特说着笑话,看来心情不错,周鼎问:"刚才你让我们去把汪步青追回来,跟那条鲳鱼有关系吗?"布莱特喝着红酒没说话,然后叫芬妮过来坐下。芬妮有点不乐意,她不忘舀了好几块牛肉带过来。

布莱特对周鼎说:"你知道阿苇一家是怎么来我家的吗?"周鼎摇摇头,心想这跟刚才去追汪步青有什么关系?

"那大概是七年前,那时候我在法租界外滩的公馆马路[1]开了一家小店,专卖鞋袜。那年八月份,一天下午四点多钟,也是刮飓风下大雨,我见没客人就想打烊了。刚走出店门,只见迎面走来三个人,两个大人一个小孩都赤着脚,他们大概想到店门口避雨。突然,一大一小在我面前仰天跌倒,特别是那个小孩,跌倒在地,双手双脚往上举起,活生生就像一个金元宝。"

布莱特喝着红酒,高耸的鹰钩鼻头泛着红光,带着酒意问周鼎:"你知道这让我想起了谁?就是上海滩大亨虞洽卿。他小时候从宁波来上海,在十六铺下船后,也是下着雨赤着脚走路,走到一家店门口仰天摔了一跤。店老板看到后,觉得这是好兆头,因为你们中国人有'赤脚财神'的说法,他就把虞洽卿留了下来,结果虞洽卿后来真的成了财神。而那个小店老板,也靠着虞洽卿的关系,成了上海滩的一个富商。"

"在你的鞋袜店门口摔倒的,那个小孩是阿苇吧,大人是她妈妈还是爸爸?"周鼎问。

---

[1] 公馆马路:又称法大马路,今金陵东路。

布莱特点点头："那个摔倒的大人是她爸爸。我问他们从哪里来，阿苇妈说从宁波鄞县老家来，想来上海找点事情做。我一听宁波，就想留下他们，问他们会做什么，阿苇爸说只会种地造房，其他的都不会。"

说到这里，布莱特大声笑了起来，周鼎也忍不住直乐，只有芬妮正在方桌那里夹菜，听到笑声赶紧走了过来。

"阿苇妈马上说，打扫、缝补、带小孩都会做，说她男人烧得一手宁波菜，村子里办宴席都是他掌勺。她说的是宁波话，又让她男人讲了一遍，我才听懂。我想这正好，芬妮还小需要有人带，她还爱吃中国菜。不过我也说了，我只是开一家小店，没什么钱，我可以留他们住，给他们吃，工钱没有，问他们行不行。如果换了你，你会答应吗？"

周鼎略一想，摇头说："不会，我会再找别的地方。"

"你要想他们两个人还带着这么小的阿苇，那时候大概只有三四岁。"布莱特放下酒杯做了个很矮小的动作，"我想他们会同意，阿苇爸已经点头了，阿苇妈却说，他们两个一个做饭，一个做杂活，小孩子还能陪我女儿玩，应该算三份工，不过他们只要一份工钱，这是天上掉下来的合算生意。"

平时严肃的布莱特，此时显得很开心，看到葛妮亚端上了一道炸罗非鱼，布莱特撒上一点盐，再浇上一些新鲜柠檬汁，叫周鼎一起吃。周鼎心想，故事怎么没头没尾，问："可是布莱特先生，你还没说到红烧鲳鱼呢。"

房门不轻不重响了几声，阿苇妈连忙站起，看了布莱特一眼，见布莱特点头，便麻利地打开了门。

门外站着一个二十多岁的棕色头发的洋人少妇，脸上显然精心修饰过，鼻子周围不少雀斑却依然显眼。她手上夹着根烟，站在门口往里看着，并不说话。

这时布莱特已经走了过来，洋人少妇瞥了他两眼，从鼻孔里呼出烟雾说："尼古拉同意了。"布莱特一听，心中暗喜，尼古拉是德国佬的名字，他全名叫尼古拉·菲兹曼，来的正是菲兹曼太太。

只见她倚在门框上，看了看屋内的众人说："尼古拉礼拜六回来，礼拜天走，我们就在那两天搬家吧。"说着，盯了布莱特一眼，扭着腰走了。

周鼎看着这一幕，猛地想起一个多礼拜前的风雨之夜，他躲在隔壁72室听到的对话。当时布莱特尾随芒斯而入，就说要租下德国佬夫妇住的顶楼船长室，奇怪的是这事为什么要跟理发师芒斯说呢？

他听芬妮和阿苇都说过，布莱特非常迷信风水，他当年刚来诺曼底公寓时，先租下的是一室户的39室，后来发达了，一眼看中的是顶楼船长室，遗憾的是已经被德国佬夫妇租下，便只能退而求其次，租下了船长室隔壁的71室。这几年，布莱特多次跟德国佬夫妇商量，希望能租下船长室，可以跟他们互换房子，或者请他们另外找别的房子，为此愿意付一笔不菲的赔偿金。对此，菲兹曼太太表示只要赔偿金合适就行，但德国佬死活不同意，他说他当了十多年船长，理应住在船长室。

而今天听说冥顽不化的德国佬居然答应了，这显然是芒斯起了作用，周鼎心中大为不解，一个理发师靠什么说通了德国佬？

这是布莱特今天晚上遇到的第二件开心事，想到马上可以住进船长室，饶是他这样经历过风浪和苦难的人，嘴角也禁不住上扬，就像刚刚做成了一笔大生意。

今天遇到的第一件开心事，当然是尝到了胡大厨做的极咸的红烧鲳鱼。作为一个迷信的犹太商人，他一直相信盐是上帝与凡间沟通的纽带，这道菜是上帝给自己的暗示。

半个多月前，青帮汪步青带人前来上演跳楼戏码，作为精明的生意人，布莱特并不甘心存十万银元到金城银行，然后拿一点利息。他的人生有一个基本信条：钱一定要活用，要用来生钱，而不是拿去储蓄，那样就变成死钱了。所以这些日子里，他心里一直在盘算着这笔钱不存进金城银行，而是直接入股派克饭店的可能性。今天汪步青不请自来，巧的是胡大厨恰在此时做了一道极咸的红绕鲳鱼，这难道不是上帝的旨意吗？

布莱特关上房门，嘴角带着旁人很难察觉的得意浅笑，在厨房门口的方桌边站住。此时阿苇妈正在厨房里打扫，饭桌边只有胡大厨在埋头吃饭。他看到身边的布莱特，刚想站起来，布莱特却轻轻拍了拍他的肩膀，然后自己也坐了下来。

这是很反常的举动，通常只有芬妮会跟仆人们同桌用餐，布莱特夫妇向来对中餐不感兴趣，更不会坐下来。布莱特示意葛妮亚拿来一把叉子，再次伸向那盘红烧鲳鱼。胡大厨见状手足无措，忙道："今天忘记了，那个盐……还有那个……酱油放太多了。"

布莱特已经把一块鱼肉放进嘴里，可能是因为放了一会儿，似乎比刚才更咸了，他问胡大厨："你记得上次菜做得这么咸，是什么时候？"见胡大厨茫然地摇摇头，布莱特说："我记得很清楚，是你们来上海的一年后，也就是六年前。有一晚，你同样做了一道红烧鲳鱼，同样忘记腌了几次，同样烧的时候又放多了盐和酱油。"

胡大厨的眼神有点忐忑，不知道为何今天又把这个陈年老账翻了出来。阿苇妈此时已经从厨房里出来，说："布先生，六年前你不是说盐是代表什么什么的，反正是一样好东西，后来还帮你做成了一笔大生意？"

布莱特示意阿苇妈把红酒拿过来，并让芬妮和周鼎一起坐过来，下意识地又要去叉红烧鲳鱼，可能觉得实在太咸，叉子在半途转了个弯，转向了桌上的牛肉。他并不回答阿苇妈，而是对着芬妮说："在我们的传统中，盐是'永不废坏'之物，如果争斗双方各吃点盐，就被看作是举行立约仪式，这叫'盐约'。比如交朋友，一起吃饼和盐就是好朋友，就是忠诚不变的盟友。"

芬妮嘴里吃着牛肉，问："爸爸我知道，盐是上帝和子民沟通的纽带，可这跟胡大厨烧菜太咸有什么关系呢？"

布莱特始终相信，在作商业上的重大决定前，上帝会给他某种特别的暗示，而这种旨意是通过某些特殊的甚至有些反常的细节来传递的。比如，胡大厨平时做菜总体偏咸，这是因为其宁波口味如此，因为芬妮酷爱中餐，阿苇妈总是提醒胡大厨控制咸度。而六年前那道极咸的红烧鲳鱼，把才八岁的芬妮吃哭了，当时布莱特觉得非常反常，反复思考后得出的结论是，这是上帝的暗示。于是，布莱特将心中盘算已久，但迟迟未能实施的商业计划，正式付诸实施。

当时，他看到上海市面上皮鞋价格高，做工也不好，便下决心举债从东欧进口了五万双,靠着款式时髦、质地优良而热销上海滩,也让他这个小商人一举咸鱼翻身,住进了诺曼底公寓。

快十点了,三个小孩已有睡意,布莱特却把周鼎叫到落地窗外的环廊上,说:"你已经很久没上学了吧?"周鼎愣了一下,摇摇头努力驱赶瞌睡虫。自从父亲离开后,他因为要承担看门人的职责,就没再上学,算起来已经快两个月了。

见周鼎只摇头不说话,布莱特又问:"你想继续上学吗?"周鼎点点头,忽然又摇头说:"我还要当看门人,曹叔刚刚来,而且他说不来法文,很多事情要我帮忙。"

"我们法国人非常重视教育,你知道人生中很多智慧是来自书本,不过……"布莱特话锋一转,"当然,更多的智慧来自生活。"布莱特紧盯着周鼎的眼睛,"如果你想继续上学,我每个月可以资助你一块银元。如果你想当看门人,我每个月给你两块银元。"

周鼎虽然听不大明白,但以他的颖悟,还是听出了布莱特话里有话,问:"布莱特先生,你是要我做什么吗?"

布莱特却又岔开话头:"你知道这幢诺曼底公寓里面住着什么人吗?"他不等周鼎回答,继续说:"有领事馆的官员,有轮船公司的总经理,有烟草公司的大班,有像我这样的商人。不过这些不重要,这里还住着音乐家、数学家、医生,还有像葛妮亚、胡大厨这样的厨师,等等。"

说到这里,周鼎已经大致听懂了:"布莱特先生,你是说让我一面当看门人,一面找楼里的人给我讲课吗?"

"讲课这个词用得太正规,你可以去楼里这些人家里学习,或者是学一点技术，或者是了解一个领域的知识，或者是听听他们的经历。你要知道，人生阅历是最好的老师。"

周鼎很是诧异，心想布莱特平时只关心他自己的生意，对芬妮的学习也顾不上，今天为什么这么关心我？只听布莱特继续说："大楼里很多人我都熟，我会跟他们说，看门人小钉子要来你们家听点故事、学点本事，我想他们会答应的。"

随后，布莱特沉默了，抬头望着夜空中的那轮新月。周鼎也不说话，也抬头望着夜空，忽然心想，这时候爸爸在哪里，有没有在看星空中这轮弯弯的月亮？不过我们中国人跟犹太人不一样，我们喜欢看圆月，特别是八月十五中秋节的月亮，爸爸这时候应该不会看这轮如钩新月。想到这里，他的心中有一股莫名感伤，眼眶被泪水润湿了。

布莱特依然抬着头，过了好一会儿才打破沉默："你在各家学习的时候，要帮我找一件东西。"说着伸手比划了一下："那是一只深咖啡色的手提皮箱，比一般的皮箱要小一些，箱子非常坚固，而且上了锁，没有专门的钥匙是打不开的。"

第三章

击石乃有火 [1]

回到底楼的看门人小屋,已近深夜十一点。

周鼎轻轻推门而入,却透过屋内弥漫的烟雾,惊讶地看到平日习惯早睡的曹鲁正坐在床边抽烟。见周鼎进来,曹鲁起身掐灭了烟头,示意周鼎敞开房门,顺手抄起一把蒲扇,用力挥舞着驱赶烟雾。

无言扇了一会儿,他才关上房门,指指已经铺好床褥的木板说:"早点睡吧。"周鼎"嗯"了一声,便脱衣上板。对于这个在暴风雨之夜搬来的不速之客,他心中一直有点说不清道不明的疑惑。比如,他自称在法租界跑狗场做了多年侍者,却连一些基本的法文都听不懂,更不会说;再比如,他来了之后一定要和自己住一个屋,却让儿子曹南乔跟学校工人住在一起,而每周六曹南乔回来,也被要求去汽车间跟归一住。

不过虽有疑惑,周鼎并没有感受到明显的恶意,带着这些疑问正要入睡,却发现曹鲁并没有像往常那样马上关灯,而是坐在床沿看着自己问:"去哪儿了?"

---

[1] 击石乃有火:出自唐代孟郊的诗《劝学》。

"顶楼赤脚芬妮家里,她爸爸布莱特先生请我一起吃饭。"

曹鲁点点头:"因为上次你救人?"

"大概是吧,菜很好吃,我第一次吃到放了这么多料的蛋糕,真想给南乔带一块。"

曹鲁是个喜怒不形于色的人,并没接话,沉默了一会儿说:"学习怎么办?"

周鼎心想,今天怎么曹叔和布莱特都来关心这事,脱口便说:"布莱特先生刚才也问我,他说可以帮我付学费,或者也可以在公寓里边当看门人,边学习。"

"看门人,怎么学?"

周鼎知道曹鲁一直惜字如金,但他能理解这句话的意思,便把布莱特的想法说了一遍,只是略掉了"深咖啡色箱子"这一段。曹鲁听了没再说话,坐了几分钟便起身关了灯。身为看门人,每天都要早起在门厅里照应,所以一般不能睡太晚,像今天这样十一点多还不睡觉,算是特例了。

过了将近十分钟,周鼎已经开始打呼,却听曹鲁在耳边问:"见过你爸爸吗?"

对一个渐入梦乡的人提问,是比较容易问出真话的,因为被问者此时的思考力是一天中最弱的。更何况,周鼎还只有十二岁。他嘟囔着说:"见到了。"

"在哪里,说了什么?"听到曹鲁提高了声音,被窝中的周鼎打了个激灵,心想坏了,说漏嘴了,马上说:"在梦里。"然后就听到曹鲁站起身,伸手轻轻拍了拍自己盖着的被子,回到了小床上。

这一夜,周鼎一直在做梦,梦到了父亲,梦到了布莱特,梦到了芬妮和阿苇，但梦到更多的是那个深咖啡色小皮箱。此时，又梦到有人在轻轻地拍自己的肩膀，似乎在叫他"小鼎"，他大叫一声"爸爸"，瞬间醒了过来。

周鼎发现这不是梦，确实有人在拍他叫他，手势和声音都很像父亲，却是曹鲁。此时天已微亮，从看门人小屋那个小小的北窗口漏进来一点亮光。只见曹鲁拿了个小凳子，坐在周鼎睡的那块木板旁边，似乎已经坐了一会儿，轻声说："楼里学习时，留意一个小箱子，深咖啡色。"

布莱特并不是一个乐于交际的人，在楼里的人缘可能只比偏执的德国佬菲兹曼好一些，但他有绝招，而且不止一个。

首先当然是他有个温润善良的女儿芬妮，她可能是诺曼底公寓中最受欢迎的人之一。哪怕是冬天，她也喜欢光着脚在楼道里走来走去，因为走廊墙壁上都装着电热汀。对于芬妮这个爱好，布莱特夫人一直反对，她觉得没有体现法国富家小姐应有的教养。但布莱特先生不仅不反对，甚至还会有些鼓励的言辞，因为他笃信中国民间关于"赤脚财神"的传说。当年留下胡大厨一家，很大一部分原因是看到他们都光着脚，后来果然带来了财运。而对于常年光脚的芬妮，布莱特希望带来的是绵长久远的财运。

另一个绝招，就是布莱特所秉持的信条——没有用钱敲不开的门，如果有，那也是因为钱不够多。

当然，布莱特自己对公寓六十多套房间主人的身份，并不都了解。但他还有周鼎，这个小看门人跟随他尽心尽职的父亲——老看门人周茂生多年，对这个大楼里的租客身份可谓了如指掌。他看了一会儿周鼎提供的租客名单，然后摘下眼镜，抬头看了看四周，对于刚搬进来的这个诺曼底公寓最大的套房，布莱特甚是满意。他发现芬妮和阿苇正在厨房门口好奇地看着一张唱片，便说："阿苇，去把周鼎叫上来。"

阿苇迅速把手中的唱片交给芬妮，抬头答应着，一溜小跑往门外跑去。芬妮连说"等等我"，迈腿跟了出去，圆润的赤足踩在地板上发出"吱吱"声。

芬妮虽然比阿苇大了三岁，但她更喜欢跟在活络的阿苇后面，两人如影随形。楼里别的仆人家小孩有一次当面说她是阿苇的"跟屁虫"，芬妮不解地问阿苇"跟屁虫"是什么意思，阿苇调皮地笑笑，忽闪着两个黑溜溜的大眼睛说："就是跟在后面吃我的屁的大肥虫。"芬妮倒也不恼，只是说："下回你跑得慢一点，吃我的屁吧。"

待得周鼎跟这两个小姑娘上楼，布莱特夫妇却已经穿戴整齐，准备出门了。而在他们身边，还站着一袭长衫的青脸短须中年人，正是汪步青。

布莱特对周鼎说："我们跟汪先生有事出去一趟，明天再跟你说。"然后转头对着厨房说："葛妮亚，今天西餐不用做了。"说完，便跟着汪步青出门了。

阿苇关上门，自言自语："怎么那个青脸坏人又来了？"芬妮则好奇地问正在扫地的阿苇妈："阿妈，我爸爸妈妈去哪里了？"

"你们刚下楼，那个青脸鬼就来敲门，进门就说，那几家派克饭店的股东今晚在华懋饭店[1]吃饭，如果布莱特先生有空，欢迎带

1　华懋饭店：今和平饭店。

夫人一起去。"阿苇妈语速很快，满口宁波话，说青脸鬼还说了，道理上应该提前几天备好请帖来请，但实在匆忙来不及了，希望布莱特先生不要怪罪。"怪也真怪，布莱特先生一口答应了，他对青脸鬼真是客气过头了。"

周鼎无心听这些，因为他刚走进客厅，就被被眼前的景象镇住了。

这是一个巨大的弧形客厅，前面是六扇高大的落地窗，此时正是傍晚五点来钟，窗外是橘红的落日、热烈的晚霞、闲淡的白云，时不时还有鸽群盘旋飞过。再看屋内，层高足有四米多，还有宽敞的餐厅、厨房，以及四个关着房门的卧室。

"原来这就是传说中的船长室，难怪布莱特先生一直想搬进来。"周鼎正想着，背后被人拍了一下："小钉子阿哥，看呆了吗？"

周鼎转头说："以前菲兹曼先生住在这里，他关照过，他的家里不让别人进。归一哥跟我说，他给菲兹曼开了两年车，这个房门都没踏进过。"

一旁芬妮不解地说："可我以前老是看到芒斯来，菲兹曼先生为什么准许他进门？"

"不是德国佬让他来，是德国佬的太太让他来。"阿苇抢在周鼎前面回答，却招来阿苇妈的骂声："小姑娘乱说什么，别人家的事不要乱讲。"

"可是你不也常常跟布莱特太太说这些吗？你们还边说边笑。"阿苇不服，"以前德国佬一直不肯跟我们换房子，为什么一下子就答应了？"

"还不是因为那个剃头的芒斯，"阿苇妈不想跟小孩子多说这些，便转了话题，"房子大是大了一些，不过房租也厉害，听说原来71室租一年的钱,这里只能租七八个月。你爸爸最近发大财了吗?"最后那句话,是冲着正在厨房偷吃菜的芬妮说的。

芬妮正往嘴里塞进一块胡大厨刚烧好的豆腐,烫得她赶紧吐了出来,一边用手扇着嘴巴,一边说:"不知道啊,他老想跟我说生意经,我不爱听。"她对着那块豆腐连连吹气,然后又塞进了嘴巴说:"我让他跟小钉子说,或者跟阿苇说也行,反正我不喜欢听。"

这时,周鼎注意到在客厅一角,放着一个落地留声机,上面竖着一个金色大喇叭。芬妮已经吃了半饱,从厨房走出来,顺手拿起刚才看的唱片,放在了唱盘上,然后轻轻摇动留声机的手柄。

  毛毛雨　下个不停
  微微风　吹个不停
  微风细雨柳青青
  哎哟哟　柳青青
  小亲亲不要你的金
  小亲亲不要你的银
  奴奴呀只要你的心
  哎哟哟　你的心[1]

客厅里荡漾着一个少女甜腻妩媚的歌声,歌词更是充满浓情蜜意,让三个少男少女既有点羞怯,又有点兴奋,听得心驰荡漾。

---

[1] 《毛毛雨》:创作于20世纪20年代末,中国第一首流行歌曲。

半年多时间过去了，此时已是一九三四年的春天。这段时间，周鼎成了诺曼底公寓中最忙碌的人。按照布莱特的安排，这个小看门人在相对空闲的午后和晚上，频繁出入大楼的住户家里，以楼内学习代替了学校学习。用布莱特的话来说，在这里可以学到学校里学不到的东西，比如英法德等语言课、贸易保险等生意课、吹拉弹唱等音乐课，当然还有开车理发调咖啡等手艺课。

这段时间，布莱特或在诺曼底公寓大门口的咖啡店里，或在门厅里，或在电梯上，或在走道里，只要遇到公寓里的住户，便打招呼说看门人周茂生失踪后，周鼎一个人孤苦伶仃，而且公寓看门少不了他，既然去不成学校，就只能请公寓的各位帮忙传授点知识。而有些住户一时遇不上，他便亲自上门，还会带上芬妮。芬妮胖嘟嘟的脸，浅褐色的眼睛和温润诚挚的神态，让很多住户觉得难以拒绝。

当然，布莱特还会送上一点学费。楼里的多数人都表示只要有时间，可以让周鼎上门。他们只是奇怪，一向吝啬也并不热心的布莱特，怎么对周鼎这么上心？

但也有一些人让布莱特吃了闭门羹，让芬妮不解的是，布莱特却把这些住户列在了名单首页，要求周鼎想尽办法登堂入室。

比如，住在61室的卖保险的俄国人曼德斯基，他就一口回绝，理由是太阳人寿的业务繁忙，而且自己素来不喜欢小孩，所以他们夫妇一直没要孩子，哪里有时间和兴趣来教中国小孩？

布莱特让周鼎自己上门去，肥硕的曼德斯基夫人倒没说什么，矮个子曼德斯基先生一边喝着伏特加，一边连连晃着他的秃脑袋，根本不听周鼎说什么，就把他轰了出去。在走廊上等着的阿苇要冲过去再敲门，却被周鼎一把拉住，说自己是去求人家，人家既然不愿意，也不能太勉强。

布莱特听周鼎和阿苇讲了事情经过，并不作声。一旁的芬妮问要不要让她去试试，却被父亲阻止，他对周鼎说："小钉子啊，你也会碰钉子，从现在起你应该改个外号叫小锤子，看到谁都是钉子，把他们敲打一顿，继续吧。"

诺曼底公寓全部六十三套房间，除了其中五套没有主人或主人不在，有十九套房间的主人拒绝了布莱特提出的要求。在曼德斯基那里碰了钉子后，对剩下的十八家，周鼎一家一家上门，有时候一个人，有时候带着芬妮或阿苇，更多时候是三人同行，到了礼拜六晚上或礼拜天白天，就会和放学回家的曹南乔组成四人组。

每次敲门前，阿苇都会提醒他："记住你不是小钉子，你现在是小锤子。"说着便咯咯笑了起来。如果芬妮在，她会从口袋里掏出一块巧克力，塞到周鼎嘴里说："小钉子，巧克力给你勇气。"如果曹南乔也在，他会用力拍拍周鼎的肩膀说："贪生怕死勿入斯门！"周鼎不解其意，曹南乔也不解释这句话的出处，只是用眼神示意他赶紧去。

这十八家的主人中，有法租界电车公司、自来水公司的经理，也有几家洋行的高级经理，还有几个身份不甚清晰的人，比如住在54室的这个老头。去敲门的时候是礼拜三晚上，周鼎足足敲了五六分钟，以为屋里没人正想放弃时，忽听门内传来"啪嗒"一声，似乎是什么东西掉在了地上。周鼎一怔，阿苇已经快步上前，加快节奏帮着敲门。

门开了一条缝，里面探出半张脸。这是半张优雅的脸，看上去六十多岁，胡子刮得干干净净，鼻梁上架着一副圆圆的黑框眼镜，引人注目的是特别宽大的脑门，几乎占掉了半张脸。那人一看是周鼎，便用有点生硬的法语问："有事吗？"

阿苇又要抢着说话，被后面的芬妮拉了拉裙角，小嘴张了张不情愿地闭上了。周鼎称对方黑塞先生，并简单把来意说了。

黑塞点点头，把门开得稍微大了点，他的右手拿着烟斗，继续用不流畅的法语说："如果我说德语，你听得懂吗？"周鼎轻轻摇摇头说，自己只会几个简单的日常德语单词。

黑塞似乎有点激动又有点生气地用德语说了一句，再用法语说："我没时间教小孩，我对时间的态度，就像那些犹太人对金钱的态度。"说着把门关上了。

门外三个人面面相觑，周鼎说："也不知道他刚才那句德语是什么意思？"却听芬妮说："我能听懂，黑塞先生刚才说，我们德国就要统治整个欧洲了，你们居然没一个人懂德语！"

他们正要离去，阿苇却说有办法了，转身又去敲门。这次只敲了几下，门就开了，黑塞依然只露出半张脸，不耐烦写在了脸上，正准备训斥，阿苇抢先说："黑塞先生，周鼎就是想来学德语，我们都想学德语。"

阿苇故意把重音落在"德语"上，硬是把黑塞已到嘴边的骂人话顶了回去。黑塞想了想说："我一向惜时如金，你们来学德语可以，我只有礼拜六晚上可以拿出半小时。这个礼拜六，晚上八点来，记得准时。"

这一圈问下来，原来不同意周鼎上门的住户中，只剩下包括曼德斯基在内的五家态度依然坚决，其他十多家或勉强接受或不置可否。布莱特让周鼎把那五家列个单子给他，看了一眼，便折叠好放进了西装内兜。

从这时起，周鼎发现了两件有意思的事：一是自由地学习是如此充满乐趣，这绝不是每天背着书包上学可比拟的，简直是天上地下；二是时间是如此不够用，不仅原计划的下午和晚上都排满了，连上午他都要花将近一个小时在学习上，这让他经常想起54室黑塞先生那句话——我对时间的态度，就像那些犹太人对金钱的态度。有一次，他对芬妮这么说，却惹了芬妮不高兴，认为这是在贬低犹太人。周鼎悄悄塞给她一块巧克力，马上让芬妮破涕为笑。

一天晚上，周鼎吃过晚饭，便走到走廊尽头的仆人电梯，乌老四懒洋洋地问他去几楼，他说去二楼，却引来乌老四一通嘲笑："你这个也叫学习啊，背着书包上学才叫学习，我看你这个么，最多就是阿拉上海人说的学生意。"

周鼎也不恼："乌老四你说得对，我这就应该叫学生意，学点手艺，以后饿不死。"乌老四却放低了声音说："这几天，楼里面来了好几个陌生面孔，你发现了吗？"

"我只看到原来扫楼梯的张老头不来了，换了个年轻一点的。"

乌老四摇摇头："你这种小孩子白相心思太重，像你这么当看门人啊，老早楼里面小偷强盗都进来了。"说着，电梯已经到二楼，周鼎快步而出，并没有把乌老四的话听进去。

虽称二楼，如果从外面马路上数的话，其实是三楼。诺曼底公寓遵循的是法国惯例，一楼被称为底楼，二楼才叫一楼。周鼎要去找的是马尔基尼奥，那个说起话来手舞足蹈的意大利圆号手。

这天是周鼎的"音乐学生意"时间，上次来的时候，马尔基尼奥跟他聊了很多意大利的风土人情，更多集中在美食和女人上，那把宝贝圆号根本都没让周鼎碰。

没敲几下,门就开了,马尔基尼奥边穿衬衣边说:"小钉子来得正是时候,早来几分钟我就要把你踢出去。"周鼎甚是不解,一是现在是晚上七点,马尔基尼奥难道是刚刚起床?二是为什么早来几分钟要被踢出去?

这是一套一室户的房子,但客厅依然宽敞,卧室的门半开着,周鼎看到里面床沿上坐着个褐发洋人女人,身上穿着一件宽大的男式衬衫,光着两条腿,正在点烟。那女人看了一眼周鼎,略扬扬头算是打了招呼,对自己的衣冠不整毫不介意。

周鼎也跟她点点头,他认识这个叫娜塔莉亚的白俄女人,她一年多前搬到了诺曼底公寓,跟一个法国领事馆的副领事同居,最近那个副领事调到北京去了,她马上就搭上了马尔基尼奥。

马尔基尼奥似乎来者不拒。周鼎在门厅经常看到他带着不同的年轻女人进来,有黑发的,有褐发的,有金发的,甚至还见过一个红头发的。这个意大利人每次都热情地跟周鼎和曹鲁打招呼,曹鲁总是点点头,而周鼎则会用意大利语回应几句。有时候,马尔基尼奥会留下一点钱,让周鼎到公寓门口的面包房买些面包,或者到雷上达路的西餐馆买意大利面或披萨。几乎每次,他都会关照周鼎,一个小时后再送上来。有一次,周鼎提前了将近二十分钟,只听26室房门里面传来一声怒吼:"放在门口,小笨蛋!"

而今天,周鼎来得正是时候。马尔基尼奥穿好衬衣就半躺在沙发上,点上一根烟慢慢抽着,似乎有点疲惫,但又很享受。他看了看周鼎说:"小钉子,是你想来学音乐,还是布莱特先生要你来学?"

这段时间以来,周鼎在不同的住户家里学习,这句话是经常被问到的，只是学音乐会被学算数、学电器、学经商等替代。周鼎回答得熟门熟路："是我想学，布莱特先生说我可以跟你学。"

"那你为什么想学圆号，这可是世界上最难学的乐器。你要达到我的水平，恐怕至少要练三十年。"马尔基尼奥虽然半躺着，但说话时还是双手舞动，姿态有点可笑。

"我要学很多东西，可是你只会吹圆号啊。"

听周鼎这话，马尔基尼奥猛地从沙发上坐起来，高声说："谁说我只会吹圆号，我还会弹钢琴、拉小提琴、唱歌剧，还有指挥，我还会指挥乐队。"意大利人边说边做出吹拉弹唱的各种姿势，周鼎忍不住笑出声来。

这时，从卧室传出笑声，娜塔莉亚走到了客厅，先瞥了一眼周鼎，然后对意大利人说："亲爱的，你拉小提琴只是街头卖艺的水平。"她身上的衬衣只遮到大腿的四分之一，两条长腿泛着白光暴露在两人面前。

周鼎虽还年少，但毕竟也十三岁了，看到这副景象，难免羞怯但又忍不住想看。娜塔莉亚走过来就要坐到沙发上，马尔基尼奥伸手拍了拍她的大腿说："亲爱的，去弄点吃的来。"然后，看着那女人走向厨房的背影，他双手背在头上轻声说："这个世界上，没有比女人更迷人的东西，也没有比女人更可怕的东西。"

他转头看了看，却见周鼎目不转睛地盯着娜塔莉亚的背影，抬手拍了一下周鼎的后脑勺："下回给你带一个？"

周鼎赶紧收回眼神，脸红道："你上次说给我带一个圆号。"马尔基尼奥又拍了一下周鼎的后脑勺，起身在客厅的柜子里面打开一个小箱子，取出一个金光闪闪的圆号，周鼎正要接过，却被马尔基尼奥伸手挡了一下，他从柜子里取出另一个圆号说："这个是乐团的备用圆号，听说它的主人是乐团以前的圆号手，去年死了，这也是要这么大老远把我从意大利请来的原因。"

周鼎接过来，发现这个圆号的光泽大不如马尔基尼奥自用的那个，意大利人似乎看出了他的疑问："这个圆号一年多没人吹了，圆号就像女人，你要天天抱着她、亲着她，和她聊天、跟她调情，她才会有光泽，才会发出最美妙的声音。"接着，他跟周鼎讲解如何用左手拇指控制四个阀键，而右手要插入大喇叭口，这样既可减弱音量又可改变音色，形成阻塞音，达成温柔、暗淡的效果。

在这个有着深蓝色双眸的意大利人的生活中，音乐和女人是两大主角，不过很多时候这两大主角都会臣服于一个配角，那就是美食。所以当娜塔莉亚端着帕尼尼、生火腿和烩饭走过来时，他立刻暂停了讲解，小心翼翼地放下手中的圆号，开始了他的另一种享受。

虽然马尔基尼奥用手示意一起吃，但周鼎清楚，这是他应该告辞的时刻。他经过储藏室时，转头往里看了看，娜塔莉亚正踮起脚尖，抬手去拿上层柜子里的红酒。

"啪"的一声，一物飞来打在周鼎后背，他连忙回头去看，一盒香烟掉在了地上。只听马尔基尼奥大声说："快滚，小色鬼！"紧接着是一阵笑声。

周鼎快步跑出了房门，心中一阵意乱，摸着心口在走廊上站了好一会儿。而让他如此失态的并非那个衣着清凉的褐发美女，而是在储藏室柜子里，露出的一个小皮箱的一角——深咖啡色。

周鼎急切地等待着父亲的出现，但比父亲先出现的是窃贼。

自从一九三三年九月初那个暴风雨之夜后，周茂生又出现了两次，都是在空着的顶楼72室。每次见到父亲，周鼎都能明显感受到父亲的疲惫与苍老。特别是一个多月前的最近这次，虽因怕邻居发现，72室不能开灯，但借着月光也能看到父亲双鬓已经染白，而父亲不过四十岁刚出头。

根据父亲的要求，周鼎把每天喂鱼打扫的时间改到了晚上，也就是他在楼里上好晚课之后。父亲跟他说过，如果自己过来看他，一定是在晚上。每次见面，父亲总会带几个大肉包和别的零食，先看着他美美地吃着，然后再问一些具体的事。当然，主题离不开那个失踪的深咖啡色小皮箱。

周鼎告诉父亲，布莱特和曹鲁也要他找深咖啡色的小皮箱。父亲表情严肃地听着，似乎也不吃惊，他对布莱特的情况问得不多，而是追问曹鲁的长相、性格、举动等等。周鼎跟他说，曹叔长相非常平常，普通到找不出什么特别，或者说他最大的特点就是普通，他对自己很好，只是看得很严，不知道是关切还是有别的目的。

正因为曹鲁盯得紧，周鼎不能像那个风雨夜那样跟父亲同室而眠，而只能匆匆说过几句话后，便回到底楼看门人小屋。每次临走时，父亲都会在他口袋塞进几块银元，但数量在减少，从第一次的五块，到第二次的四块，再到第三次的两块。周鼎下楼时，会把银元贴身藏好，晚上睡觉时轻轻摸着，仿佛摸到的是父亲的慈爱与艰辛。

那天离开马尔基尼奥家后，周鼎急切地想把他发现的情况告诉父亲。他每天晚上充满期待地打开72室，又总是充满失望地锁门离去。

这天晚上他同样带着失望下楼，乌老四开的仆人电梯当然早已关张，他走的是仆人楼梯兼消防楼梯。刚走到三楼，身后楼梯上忽然快步跑下来两个人，穿着深色长衣长裤，都戴着帽子。

周鼎吃了一惊，他细看这两人的背影，应该不是这个公寓里的人，心道会不会是小偷，也加紧了脚步。但看到其中一个人空着手，另一个人肩上背着个小布袋，似乎也装不了多少东西。

一路跟到底楼，这两人却放慢了脚步，以平常速度往大门口走去。周鼎朝门厅望去，没见到曹鲁，只有一辆电梯还亮着灯，里面坐着一个胖胖的男人，看不清是乌老大还是乌老三。周鼎正在犹豫要不要截住那两人，却见大门被推开，快步走进来一个健壮的年轻人，还哼着小曲，正是菲兹曼的司机归一。

周鼎急中生智，朝归一大声说："归一阿哥，他们要找菲兹曼先生。"归一马上站住，问那两人："菲兹曼先生要明天回家，你们是谁，有什么事吗？"两人一愣，也站住说："我们不找人。"

周鼎要的就是这个停顿，乘机跑过来说："这是菲兹曼的司机，你们有事可以跟他说。"两人中个子较矮的人说："小赤佬，谁说我们找什么兹曼？"

周鼎故作惊讶地说："你们刚才上楼时，不是说找菲兹曼先生吗？"矮个子不耐烦地说："我们什么时候说过？"旁边高个子伸手推了一把周鼎："碰着赤佬了，滚开！"说完，推门快步离去。

归一愣愣地看着这一幕，问："小钉子，他们到底来找谁？"周鼎看到电梯里的乌老三在往这里探头探脑，拉着归一走到门厅角落说："我刚刚下楼碰到这两个人，肯定不是我们公寓里的，不过我没证据，不能搜查他们。"

"那你是随口说他们来找菲兹曼？"归一诧异地问。

"是啊，不然他们怎么肯停住脚步，还跟我们说几句话？只有这样我才能看清他们的脸，听清说话的声音。明天要是发现公寓里哪家被偷了，就有了小偷的大概样子。"

归一连声夸周鼎聪明，满脸却是抑制不住的喜悦。这下轮到周鼎奇怪了，问："你今天怎么这么高兴？"

"小钉子，明天我带你认识一个人，就是在对面姚主教路[1]上卖炒货的阿玖姑娘，你见过吗？"归一伸手往大门外指了指。诺曼底公寓建在六岔路口，姚主教路在公寓大门的西南向斜对面。

"我吃过的，他们的糖炒栗子最好吃，阿玖倒是不认识。"

"我跟你说，阿玖好看得像，就像……"归一用力锤了锤周鼎的肩膀，想出了一个形容词，"就像嫦娥下凡。不跟你说了，你小孩子也没见过嫦娥，听不懂。"

却听乌老三在背后哼了一声："什么嫦娥不嫦娥，真没见过世面，你们有铜钿去四马路上的长三堂子[2]里看看。"乌老三摇摇头，关掉了电梯灯锁上门："你们记记牢，不要看见了卖糖炒栗子的就觉得像仙女，要多赚铜钿去两趟长三堂子，这才真叫享福。"

父亲终于来了。

容光焕发的样子，今天没穿看门人制服，也没穿长衫，而是一件笔挺崭新的西服。看到自己，父亲隔着两丈远就伸出了双手，周

---

1 姚主教路：今天平路。
2 长三堂子：较高级的妓院。

鼎发现，父亲的右手还拎着一个小皮箱，居然是深咖啡色的。他激动地高喊："爸爸，你找到箱子了？"

见父亲笑着朝自己连连点头，高声说："小钉子，快起来，捉小偷！"

周鼎猛然睁开眼，发现自己躺在小屋里的木板上，曹鲁正站在门口冲着自己喊，然后快步出门了。这才知刚才是一场梦，他还有点迷迷糊糊，只听外面门厅里人声嘈杂，再转头看桌上的小时钟，指针指向半夜一点二十分。

周鼎脑海里突然闪过晚上那两个陌生人，从床上一跃而起，穿好裤子拿着外套便跑了出去。只见门厅里已经站着五六个人，还有人陆续从旋转楼梯上走下来，站在人群中间的是一个粗壮的矮个子秃顶老头，正对着曹鲁激动地说着什么，看到周鼎出来，便几个箭步走了过来，指着周鼎的鼻子，卷着舌头咕噜咕噜说了一大通话。

周鼎当然认识，这正是住在61室的曼德斯基，借着灯光只见他涨红着脸，黑色礼服上似有不少污痕，浑身散发着酒气。他的第一反应是曼德斯基在发酒疯，在诺曼底公寓这个白俄老头是出名的酒鬼。

而且，周鼎完全听不懂曼德斯基在说什么，肯定不是法语，细听也不是德语、英语，甚至不是意大利语，他突然明白了，这个老头在飙他的母语，赶紧用法语说："曼德斯基先生，你说俄语我们听不懂。"

曼德斯基一愣，转用法语说："我不是一个粗鲁的人，可我要告诉你们，这条霞飞路上最多的就是俄国人，可笑的是诺曼底公寓的看门人居然听不懂俄语。"严格地说，曼德斯基平时举止并不粗鲁，只是偶尔酒后失态，他的下一句话便解释了今天为何如此失态："我已经打电话给巡捕房了，我家来过窃贼了。"

说着，住在汽车间楼上的乌老三已被曹鲁叫了过来，一路上骂骂咧咧，但看到是洋人被窃便不敢响了，开电梯送周鼎、曹鲁和曼德斯基上到六楼。只见房门大开，曼德斯基夫人呆坐在客厅里，三间卧室都被翻过，地上一片狼藉。

"你问他，丢了什么？"曹鲁这话提醒了周鼎，他马上翻译过去，却见曼德斯基口中念念有词走向一个翻得最乱的卧室。过了一会儿，曼德斯基夫人似乎有点缓过神，站起身缓缓走向另一个卧室。

半个多小时后，两个华人巡捕才赶到。他们简单看了看，其中一个开始询问曼德斯基夫妇。原来，他们今晚参加一个白俄家庭的聚会，地点在公共租界，两人到家已将近凌晨一点，上楼才发现室内被窃。一个华捕问丢了什么，曼德斯基摇头说家里没放什么贵重的东西，好像只丢了放在卧室抽屉里的十几块银元。

那个华捕说再想到什么，明天白天可到巡捕房做笔录。这时，另一个华捕强忍着哈欠，有些不耐烦地说，没有丢贵重的，走吧走吧。两人便一起匆匆下楼了。周鼎正想说晚上遇到两个陌生人的事，但听到这个华捕的声音，心中一惊，赶紧闭嘴。

一个多月过去了，父亲始终没有出现，关于在马尔基尼奥家里发现深咖啡色小皮箱的情况，只能被周鼎埋在心中。虽然除了父亲，布莱特和曹鲁都要他找同样颜色的箱子，但他知道这个情况只能跟父亲说。

下午近两点，度过了中午这一常规忙碌的时段后，公寓看门人可以稍事休息。曹鲁倚在看门人小屋的椅子上,正打着盹。周鼎想去找归一玩,刚走到后门,却见门口站着一个婀娜少女,穿一袭淡绿色连衣裙,她黑中带着微黄的头发,扎着两条辫子,白皙的脸上长着翘翘的鼻子,两个黑黝黝的大眼睛正凝望着自己。

"阿苇,你怎么站在这里一声不响?把我吓了一跳。"

看到周鼎,阿苇哼了一声说:"周鼎,我要恭喜你啊。"

周鼎刚才就颇感奇怪,因为阿苇一反往常的俏皮灵动,脸上的笑意也被埋怨的眼神取代。听到这一问,发现往常称呼的"小钉子阿哥",居然只剩下了冷冰冰的"周鼎",忙问:"阿苇,我有什么开心的事?"

"这两天我听好多人说,你要变成小布莱特先生了。"

听这话,周鼎更是摸不着头脑:"你听谁说的?"

"乌老四、乌老三、乌老二,连那个凶巴巴的乌老大也在说,他们说布莱特先生要把芬妮嫁给你,让你继承他的产业,以后不能让你坐仆人电梯了,要坐主电梯,最好八抬大轿把你抬到顶楼船长室。还有,不能叫你小钉子了,要叫你周先生,还说这么叫也不周到,最好叫小布莱特先生。"

阿苇口齿伶俐,一番话如连珠炮般射出,反倒把周鼎打清醒了,忙说:"阿苇,这是布莱特先生安排的。"

"你要当人家女婿,当然是布莱特先生安排的,总不成还是乌老大安排的?"

周鼎笑了笑,解释说是布莱特先生听到楼里一些说法,说布莱特原本不热心,但在周鼎学本领这件事上这么出力,很是奇怪。对此,布莱特还跟自己商量过,后来决定通过开电梯的乌家四兄妹等人传出话去,说布莱特看上了这个聪慧的中国少年,希望周鼎成为自己的生意帮手,甚至将来可能把女儿芬妮嫁给他,继承美华洋行的产业。

听到这里,阿苇的脸色依然严肃,只是两个嘴角忍不住朝上扬了扬,语气也温和了许多:"小钉子哥哥,以后也要跟我说,我还以为你不想跟我玩了呢。"说着,眼眶一红忙转过头去。

周鼎快步上前,拉着阿苇的手说:"我们去汽车间,找归一阿哥玩。"阿苇也不挣脱,说:"跟归一有什么好玩的,还不如去找芬妮。"

两人走进船长室,却听平日对女儿一向和颜悦色的布莱特,板脸在斥责芬妮:"你要知道爸爸的钱都是凭智慧和能干赚来的,你这孩子不能这么乱用同情心,以后怎么经营好爸爸的产业?"

话音未落,两串泪珠已从芬妮圆润的脸上滚落,布莱特却转过脸去看报纸了。芬妮只能哭着走进厨房,周鼎和阿苇跟了进来,关切地问她怎么了,芬妮泣不成声,阿苇妈低声说:"芬妮刚才在姚主教路上看到几个小乞丐很可怜,回来问他爸爸要钱,布莱特先生不给。"

听这话,阿苇笑吟吟地问芬妮,要不要吃块蛋糕消消气,芬妮觉得这是在嘲笑自己,不由地悲从中来,放声大哭。

这哭声,飘出船长室的落地窗,跨过环廊,经过众多亮着灯的窗口,传到霞飞路上,然后又被风吹开,散落到福开森路、雷上达路、姚主教路、爱棠路[1]上,被很多住户和行人听入耳中。他们一定不知道,这个少女不失甜美的哭声为谁而发;他们更不可能知

---

1 爱棠路:今余庆路。

道，无论是他们自己还是诺曼底公寓，甚至偌大的上海，都将身陷一场深重的苦难。

这段时间以来，诺曼底公寓的名声越来越响。以前因为它外形像一艘巨轮，周围老百姓喜欢叫它"船房子"，而现在不少人叫它"贼房子"。因为自从曼德斯基家遭窃后，在短短一个多月里，又有两家被窃贼光顾。奇怪的是，虽然每个房间都被翻得一片狼藉，但财产损失不算大，都只被偷走一些银元或少量金银首饰。因诺曼底公寓的住户大多在法租界有较高身份地位，此事引起法国领事馆的重视，严令巡捕房限期破案，并加强对大楼的安全警卫。

于是，每天站在底楼门厅里的，除了看门人曹鲁和小看门人周鼎，还多了两个新"看门人"——头戴笠帽、身背长枪的安南兵。他们每天早上来站岗，中午有人来换班，然后傍晚时分下班回兵营。阿苇妈称他们就是聋子的耳朵——摆设，见芬妮没听懂，她说强盗都是晚上来的，他们白天站岗有什么用？

一时间，大楼里人人自危，唯有两人例外。一个是布莱特，据说他成功入股了建造中的派克饭店，正为自己远东第一高楼股东的身份而兴奋；还有一个是德国佬菲兹曼，他依然每礼拜只回家住一个晚上，他所关心的是他们公司航行在印度洋和太平洋上的轮船，而不是诺曼底公寓里这点鸡毛蒜皮的事。

一个礼拜六的下午，布莱特一时兴起，打算带着芬妮去静安寺路上看看基本竣工的派克饭店。芬妮虽然高兴，但要求带上阿苇、周鼎和曹南乔，她怕父亲不同意，已经提前酝酿好了眼泪。哪知布莱特没有二话，只说小汽车坐不下这么多人，让周鼎和曹南乔骑脚踏车去。其实，布莱特的塔尔伯特汽车外形高大威猛，车内宽敞舒适，完全容得下他们五个人，但芬妮性格温和而知足，没为此跟父亲争执。

这是一九三四年的初夏，距离在上海闸北爆发的第一次淞沪抗战仅仅两年，但事实证明，租界里的人们已经淡忘了就发生在苏州河北岸的战争。这里的人们天真地相信，无论战争离他们多近，他们都是安全的，都能置身事外，因为有法租界和公共租界这条隐形的分割线，把战争与和平、贫穷与富贵、苦难与奢华彻底分割。

三十多岁的孟祥依然穿着那件做工普通的黑色西装，把车开得很平稳，他知道除非布莱特特意关照要快点开，这样的速度是这个犹太富商最喜欢的。其实不仅布莱特，芬妮也喜欢平稳的感觉，这是这对父女在喜好上难得一致的地方。

汽车沿着霞飞路开了一段路，然后拐了几个弯，开上了静安寺路。远远地，一幢前所未见的高楼出现在眼前，第一次见到此楼的芬妮和阿苇都发出惊呼。车开到派克饭店斜对过，布莱特示意孟祥靠边停车。此时，马路中央站着一个大胡子巡警，头上包裹着长巾，手中舞动棍子在指挥交通，这是公共租界常见的印度巡警，俗称"红头阿三"。他见车停下，正要走过来驱赶，但见西装革履的布莱特下了车，便毫不犹豫地打住，回头训斥一个停在路边的黄包车夫。

芬妮和阿苇争相下车，从下往上打量这幢高耸入云的派克饭店，发现大楼像一个哑铃，而且没有裙楼，哑铃在高处收成塔楼，有着难以用语言形容的威严和高大。"一、二、三、四"，两个女孩都在由下往上数着楼层，数到将近十层，芬妮头上的帽子已经掉在了地上。阿苇停止了数楼层，弯腰捡起帽子，看了看周边，发现还有好几个路人也在数楼层,转头对布莱特说:"布莱特先生,我想到一个赚钱的好方法。"

哪怕是心情最差的时候,只要听到"赚钱好方法"这几个字,布莱特都会精神焕发,马上示意阿苇赶紧说。

"以后肯定会有很多人来数楼,你可以派人在这里守着,数楼收钱!"

众人发出笑声,阿苇一看,原来周鼎和曹南乔也已骑车赶到。这半年多来,曹南乔长高了不少,而且身上颇有英武之气,他略笑笑说:"你把人家当傻瓜啊,谁肯付这钱?"

却见布莱特想了想,摇摇头说:"未必不肯。要想让别人乖乖地掏钱,关键不在于价格便宜,而在于要让他觉得自己占了便宜。比如阿苇说的数楼收钱,你不能让他一直数到顶楼才收钱,而要在他数到一半时打断他,告诉他数派克饭店的楼层会有好运,所以上海滩的规矩是要收钱的。"

"收钱不是越多越好吗,为什么只让别人数到一半?"

布莱特看了看打断他的阿苇,继续说:"所以还要告诉数楼的人,你数了一半,可以少收一半的钱,他就会觉得自己占了便宜。"

"还可以明明数到了十五层,却说他数到了十层,那人又会觉得自己还占了五层的便宜。"站在一旁的周鼎笑着说。

布莱特看了看周鼎和阿苇,又看了看还在数楼的芬妮,心想:"这虽是玩笑话,但周鼎和阿苇的经商资质明显在女儿之上。"想到这里,心中不免有点沮丧。

在不远处,有个年轻人已驻足站了一段时间,看到这群人有说有笑,好奇地走近了几步,多看了两眼,然后继续凝视派克饭店。

阿苇见状，对周鼎说："这人也在数楼，赶紧去收钱。"没想到这话被那青年听到了，转头笑笑说："上海人这么会做生意，看看大楼也要收钱？"

见这青年肤色较黑，精瘦身材，脑门很宽，看上去比曹南乔还要大一两岁，十七八岁的模样。曹南乔也笑了笑，问："你是哪里人？"

"我生在广东，但老家是苏州。来上海已经好几年了，现在在圣约翰大学附中读书。"

见那青年颇为健谈，周鼎问："你不是在数楼层吧？"那青年说："我已经连着来了好几次了，先在旁边大光明电影院看场电影，或者去台球房打几局台球，再过来看派克饭店。不只是看邬达克先生的设计，还看大楼的施工，都说上海的软土地基造不了这么高的楼，但你们看，不是成功了吗？"

听到这里，芬妮接话说："等造好了我们请你到里面看，我爸爸是大楼的股东。"那青年脸上却没有欣喜之情，摇头说："最晚明年我就要去美国念书了，我爸爸让我学金融或者学医，可我不喜欢，我希望像邬达克那样设计很多漂亮的建筑，我的梦想是当建筑师。"说着，有点难舍地又看了几眼派克饭店，转身跨上一辆脚踏车准备离去。

"你叫什么名字？"阿苇追问。

那青年已经骑出了好几米，头也不回地说："我叫贝聿铭[1]。"

回到诺曼底公寓，已是晚上七点多。

---

1 贝聿铭：1917—2019年，华裔建筑设计大师。

下午看过派克饭店后，布莱特带着他们一起去旁边的大光明电影院，看了场好莱坞电影。上海的电影院按照设施等级高低，被划分为一至四轮，票价相差很大，四轮影院票价一般只有一轮影院的五分之一，最低甚至达到十分之一。除了芬妮，周鼎等人都是第一次进大光明这样的头轮影院，三人倍感新鲜，一直在东张西望到处打量。以至于播放了那部吵闹的电影到底说了什么，他们并未在意。

　　散场后，布莱特却若有所思。因为刚才在电影前加映了新闻片，播放了德国学生响应纳粹党号召，在柏林市内公开殴打犹太人，并焚烧许多被认为违背日耳曼民族精神的书籍。而在一九三三年九月一日，希特勒在纽伦堡召开的纳粹党代表大会上首度使用"第三帝国"，还称第三帝国将延续千年。

　　于是，原定的晚餐取消了。在回程的汽车上，布莱特始终沉着脸，默不作声。周鼎和曹南乔依然骑脚踏车回去，阿苇看了看旁边坐着的芬妮，问："芬妮，肚子有没有咕咕叫？"芬妮却冲她摇摇头，指了指前排的布莱特，示意阿苇不要作声。阿苇无奈地点点头，但她憋着不说话实在难受，用手轻轻挠了挠芬妮的腰，让天生怕痒的芬妮笑得倒在汽车后座上。

　　布莱特回过头看了一眼，转过头去自言自语："Sales boches！"阿苇的法语只会日常会话，这句话听了个似懂非懂，转头贴在芬妮的耳边问："你爸爸在骂我们吗？"芬妮摇头，圆圆的嘴巴也贴在阿苇耳边说："不是的，他在骂该死的德国佬。"

　　当周鼎等四人匆匆吃了点点心，敲开54室房门时，正是晚上八点。这是礼拜六的夜晚，是周鼎的德语课时间。

刚才回来的汽车上,父亲那句"该死的德国佬"让芬妮有些担心,自己跟着周鼎他们去跟黑塞先生学德语,会不会被父亲怪罪?周鼎安慰她:"你就当他在骂德国佬菲兹曼先生。"一句话便把芬妮逗乐了。

黑塞的教学与众不同,他并不从字母教起,也基本不教语法,而是跟他们用简单的德语聊天,他说自己原本是一名德国军医,第一次世界大战德国战败后,他退伍来到了科隆的一家医院行医,但一直向往神秘的东方。八年前上海宏恩医院开业后,有同行向他发出邀请,他便不远万里来到这个城市,成为这家新医院的外科医生。

"黑塞先生,你说的就是大西路[1]上那家工字形大医院吗?"周鼎问。

"是的,跟诺曼底公寓一样,也是邬达克设计的。"黑塞的嘴角露出一丝笑意,这是他对周鼎德语表述能力和反应力的赞许。

"还有我们今天看电影的大光明电影院。"阿苇马上补充道。

"当然,邬达克设计了很多建筑。"黑塞点点头,随后话锋一转,"他是匈牙利人,不是我们日耳曼人。不过从我们医学角度看,匈牙利人在迁入喀尔巴阡山盆地之前,他们的祖先有可能来自中亚至南西伯利亚地区,在迁徙途中跟很多其他民族人混血,蒙古人、斯拉夫人、阿瓦尔人等等,当然也有高贵的日耳曼人的血液。"

说到这里,似乎戳到了黑塞的兴奋点,他点上烟斗继续说:"我们德国人主张,世界是弱肉强食、优胜劣汰的丛林,各民族必

---

1 大西路:今延安西路。

须在激烈的生存竞争中求胜。胜利者注定是日耳曼人，因为这是上苍赋予了主宰权力的种族，而犹太人是劣等民族，应该从第三帝国中驱逐出去。"

听到这里，芬妮低头不语，阿苇虽只听懂了一小半，但听懂了"犹太人""驱逐"等字眼，俏眉一竖便要争论，被周鼎用手轻轻拍了拍后背。她看了周鼎一眼，暂时忍下这口气。

却听曹南乔说："德国是伟大的国家，你们的军事、工业都是世界上最好的。还有你们的中央化，把军政大权集于一身，铲除一切离心力量，都非常值得我们学习。"

听到这里，黑塞原本靠在桌子边缘的身体站直了，用手中的烟斗指着曹南乔说："我不仅教你们德语，更要教你们思考。如果中国人中有一半像你这样思考，又何愁那些罗圈腿的日本人。"

走出黑塞家，阿苇忍不住骂了声"sales boches"！芬妮和周鼎也跟着骂，只有曹南乔不解地说："我也不喜欢黑塞先生说犹太人是劣等民族，但他们日耳曼人确实是优秀人种，他们有着认真、勤俭、遵纪、执着的民族精神，专门针对我们中国贫穷、散漫、落后的国情，对我们是最好的良方。"

芬妮在电梯口站住，回头看了曹南乔一眼，似乎想说什么，但动了动嘴唇又咽了回去，只对周鼎说："小钉子，我以后不来这里学德语了。"

回到看门人小屋，已是晚上九点多。曹鲁做好一锅青菜面，正等他们来吃消夜。见到父亲，曹南乔似乎有事要说，但看了看周鼎，没有开口，而是拿来三个碗，舀了一碗面先端给周鼎："你一会儿还要去 72 室喂鱼吧，你先吃。"

周鼎也不客气，端起面就吃，就听曹南乔说起这个礼拜学校里的事，曹鲁只是吃面并不搭话。周鼎忽然想起什么，说："曹叔，南乔要不要今天在这里睡，我去跟归一阿哥一个房间睡。"

曹鲁一手端着面碗，一手摇了摇筷子说："不用。"

周鼎便不再说什么，这大半年来，曹南乔礼拜六回家都是住到汽车间归一那里，曹鲁始终不让自己离开一步。在他眼中，这对父子跟爸爸与自己不太一样，他们之间似乎没什么需要交流的，或者说他们之间会有些交流的愿望，但两人似乎很难交流起来。

"曹叔更关心的好像是我，难道南乔不是他亲生的？"周鼎想到这里，觉得这个念头太没道理，正好面已经吃好，便放下碗筷说："曹叔，我去顶楼喂鱼打扫。"曹鲁正要张口，周鼎知道他想说什么，补充说："马上下来。"

没想到这次却猜错了，曹鲁对曹南乔说："你也去。"

周鼎忙说："曹叔没事的，就是喂一下鱼，房子空关着很久了，每天也就简单擦一擦家具。"在周鼎心中，72 室是唯一可能遇到父亲的地方，虽然已有很长时间没出现，但他每天上楼都抱着见到父亲的期待。

曹鲁摇摇头，还没开口，曹南乔把空碗一放站起身来说："我还没去看过呢，走啊小钉子。"见此情景，周鼎只能和曹南乔一起上楼。

刚上到顶楼走廊，便见到 71 室门口站着一个高大健硕的男人，正一声不响站在门口闷头抽着烟。周鼎见状拍了拍曹南乔的胳膊，轻声说："你的同学。"

曹南乔一愣，周鼎知他不解，说："这是德国佬菲兹曼，他跟你一样，也是每个礼拜六回来住一个晚上，不就像你的同学吗？"忽地，心中有点感慨："这样的玩笑话，大概只有阿苇听得懂。"

菲兹曼已经看到他们，并没说话。周鼎作为小看门人，见到公寓租客都要主动打招呼："菲兹曼先生……"却见菲兹曼伸出硕大的手掌，五指分开像一把蒲扇，示意噤声。

周鼎便不再说话，刚走到72室门口，听到隔壁71室里似乎传出轻轻的小提琴声。突然，琴声戛然而止，一阵欢呼声、掌声和口哨声冲破隔音效果很好的墙壁，喷薄而出。就见菲兹曼原本严肃的方脸上，正在努力挤出笑容，把手中的烟头一扔，推门而入。

顺着半开的房门望去，房内客厅里坐着十来个洋人，老老少少都在兴奋地鼓掌或欢呼，中间站着穿紧身开衩长裙的菲兹曼太太，正娇媚地靠在一个瘦高个子男人身上，男人的左手紧搂着她的腰，右手舒展地向斜上方伸开，明显是一曲舞闭正在谢幕。菲兹曼迈开双腿快步走到夫人面前，双手已经拍得发红，口中连声说着太好了，然后伸手一把扯开瘦高个男人的左手，把夫人搂在了自己怀中。

周鼎还要再看，被曹南乔推了一下说："干正经事。"

两人走进72室，周鼎熟练地打开电灯，走到窗台前，取出鱼食轻轻撒进鱼缸，十几条色彩斑斓的金鱼迅速游了上来。

曹南乔随手关上门，把隔壁的喧闹瞬间驱离。他打量了几眼客厅，问周鼎："抹布在哪里？"周鼎专心看着金鱼，说就在卫生间墙上的挂钩上。只听曹南乔走进卫生间，嘟囔了一句："不在挂钩上，在洗脸池上。"

周鼎没回答，手上一抖，半包鱼食倒进了鱼缸。

第四章

出没风波里[1]

十几分钟后，周鼎再次回到顶楼，这次是一个人。

走廊上空无一人，菲兹曼可能又进屋去为太太送上掌声了。周鼎不明白，为什么菲兹曼太太跳舞的时候，菲兹曼先生要一个人站在走廊上？"大概是德国佬烟瘾太大"，这只是一闪念，此刻的周鼎内心忐忑与激动并存，连拿着钥匙开门锁的手都在颤抖。

进屋后，立即关上门并上了反锁。他踮着脚快步走到客厅，轻轻叫了声："爸爸！"等了一会儿，却没有回音。他又叫了几声，并走进卧室、书房、厨房、卫生间查看，都没发现父亲的踪影。

"难道是我记错了？那块抹布我昨晚刚用过，明明记得是挂在卫生间的挂钩上，刚才南乔却说在洗手池台面上，也就是说这里肯定进来过人了。"周鼎想起去年那个风雨夜，这里进来过芒斯和布莱特，"会不会是他们两个又来过了，会不会爸爸被他们发现了？"

正胡思乱想，只听落地窗"咯吱"一响，借着月光看去，一个人影坐在地上艰难地把身子挪进来。周鼎先是一怔，只见那人已经

---

[1] 出没风波里：出自北宋范仲淹的诗作《江上渔者》。

从落地窗帘下探出了头，头发如马鬃般恣意生长，跟胡子几乎连成了一体。那人盯着周鼎看，轻声说："小鼎，不认识爸爸了？"

周鼎这才认出，赶紧飞奔过去，伸手就要扶起父亲。周茂生却连连摇头："不要拉，我的脚摔伤了。"接着手脚并用爬进了客厅，示意周鼎把落地窗关上，并把窗帘拉严实，这才在周鼎的帮助下站了起来，只能右腿单腿站立，靠着周鼎的肩膀挪进了卫生间。

周茂生回身把卫生间的门关严，这才摸索着打开了灯。周鼎帮父亲卷起裤腿，看到左脚踝一片红肿。"爸爸，怎么摔得这么厉害？"周鼎轻轻吸了一口冷气。

"没事，应该没有骨折，只是摔破了。"周茂生看着那条依然放在洗手池上的抹布，"你是看到这块抹布换了地方，知道我来的吗？"

周鼎点头："爸爸，你是故意让我知道的？"

"对，我不知道今晚你是不是一个人来，就想先给你个信号，让你知道我来了。我知道曹鲁看你看得很严，你刚才下楼又要上来，是怎么跟他说的？"

"我看到抹布就明白了，刚才下楼时又看到菲兹曼站在房门口，就走上去用法语跟他说了几句。下楼时，跟南乔说菲兹曼让我一会儿再上来，他们家客人散了后要我帮着打扫。下楼后又跟曹叔这么说，他让南乔一起帮忙，我说菲兹曼不喜欢陌生人进家门，刚才特意关照只要我一个人上来。就这样，曹叔也没话可说了。"

周茂生轻轻按了按伤处，感觉一阵钻心的疼痛，他极力掩饰，只说："那你刚才跟菲兹曼说了什么？"

"我说菲兹曼先生你们家今天怎么这么热闹，他说都是他太太请的客人，除了那个紫罗兰理发厅的芒斯，其他人他都不认识，还是待在走廊上舒服。然后，他还叫我别多管闲事。爸爸你知道，南乔听不懂法语，就这样把他骗了。"

见周鼎脸上现出得意之色，周茂生拍了拍他的肩膀说："你这个办法聪明是很聪明，但这不是待兄弟朋友之道，记住以后只有不得已的时候才能用，平时不能欺骗自己的好朋友。"

周鼎看着父亲，认真地点点头，惊诧道："爸爸，你怎么这么瘦了？"

周茂生原本就是高挑的身材，所以诺曼底公寓里的人除了叫他"周格里"，还有些更熟悉的人会叫他"长脚"。但他跟双腿长、水蛇腰的芒斯不一样，他原本是筋骨强健的瘦高，而现在已经形销骨立。

"你不能在楼上待太久，把最近的情况挑重要的跟我说说。"周茂生岔开话题，显然不愿多说自己的近况。

周鼎赶紧把在马尔基尼奥家里发现深咖啡色小皮箱的事说了，并说因为找不到父亲，前几天想偷偷配把钥匙，自己摸进去看看。

听到这里，周茂生双眼发光，但又叹了口气："我这脚伤得不是时候，不然……"周鼎以为明白了父亲的意思，说："爸爸你不用去，我去。"

"小鼎，我让你在这个楼里留意找深咖啡色小皮箱，是让你把情况告诉我，不是让你当小偷，去溜门撬锁。你记住，你是个孩子，不能做坏事。而且你还是诺曼底公寓看门人的孩子，看门人的职责是守护好这幢大楼，绝对不能损害它。"

见父亲的神情又变得严肃起来，周鼎感觉有点委屈，刚想争辩几句,但听到父亲说"溜门撬锁",便把大楼里最近好几户住户被窃的事说了,还说现在外面的人不叫诺曼底公寓"船房子"了,而是改叫"贼房子"。

"哪几家被偷了?"

"先是六楼的曼德斯基家,后来是四楼的伍德家,再后来是三楼的克里斯汀家,上礼拜凯尼家也被偷了,他家也在四楼。爸爸你还记得吗?就是那个瘸腿的单身老头。"

周茂生在诺曼底公寓当了多年的看门人,对楼里的住户了若指掌,他当然了解这四家老住户的情况,问:"他们被偷了什么东西?"

"奇怪就奇怪在这里,这几家都被翻了个遍,但偷掉的东西也就是一些银元和首饰。曹叔说,小偷在找东西。"

周茂生想了想,又问:"你想想看,这四家有什么差不多的地方?"

周鼎摇了摇头:"没什么一样的,曼德斯基是太阳人寿的业务经理,伍德是法租界电车电话公司的经理,克里斯汀是阿波罗琴行的上海总代理,瘸腿凯尼不知道做什么。对了,他们都是男人……"话刚出口,周鼎连忙用手捂住了嘴巴,他们四个当然都是男人,但除了瘸腿凯尼,其他人都有夫人,而且伍德和克里斯汀家都有孩子。

周茂生说:"你再想想。爸爸这两天要住在这里了,先把脚伤养好。但我们每天只能在晚上见一面,你不能老往这个屋子里跑,不说别人,那个曹叔就会第一个怀疑。今天就到这里吧。"

周鼎听了欣喜非常,父亲终于又住回来了,而且每天都能见到。他答应了一声,便站起身来走到客厅,回头问:"爸爸,你的脚伤要什么药吗?五楼的黑塞先生是外科大夫,我就说有个小伙伴把脚摔伤了,问他要点药。"

"不用了,休息几天就好了。对了小鼎,你找机会给我一把意大利人的房门钥匙。"

周鼎轻轻带上房门,下意识地朝隔壁看了一眼,屋内听不到什么动静,聚会应该已经结束。他又朝再隔壁的船长室望去,房门紧闭,心想芬妮和阿苇都睡觉了。突然,他想起前两天阿苇说过的一句话:"小钉子哥哥,你发现没有,谁不让你上门学本领,谁就被偷了。"说这话时,阿苇咯咯直乐,他也只当笑话听了。

想到这里,周鼎猛地转过身,正要掏钥匙开门,却听走廊尽头一阵脚步声,曹南乔远远地压低了声音说:"小钉子,爸爸让我来找你,这么晚了你还要进去?"

"哦,我是想推一推,看看刚才有没有把门关好。"周鼎顺手推了推门,便跟曹南乔一起下楼了。

父亲的悄然归来,让周鼎既兴奋又不安。

这几天,他每天都盼着夜色早点降临,这样他就可以上楼跟父亲说话,有事可以让父亲拿主意。比如,关于那四个被窃住户的唯一共同性,他第二天晚上赶紧跟父亲说了。父亲点点头说,这个他也猜到了,只问了还有哪几家明确拒绝了布莱特,坚决不让周鼎上门,便不再谈这个话题。

奇怪的是,紧接着大楼里又发生了一起盗窃案,并没有延续前面四家的"规律",而是发生在最乐意周鼎上门的马尔基尼奥的家里。

在马尔基尼奥家遭窃前,周鼎一直在盘算怎么拿到他的房门钥匙,然后去对面姚主教路上的小摊复制一把。哪知跟父亲一说,便被否决:"不要复制,这样会留下证据。你要等意大利人出门前拿到钥匙,等他回来时归还钥匙。"

周鼎说时间容易找,因为差不多每个礼拜六马尔基尼奥都有音乐会,有时候礼拜天下午工部局乐队在法国公园也会有露天音乐会。他说,就是要想个理由问他拿钥匙。却又被父亲否定:"你要想办法让他主动把钥匙给你。"

周鼎挠了挠头又问:"我拿到钥匙后,是交给你还是我自己进去找?"因为上次他说打算自己摸进去,被父亲说了一顿,所以他追问了一句。

却听父亲说:"你不能去,我脚伤了也去不了,你上次说布莱特和曹鲁都让你留意深咖啡色小皮箱。"见周鼎点头,周茂生沉吟了一会儿:"这样,你先告诉曹鲁,你在意大利人家里发现了这个小皮箱,看他怎么说怎么做。"

周鼎正好第二天晚上要去马尔基尼奥家上课,这次房间里并无女人,意大利人兴致不高。周鼎说想帮他开一瓶红酒,心里想的是到储藏室看箱子是否还在,但意大利人说不想喝酒,他只能远远地看了几眼,在柜门虚掩的一条缝隙中,似乎有一点深咖啡色。

按父亲的嘱咐,他下楼就跟曹鲁说了。出乎他意料的是,平日沉稳寡言的曹叔,听到这话居然难掩兴奋,一把拉住他说:"真的吗？"似乎意识到了自己的失态，马上松手，神态恢复平静，自言自语："难说。"

当晚，曹鲁在门厅里待到深夜。隔着看门人小屋虚掩的房门，周鼎能听到曹鲁踱步的脚步声，他知道曹鲁在为什么事犯愁，但不知道曹鲁在为哪个具体的点犯愁。毕竟年少，周鼎没一会儿就睡着了。

第二天是礼拜六，曹鲁一上午站在底楼门厅里，比往日更沉默。中午菲兹曼太太出门时，跟他感叹说今天的太阳真好，曹鲁却充耳不闻，一旁的周鼎赶紧说："那是因为今天太太要出门。"菲兹曼太太笑着说这是她听到过的最好的回答，一面用法语轻声嘟囔着"木头人"。

这话被周鼎听到了，他暗自好笑："如果说曹叔是木头人，那么菲兹曼先生就是超级木头人了。"这时，肩头被轻轻拍了一下，是曹鲁示意跟他到小屋。关上房门，曹鲁让他一起坐下，认真地说："问你个事。"周鼎也认真地点点头。曹鲁说："见到爸爸了吧。"

周鼎吃了一惊，不知曹叔为何这么肯定，赶紧说："没有，我经常梦里见到他。"曹鲁连连摇头："是他叫你跟我说的。"看到周鼎一脸诧异，似乎真没听懂，曹鲁补充道："你早看到了，问了爸爸。"

周鼎这次听懂了，曹鲁的意思是"皮箱你早就看到了，问了爸爸，你爸爸让你跟我说"。他连说没有，确实是昨天晚上看到的。曹鲁也不追问，话锋一转："你做件事，带我进他房间。"

"曹叔，意大利人住在26室，他每天睡到中午，你上楼敲门就行。"

"不行,我要你在。"

听到这话,周鼎马上站起身来,问:"曹叔,现在就上去吗?"

"不,等他快出门。"

下午三点,一个中等身材的中年男人和一个瘦削修长的少年,双双走到26室门口。今天是礼拜六,马尔基尼奥供职的工部局乐队照例晚上有演出,他一般会在三点过一点就出门,手上会拿着一个小箱子,里面装的当然是他的吃饭家伙——圆号。

两人没坐电梯,而是顺着仆人楼梯拾级而上,因为曹鲁有话要跟周鼎说,不想让开电梯的乌老四听到。

"你跟他说,因为公寓里最近被偷了好几次,根据法租界巡捕房和业主万国储蓄会的要求,我们要对楼里住户身份和家中重要财产作登记。"曹鲁说话向来简单,对此周鼎已经习以为常,曹南乔还教过他一个词,说他爸爸"惜字如金"。没想到,曹鲁难得说了一句长句,且说得非常顺畅,或许是昨夜今晨深思熟虑的结果。

周鼎隔着房门,听到里面有声音,对曹鲁说"在家",正要敲门,却转头示意曹鲁往后站一点。他担心如果房间里有女人,说不定意大利人开门会一脚踢过来。虽然他一直没弄明白,为什么有时候敲门意大利人会笑着叫他进来,有时候会惹他大怒?

门敲了好几下,里面的声音没了,但门却没开。周鼎有点奇怪,觉得这不是意大利人的风格。曹鲁示意继续敲,门终于打开,里面却不是马尔基尼奥,而是一个穿着藏青西服的三十岁左右中国男人。

那人看了看他们,问:"你们找马尔基尼奥?"两人连连点头,周鼎说:"我们是公寓看门人,他在吗?"那人朝门口走了半步,挡着两人视线说:"我们是工部局乐队的,他忘了东西,让我们回来帮他拿。"

听那人用的是"我们",周鼎又朝房间里看了看,只是被那人挡得严实,只看到客厅的地上有两只穿着蓝色皮鞋的脚,女式的。

曹鲁说:"主人不在家,你们进门要登记。"那人似乎胸有成竹,马上说:"我们拿好东西就下楼,会到门厅登记。"说罢回身关上了门。

周鼎回头看看曹鲁,低声说:"有点奇怪。"曹鲁点头,想了想说:"我们等着。"

这一等就是一个多小时。一开始里面还发出一些声音,后来就悄无声息。周鼎渐感不耐烦,看看曹鲁,见他紧皱着眉头,并不说话。又等了一会儿,周鼎忍不住问:"会不会走掉了?"

曹鲁说:"怎么会,就一个门。"周鼎朝走廊四周看看,突然一跺脚说:"曹叔,这是几楼?"曹鲁瞬间色变:"二楼!"

"外面有环廊!"周鼎说着,赶紧跑到走廊一头朝外望去,只见环廊上空空如也。诺曼底公寓的三层和八层外面设环通走廊,既可以作为消防通道又替代腰带,起到美化立面的作用。而根据楼内的楼层算法,分别是二楼和七楼。

两人不约而同拔脚就往楼梯口跑,到了底楼,却见仆人电梯关着,再跑到门厅,只见电梯里坐着乌老大。周鼎大声问:"乌老大,刚才有没有看到一个穿西装的男的出门?"乌老大抬了抬眼,没好气地说:"我天天在这里开电梯,天天走进走出的都是穿西装的男的，你问我我去问谁？"

周鼎知道自己太急，没有把话说清楚，忙说："一个穿藏青西装的中国男人，大概三十岁左右。"乌老大说："我是开电梯的，又不是专门来看人的。这个人么好像有，不过不是一个人，旁边还有一个洋人女人。"

"对的对的，乌老大你看到他们手上拿了什么？"

"大包小包拿了不少，上面还盖着布，大概是怕人家看到。"说到这里，乌老大也是一惊，"又是小偷上门了？胆子太大了，敢白天来了，这是强盗了。你看看这些安南瘪三，像根木头那样戳在这里有什么用？"

乌老大的手指着门口站岗的两个安南兵，这是诺曼底公寓屡次遭窃后，巡捕房派来的。那两人把长枪当拐棍立在地上，瞌睡中被这番话惊醒。周鼎用法语问了一句，两人都露出一口因长期嚼食槟榔而染黑的牙齿，连连摇头，只说没见过。

曹鲁和周鼎连忙返回二楼，从走廊通道上到楼外环廊，跑到26室落地窗外朝里看去，只见客厅里狼藉一地。周鼎问曹鲁怎么办，曹鲁推开落地窗说："进去！"

周鼎一跃而入，被曹鲁一把抓住："脱鞋！"

进屋第一件事，周鼎跑到储藏室打开柜门，只见里面放着七八瓶红酒，哪有深咖啡色皮箱的踪影。

巡捕房接到电话后，半个小时赶到，他们确定是入室盗窃，但说具体被偷了什么，要问过主人才知道。

马尔基尼奥是音乐会结束后才知道的。周鼎先是打电话到工部局乐队，被告知全团都在兰心大戏院准备演出。再打电话到戏院，接电话的人说今晚是柴可夫斯基作品专场，下半场的第六交响曲必须配置四把圆号，而马尔基尼奥是圆号首席，更是缺他不可。周鼎又问能否让他接一下电话，那人说今晚观众中有贵宾，不可影响马尔基尼奥的情绪。

后来的事实证明，不让意大利人提前知道，是个多么英明的决定。这天深夜，马尔基尼奥回到诺曼底公寓，向众人完美展示了一个情绪失控的意大利男人的特质，他站在房门口双手舞动，双腿也不时跳动，嘴里长吁短叹："柴可夫斯基第六，它叫悲怆，真是悲怆！"又向周鼎叫道："那个女人抢走了我所有财产，你见过的，见过她的腿！"

周鼎有点想笑又有点害怕，只是点点头。意大利人稍稍停歇了一下，用手指着自己的脑袋吼道："我这个笨蛋，跟你这个小笨蛋一样，被她的腿迷住了，彻底迷住了！"

这时，电梯门打开，有四五个人往26室走来。走在前面那人矮胖身材，脸上长着横肉，后面跟着两个便衣和两个背着长枪的安南兵。那个矮胖男人走到马尔基尼奥身前，抬头看了看他，说："进去看看丢了什么？"

若在平日，意大利人应能看出这是法租界巡捕房的高级官员，但这时他正在气头上，回了句："Stronzo（杂碎）！"

矮胖男人一愣，虽没听懂这个意大利语单词，但从意大利人的神态来看，知道不是什么好词。身边一个便衣抢上一步说："这是法租界巡捕房华人督察长巴络，他老人家深更半夜来查你这个案子，那是天大的面子。"他说的是生硬的法语，意大利人听了似懂非懂，正要说什么，却被周鼎推了一把："巴督察长来了，快看看丢了什么。"

巴络看上去四十岁出头，在法租界巡捕房的地位甚高。华人督察长是他公开的身份，其实他也是青帮人物，拜的老头子正是青帮大佬黄金荣。因为身材、长相甚至脸上的麻子都像黄金荣，被人称为"麻皮小金荣"。最近诺曼底公寓屡次遭窃，他已经挨过法国领事馆高层的斥责，接报失主到家后，马上赶了过来。

26室是两室户，并不算很大，马尔基尼奥很快清查完毕，财产损失惨重，他来上海后的几乎所有收入都被洗劫一空。巴络问他有什么可疑的人，意大利人指天发誓说肯定是那个白俄舞女，她原本在公寓里跟别的男人同居，被自己的魅力吸引后，就搬到了26室，最近吵架分手了，但手中还有房门的钥匙。

又问他那女人有什么特征，意大利人说褐发、白肤、长腿，特别在长腿方面加了很多形容词，又指了指周鼎，说："连这个中国小鬼也被迷住了。"一番话说得巴络直咽口水，极想见识一下那个舞女，破案的决心因此大增。

在一旁，周鼎却有另外一番心思。他看马尔基尼奥在房间里逐一查看，唯独没进储藏室，插话说："储藏室还没看。"说着便径直走进储藏室，马尔基尼奥跟进来看了两眼说："还好，她没把红酒拿走，不然我就只能喝中国黄酒了。"

巴络等人离去，已是深夜十二点多。临走前，他关照曹鲁和周鼎，明天要跟诺曼底公寓里的租客，以及大楼业主万国储蓄会的高层汇报，巴督察长半夜亲临罪案现场，严密盘问搜索，定会尽早破案。随后又问周鼎那个白俄舞女的身高腿长细节,"啧啧"几声上车离去。

跟着曹鲁回到看门人小屋,周鼎说要上楼去72室喂鱼,曹鲁看了看屋里柜子上的时钟说:"太晚了,不用天天喂。"

周鼎有些着急,今天发生的事一定要跟父亲说,正在盘算着怎么再找个理由。忽听敲门声响起,门外有人说:"曹叔,睡了吗?"正是归一的声音,曹鲁说了声"没睡",归一推门探头说:"曹叔,南乔怎么还不来,我都要睡着了。"

曹鲁和周鼎都是一怔,这才想起今天是礼拜六,曹南乔原本下午三四点就该回来了。曹鲁敲了敲桌子说:"忙忘了!"然后对归一说:"你睡,不用管。"

一九三四年秋的上海并不平静,关于日军可能来侵的猜测越来越多,而在法租界内各种刑案经常发生,对共产党人的搜捕也在不断升级。曹鲁想了一会儿,拿起一件外衣说:"你睡,我去找。"

周鼎说:"曹叔,这么晚了,你要不打个电话问一下。"曹鲁点头,走到门厅去打电话,没一会儿回来关照周鼎:"打不通,你先睡。"

见曹鲁匆匆走出大门,周鼎轻轻带上房门,一溜小跑上了楼梯。他虽然也担心曹南乔,但必须用好这个见父亲的好时机。

听完周鼎的讲述,周茂生陷入了沉思。

意大利人的财产损失很大,这跟前面几起窃案不同,窃贼很可能就是冲着钱财去的。而且选的是礼拜六下午意大利人出去演出的时候,说明对他的情况非常了解。问题的关键是,厨房柜子里到底有没有一个深咖啡色小皮箱？这个小皮箱到底有没有失窃？

还有一个更重要的问题，布莱特和曹鲁都在找一个深咖啡色小皮箱，跟自己要找的是不是同一个？

这些日子，周茂生在外面遍寻小皮箱不着，耗尽了他几乎所有的体力和精力，他已经疲惫到不能继续在外搜寻，不得不把最后的一点希望放在了诺曼底公寓里面。而布莱特和曹鲁的举动，让他更相信小皮箱如果还在的话，有可能就在这个大楼的某一个角落。

这时，周鼎打开手中的一袋东西，放在父亲面前，里面有面包和米饭、小菜等，"爸爸，这点够吗？"周茂生点头说："够了够了，我晚上吃米饭，明天白天吃面包。对了，你每天给我带吃的，是从哪里来的？"

"我跟芬妮和阿苇说，我最近老是觉得饿，芬妮就偷偷给我带了不少吃的，阿苇今天也在她爸爸做饭时偷拿了几块鸡肉。我还存着钱，不够的话也能出去买。可是，爸爸你这么躲着要躲到什么时候呢？"

看着儿子，周茂生忍不住眼眶红了。这一瞬间，他真想把自己的真实身份告诉儿子，但赶紧打消了这个念头。还有一件事，他也强忍着没有说，那就是自己的脚踝伤势日益严重，伤口发炎了。

周鼎睡到凌晨两点多，曹鲁回来了。他没有开灯，摸黑进了屋，却一脚踢到了桌腿。周鼎从睡梦中被惊醒，忙问南乔呢，曹鲁边脱衣服边说："回来了。"

周鼎听到曹鲁上床睡下，却似乎睡不着，不断在翻身。没一会儿，周鼎已进入梦乡，他不知道的是，这一夜曹鲁始终辗转反侧。

第二天早上,周鼎起床走到门厅,见曹鲁穿着挺括的蓝色看门人制服,满脸倦意地站在那里。他看到周鼎,指了指门厅前台上的一个竹编小筐,说:"叫南乔来吃。"

"你们昨天回来得晚,让他再睡一会儿,我等一会儿带给他吃。"说着,周鼎便伸手去拿小筐,却被曹鲁厉声制止:"不,叫他来!"

周鼎吓了一跳,曹鲁平素虽然寡言少语,但待人特别是对周鼎和曹南乔都是和颜悦色的。此时,周鼎已经把小筐拎在手上,听到这话有点不知所措。

却见归一从后门进来,他没注意到这尴尬一幕,看了看周鼎手中的小筐,说:"粢饭团不错,我拿一个啊。"他跟周鼎、曹氏父子相交很熟,彼此间从不客套。但此刻却见周鼎并无反应,只是看着一旁板着脸的曹鲁,归一诧异道:"今天怎么了,昨天大半夜曹南乔来我的房间,也是没好脸色。是不是意大利人家里被偷,你们也要被罚工钱?"

周鼎赶紧说:"归一阿哥,刚刚没看到你,今天礼拜天还这么早出门?"

归一拿起一个粢饭团,拿在手上说:"菲兹曼先生和太太八点半去做礼拜天弥撒,现在八点还不到,正好去对面姚主教路,看看阿玖。"说着,又朝小筐里看了一眼,周鼎忙递上说:"再带一个给阿玖吃。"

这时,一辆电梯下到底楼,走出了人高马大的菲兹曼,一眼看到归一,说:"公司有艘船出事了,马上走。"归一有点沮丧,赶紧放下另一个粢饭团,跟着菲兹曼出门了。

"嘿嘿,"电梯里传来两声冷笑,乌老二挪了挪她胖胖的身体,对曹鲁说,"曹格里,我跟你打个赌,不出半个钟头,做头发的芒斯肯定要去顶楼。"

曹鲁轻轻哼了声,没有接话,只听乌老二继续说:"你么真叫假正经,顶楼的事情这个楼里谁不知道,从礼拜天夜里一直到礼拜六上午,菲兹曼太太应该叫芒斯太太,只有礼拜六一个夜里,菲兹曼先生回来,她才叫菲兹曼太太。"

旁边那辆电梯也停在底楼,里面的乌老三哂笑道:"菲兹曼太太就是芒斯太太,想想洋人是真开心,总有一天要叫她做一趟我乌老三太太。"

周鼎虽还年少,对男女之事似懂非懂,但他毕竟天资聪颖,听到这里渐渐明白,为什么去年那个风雨夜,菲兹曼先生突然回来,芒斯要从环廊躲进72室,而布莱特先生尾随而至,正是当场抓住了这个大把柄,让菲兹曼太太不得不说动菲兹曼先生,把船长室换给了布莱特。

穿过天井,走进汽车间,周鼎迎面碰上了曹南乔,忙说:"曹叔让我叫你去门厅吃早饭,我说让你多睡一会儿,我把粢饭团给你送过来吧。"说着,扬了扬手中的小筐。

"我不去见他,"曹南乔转身往归一的房间走去,"我是听到你的声音才出来的。"周鼎跟在后面,问:"你昨天怎么这么晚才回来?"

"我已经十七岁了,晚点回来有什么关系?他还跑到学校来找我,让我几个学长看笑话。"

两人一前一后走进归一的小屋,周鼎有段时间没来,发现屋里整洁了很多,桌上居然还放了一盆小花,奇道:"归一阿哥啥时候这么清爽了？"

"这有什么奇怪，肯定是那个叫阿玖的来帮他打扫的，她在斜对面摆炒货摊。小钉子，你不要打岔，你知道我昨天为什么晚回来吗？"

周鼎心想，你不是晚回来，是到了深更半夜不回来。但想这么说又要斗气，便只是摇摇头。

"昨天下午，我一放学就准备回来。走到校门口碰到两个学长，他们高我三届，穿着笔挺的军装。我就问他们这两年去了哪里，他们说考进了黄埔军校，很快就要毕业了，等待分配到部队。小钉子，你真不知道，他们看上去多么英武帅气！"

曹南乔脸上的艳羡之情溢于言表，继续说："我就让他们到我住的工友房间，坐下继续说。我说我也想考军校，去打日本鬼子，他们说黄埔入学对个人政治思想要求很高，要了解国民革命须速完成的必要，还不能有抵触本党主义的思想，既有笔试，又有口试。笔试考作文、政治、数学，口试是考察学生对三民主义的了解程度及个人志趣、品格、判断力。"

周鼎见曹南乔越说越兴奋，问："要考这么多门课？"

"不止这些，还要求中学毕业学历，年龄在十八岁以上，二十五岁以内。身体还要好，要强健耐劳，不能有眼疾、肺病、花柳病，你知道吗，还不能有痔疮。"曹南乔和周鼎都笑了起来，"小钉子，你说这有意思吧，说着已经天黑了，两个学长还掏钱请我到学校边上一个小饭馆吃饭。"

"你才十七岁，现在还不能考吧？"

"没几个月我就十八岁了，学长说报名就到国民党上海执行部，录取后还会发去广东的川资路费。入队后，服装、书籍、食费、零用，全部由军校供给。这多好啊，又能学本领，又省下了学费，我想明年就去考。"

周鼎连连点头，又问："你跟曹叔说了吗？"

"昨晚有个学长喝多了，我带他到学校的小屋躺了一会儿，这时我爸爸来了，我就把刚才那些话跟他说了，你知道我爸怎么说？"周鼎当即由刚才的点头改为摇头，曹南乔把左侧一边的脸凑近周鼎说，"我爸给了我一个耳光。"

"啊，这是为什么啊？"

问这话的却不是周鼎，两人抬头一看，却见芬妮和阿苇站在门口，两人都张大了嘴巴，只是芬妮的嘴张得更大。

"是啊，我也这么问他。"

芬妮凑近曹南乔，看到他的左脸颊上还真隐隐有几道红印子，轻轻朝他脸上吹了口气说："南乔哥，疼不疼？"

听芬妮第一次叫"南乔哥"，怜惜之情溢于言表，曹南乔心中一动，但立马恢复一脸英气："打一巴掌怕什么，还记得那天我们一起去敲门，小钉子有点怕，我说'贪生怕死勿入斯门'，你们知道这句话是从哪里来的？"

阿苇说："肯定是书上看来的。"曹南乔摇头，正色道："那是黄埔军校大门口的一副对联，'升官发财请往他处，贪生怕死勿入斯门'，横批是什么？"周鼎和芬妮都说不知，阿苇搞怪地说："横批是：谁也别来！"

众人都大笑，芬妮更是笑得捂着肚子蹲在了地上，曹南乔马上收住笑容说："是'革命者来'！你们这帮小孩子，一点也不懂什么叫国破家亡，日本鬼子已经占领东三省了，说不定很快就要打进上海。"

这时芬妮止住笑站起身："我爸爸说，罗圈腿小日本就算打上海，也不敢打进租界，我们这里是法国政府的地盘。再说，我们这里还有法国军队和安南兵。"这回轮到阿苇笑得打战："安南兵……就那些牙齿墨黑，人还没枪高的吗？"

见着两个女孩子把话题越扯越远，周鼎赶紧拉回来："南乔，曹叔到底为什么打你？"听这话，众人皆不语，曹南乔也不响，阿苇又问，他才说："我爸说了，打日本鬼子应该，去黄埔军校不行。"

听这话，大家七嘴八舌议论起来，周鼎说："曹叔大概不想让你去广东，太远了。"曹南乔拿起一个粢饭团，狠狠地咬了一大口："男子汉志在四方，广东远什么？难道就天天守着这个公寓，像他一样一辈子当个看门人？"

听此言，周鼎有点讪讪的。曹南乔并未察觉，阿苇已经感觉到，却不知说什么。芬妮看到曹南乔吃粢饭团，也走上两步去拿一个，只听"哎呀"一声，芬妮疼得跳了起来，赶紧坐到一旁凳子上，抬起光着的右脚看，原本白皙的脚底踩了一层黑灰，中间渗出鲜血。走到哪里都光着脚的芬妮，踩到了一块尖锐的碎玻璃。

入夜。

这是礼拜天的夜晚，照惯例是菲兹曼告别妻子，去法租界外滩的公司开始一周工作的时候，也是曹南乔告别父亲，去学校开启一周学习的时候。

今天却出现了意想不到的事：早上出门处理急事的菲兹曼，在晚上七点多钟的时候回来了，因为轮船在长江口遇险，处理起来耗时费力。大家都以为他今天就这样开启一周住公司的日程，所以他的出现先让开电梯的乌老二愣了一下。早上，她曾打赌菲兹曼这一走，理发师芒斯必定后脚上楼。但或许是礼拜天理发生意好，芒斯是在六点多才刚刚上楼。

见到菲兹曼壮硕的身躯出现在门口，乌老二正愣神之际，隔壁电梯的乌老大心念一动，暗道："发笔小财的机会来了。"他迅速走出电梯，一边咳嗽一边给乌老二递眼色，却见乌老二只是愣愣地看着他，不解其意。

乌老大急得冲上去，恶狠狠地低声说："老二，你去把他拉住，我上楼报信，铜钿分你一半。"见乌老二还似懂非懂，他一把把她从电梯里拉出来，自己坐了进去，刚要拉门，却想到了什么，迅速跑出来，拉起正要跟菲兹曼打招呼的周鼎，钻进电梯。

周鼎问干嘛，菲兹曼说等等，都没有阻住乌老大启动电梯。上行时，乌老大说："小赤佬，今朝爷叔挑你发财，我不会说法语，你去跟菲兹曼太太说，她老公回来了。"电梯到了顶楼，乌老大拉着周鼎小跑到71室门口，举起拳头重重地敲门。等了一两分钟门才打开，穿着睡衣的菲兹曼太太慵懒地站在门口，乌老大推了一把周鼎，周鼎赶紧用法语说："菲兹曼先生正在底楼。"

菲兹曼太太原本风情万种的蓝眼睛瞬间瞪圆，那只涂着大红唇膏的小嘴也瞬间张大。乌老大正要鞠躬讨赏，房门突然被狠狠地关上，乌老大按住他被砸到的酒糟鼻子，大叫着一蹦老高。

只听房门里面发出一阵凌乱的声响，另一辆电梯已经开到顶楼，菲兹曼气哼哼地走了出来。在他身后，乌老二一脸焦急，边打手势边对乌老大说:"我拦不住这个烂大块头。"

乌老大远远地瞪了一眼,他知道菲兹曼懂一点中文,怕这话让菲兹曼起疑心。好在乌老二说的是浦东土话,菲兹曼似乎并未注意,对周鼎说:"还说电梯坏了,不是好的吗?"

周鼎赶紧说:"下午是坏了,刚刚修过。"菲兹曼不再说话,掏出钥匙开门。房门突然打开,从里面跳出来一个人,扑到他怀里深深一吻:"亲爱的,我就知道你会回来的,看我给你准备了什么好吃的。"

房门迅速关上,乌老大兄妹面面相觑。乌老二说:"阿哥,你做啥急得像火烧屁股,看这样子芒斯不在里面。"乌老大连吐了两口粗气说:"不会啊,六点多钟是我开芒斯上来的,没看到他下去啊。"

周鼎在一旁看着,感觉甚是好笑,说:"你们为什么这么急,还要说电梯坏掉了?"

"小赤佬,这种事情你再过两年就懂了。怪也真怪,芒斯这只洋赤佬到哪里去了?"乌老大后半句是在自言自语,说着走进电梯,回身说:"你还等着讨赏钱,不下去?"

周鼎答应着跟进电梯,突然从喉咙深处发出一声低沉的惊呼,跳出电梯说:"我还有事!"

掏出钥匙、打开72室、关上房门,一连串动作一气呵成。以前,72室的钥匙放在看门人小屋里的抽屉里,自打父亲回来养伤后,周鼎就整天把钥匙揣在口袋里,走到哪里都习惯性地摸一摸。

周鼎虽不谙男女之事,但从早上乌老二看到菲兹曼出门,说芒斯马上会来，到现在乌老大的举止，他猜想芒斯肯定在房间里。但为什么菲兹曼太太马上开门请菲兹曼先生进去，唯一的可能就是芒斯像去年那个风雨之夜那样，通过窗外环廊躲进72室了。而且，去年从船长室跑过去，还要经过布莱特家的71室，现在和布莱特互换房间后，就在隔壁了。

房内漆黑一片，周鼎屏住呼吸凝神细看。等眼睛适应了黑暗，借着透过落地窗的微微月光，他环视客厅：柜子、沙发、茶几、落地窗帘、桌子、鱼缸……

周鼎慢慢地看过来，哪有芒斯的影子。他正要进卧室查看，忽听身后房门的门锁响了一下，忙转身看去，只见刚才进门处，一个人正要开门。

"芒斯！"那人影听到周鼎的叫声，用力猛地拉门，门却纹丝不动，原来刚才周鼎一进门就顺手把门反锁了。那人只得转过头来，把食指放在嘴巴前，既尴尬又讨好地冲着周鼎笑，那是一张白皙的娃娃脸，顶着一头长长的卷发。

周鼎虽然猜测芒斯会躲进这里，但真见到还是被吓了一跳。不过，他最担心的事似乎并没有发生，父亲应该没跟芒斯相遇。

"是小钉子啊，你来这里干什么？"芒斯以攻为守，反问一句。

"芒斯，你吓我一跳，阿克塞尔一家回法国了，我每天晚上来喂鱼打扫，你来做什么？"

芒斯没想到会遇到周鼎，一时想不出理由，只得放软了姿态说："小钉子，我不是小偷，这事你跟谁也别说，明天给你十块银元。"柔声细语的法语，听得周鼎说不出的舒服。

周鼎心想，要是换了乌老大，区区十块钱不可能放他过关，正好问他多要些钱给父亲,便说:"你给菲兹曼太太做个头发,都不止十块钱吧?你不用蹲着了,站起来吧。"芒斯一脸尴尬,好在夜色帮他掩盖了,说:"这个好商量,那就二十块。"

周鼎见他还是不站起身,上前拉了他一把:"好了,起来吧,我不会讹诈你的。"这一拉,却没有拉动。

芒斯是细高挑的个头,少说也有一米八,这时站起来却跟周鼎差不多高。周鼎见他两条长长的裤腿耷拉在地板上,遮盖住了脚面,问:"你没穿鞋?"

只见芒斯摇摇头,叹了口气,双手把两个裤腿慢慢卷了起来,露出两只光着的脚:"你明白了吗?"周鼎直摇头:"芒斯,你怎么突然矮了一大截?"

"我的皮鞋……掉在隔壁了,所以……所以就矮了。"见周鼎还是不明白,他叹口气说,"我的皮鞋……里面有硬垫子,穿着……个子高。"

周鼎"噢"了一声,恍然大悟,原来芒斯平常都穿着特殊皮鞋。他听做鞋帽生意的布莱特说过,欧洲有一种让人穿着显高的内增高皮鞋,在考虑要不要进口到上海。布莱特说一般能增高六七厘米,而看芒斯的样子,他的皮鞋大概增高了十多厘米,难怪平时觉得他的双腿特别长,而上身和手臂显得很短,"原来他天天踩着高跷。"

看着比平时矮了半截的芒斯,双手拉着裤腿,光着脚跑出房门的样子,周鼎心想,要是芬妮和阿苇在的话,一定够她们笑上一天了。

他自己却没有笑,没见到父亲让他有些不安。这些日子,他跟父亲的交谈都是坐在客厅的地板上,父亲偶尔让他坐沙发,自己却从不坐。他轻声叫着父亲，走进卧室查看。

"小鼎，"卧室的柜子门轻轻推开，周茂生探出头说，"你来扶我一下。"周鼎赶忙伸手，摸到父亲冰凉的手，想扶他到床上，却被父亲制止："坐地板上就行。"

靠在自己身上的父亲，正在打着哆嗦，周鼎伸手一摸，父亲的额头却是滚烫的："爸爸，你发烧了？"

父亲只摇摇头，示意他在自己身边坐下，说："刚才听到落地窗有响动，我就爬进柜子了。你应对得很好，只是不该多问他要钱。"周鼎想争辩几句，话到嘴边又咽了回去："爸爸，刚才来得太急了，没把吃的东西带来，一会儿我下去拿。"

"不用了，昨天你拿来的面包还有不少，今天有什么特别的事吗？"

周鼎想了想说："大楼里没什么特别的事，就是南乔昨晚被曹叔打了耳光，不过这不是什么大事，我还是去给你拿吃的吧。"说着就要站起身，却被周茂生冰冷的大手一把拉住："说说，为什么打耳光？"

周鼎三言两语便把经过说了，重要的地方丝毫没有漏掉，他问父亲，为什么曹叔说打日本鬼子应该，去黄埔军校不行呢？

一阵沉默后，周茂生一字一字地说："应该是时候了。"周鼎不解，问："爸爸，是时候做什么？你应该去看病。"

"小鼎，从去年八月到现在，已经过去快一年了，爸爸在外面到处奔波，后来还让你也一起帮忙，但爸爸丢掉的那只小皮箱一直没能找回来，连影子都没有。而且，爸爸的脚还伤了，我觉得，靠我们两个怕是不可能找回来了。"

"爸爸，你别灰心，意大利人那个被偷走的小皮箱，说不定就是你要找的那只，而且巡捕房督察长也出马了，说不定很快就能找回来。"连说了好几个"说不定"，周鼎自己也觉得没有底气。

"爸爸不是灰心，是想找更好的办法，找更好的帮手，一起把箱子找回来。"

接下来几天，周茂生的病情越来越重，脚上伤口发炎，整日高烧不退，时而陷入昏迷。周鼎无计可施。因为父亲反复关照，他决不能去医院，他的病决不能告诉别人，这两个"决不能"让周鼎嘴巴起泡，头痛不已。

这天下午，阿苇忽然下楼来叫他，说芬妮病了，却让周鼎眼前一亮。心想现在只有芬妮或许帮得上忙，还不违反父亲说的两个"决不能"。

布莱特先生去洋行了，布莱特太太刚出门赴女友的下午茶，阿苇妈也出门了，用她的话说，是去"领领市面"，其实是去寻找生意线索。这时候，只有胡大厨、葛妮亚两个不管"闲事"的大人在家。阿苇拉着周鼎的手快步走进芬妮的卧室时，胡大厨正在厨房洗菜，他的专注力让他对周鼎进屋完全无感。

芬妮正坐在床上，见周鼎进来，两滴泪珠先已滚落。周鼎掀开被子一角，见芬妮的脚上歪歪扭扭地缠着一块纱布，周鼎轻轻掀开，只见脚底伤口处已经红肿发炎，抬头看到芬妮脸色潮红。"你没告诉你爸爸妈妈？"

"没有，我妈妈跟我说过很多次了，说我已经十四岁了，不能再光着脚走路，我不敢告诉他们。"

阿苇说:"让我和小钉子陪着你,叫孟祥开车送你去医院怎么样?"

芬妮泪珠再次滚落:"孟祥什么事都会告诉我爸爸,小时候我让他给我偷偷买一块巧克力,他买好巧克力跟我爸爸说,这是小芬妮准备半夜在床上吃的,结果我爸爸罚我不能吃巧克力。"

周鼎忙说:"我们晚上去找五楼的黑塞医生吧,他是外科大夫,以前在德国军队里当过军医,你这点小伤就像那首歌里唱的,就是'毛毛雨'。"

芬妮当即破涕为笑,阿苇也笑着跑到客厅,打开了落地唱机:

毛毛雨　不要尽为难

微微风　不要尽麻烦

雨打风吹行路难

哎哟哟　行路难

年轻的郎　太阳刚出山

年轻的姐　荷花刚展瓣

莫等花残日落山

哎哟哟　日落山

当晚太阳落山后,他们三人敲开54室的房门,黑塞当头一句:"今天是礼拜六吗?"三人都说不是,黑塞转身就把门关上了。

阿苇再次把门敲开,黑塞的黑色圆眼镜后面是瞪大的眼珠。经过几个月的学习,三人的德语口语都有不小进步,周鼎忙说:"黑塞先生,我们不是来学德语,我们来请你治病。"

115

听这话，黑塞的眼珠没有刚才瞪得那么大了，但还是摇头说："你们以为我开私人诊所？"

阿苇抬起左脚，悄悄在芬妮的右脚上踩了一脚。芬妮难得穿着鞋，但因脚底有伤，疼得大叫着坐倒在地。阿苇心存歉意，泪水已经垂下："黑塞先生，芬妮去过医院，伤口已经化脓了，只有你能治。"

黑塞的眼珠又小了一些，作为一名资深外科医生，他对此类求助有种职业性的满足感。而当他让芬妮进门坐到沙发上，脱下鞋子露出伤口后，黑塞的眼珠再度瞪大："就这点伤口，你说医院看不好？"

阿苇把心一横，心想只能继续编了："医院说没事，就让芬妮回来了。"

"哪家医院？"黑塞紧盯着阿苇问。

阿苇毕竟年幼，听这话有点慌乱，周鼎忙接话说："就是沿着雷上达路往北，过三个路口左转，有一家私人诊所，犹太人开的。"

黑塞连连摇头，表示这种诊所怎么能去，也不再追问，走到房间里取出一瓶药水，熟练地给芬妮冲洗伤口，并做好了包扎。然后把剩下的药水递给芬妮，说："每天冲洗三次，过两三天就好了。"

"黑塞医生，这点药水太少了，不够用。"周鼎忙说。

黑塞盯了一眼周鼎。"还有，芬妮在发烧，能不能给点退烧药？"周鼎用期盼的眼神看着黑塞。黑塞"哼"了一声，回身从屋内拿来一瓶药水和一小包东西说："这是次氯酸钠消毒液和阿司匹林，足够两个伤员了。"说着，又盯了一眼周鼎。

回到船长室前，周鼎先把整瓶的消毒液和大部分阿司匹林放进了自己的口袋，对芬妮说："这些先放我这里，东西多容易被你爸妈发现。"

芬妮没答话，有点不高兴地说："小钉子，你刚才说诊所，为什么非要说一句犹太人开的？"周鼎这才明白，为什么上楼这一路芬妮一直嘟着嘴，忙说："他讨厌犹太人，我说了犹太诊所，他就没兴趣问了。"

看着芬妮假装步履轻松地走进船长室，周鼎迅速掏出钥匙，打开了72室的房门。

他轻手轻脚快步走进卧室，看见父亲正躺在地板上，身上盖着一条毯子。他始终不明白，父亲为什么坚持不睡床上，而是在床边打地铺。他伸手摸摸父亲的额头，依然烫手，说："爸爸，我给你带药了。"

父亲微微睁开眼，对周鼎点点头。黑暗中，周鼎先给父亲吃下阿司匹林，然后准备用消毒液擦洗伤口。突然，听到房门口一声轻响，似乎是钥匙塞进门锁，周鼎连忙停手，周茂生也抬头支起了耳朵。

紧接着，是钥匙转动门锁的声音。这次听得真切，周鼎忙去扶父亲，周茂生连连摆手，示意自己动不了。这时，只听到"吱"的一声，房门已经打开。周茂生指着大衣柜，示意周鼎赶紧躲进去，并附在他耳边说："不管出什么事，你都不要出来。"

脚步声很轻，从门口到客厅，然后转到隔壁卧室、书房、卫生间，便朝这个卧室走来。卧室门被先被推开一条缝，来人似乎在观察什么，然后慢慢走了进来。周鼎躲在柜子里，有条小缝正对着卧室中央的大床，床那头父亲的地铺也被挡住了，更看不见进来

117

的人。

门外那人走到柜子边，停住了脚步。稍作停顿，那人往大床边走去。这时，半个肩膀出现在柜子门缝中，黑暗中看不清楚，周鼎只能判断来人中等身材。那人正要迈步再往前，却听客厅落地窗传来响动，随即被一把推开。

此处楼高风大，一阵风灌进客厅，把卧室没有关紧的门一下子吹开，门"当"的一声打在门吸上。周鼎透过柜子缝隙看到，那人刚想去把房门关上，却马上驻足，反而朝床那边走去，随即趴倒在地，此时周鼎的视线已经被大床挡住。

卧室门敞开着，客厅里的动静更是听得清晰。周鼎听到落地窗外进来一个人，脚步在客厅转了一圈，还走到卧室门口停了一会儿，似乎在往里面张望，随后脚步声又回到了客厅。

皮沙发发出响声，显示那个窗外来人已经落座，"嚓"的一声火柴划过，周鼎察觉到一点点亮光，随即熄灭，然后传来一股香烟味。那人坐在沙发上抽着烟，似乎在等人。周鼎奇怪的是，门外进来那人刚才趴倒的地方，正是父亲的地铺所在，为什么一点声音都没有？难道父亲在顷刻间已经转移？他暗自摇头，别说父亲脚伤严重，就算平时也不可能在极短时间内迅速隐身。

烟雾在空气中飘荡，伴着些微月光，以及楼下零落驶过的汽车声，客厅中的时钟在滴滴答答地走动，这是一九三四年上海法租界诺曼底公寓的初秋夜晚。

第二天一早，曹鲁和周鼎准时站在底楼门厅。

一辆停着的电梯里，乌老二坐在里面专心啃着一个比她脸还大的圆面包,边吃边摇头,问:"小钉子,法国人怎么说屁股?"

"cul。"周鼎不假思索。

"你看看,这只面包像不像cul?这实在是难吃,要不是门口面包房卖不掉送给我,真是不如吃大饼油条。曹格里,昨天夜里做啥了,像没困醒,我这里有一副乌老三刚刚买来的大饼油条,你想吃就拿去吃。"说着,乌老二拿起一个油纸袋,隔空朝着曹鲁晃了晃。

周鼎这才发现,乌老二今天居然还抹了口红,一口一口亲在那只"屁股面包"上。曹鲁两眼发红,神色倦怠,只是摇摇头:"吃过了。"

乌老二没觉尴尬,又把油纸袋抬高几寸说:"你拿去,当中饭吃。"最近,原本说话阴冷的乌老二,见到曹鲁却一天比一天热情,有一次还问曹鲁:"你搬过来这么久,怎么没有看到屋里的女人来?"胖脸上一双小眼睛眯起来,期盼地看着曹鲁。听到曹鲁说:"死掉了。"乌老二连连追问:"什么时候死的?曹南乔还有兄弟姐妹吗?你准备再讨一房吗?"曹鲁沉默着走开了几步,乌老二脸上的笑意被来接班的乌老大见到,低沉着嗓子骂了声"女花痴"。

这时,曹鲁和周鼎都把目光盯着大门口。过了半个多小时,两辆小汽车停在诺曼底公寓门口,分别走下几个法租界的便衣,手里捧着好几包东西,领头的矮胖男人甩着胳膊,正是"麻皮小金荣"巴络。

在门厅正中站定,巴络大呼小叫地让便衣们把东西放在地上,抬眼看到周鼎,高声说:"小赤佬,去把那个意大利人叫下来,就讲巴老爷不出三天,就把入室抢劫案子破了!"这时,门外几个记者模样的人一拥而入,端起相机对着巴络就是一通拍。

"急啥急啥，等失主下来一道拍！"巴络话虽如此，但已经神气活现地摆出姿势，脸上的麻子也一颗挤着一颗，争相在镜头前露脸。

巴络把各种姿势摆了一圈，手酸腿麻之际，穿着一身睡衣的马尔基尼奥才姗姗来迟。他哈欠连连，头发凌乱，显然是被周鼎从被窝里叫醒的。看到门厅地上像故乡的跳蚤市场那样摊开了各种东西，马尔基尼奥双眼放光，法币、银元、大衣、西服、衬衫、内衣、皮鞋、首饰、裙子、女式内衣……

一一清点之后，意大利人问巴络："我被偷的不止这些，还有很多珠宝首饰怎么没了？"巴络并不理睬，从失窃物品中拿些好处是巡捕房的惯例。他腆着肚子转了个话题："你到现在还不知道，你的那个白俄姘头不是好人，她跟一伙人一起在法租界又是偷又是抢，偷来的就放在你家里，你就从来没怀疑过？"

马尔基尼奥茫然摇摇头说："她说都是她当舞女挣来的，还叫我不要进储藏室，我从来不管这些。我就问你，那天来我家偷东西的是谁？"巴络双眼一瞪，强忍住一句脏话说："就是那个女人啊，她趁你去开音乐会，叫了帮手来转移东西，您真是色迷了心。"

楼里准备出门上班的洋人们，正要出去买菜的中国仆人们，都驻足观看意大利人的家当，不少人指指点点、窃窃私语。几乎所有东西都摊在地上，任人观赏、拍照、联想，唯有一样东西静静地躺在地上，没有打开，那是一只深咖啡色小皮箱。

空气中的烟雾气息渐浓，周鼎躲在柜子里数着，这是窗外进来那人第五次划火柴后，抽的第四根烟。最近一次划火柴，先划断了一根，似乎说明此人的耐心在慢慢减退。

落地窗一声轻响，一阵风吹来，房中的烟味瞬间淡了很多。紧接着几声脚步声，显然是又从窗口进来一个人，接着沙发一响，那人已经坐下。

"布老板，这里倒是谈事情的好地方。"话语中带着苏州口音，周鼎心中一惊，原来是青帮汪步青来跟布莱特密会。

"阿青，这么急来找我，到底有什么事？"

却听汪步青站了起来，在客厅里来回走了几步，说："这间房间蛮好，也是布老板的产业吗？"

"不是的，房子主人回欧洲了，暂时空着。你在电话里说有要事面谈，我想天黑了，还是这里谈最好。"

"这个房间租金多少，我也来租一间。"说着，汪步青的脚步往周鼎所在的卧室而来。

"阿青，谈正事。"听布莱特这么说，汪步青只能收住脚步，坐回沙发上。

"前两个月，你给了我一个名单，叫我派几个帮会弟兄去上门找东西。你的名单上一共六家，现在动了四家，最近巡捕房盯紧这里，只好停了一段时间。"

"前几天，工部局乐队里吹号的意大利人家里被偷了，是你们兄弟做的吗？"

"那个不在你的名单上，这票肯定不是我们兄弟做的，"汪步青也点起一根烟，顿了顿说，"不过今朝来找你，为的就是这件事。巡捕房里有很多帮会兄弟，今朝吃好夜饭有一个兄弟跑到我的鸦片馆，说意大利人那个案子破了，失物全部找到，特别是……"

说到这里,汪步青却停住了。只听布莱特有点激动地说:"特别是什么,是不是有个深咖啡色箱子?"

汪步青不语,空气中烟味在加重。

马尔基尼奥蹲在地上,一一清点着东西。没等他点完,巴络急不可耐地将他一把拉起,叫他跟自己合影。

几个记者拥过来,其中一个说,要把失物拿在手上拍照,这样有真凭实据,登报之后才有读者要看。马尔基尼奥不断更换着手中的物品,旁边当然少不了时而叉腰、时而双手交叉在胸前的巴络。拍了几张,记者们可能觉得不过瘾,其中一人拿起一条女式内衣塞到意大利人手上。第二天,这张照片登在了上海滩众多小报的头版。

过足瘾后,巴络手一挥,示意巡捕房的便衣们可以撤了。此时,马尔基尼奥正在手舞足蹈地跟记者们说话,记者们没人能够听懂他的意大利语,纷纷溜走。最后一人正想离去,却被他一把拉住,但一只手不能舞动,他似乎变得不会说话了。马尔基尼奥只能松开手,正要继续发表他对法租界巡捕房的感谢之词,那个记者趁机一转身就跑出了大门。

客厅里,汪步青的关子卖得布莱特有点不高兴,追问道:"是不是我要找的那个小皮箱?"

没听到汪步青回答,但显然他做了什么动作,只听布莱特一拍大腿,问:"现在在巡捕房?"

"巡捕房督察长巴麻子带人破的案,那个意大利人被偷走的东西都在他那里。"

"听说这个巴络也是青帮人物,你能不能跟他说说,帮我把箱子截下来,就说我有重谢。"

却听汪步青连声拒绝:"巴麻子拜的老头子是黄金荣,我拜的是杜先生,黄金荣当年是杜先生的老头子,关系虽然近,但你也知道,很多事情是面和心不和的,我托过去怕是没用。"

"那你想想办法,帮我弄到这个箱子,我有重谢。"

"这个箱子呢,现在就在巡捕房,不过一不能偷,二不能抢,三不能求情,四不能买通。布老板你想想,假使送一笔铜钿给巴麻子,凭他这种门槛,肯定要想这个箱子为啥能换这么多钱,还是自己拿在手上合算。"

"照你说来,就没有办法了?"

汪步青嘿嘿笑了几声,缓缓道:"办法么,总归是有的。"随后顿了顿,压低了声音说:"巡捕房里面人说,明天早上巴络要带着东西来这里招摇,到时候……我……"

见那最后一个记者跑出大门,马尔基尼奥挥着手想把他叫住。这时巴络带着便衣们已经走到门外,似乎忽然想起什么,又转身进门,和那个记者差点撞个满怀。

"急点啥,回去奔丧啊!"巴络伸手推开记者,指着门厅角落那个深咖啡色小皮箱,对意大利人说,"这只箱子打不开,里面装了什么值钞票的东西?"

马尔基尼奥转头看了一眼,摊着手说:"这个不是我的。"周鼎见状,立刻抢步上前,伸手抢过意大利人手上拿着的女式内衣说:

"这个是女人内衣,肯定不是你的,不过你先拿着,总归不好叫巴老爷拿回去。"

巴络盯了一眼内衣,坏笑道:"这种东西么,要穿在身上才好看,你最好连女人一道给我。"摸了摸自己满是横肉的脸颊,走了。

一旁的曹鲁已经拎起那个小皮箱,随手又拿起几件地上的东西,快步走进电梯说:"上楼。"

三人上到二楼,沿着走廊来到26室门口,马尔基尼奥把东西放在地上,掏钥匙开门,叫周鼎帮着一起搬东西。走廊那头匆匆走来两个人,对门口的曹鲁客气地说:"先生,请问赉安洋行的韦什尔经理住在哪个房间?"

"你们是谁?"曹鲁问。"我们是赉安洋行的,有东西给他送过来。"个子稍高那人指了指另一人手上拎着的一个东西,上面盖着一件风衣。

"他住在21室。"曹鲁说。

个子稍高那人继续问:"这个楼道绕来绕去像迷宫一样,先生能不能帮忙指一下路?"曹鲁便放下手中的箱子,带着那人往前走了几步说:"转过去第二间。"

曹鲁回转身,那个拎东西的人跟他擦身而过,赶上了高个子。看着那两人消失在楼道转弯处,意大利人在门口招呼曹鲁也帮着一起搬,周鼎指了指门口的小皮箱说:"你刚才跟巴络说,这个皮箱不是你的?"

"对啊,你刚才搞错了,我说的不是那件内衣,是说箱子不是我的。"意大利人挥舞着手抱怨了一下,不过因失物都已找回,显得心情不错,说:"这个箱子是娜塔莉亚拿来的,她说里面放着几瓶最好的红酒,碰都不让我碰。我不要这些红酒,你们还给她吧,让她在监狱里也能享受一下。"

"那我们就把它还给巡捕房吧。"周鼎拎起箱子,和曹鲁一起退了出来。"曹叔,现在去哪里?"周鼎看了看手中的箱子,兴高采烈地轻声问。

"顶楼!"

昨晚,布莱特和汪步青密会后,先后从落地窗离开。先前从门口进来那人,从卧室大床后站起身来。屋内光线虽暗,但躲在柜子里的周鼎这次看得真切,差点叫出声来:"曹叔!"

却见曹鲁缓步走到客厅,查看了一圈,然后又回到卧室,压低声音说:"老周,你在吗?"这时,大床后面已经坐起一个人,冲着那人问:"你是谁?"周鼎大奇,心想他们刚才怎么没见到?

曹鲁已经快步走了过去,掀开自己的制服下摆,衣服里面别着一个银色小饰物,借着月光能看到是一把向下的剑。周茂生不语,只是伸手从内兜里摸出一块怀表,面对曹鲁打开,怀表上也文着一把向下的剑,问道:"你家住在前面马路几号?"

"五号,我一直住在五号。"曹鲁话语中激动难抑,这是中共中央特科至为重要的"伍豪之剑"联络暗号。

曹鲁上前握住周茂生的手说:"老周,终于找到你了。去年你失踪后,组织上让我来这里,一是找你,二是照顾周鼎。"

"我犯了天大的错误,那只重要的箱子被抢了。我想一定要找回来,交给组织,但是……但是这么久了,我天天风里雨里,却一点……一点线索也没有,"周茂生言语哽咽,"组织上有没有怀疑我拿着箱子潜逃了？"

"一开始是的，组织上派了很多同志分头去找，既找箱子也找你。现在箱子虽然没有线索，但组织上已经甄别清楚，你不是叛徒！"或许是因为激动，平时寡言少语的曹鲁，此时滔滔不绝。

周茂生显得更为激动，竟一时语塞，缓了缓说："去年，小鼎说新来了一个看门人，我后来问了一些情况，就猜你是组织上派来的。"

"老周，根据上级的要求，一旦找到你就……"

突然，周茂生摆手打断，对着柜子说："小鼎，出来吧。"周鼎从柜子里爬出，走到他们跟前，叫了声曹叔。曹鲁并不惊讶，似乎早就猜到周鼎也在。

"小鼎，爸爸和曹叔有重要的事情说，你先下去睡觉吧，明天早上你跟曹叔还要办一件大事。"

周鼎答应着，却没挪动脚步，问："爸爸，刚才你和曹叔都躲在床后面，你们怎么没碰到？"周茂生苦笑了一下，指着床下说："我脚伤了，刚才就藏在里面，床单拖到地上，一时就不会被发现。"

曹鲁和周鼎拎着箱子，快步从仆人楼梯走到顶楼，看走廊上没人，周鼎迅速打开了72室房门。

见到箱子，坐在卧室地板上的周茂生猛地站起，忍痛一把抱起箱子，上上下下打量着，并掂了掂分量说："没错，没错，就是这个。"然后，双手抱起箱子，正要递给曹鲁，却马上缩了回来，正色道："按照组织纪律，我要把箱子亲手送给下一站联系人。"

曹鲁郑重地点了点头："好！白天不方便，晚上去！"

中部

第五章

还我万夫雄[1]

三年后。

一九三七年的初夏热得有点早。清晨六点多,一个身材颀长、眉目清秀的少年走出汽车间,穿过大天井,推门走进底楼门厅。一个中等个子、相貌普通的中年男人已经站在那里,他对少年点点头,便转过身去跟电梯下来的住户打招呼。

少年走出公寓大门,右转走过几个门面,推门走进一间店铺。这是一家面包房,处于公寓突出部,它的垂直上方顶楼,便是坊间传说中的船长室。

店里,一个三十多岁的短发少妇,正手脚麻利地往一辆手推车上堆放面包,少年赶紧上前帮忙,然后把一个大桶搬上小车。少妇朝他笑笑,回头对里面说了声我去了,便和少年一起推车出门。两人推着车穿过霞飞路,沿着姚主教路走了百来米,在一个弄堂口停下。

"阿苇妈,今朝你比我早。"弄堂里走来一个二十岁左右的姑

---

[1] 还我万夫雄:出自南宋陈亮的词作《水调歌头·送章德茂大卿使虏》。

娘，也推着一辆小车，肤色微黑，一张俏丽的瓜子脸，一笑显出一对浅浅的酒窝。

"阿玖啊，我卖早饭应该早点出来，你卖炒货也天天这么早，勤快得来。"阿苇妈片刻功夫便支好了摊，又问，"归一今朝怎么没来帮你忙？"

阿玖正在整理各色炒货，听这话脸一红说："归一阿哥这几天一直住在公司里，礼拜天也不能回来。"然后抬头问那少年："小钉子，归一为啥最近不高兴？"

周鼎把大桶搬到地上，揭开盖子，飘散出新磨的豆浆味，说："日本人要打过来了，哪个中国人能高兴？他说了几次想去当兵打小日本。"

"他去当兵，我和阿爸怎么办？"阿玖刚才脸颊上的红晕，瞬间转移到了眼眶上。周鼎知道，阿玖的爸爸卧病在床，就靠阿玖摆摊度日，正不知该如何劝解，却听阿苇妈大着嗓门岔开了话题："阿玖你看我这个主意好不好，想出来豆浆搭配面包，芬妮天天来吃，她讲味道赛过牛奶面包。"

阿苇妈想自己做生意，想了不是一年两年了。

前些年，她经常趁着布莱特夫妇双双出门，便一个人出门"领市面"。这些年在布莱特家帮佣，靠着省吃俭用积攒下一些钱，她想过做宁波水产，想过租房子做二房东，想过自己开小饭馆，但都被她自己一一否定。尤其是开小饭馆，她想到阿苇爸胡大厨忽咸忽淡飘忽不定的厨艺，只有迷信盐代表上帝旨意的布莱特能接受，若自己开饭馆，只怕食客当场掀桌子。

三年前，她注意到诺曼底公寓门口的面包房生意清淡，店里销不掉的面包经常送给楼里的人，开电梯的乌老二连吃白食还骂难吃。在阿苇妈看来，光是大楼里住着的这些洋人，就足够撑起一间面包房的生意，究其原因是这家店缺一个手艺好的面包师傅。

那以后，她但凡出门"领市面"，就一定带上芬妮和阿苇，一家家面包房吃过来。其中的主角当然是芬妮，这个犹太女孩小时候便爱吃，渐渐长大后更精于吃。大半年后，有一天她们三人来到劳尔登路[1]上，看到一家小小的面包房门口排着四五个人，机灵的阿苇一头钻了进去，一会儿买了两个面包出来。芬妮只咬了一口，就站在马路边不肯走了。

过了两个月，一个名叫申生的面包师傅，出现在了诺曼底公寓门口新开的面包房里。阿苇妈把原来那家生意惨淡的面包房盘了下来，给了申生双倍工钱，将他从劳尔登路上拉过来。在起店名时，阿苇妈跟胡大厨商量说，我们都是宁波鄞县人，要么叫"鄞记面包房"，不过这个"鄞"字很多人不认识，干脆叫"银记"，开店总盼着银子多。胡大厨只顾炒菜并不理会，被阿苇妈问得急了，才说："这两个字我都不认得，叫啥随你！"

这话被阿苇听到，笑得她直捂肚子。阿苇妈板起脸正要骂，只听阿苇上气不接下气地说："这个店名不像做面包的，倒像卖大饼油条的。"

没想到，阿苇妈听了却觉得是个好主意，打算中西结合，面包房兼卖大饼油条。但在一旁做饭的葛妮亚不同意："我们不像你们

---

[1] 劳尔登路：今襄阳北路。

中国人，大多数人不喜欢大饼油条的味道，要是放在一个店里卖，怕是没生意。"

阿苇妈自言自语："那也不见得。"但她不是固执的人，晚上睡觉时仔细想了想，觉得葛妮亚这话也对，决定大饼油条以后再做。她又想："洋人不喜欢大饼油条的味道，那就卖豆浆；他们喜欢闻面包的味道，那就自己制造一些这种味道。"

"银记面包房"开张后，诺曼底公寓里的洋人们终于有了买到上好面包的地方。他们还发现，这家面包房有些特别之处：首先是不管什么时候去，店里总是充满着一股浓郁的烤面包味，简直可以说沁人心脾；其次是一改前面那家店的风格，卖不完的面包不仅不送人，甚至不打折；再次是早上能喝到刚磨出来的豆浆，老板娘甚至自己推着车到行人多的地方去卖；更特别的是，店里每天限量供应一款"奶油小方"，卖完就在柜台上放块牌子，写着"明日请早"。

这些新招有些是阿苇妈的主意，也有的则是周鼎想的办法。比如，为什么店里总是充满烤面包味，因为周鼎装了台小鼓风机，把烤面包的味道抽到营业区来。装好后，芬妮来到店里，深深地呼吸了几口面包味，转身便走了。第二天，几个工人搬来一架钢琴，说是布莱特先生让他们送来的，因为芬妮说以后就在面包房练琴了。

这三年的时光，改变的当然不仅仅是阿苇妈。

比如，周鼎已经不当看门人很久了。三年前，周茂生和曹鲁见面后，当晚曹鲁就去找组织上的联系人。那是一九三四年的秋天，第五次反"围剿"失败后，中央主力红军为摆脱国民党军队的包围追击，被迫退出中央根据地，实行战略转移；而上海的地下党组织也受到严重破坏，中共中央特科多数成员此前已转移到苏区，只有少部分人留守。

曹鲁好不容易接上头，两天后就和周茂生一起带上小皮箱，来到一处秘密联络点，面见中共中央特科留守的负责人。这个小皮箱是一年前，就是一九三三年春从江西苏区发出的，里面装着四十根金条和打土豪劣绅收来的首饰细软，终点是上海，作为上海地下党组织的活动经费，并用作搭救被捕同志的疏通费用。

小皮箱内部用钢板打造，牢固异常，只能用特制的钥匙打开。苏区方面用的是钥箱分离的办法，先派人将钥匙直接送到上海，然后再派人将箱子分六站由江西经福建、浙江，由当地的地下交通员转手送达上海。

周茂生作为中央特科情报科的一员，平时的掩护身份是诺曼底公寓看门人，他接到的任务是作为最后一站传递人，到郊区接到皮箱后转送中共中央特科联络人。前面一路顺利，但就在进入法租界即将送达时，离诺曼底公寓不远处被劫走了箱子。

周茂生虽不清楚箱子里具体装着什么，但他明白一定是极为重要的东西。面对这一突发局面，他没有选择向上级领导报告，而是决定孤身一人追回箱子。而他和箱子的突然失踪，让中共中央特科以为他携箱潜逃，于是派出人马四处追寻，还派曹鲁来到诺曼底公寓，探访他的踪影，并监视照顾周鼎。

那天晚上，周茂生和曹鲁来到一处石库门里的秘密联络点，上级领导马上拿出钥匙，准备打开小皮箱。意外的情况是，三人轮流开锁却始终打不开。周茂生已觉事情不对，找来一个剪刀一刀捅下去，原本应该坚固的箱子却一戳而破，再用力扯开，却见箱子里哪儿还有贵重物品的影子，全是用报纸包着的几块废砖！

周茂生倒吸一口气，转头低声对曹鲁说："被掉包了！"曹鲁铁青着脸，想了想说："在二楼，问路的人！"

周鼎只记得，那晚曹鲁回来都快半夜了，父亲则没有回来。曹鲁只说了声你爸还有事，就倒在了小床上，一夜辗转反侧。

第二天晚上，曹鲁叫上周鼎，从仆人楼梯走上顶楼。周鼎似乎预感到什么，打开房门，父亲果然已经在卧室，而且理了发、刮了胡子，换了一身马路上常见的长衫，神情严肃地把他叫到跟前，说："小鼎，爸爸要出一趟远门，可能要很久才回来。"

周鼎睁大眼睛看着父亲："要好几个月吗？"

"要的，也可能要好几年。"周茂生摸了摸周鼎的头，又说，"爸爸有重要的事要做，以后曹叔会照顾你的。还有，你应该继续上学，曹叔也会安排的。"

"爸爸，你以前不是说过，只要那个箱子找到了，你就会回来继续当看门人？"

"我接到了新的工作，跟那个箱子没关系了。"对着周鼎，周茂生欲言又止。

从那天晚上起，父亲成了周鼎的记忆。

没多久，曹鲁安排周鼎进了中学，跟曹南乔成了同学。上学前的晚上，周鼎兴奋得睡不着，毕竟辍学已经一年多了。听到他在木板上辗转反侧，床上的曹鲁说："以后，你住汽车间吧。"

周鼎一愣，忙说："好啊曹叔，让南乔跟你住吧。"曹鲁说："在学校里，南乔有什么情况，你跟我说。"周鼎嗯了一声："曹叔，我去上学,那箱子不找了吗?"

"箱子被掉包了,不在这个大楼了,睡吧。"过了几分钟,曹鲁又开口,"你留意,布莱特。"

曹鲁言简意赅,周鼎心中领会。那晚在72室,听布莱特和汪步青在客厅密会,第二天早上"麻皮小金荣"巴络果然大张旗鼓送来失物,但在二楼马尔基尼奥家门口,深咖啡色小皮箱却被离奇掉包。周鼎心中充满疑问:掉包的那两人是不是布莱特和汪步青派来的?

这三年还发生的一大改变是,曹南乔走了。

那晚曹鲁要周鼎继续上学之后,周鼎就搬到了汽车间,跟归一住在一起。而曹鲁不再让曹南乔住校,天天放学跟周鼎一起回来,晚上就住在看门人小屋。换言之,曹鲁的重点监管对象由周鼎换成了曹南乔,他明显感到,这个外貌英武的少年,性格变得越来越刚毅,似乎与自己越来越生分,这令他越来越担心。

好在一开始,曹南乔并没有做出什么出格的事,只是变得沉默。有时候在放学路上,曹南乔会愤懑地问:"国家这个样子,我们怎么办?"周鼎无言,只能劝慰几句。

有一天中午,曹南乔在学校操场找到周鼎,郑重地说:"小钉子,我们一起走吧。"

没等周鼎回答,曹南乔继续说:"去考黄埔军校!我的一位学长前两年从黄埔军校毕业了,你猜他现在当到什么了,上尉连长!"说到此处,曹南乔激动不已,用手锤了锤周鼎的胸口,低声说:"今晚收拾一下,明天跟我走。"

放学回到诺曼底公寓，躺在汽车间的木板床上，周鼎想了半夜。考军校、打日本，当然是发自内心的呼唤，"应该走！"但另一个声音又在他心中响起，"如果爸爸回来找不到我怎么办？那个小皮箱在哪里？还有，布莱特和马尔基尼奥跟小皮箱到底有什么关系？"

思前想后，周鼎最后的决定是，自己不走，但支持曹南乔走。这一决定在很多年后成了他愧对曹鲁的心结。

一九三七年的初夏，阿苇妈的银记面包店里充斥着面包和豆浆的奇特气味，时而混合着芬妮弹奏的钢琴声。但只要推门而出，人们便回到了真实世界，弥漫在空气中的是日趋浓重的硝烟味。

周鼎每天早上帮阿苇妈出好早餐摊，便回到汽车间，拿着书包准备上学。这天早上，周鼎刚从姚主教路走回公寓，却在门厅里被曹鲁叫住。

"南乔有消息吗？"曹鲁把周鼎拉到门厅一角，低声说。

这是曹南乔出走两年多后，曹鲁第一次向他打听儿子的情况。周鼎摇了摇头，说："曹叔，我只收到过一封信，就是南乔刚考进黄埔军校后寄来的，我当时就交给你了。"

见曹鲁神情严峻地看着自己，周鼎继续说："曹叔，是不是要打仗了，你担心南乔？"曹鲁依然不作声，只是眼神掩饰不住他内心的不安，右手拉着周鼎的手臂不放。为打破沉寂，周鼎问："曹叔，你有我爸爸的消息吗？"曹鲁似乎还沉浸在对儿子的思念中，缓过神来才摇摇头，继而补充说："放心，他安全。"

"哦哟，大清老早讲啥悄悄话，当心被日本特务偷听。来啊，曹格里，吃大饼油条。"电梯里，乌老二探出头来，手里举着一副油纸包着的大饼油条,招呼曹鲁去吃。

曹鲁依然用他的招牌表情,面无表情地摇头说,吃过了。乌老二不尴尬,说:"拿去拿去,就当中饭吃。"这几年来,乌老二每天早上都关心着曹鲁的肚子,而曹鲁从未吃过她的大饼油条。楼里的住客经常撞见这一场面,洋人们大多以为曹鲁不喜欢吃大饼油条,而中国人则私底下暗笑乌老二,但他们很期待,希望有一天曹鲁能吃下乌老二的大饼油条,这意味着诺曼底公寓里又会上演一场情爱好戏。

"不吃算数。"乌老二自言自语,狠狠咬了一口大饼油条。这时,门口走进来一个三十多岁的男人,身穿一件长衫,迈着四方步一摇一摆地来到电梯口,用京剧韵白冲着乌老二说:"来呀,送我上四楼。"

此人叫仇连升,是一个京剧票友,痴迷麒派,自称麒麟童周信芳的入室弟子。因为当时周信芳经常在法租界的戏院唱戏,为看戏唱戏方便,他卖掉了在闸北的祖产,搬进了诺曼底公寓的四楼。仇连升每天一清早就要出门吊嗓,要求五点半就要坐电梯下楼。因此,乌氏兄妹要有一人提早上班,对他怨念丛生,乌老大有一次恶狠狠地说,总有一天把他从楼上一脚踢下去。

电梯里,乌老二一口一口吃着大饼油条,懒洋洋地说:"仇老板,你要去死了?"仇连升不恼反喜,因为他最羡慕那些挑班唱戏被称为"老板"的名角,被叫仇老板自然高兴,只是用京韵纠正:"我说的是要去四楼,不是要去死了,小娘子不要听错。"

乌老二冷冷地哼了一声,示意他上来。正要拉上电梯门,一个年近六旬的瘦小老头手里举着一张报纸跑了进来,连声说:"你们

137

看看，我两年前就算过一卦，不得了，丁丑无春必多事，日本人怕是要在丁丑年打进来！"

听这话，乌老二马上把电梯门拉开。"怎么啦，今年是丁丑，日本人打进来了？"声音却是从隔壁电梯传来的，乌老大刚刚送布莱特下来，探头问。

"打是还没打。"瘦老头摇了摇头。乌老大粗着嗓门骂道："天天报纸上讲要打，到现在还没打，没打你急啥？"

"我跟你说，这比打还厉害。"瘦老头举起手上的报纸，跟聚过来的几个人说，"你们看看，昨天夜里日本人叫虹口的每家商铺全部关门，到了半夜里，有胆子大的从门缝里看出去，有成千上万的日本军队排着队开进来。"

"虹口本来不就是日本人的地盘，多几个日本兵有啥稀奇？"乌老四已经从仆人电梯跑了过来。

"你们不懂，这些日本兵不是一般的日本兵，他们每个人胸口上绑着白颜色的皮带，更加要命的是，他们都戴着防毒面具！"

布莱特在一旁听到这里，伸手拿过瘦老头手上的报纸，上面果然登着一张照片，照片上成群结队的日本兵确实如此装束。旁人也都凑过来看，乌老二说："这算啥意思，日本人要放毒气了？"

众人七嘴八舌，都说日本人肯定要出阴损坏招了。布莱特皱着眉头想了想，说："如果日本人要放毒气，这么机密的事情怎么会让记者拍到，而且报纸上还敢刊登出来？"

此时，日本"放毒队"在虹口登陆的消息，已经在上海滩不胫而走，给诺曼底公寓带来的影响立竿见影。

大楼建成后，业主对诺曼底公寓有一条租赁原则，就是只租给在政界商业有头有脸的洋人，而中国人只能在大楼里做工人，即便再有钱想当租客也是不可能的。

但到了三十年代初，日军在上海挑起了"一·二八"事变，虽然十九路军英勇抗战，但政府还是签署了屈辱的停战协议。后来日军在中国不断挑衅，一举吞并了东三省，全面侵华之野心暴露无遗。随着局势的恶化，很多人相信上海很可能成为日军侵华的下一站，原本租住诺曼底公寓的外国商人，有一些出于自身安全考虑，离开上海回国了。这样，大楼里便空出了一些房间，业主此时开始允许中国人租住。

这几年，已经陆续有几个中国人搬入。最早进来的是演电影的虞依依，二十岁刚出头的模样，容颜俏丽，尤其是两只眼睛大而亮，嘴巴较大，一笑便露出整齐的白牙。她住在六楼，跟俄国人曼德斯基夫妇是邻居，进出都穿着裁剪得体的旗袍，显露健美的身材，楼里的人都叫她"虞美人"。

第二个就是麒派票友仇连升，他的阳台正下方，隔着一层的是马尔基尼奥的房间。只要天不太冷，他们都喜欢开着窗吹号和唱戏，醇厚的圆号声伴着苍劲激越的麒派老生唱段，常会引来楼下霞飞路上的行人驻足张望。有人猜，这大概是麒麟童周信芳搞的新玩意儿，中西搭配倒也新鲜。

再后来，就是那个报信说日本放毒队进入虹口的瘦老头。他的名字甚是响亮，叫作朱鸿豪，长相却跟开电梯乌老四很像，都是瘦小枯干类似娄阿鼠，有人背地里叫他"朱老四"。他原本住在虹口，是颇为有名的算命先生，因为日本人在那里横行霸道，便举家十多口人搬进了诺曼底公寓，他租的五楼房间紧挨着德国医生黑塞。房间虽是三户室，但无论如何也塞不进这么多人，他又租下了汽车间楼上的一间房。于是，朱洪豪又有了一个邻居，那就是胡大厨一家。

原本，布莱特安排胡大厨跟司机孟祥住在汽车间，而阿苇妈带着阿苇跟厨娘葛妮亚同住仆人房。有一次，布莱特夫人跟布莱特说，胡大厨夫妇才三十出头年纪，让他们常年分居不大好，是否我们出钱给他们租一间汽车间？布莱特摸了一下自己的鹰钩鼻子说，正是因为还年轻，最好不要住在一起，不然要是再生一个，肯定要花很多时间在小孩身上，再说虽然汽车间房子便宜，但毕竟也要花我们的钱。

后来，随着阿苇渐渐长大，更重要的是银记面包房的开张，让阿苇妈下定决心自己租下了汽车间的一个房间。对此，布莱特有些不满，因为阿苇妈显然要花主要精力在店里，便通知阿苇妈，从下月起不再支付每月十五块钱的工钱。后来因为芬妮求情，而且阿苇妈每天还是花不少时间操持家务，布莱特象征性地给了每月五块钱。对此，阿苇妈没说什么，平时闷头做饭的胡大厨边颠勺边蹦出一句："铁丝克箩！等他大方要到下世。"

此时已是一九三七年的盛夏，中日双方都在向上海增兵，局势一天坏过一天。拥有治外法权的租界，成了上海乃至苏浙等地居民心目中的避难所，来诺曼底公寓询问租金的人日渐增多。

阿苇妈眼疾手快，这个能干的宁波妇女拿出银记面包房的一部分经营收入，马上将汽车间楼上剩余的四间空屋全部租了下来。比她出手慢一步的是布莱特，他们的想法差不多，那就是租界里的房子会跟局势一样，变得越来越紧张。只是，对于囤多少房子，布莱特内心还有点犹豫。

在偌大的公寓里，最无忧无虑的大概就数芬妮和阿苇。芬妮已经十七岁了，由圆润高挑的小女孩，长成了更加圆润高挑的大女孩。唯一不变的，是她依然喜欢赤足行走，只是因为几年前在汽车间被碎玻璃扎破过脚，她吃一堑长一智，但凡离开公寓便会穿上鞋。

这天晚上，芬妮吃过胡大厨做的中餐，又尝了尝葛妮亚做的犹太餐，和阿苇一起下楼。照例，小巧灵动的阿苇一路小跑在前面，芬妮赤足走在后面，宛若戏台上的俏丫鬟带着大小姐出游。她们身后，乌老三坐在电梯里紧盯着芬妮的脚，口中发出"啧啧"声，说："真是又白又嫩，曹格里，洋女人的脚好看伐？"

曹鲁见状一言不发，只是往前走几步，背对着乌老三，把他的目光阻断了。乌老三暗自骂道："这只瘪三，像没有爷的周鼎一样放刁，你当这样我就看不到了？"他从电梯里走了出来，使劲伸出脖子看。芬妮走到大门口站定，放下手上拿着的一双鞋准备穿上。乌老三正要细看，又有一个人挡住了他的视线，正是周鼎。

芬妮和阿苇要去的是银记面包房，虽然出大门只有几步路，但谨慎的芬妮还是严格保持出门穿鞋的自律。走进面包房，一股甜甜的面包香扑面而来，芬妮冲着柜台里的阿苇妈笑了笑，收到的回馈是一个刚出炉的羊角面包。她坐到钢琴凳上，三四口吃下面包，便掀起琴盖，问阿苇："弹《毛毛雨》好吗？"

"好呀，我们一起唱。"阿苇连连点头，她也已经十四岁了，虽然长高了不少,但还是小女孩模样,只是脸色更加晶莹,目光更为清澈。

> 毛毛雨　打湿了尘埃
> 微微风　吹冷了情怀
> 雨息风停你要来
> 哎哟哟　你要来
> 心难耐等等也不来
> 意难捱再等也不来
> 又不忍埋怨我的爱
> 哎哟哟　我的爱

这时,周鼎走了进来,站在了钢琴边上。见此,阿苇继续唱歌,芬妮的脸上却显出些许红晕。

"你们两个小女孩,现在都什么时候了,还唱这种靡靡之音。"两人都应声而止,抬头往说话的方向看去,只见周鼎身后站着一个妙龄女子,手上捧着一袋面包,身穿一件淡黄色旗袍,将玲珑的身材很好地衬托出来。

"虞美人!"芬妮叫了一声,阿苇则说:"那你说,我们不弹这个,弹什么曲子呢?"虞美人想了想,把手上的袋子递给周鼎,说:"我教你们一个曲子,现在每个中国人都应该会唱。"

听她这么说,阿苇轻轻拉了拉芬妮的袖子,示意她让座。虞美人也不客气,坐在琴凳上闭上眼睛想了想,一曲明亮铿锵的乐曲在指间倾泻而出。

一曲弹罢，阿苇连连拍手说："真好听，比《毛毛雨》还好听，这是什么曲子？"周鼎笑着说："阿苇，你没看过电影《风云儿女》啊？这是里面的歌曲。"一旁的芬妮也连声说是，对虞美人说："我看过电影，可是我以前也在这里听到过，好像也是你弹的。"

　　听这话，刚才还很兴奋的虞美人，神情一下子暗淡下来，轻声说："芬妮对音乐很有悟性，那是两年多前，这个面包房开张不久，有个年轻人来找我，很激动地在这架钢琴上弹他正在写的曲子……"

　　"对了，我见过他，他的名字很奇怪，"阿苇突然想起来，"他叫，叫耳朵。"虞美人点点头说："阿苇记性真好，不光是我叫他耳朵，跟他相熟的都叫他耳朵。当时，电影摄制组请他写一首主题曲，手头只有田汉先生写的一首诗。耳朵真是天才啊，他只花了一两天就写好了初稿，还跑到这里来找我，就在这架钢琴上弹给我听。"

　　阿苇小嘴一张，又要开问，周鼎赶紧说："阿苇，他是聂耳先生，他的姓名就是四个耳朵的耳，所以叫他耳朵，是这样吗？"最后那句，是冲着虞美人问的。

　　"其实，他是先被叫耳朵的。因为他对音乐特别敏感，只要从耳朵听进去的，都能从他嘴巴里唱出来。而且他的两只耳朵还能一前一后地动，所以大伙儿都叫他耳朵博士，他自己就干脆把名字改成聂耳了。"

　　听虞美人这么说，阿苇又问："那个耳朵博士原名叫什么，现在住在哪里？"虞美人似乎没有听见，自顾自地说着："在这里，他给我弹了好几遍，说还有些修改，但他马上要去日本，到了那里会把乐谱寄回来。他很守信，去了没多久就改好寄回来了，一九三五年五月份电影就上映了。但他也很不守信，一去就再也没有回来，据说是游泳时出了事。"说到这里，虞美人已情难自已，掩面不语。

阿苇等三人不如该如何解劝，只是沉默而立正。过了一会儿，虞美人轻拭泪水，说："对了，他原名叫聂守信。来吧，我们一起来唱一遍《义勇军进行曲》！"

> 起来！不愿做奴隶的人们！
> 把我们的血肉筑成我们新的长城！
> 中华民族到了最危险的时候，
> 每个人被迫着发出最后的吼声。
> 起来！起来！起来！
> 我们万众一心，
> 冒着敌人的炮火，前进！
> 冒着敌人的炮火，前进！
> 前进！
> 前进！进！

战争阴云笼罩下的上海，诺曼底公寓孤立其中。在漆黑的夜色中，银记面包房的灯光显得格外明亮。歌声先从虞美人的口中唱出，紧跟着是阿苇、芬妮和周鼎，接着还有柜台里的面包师傅申生、进来买面包的住户们，更有曹鲁、归一、孟祥等人，快结尾时，有一个宁波口音的女声也加入了进来，那自然是阿苇妈。

"周鼎，你来。"

众人散去后，阿苇妈和申生还在打扫，周鼎先送芬妮上了电梯，然后和阿苇一起穿过天井，往汽车间走去。听阿苇直接叫自己的名字，便知她有些不高兴了，只是不知哪里不高兴。转头一看，阿苇已经在墙角处站定，夜色中肤色尤显白皙，一条碎花裙子更显窈窕婀娜。

周鼎走上几步问："阿苇，还不想回家？"

"《义勇军进行曲》你唱得很熟啊。"

"我看过电影，片头片尾都有这首歌，那时候就记住了。"周鼎笑着说。

阿苇冷冷地说："人家芬妮唱得比你好多了。"

"芬妮会弹琴，所以唱得也比我快吧。"

"我不会弹琴，我什么也不会，唱歌不会，看电影也不会，"阿苇恨恨地说，又加了一句，"吃饭也不会。"

周鼎更是不解，不知为何阿苇这么说，一时不知如何回答。

见周鼎愣愣地看着自己，阿苇更是气不打一处来，快步往汽车间走去。周鼎连忙跟上，边走边说："阿苇，我没说你不会唱歌，不会看电影，不会吃饭啊。"

阿苇猛地站住，周鼎差点撞上，赶紧也刹车，只见阿苇转身问："你跟芬妮看电影为什么不带我？"

周鼎这才知道阿苇为何着恼，拉着她的胳膊说："有点凉了，我们到楼里面说。"阿苇猛地甩开，嘟着小嘴站在原地。

"那是两年前的事了，当时南乔瞒着他爸爸考进了黄埔军校，我就跟他出去看了场电影，就是刚刚上映的《风云儿女》。我们说话时被芬妮听到了，她说她也要去，还要叫上你。"

说到这里，见阿苇嘴巴动了动，似乎欲言又止，周鼎说："你要问为什么不带你对吗？因为南乔怕你话多，万一在曹叔那里说漏了嘴，他就去不成了。"

"说来说去都是南乔，他说不带我，你就听他的了？你们怎么不担心芬妮也会说漏嘴呢？"说到这里，阿苇自己差点笑了，她当然明白，自己的话要比芬妮多得多。但她极力忍住笑，一溜小跑进了汽车间，也不管后面周鼎的叫声。

周鼎回到房间，归一也刚刚回来，嘴里还在哼唱着《义勇军进行曲》。见周鼎进来，兴奋地举起手中的报纸说："小钉子，国军也派大部队到闸北了，你看报纸上怎么说，我们中国人要清算甲午战争以来跟小日本的旧账了！"

这段时间，周鼎天天关注时局变化，租界里的华文报纸大多都群情激愤，力主对日一战。他拿起报纸看了一眼，说："马上要打了，最好明天就打，让小日本领教我们中国人的厉害。"

"小钉子，跟你说个秘密，我也想跟曹南乔一样，去当兵。"归一压低了声音说。

"归一阿哥，当兵打日本是正大光明的事，你为啥鬼鬼祟祟的，就像要去当汉奸？"周鼎和归一无话不说，也经常互相开开玩笑。

"我是怕阿玖担心，本来我们是说好今年结婚的。"

周鼎连忙说："我不会说的。不过她肯定会担心，她还一直说她阿爸身体不好，只能在家里炒好东西，由她出来摆摊。"

"你没见过阿玖的阿爸吧？"见周鼎摇头，归一说，"我告诉你一个秘密，她阿爸就是前些年刮飓风的那天晚上，吊在布莱特家窗外的那个肉票。"周鼎惊道："啊，那个人那天差点摔死，还差点连累乌老四，你怎么认识他的？"

"那天布莱特先生叫我和孟祥送他们出门，到了大门口，汪步青带着人走了，那个肉票大概在铁栏杆上吊了太久，一屁股坐在地上走不动了。我去福开森路上买了碗馄饨，他吃了后好了一些，说他是徽州乡下人，带着女儿来上海做点小生意，因为本钱不够，稀里糊涂借了高利贷，一直在还钱却越欠越多，前一天汪步青找到他，说只要在栏杆外面吊一吊，就把一切旧账结清。"

"可是，阿玖这么好看，长得一点也不像她阿爸。"

归一笑了笑说："你看阿苇不是比胡大厨好看多了，芬妮不也比布莱特好看？后来，我给他们在姚主教路上找了个摆摊的地方，帮他们在弄堂里租了一间三层阁，就这样……"

"就这样，九九归一了！"两人抬头一看，只见孟祥不知什么时候站在了门口，笑眯眯地看着他们说，"是不是啊，阿玖和归一不就是九九归一吗？"

"孟祥阿哥，你一直在偷听啊。"归一也笑着说。

"谁叫你们自己不关门。小钉子，我刚接布莱特先生到家，他叫你现在上楼去一趟。"

第二天傍晚八点多，诺曼底公寓顶楼的船长室里乐声悠扬，人声嘈杂，一场舞会刚刚开始。

昨晚，布莱特让孟祥叫来周鼎，给了他一份名单，说明晚要在家里办一场舞会，让周鼎按名单请人。周鼎一看，名单上列了二十多个人，都是公寓租客。前面那些名字都是用钢笔写的，而最后一行却是铅笔，写的是54室黑塞医生。

其他人请了都说来,甚至一个礼拜只回家一天的菲兹曼,接到夫人电话后,考虑再三,也决定打破常规更改日程来参加。唯有黑塞,一口拒绝。舞会开始前,周鼎悄悄跟芬妮说,或许只有她去请才有可能来。芬妮瞪大滴溜圆的眼睛,诧异地问为什么黑塞医生不愿来,又为什么她去请就可能来。周鼎只说,你去试试看,再告诉你原因。

这一次,周鼎却猜错了。

看到芬妮来敲门,黑塞严肃的脸上流露出一丝浅笑,然后以军人般的果断语气说:"抱歉,我不来。"

看着房门关上,芬妮对周鼎说:"到底什么原因?"周鼎尴尬地笑了笑,只说这个德国老头太古怪了。其实,周鼎觉得黑塞言谈中一直厌恶犹太人,他很可能知道布莱特一家是犹太人,但他又明显很喜欢芬妮,所以才动员芬妮试一试。

当两人回到船长室,布莱特正用法语高声讲话,看来是舞会的开场白。芬妮没兴趣听,径自去长桌上拿起银记面包房刚烤好的面包,津津有味地吃了起来。

周鼎则竖起了耳朵。布莱特在说,最近中日双方都在往上海增兵,战争乌云日益浓重,再加上前两天两个日本兵持枪硬闯上海虹桥机场,被守军击毙,中日战争已经一触即发,"现在的情况是,日军随时可能占领上海,我们身处租界,只要日本没向法国宣战,这里理论上还是安全的。但我亲身经历过战争,战火之下没有一个家庭、一个人能置身事外。一旦战争爆发,这里将面临流弹威胁、食品紧张、难民涌入等等情况,而目前看来最小的影响,就是租界里必将实行宵禁。"

说到这里，布莱特端起一杯红酒说："让我们这些在遥远异国他乡的人，再尽情享受一次快乐吧！"

众人都端起酒杯一饮而尽，在客厅角落圆号声响起，大家一听都哈哈大笑。这时圆号声止住，马尔基尼奥朗声用不太流利的中文说："我们在上海，开场曲当然要用上海民谣：毛毛雨！"随后一抬手，身边的四人小乐队跟着他的圆号，开启了舞会序幕。

闹哄哄的开场舞蹈结束后，布莱特夫妇跳了第一支舞，紧接着下场的便是菲兹曼夫人和理发师芒斯。菲兹曼夫人今天打扮得格外妖娆，两条长腿在众人眼前闪现，跟芒斯或拥或抱或作亲吻状。

这时，周鼎看了一眼站在客厅一角的菲兹曼，只见这个身材魁梧的男人一手雪茄一手威士忌，神态平静地看着两人跳舞。

对这一幕感到不高兴的却是布莱特，他让阿苇叫来周鼎，问："你为什么叫那个比利时人来？"周鼎一脸诧异，他不知道布莱特说的是谁。

"就是那个一直冒充法国人的芒斯，他其实是比利时人，我邀请的名单上没有他。"

周鼎赶紧说："布莱特先生，我是严格根据名单请的，会不会是菲兹曼夫人叫他来的？"布莱特哼了一声，瞥了一眼站着的菲兹曼说："整个诺曼底公寓都知道的事，只有那个德国佬被瞒着。"

随着音乐旋律的加快，客厅中央两人的旋转更加热烈，看着芒斯修长笔直的双腿舞动，周鼎心想："可别把内增高皮鞋踢掉，那样就变成比利时矮人了。"

看到周鼎面露笑意，芬妮放下手中的面包，走过来说："小钉子，我们也跳个舞吧。"说着，拉起周鼎就要步入舞池。周鼎连声说不会跳，芬妮连声说我带着你跳，周鼎环视四周，见阿苇正一边倒酒一边看着这里，马上说："阿苇，我们一起跳！"

阿苇却没动，依然在倒酒，只是用小嘴往房门那里努了努。周鼎看过去，只见穿着一身黑西服的黑塞走了进来，正神情严肃地环视屋内歌舞的众人。周鼎正要上前招呼，身边的芬妮也看到了黑塞，已经笑吟吟地迎了上去。

芬妮跟黑塞说了一两句话，回头冲着沙发上的布莱特指了指，便带着黑塞走了过来。布莱特站起身跟黑塞握了握手，寒暄几句后，点手叫来周鼎说："他的法语跟我的德语一样糟，你来帮我们翻译。"

黑塞也坐了下来，神色严峻地说："战争已经爆发了，你们这是在最后的狂欢？"布莱特摸了摸自己的鹰钩鼻子说："我听说了，今天下午开始有了冲突。但你要知道，这几年中日双方零星冲突不断，很难说这就是一场大战的开端。当然，我也认为中日必有一战。"

布莱特倒了一杯红酒递过去，却被黑塞拒绝了："谢谢，我不喝酒，我是一个外科医生，需要时刻保持清醒。"黑塞转身朝芬妮站立的方向看了一眼，继续说："布莱特先生，我不管你是法国人、意大利人、西班牙人，还是俄国人、罗马尼亚人，或者是犹太人，我只想说你有一个美丽、善良、聪慧的女儿，你必须带着她远离战火。"

周鼎在翻译到"犹太人"时，迟疑了一下，但还是照实翻译了，因为他知道布莱特的德语只是说得不够好，但见他完全能听懂"犹太人"这个单词。

布莱特面无表情地听完后说:"上海还有租界,可以保护我们。现在不能回欧洲,那里更是战云密布。"黑塞笑了两声说:"你以为租界能挡住日本人?"

"只要日法不开战,法租界就能保住。当然,我们要面对大量的难民冲击。"

黑塞低头沉默了一会儿,然后紧盯着布莱特说:"虽然我不是纳粹党员,但我同样不喜欢犹太人,我认为应该把犹太人驱逐出德国,驱逐出欧洲。今天我之所以来,是因为你有一个天使般的女儿,你应该带着她离开这里,决不要回欧洲,去南美吧,也可以去蛮荒的美国甚至更蛮荒的澳大利亚。"说完便站起身,头也不回地走出了船长室,将喧闹扔在了身后。

此时,俄国人曼德斯基搂着他身材肥硕的夫人,已经一曲舞毕,一边擦着汗,一边坐在了刚才黑塞坐的沙发上,自己倒了半杯伏特加一饮而尽。然后他指了指周鼎,对布莱特说:"很抱歉,前两年我没按照你的意思,让这孩子来我家学卖保险。"又指了指自己的脑袋:"我不喜欢小孩,他们总是弄得我脑袋疼。不过他现在长大了,如果他愿意学可以来我家。"

布莱特已经点上了一根雪茄,吐了口烟说:"现在晚了,我正准备让这孩子到我的公司去上班。"说着,把身体凑近曼德斯基说:"你错过了一个好帮手。"

曼德斯基有点尴尬地笑了笑,示意周鼎帮他倒酒,说:"我有个生意上的消息,你要不要听?不过,你要是觉得这对你的生意有帮助,记得到我这里来买保险。"

"战争时期，保险是最有用也是最没用的东西，你先说说。"

"有一个买我保险的客户，在上海南市经营了两家药行，他知道日本人要是打过来，首先不保的肯定是闸北、南市这样的华界。"说着示意周鼎继续倒酒，"他打算回老家去了，不过药品太多带不走，希望低价转手。"

布莱特原本靠在沙发上的身体坐直了，问："哪些药？有多少？"

"听说有很多奎宁、阿司匹林，还有不少消炎药，主要是西药。"

"他是哪国人？"布莱特追问。

见布莱特颇有兴趣，曼德斯基故意岔开了话题："今天下午已经听到枪声，你看这场战事打得起来吗？"

作为生意人，布莱特当然知道曼德斯基想吊一吊自己的胃口，便顺着他的话说："我看有可能像五年前那样，打一打双方就和解了，中国军队装备太落后，日本人在上海部队太少，双方都不想大打。"随后作势要站起身："所以啊，现在囤药没必要。"

"等等，"曼德斯基一把拉住他说，"那人是中国人，要回金华老家，这两天我带他来登门拜访。"布莱特微微一笑，不置可否。

客厅中央的舞池中，斯特伦堡夫人正跟一个光头中年男人跳舞。妇人看上去六十多岁，丈夫以前是西门子上海公司的总经理，前几年在诺曼底公寓门外被绑架，从此音讯全无，这让斯特伦堡夫人身心备受打击。但这个身材高大健壮的光头男人的出现，让她容光焕发，脸上的皱纹也舒展了开来。

五个月前，一个头戴礼帽的中年洋人走进公寓门厅，礼貌地询问看门人曹鲁，斯特伦堡夫人住在哪个房间。经过这几年的历练，曹鲁的语言能力大有提高，特别是法语交流基本没有障碍，便问来人是谁。那人脱下礼帽，露出光头，脸型棱角分明，就像古希腊雕像中的人物，说："我是理查德·斯特伦堡，是她的儿子，你可以叫我小斯特伦堡。"

曹鲁带着洋人走进乌老二开的电梯，转头对另一台电梯里的乌老三说："老三，你帮我看一看，我带他上楼。"乌老三看了光头洋人一眼，哂笑道："我只拿开电梯的工钿，你以后要么分一半看门人铜钿给我。"

曹鲁没去搭理，他知道乌老三从来不会痛快答应什么，但他既然这么说了，还是会帮着看一眼。

正值春寒料峭时节，开门的斯特伦堡夫人披着一块宽大的旧披肩，花白头发简单地挽了一个髻，见到两人面现诧异。小斯特伦堡抢步上前，将一块钱法币塞到曹鲁手中道了声谢，进屋就把门关上。

舞池中，小斯特伦堡抱着他母亲连转两圈，乐曲在高潮中戛然而止，周围响起零星的掌声。一个瘸腿老头走到两人面前说："玛格丽特，听说你儿子来了，你们搬到了公寓五楼？""玛格丽特"是斯特伦堡夫人的名字，显然瘸腿老头跟她甚是熟悉。斯特伦堡夫人连声称是，忙给两人介绍。

"冒昧问一句，以前我一直在西门子公司做事，斯特伦堡先生是我的老上司，可我从没听他说起他有个儿子？"

斯特伦堡夫人愣了一下，说："我这个儿子是上帝赐予的。"她还要说什么，却被高大的小斯特伦堡一把拉住说："去喝点威士忌

153

吧。"然后向瘸腿老头点点头，便走开了。

布莱特端着酒杯走了过来，对瘸腿老头低声说："凯尼，你还记得你的腿是怎么瘸的吗？"瘸腿老头摸了摸自己花白的络腮胡，说："那是该死的一战，我们法国军队的军医就是狗屎！"

"可我怎么听说，是因为你多管闲事，被人开枪打伤的？"

听这话，瘸腿老头一时语塞，吞吞吐吐道："什么多管闲事，你怎么知道？"

布莱特嘿嘿一笑："我只是劝你，不要踏进同一条河。"说着便撂下老头，往落地窗口走去。那里，正呆呆站立着菲兹曼，魁梧的身躯挡住了大半扇窗，目光投向黑漆漆的窗外。

布莱特喝着红酒，也沉默地看着窗外。过了一会儿，身后传来一阵掌声和欢呼声，比刚才斯特伦堡母子时要热烈很多。紧接着，一阵女人的笑声迅速靠近，菲兹曼太太左手端着威士忌，右手拉着芒斯，小步跑到了菲兹曼身旁，说："亲爱的，喝一杯吗？"

菲兹曼此时已经把目光调低，正专注地看着手中的怀表。菲兹曼太太看了看他，又看了看客厅的座钟指针指向十点五十八分，立刻猜到了什么，问："亲爱的，十一点你有什么事？"

菲兹曼依然一语不发，两眼紧盯怀表。"走，我们过两分钟再来。"菲兹曼太太拉着芒斯走向放着食物的长桌。

芒斯往嘴里塞进一块小蛋糕，不解地问："为什么要过两分钟？"

"你看着窗口就行，会很神奇。"菲兹曼太太妖娆地瞥了一眼芒斯，凑到他耳边说："今晚依然属于我们。"

一旁正吃着今晚第六块蛋糕的芬妮，听到了前半句，好奇地想："啊，到底有什么神奇的事？"她和芒斯双双望向落地窗，只看到两个背影。落地窗口，一个魁梧的身躯看着怀表；落地窗外，一个瘦削的身躯端着酒杯。

突然，魁梧身躯猛地放下手臂，转身快步朝门口走来；瘦削身躯猛地扔掉酒杯，快步冲向北面环廊。一阵密集的枪声划破夜空，紧随而至的隆隆炮声就像炸在每个人的心头。这一天，正是一九三七年八月十三日，惨烈的淞沪会战爆发了。

船长室里，惊呼声取代了乐曲声，有些人跑到环廊上观察，有些人往门外冲去，但走到走廊上却又站住，呆呆地想现在做什么，去哪里呢？

人群中，只有一个魁梧的人坚定地要下楼，却被菲兹曼太太叫住："亲爱的，你去哪里？"那人转身低沉着声音说："今天不是礼拜六，我的计划是十一点回公司。"菲兹曼太太急道："可是，你没听到枪炮声吗？战争开始了。"

菲兹曼嘴里嘟囔着："十一点，这是计划，不能改。"迈开大步往楼下走去，不再回头。菲兹曼太太原先盼着他走，但眼看战火已起，不免担心起丈夫的安全。她正要跟下去阻拦，却被一只手搂住了纤腰，一看是芒斯，正凑在自己耳边说："今晚是我们的。"

布莱特也快步走了出来。因为船长室的落地窗正对着西面，而桥炮声来自北面，人们只能拥挤在面朝福开森路的环廊上北望，但环廊狭窄，容纳不了多少人。布莱特走到门外，叫来周鼎问："楼顶上得去吗？"

周鼎点头说："上得去，上去那道小门上锁的，钥匙在曹叔手上。"他一溜小跑下楼，上来却是坐的电梯，原来乌家兄妹也从旁边住处赶来。此时八楼走廊上已经站满了人，除了刚才参加舞会的，还有不少未被邀请的楼内住户，都想上楼顶一观战况。

楼顶上一片开阔，视野极佳。只见北面的夜空已被映红，枪炮声震耳，火光冲天。见此场景，每个上来的人都在惊呼，有的泪流满面，菲兹曼太太更是已经晕倒在芒斯怀中。

"这是在哪里打仗？"芒斯哆嗦着问，也不知在问谁。但这话问出了所有人的疑问，每个人都凝望着远方的战火，嘴上念念有词，猜测着战斗爆发点。

"布莱特先生，那里是不是闸北？"听到周鼎在问，布莱特摇摇头说："我能确定的是在苏州河北面。"

"爸爸，会不会马上打到诺曼底公寓？"芬妮圆睁着双眼，原本拿在手中的吃了一半的蛋糕，已经掉在了地上。

"不会的，这里是法租界，我们有法国军队，还有满嘴黄牙的安南兵。"回答的不是布莱特，而是阿苇。她毕竟年幼，对于战火不像成年人那么恐惧，还有心思开玩笑。

"可能是虹口，那里有日本海军司令部。"小斯特伦堡用手指放在眼前比划，就像炮兵在校准发射方位，光头在夜色中反射出红色的光。

听这话，布莱特心想，这个荷兰人才来几个月，居然对上海已经这么了解，问道："你看这是短暂冲突，还是一场大战的开始？"小斯特伦堡笔挺站立着，如雕塑般立体的脸上毫无表情，说："这只有上帝知道。"

阿苇拉了拉一旁的周鼎说:"小钉子,为什么上帝什么都知道?"这两年,阿苇对周鼎的称呼慢慢从"小钉子哥哥"简化为"小钉子"了,有时候也会开玩笑地叫他"小锤子"。周鼎想了想说:"这是信仰,就像你妈妈经常说菩萨保佑。"

忽地,旁边传来一个女子清脆的声音:"现在我们不能靠上帝和菩萨了,要靠我们自己,把日本鬼子赶出去!"这话引来不少人应和,原来是虞美人也上来了。

"美人这话说得也对也不对,打东洋人要靠人也要靠天,"一袭长袍的仇连升说着从人群后面走了过来,满宫满调地唱了起来,"这正是,湛湛青天不可欺,是非善恶人尽知;血海的冤仇终须报,且看来早与来迟。"

苍劲浑厚的麒派唱腔在楼顶上回荡,把观战的每个中国人都唱得悲愤有加。

"他唱的是什么?"芬妮问阿苇,阿苇的大眼睛眨了眨说:"这是京戏,好像是麒麟童唱的,唱什么要去问我爸。"说着就要去找胡大厨,却被周鼎拉住说:"你快听。"

在北望的众人后面,一曲激昂的乐声传来,很多人回头看,是马尔基尼奥率先吹起了圆号,带动小乐队一起忘情地弹奏。

芬妮听了,精神一振,马上高声唱了起来:"Allons enfants de la Patrie, Le jour de gloire est arrive……"紧接着,布莱特夫妇、葛妮亚、瘸腿凯尼、斯特伦堡夫人、芒斯,还有苏醒过来的菲兹曼太太,楼顶观战的大多数洋人都跟着唱了起来,众人脸上都是庄重与激扬并存。

"芬妮,你们唱的是什么?"站在一旁的胡大厨没听懂,但芬妮示意他不要说话。一曲唱完,楼顶上爆发出掌声,还有人大声喊着:"Marchons!"

胡大厨忍不住又问,芬妮这才说:"他们喊的是奋起,刚才唱的是,前进,祖国儿女,快奋起,光荣一天等着你!歌词很长的。"

"哦,这是什么歌?"胡大厨追问。

"这是马赛曲,我们法国的国歌,我在学校每天都要唱。"芬妮说。

虞美人走过来问:"我要跟那个意大利人说几句话,你们谁能帮我翻译?"阿苇第一个说可以,芬妮和周鼎也点头。"好,你们跟他说,刚才那首是法国国歌,我们中国人抵抗日本侵略,要唱中国的战歌,问他会不会演奏《义勇军进行曲》。"

阿苇跑在前头,用法语说了一遍,马尔基尼奥没完全听懂,周鼎赶紧用意大利语说一遍。马尔基尼奥放下圆号,摊手耸肩摇头道:"我听过几遍,很好听,不过我没曲谱,现在吹不了。"

周鼎翻译后,虞美人说:"曲谱我给你们找,你们要抓紧练好。"马尔基尼奥笑道:"保证完美演奏,以后我们经常上来唱,一直唱到你们中国人打败小日本!"

一夜无眠。

诺曼底公寓虽离战场较远,没有被流弹侵袭的危险,但那彻夜不断的枪炮声,还是打在了楼里几乎每个中国人的心上。

第二天,法租界不少学校都停课了。草草吃过早饭,周鼎在门厅遇到归一,跟他说起昨晚楼顶观战,因开车送菲兹曼而错过的归一听得心痒,连声说赶紧再上去看看。两人叫上住在旁边房间的阿苇，再上到八楼，打算叫芬妮。坐在沙发上看报的布莱特一见周鼎，招手叫他进来，说正打算让芬妮下楼来叫他。

"小钉子，你看这仗要打多久？"

布莱特这话问得周鼎一时语塞，想了想说："会很久。"

布莱特直摇头："日本人说三小时拿下上海，三天攻下南京，三个月占领中国。"

"可是布莱特先生，昨天打到现在已经大半天了。"

布莱特笑了笑："你今年多大了？"

"十六岁。"

"我十三岁就出去做工了，"布莱特收起了笑容，用手摸了摸自己的鼻子，"现在战事已起，接下来将是对人性的残酷考验。胆小的人会偷生，勇敢的人会上战场，没用的人会醉生梦死，而智慧的人会怎样？"

周鼎不假思索地说："会想办法打败小日本。"

"不！智慧的人会发财！很多人只知道战争是魔鬼，它会吞噬一切，但他们不够智慧，他们不知道战争唯一的好处，就是提供了发财而且是发大财的机会。"

这时，阿苇妈已经卖掉了面包豆浆，收摊回来了。她给布莱特端来一杯咖啡，站在边上默默听着。阿苇则走进了芬妮的房间，而归一刚才见布莱特跟周鼎有话说，已经离去。

"学校停课了对吗？从今天起你不要上学了，跟着我做事吧，你会学到更多东西，"布莱特犀利的眼神紧紧盯着周鼎，"你愿意吗？"

对于那个陈腐落伍的中学，周鼎早就有些不耐烦。一度，他也想步曹南乔的后尘，去报考黄埔军校，然后当兵入伍打小日本。但想起父亲临别时的再三关照,以及曹南乔不告而别后曹鲁的痛苦,便没有采取行动。但他不想立刻答应,问:"芬妮和阿苇也不上学了吗?"

"我问的是你。"布莱特加重了语气。他见周鼎低头不作声,缓和了一下语气说:"对你来说,现在上战场是去当炮灰,现在继续上学就是醉生梦死、逃避现实。她们会继续上学,因为她们还做不了别的。"

周鼎心想,布莱特的话有点道理,应该答应了。未料,阿苇妈却抢先开了口:"要不让小钉子读半天、做半天?"

布莱特没接这茬,只是对阿苇妈说:"你跟葛妮亚和胡大厨说一下,我现在带小钉子出门,午饭晚点开。"

上到楼顶,已是下午一点多。芬妮一路走一路还在吧嗒着嘴,说上次吃到这么咸的红烧鲳鱼,还是好几年前了。

阿苇笑着说:"谁让你贪吃,每样菜端上来都抢着吃,我爸爸都说了,今天这个鲳鱼可能盐放多了。"周鼎接口说:"这哪里是盐放多了,大概是胡大厨把整瓶的盐和酱油都放进去了。"

"可是阿苇,你说怪吗,每次我吃到特别咸的菜,我爸爸都要特地来吃上好几口,好像很享受的样子。"芬妮说着,已经看到在楼顶上站着十来个人,归一独自一个人正凭栏远眺。

"归一阿哥,仗打到哪里了?"

归一依然远眺,似乎没听见周鼎发问,或者听见了但不知道答案。周鼎放眼望去,只见北面硝烟升腾,枪炮声比昨夜还要密集,但因为是白天,画面冲击力不像夜晚那么强。

"归一阿哥,你听说了吗,国民政府发表了自卫声明书,第一句话就是,"周鼎顿了顿,"中国为日本无止境之侵略所逼迫,兹已不得不实行自卫,抵抗暴力。"

归一依然远眺,一旁的阿苇说:"都什么时候了,还这么文绉绉。我真恨不得把我爸爸烧的鳗鱼塞到小日本嘴巴里去,让他们咸死。"

芬妮笑出了声,但看到周围的人都神情严峻,赶紧收住了笑声,对归一说:"你怎么不说话?"只见归一握紧了拳头,眼光收回来四下寻找,看到一个空酒瓶,跑过去捡起来就要扔。周鼎眼疾手快,一把拉住归一的手臂说:"酒瓶子扔不到那么远。"

归一兀自紧抓着酒瓶,怒道:"你刚才说我们跟小日本宣战了?"

"好像叫自卫声明书,应该就是宣战了。"

"早就应该打了。小日本占领东北,我们一枪不放就跑了,他们五年前打闸北,我们十九路军打得多英勇,可是政府马上跟他们和谈了。小钉子,你说这叫什么?"

"养虎为患?"

"不对,小日本也配叫老虎?这应该叫狗屁!"归一怒目圆睁。

"对,用法语说,就是 merde!"听阿苇这么骂狗屁,平日温和的芬妮也连声骂:"merde!"

周鼎此时想的是怎样把归一手上的酒瓶拿下来,如果任他这么扔出去,很可能砸到下面马路上的人,便换了个话题:"我刚才坐车经过姚主教路,怎么没看到阿玖摆摊?"

"她陪她阿爸去……"

正此时，一声巨大的爆炸声响起，脚下的诺曼底公寓似乎也连晃了好几下。众人四下环顾，却听周鼎举手指向东面大声道："那里！"

众人往东望去，只见一团巨大的黑色烟雾升腾而起，人群中已有人开始抽泣。阿苇和芬妮都紧紧拉住周鼎的胳膊，阿苇惊道："这是大炸弹爆炸？"芬妮则哭着说："我要回家去。"

周鼎转头问归一："这是在哪里爆炸的，小日本打进法租界了吗？"归一是司机，对马路很熟，说："大概离这里有八九里地。"

"是炸弹落在了跑狗场？"

归一跑到霞飞路一侧栏杆处，又仔细看着，突然惊叫："啊呀，好像是，是大世界！"说着，疯了般地往楼梯口跑，周鼎在后面连声问怎么了，归一边跑边大喊："阿玖和她阿爸去大世界了！"

第六章

独立顾八荒[1]

下午三时许,一辆独轮车飞也似的往诺曼底公寓驶来。

车在大门口猛地停住,推车的人趴倒在地,近乎虚脱。车上躺着两个人,满身尘土和鲜血。见状,守门的两个安南兵便要过去驱赶,这段时间难民越来越多,昨天开战后更有不少伤者进入租界,安南兵的负担陡增。

倒地那人喘着粗气,声嘶力竭地喊道:"曹叔,曹叔!"大门里同时跑出来两人,前面是周鼎,后面是曹鲁。周鼎大惊道:"归一阿哥,怎么了?"

"快快,找黑塞医生,救人!"说着,归一艰难地站起身来,去扶车上的人。周鼎赶紧上来帮忙,先扶起那人身形婀娜,正是阿玖,忙问:"阿玖受伤了吗?"

归一摇头:"不知道,她大概被震晕了,快救她阿爸!"再一看,旁边躺着的正是阿玖爹,一条腿在膝盖处被炸断,虽然简单包扎了一下,但还在冒血。曹鲁见状说:"一定要送医院,黑塞医生

---

[1] 独立顾八荒:摘自"提刀独立顾八荒",出自南宋陆游的词《金错刀行》。

在家里治不了这种伤。"

"大世界门口落下一个大炸弹，炸死了成百上千人，那边的医院根本进不去，赶紧找，找黑塞。"归一气喘吁吁地还没说完，周鼎已经飞跑进大门，没一会儿返回说："黑塞医生不在家，我们马上送医院。"

归一二话不说，推起独轮车便要走，被曹鲁一把拉住："伤太重，送大医院。"归一愣了一下，问："送哪家好？"乌氏兄弟已经从电梯里走出来，乌老大大声说："送西医院啊，这种伤看中医不行的。"

乌老三则看着独轮车上坐着的阿玖，一只脚上的鞋袜不知去向，便偷偷伸出手想去摸光脚。周鼎眼尖，一闪身挡在了前面，乌老三心中暗骂，却听阿玖哭道："我们哪有钱去大医院？"

正此时，从银记面包房走出一个六十多岁的洋人，他穿一身黑西装，戴着黑框圆眼镜，手里抱着一袋面包，模样斯文严肃。见大门口围着一堆人，他便走了过来。

周鼎喜道："黑塞医生！"黑塞上前，低头看了一下伤口，问："这是谁做的包扎？"归一能听懂简单的德语，说："刚才回来的路上，遇到了那个光头的小斯特伦堡，他帮忙包扎的。"

听了周鼎翻译，黑塞点头说："手法很专业，如果不是他，这人早就失血过多死了。独轮车太慢了，开车送医院。"

刚把雪铁龙小汽车开出汽车间，归一便觉不妙。但此刻他顾不上别的，救阿玖爹的命最重要，只是拉上了周鼎，说："一会儿我还有事。"

他回到诺曼底公寓,已是晚上八点多。停好车,他飞奔至顶楼,只见菲兹曼魁梧的身躯矗立在走廊上。"菲兹曼先生,我刚才去外滩接你,看门人说你已经走了。"

"几点?你是几点到的?"菲兹曼看到归一,脸上的肉在抽搐。

"下午,大世界门口掉下一个炸弹,很多人被炸死了,阿玖和她阿爸在那里摆摊……"

"你是几点到的!?"菲兹曼吼道。

"七点多,"归一低下头低声说,随后提高声音,"我知道每个礼拜六下午四点准时来外滩公司接你,可是今天阿玖阿爸被炸断了腿,我只好……"

"四点,你应该四点到,可是你七点才到。对了,不是七点,是七点多!"菲兹曼涨红着脸,飞溅的唾沫浇灌在归一的脸上。

这时,船长室的门打开了一小半,芬妮光着脚站在门口,在她身后,娇小的阿苇探出半个头,都在往走廊上看。

"可是菲兹曼先生,我送阿玖阿爸到医院后,马上就赶去外滩了,路上难民太多,实在开不快。"

菲兹曼一言不发,瞪圆双目怒视着归一。见此情景,归一也无话可说,只是看着菲兹曼。门那边,阿苇轻轻捅了捅芬妮的后背,用手指朝着菲兹曼点了点。芬妮也瞪圆了眼睛,不解其意。阿苇示意她蹲下,跟她耳语了一句。

芬妮点点头,又迟疑了一下,然后向菲兹曼走近几步,说:"菲兹曼先生,你不会解雇归一吧?"

听这话,门边的阿苇大急,连连摇头。菲兹曼把凶恶的眼神收了些许,看了看芬妮说:"你这是在提醒我,要解雇归一?"芬妮急忙摇头,委屈地说:"归一下午去救人了,你不能解雇他。"

菲兹曼习惯性地抬腕看表,头摇得比芬妮还猛:"现在是八点三十五分,不行,我现在不能解雇这个不守时的人。"说着又瞪了归一一眼,转身进房了。

阿苇跑过来对芬妮说:"我让你过去说几句好话,你怎么说这个?"

"我让菲兹曼先生不要解雇归一,这不是好话吗?"芬妮一脸无辜,又问归一,"他原谅你了吧?"归一神情沮丧,叹息道:"菲兹曼先生有个习惯,晚上八点之后不解雇人。"

将近十点,周鼎等归一去医院接替后,方才回到公寓。曹鲁此时还在门厅,忙问:"怎么样?"

周鼎知他问的是阿玖阿爸,说:"命保住了,但太贵了,他们这点钱住不了几天医院。"

"一起想办法,布莱特找你。"

周鼎心觉奇怪,正要上楼,却见瘦小干瘪的乌老四打着晃走了进来说:"小钉子,想发财吗?"手已经拉住了周鼎。

"小日本都打进来了,马路上这么多难民,还发什么财?"

乌老四得意地笑了起来,凑近了周鼎,一股酒气喷射而来:"日本人来了,就是来送钞票的。他们到处找中国人当探子,有啥消息送过去就有赏钱,特别是国军部队的活动消息,日本人是赏金条的!"

"乱讲!"一旁的曹鲁怒斥。

乌老四松开了抓周鼎的手,走到曹鲁身边说:"曹格里,你才是乱讲。我暗地里盯牢你不是一天两天，也不是一个月两个月，是好几年了。你常常不在大楼里，三天两头要出门，你不像看门人，倒是像……"

旁边电梯里，乌老二正打着哈欠，插话道："像啥？"

"阿姐，我看他像共产党。"

乌老二霍地站起，走过来一把抓住乌老四的头发，狠狠道："老四，你讲谁阿姐都不管，不好瞎讲曹格里！"

见阿姐发狠，乌老四朝地上啐了口唾沫说："阿姐，你天天早上为他买大饼油条，他吃过一口吗？你趁早不要动他脑筋，我看他早晚被抓进去吃监牢饭。"

乌老二飞起一脚，踹在乌老四的小肚子上，他捂着肚子在地上打滚，口袋里掉出了几张法币。周鼎把乌老四扶起来，然后捡起地上的法币问："乌老四，这些钱是小日本给的？"

乌老四伸手一把抢过去说："什么小日本，要叫皇军！再过两三天，上海滩就是日本人的天下。你们当租界是安乐土，做梦！"说着，他狠狠看了一眼曹鲁，摇摇晃晃、跌跌撞撞走出门去。

周鼎拉着曹鲁进了看门人小屋，关上门说："曹叔，你得罪乌老四了？"曹鲁想了想说："他几次借钱，我最近都没给。"

周鼎明白，乌家四兄妹分别占了"狠、刁、色、浑"四个字，乌老四最是无赖泼皮，以前只是好抽大烟，这两年又开始酗酒。所不同的是，抽完大烟浑身酥软，喝完大酒则胡搅蛮缠。他不敢向洋人借钱，向楼里大多数中国人都借了钱，只要得逞一次，他就没完没了阴魂不散。曹鲁借过他几次，乌老四非但不还，还变本加厉越借越多，所以曹鲁最近一年多坚决不再借。

想到这里,周鼎又问:"曹叔,现在楼里的人都不借他钱了,他怎么单单跟你翻脸?"

"跟麒派仇也翻脸,胡还借他。"

曹鲁说话一向简单,这次居然在仇连升前面还加了"麒派"二字,显然是怕周鼎听不懂,而他说的"胡",肯定是阿苇爸胡大厨了,胡大厨最是纯良,毫无防人之心。

进到船长室,只有布莱特孤坐客厅,其他房门紧闭,显然都睡了。周鼎刚说了一句阿玖爹的伤情,布莱特挥手打断:"打仗要死很多人,我管不了那么多。"他这一挥手,把周鼎想跟他借钱救治阿玖爹的希望也挥走了。

"今天上午见了那个药老板,你觉得怎么样?"

上午,布莱特带着周鼎,去见了昨晚舞会上曼德斯基说起的那个药行老板,巧的是,他自己也姓药。周鼎说:"药老板折扣打得很大,不过药量太大,光是阿司匹林就有上千箱,会不会砸在手上?"

"这也是我在想的,说到底就是对这场战事的进程怎么看。今天下午,我找了几个朋友聊了聊,多数人觉得这次跟'一·二八'战事不同,那次只是十九路军打了个头阵,政府没有下决心全面抗战,但是这次出动的都是中央军的精锐部队,上海成了决战之地,只许胜不能败,败了之后,再也打不下去了。所以他们认为战事的时间不会太长,一切都作短期的打算。"说着,布莱特看着周鼎说,"你同意吗?"

周鼎不解的是,对于战事发展的预测,布莱特最近连续问了自己几次,他为什么要倾听自己这个十六岁少年的意见?他想了想说:"我也是从报纸上看来的,说中国军队人数多,日本军队武器好,特别是海军和空军有很大优势。我觉得,战事不会很快结束。"

布莱特摸了摸鼻子,缓缓说:"你知道吗,中午胡大厨又把鲳鱼烧得非常咸。"周鼎心中一动:"他又嗅到了发财的味道?"

不等周鼎回答,布莱特加快语速说:"你做两件事,一是多找几间房子,都要宽敞干燥,适合堆放药品;二是查一下诺曼底公寓和附近几个高档公寓,有多少空房,列个单子给我。"

周鼎点头说好,却坐着没动。布莱特挥了挥手说:"三天内做好,可以叫孟祥、归一当帮手,去吧。"

周鼎依然不动,迟疑了一会儿说:"布莱特先生,以前你让我在大楼里找一个深咖啡色小皮箱,还要继续找吗?"

布莱特盯了一眼周鼎,说:"以后我没提的事情,你不要问。"

周鼎躺到床上,已经是八月十五日的零点了。房间里另一张床空荡荡的,归一在医院彻夜陪护阿玖爹,而明天迎接他的会是菲兹曼怎样的裁断?窗外,远处的枪炮声时断时续,又将会怎样改变这座城市的命运?

虽然忙碌一整天,周鼎却没有睡意。他想到了那只神秘的箱子,不知现在落在谁的手中;他想到了曹南乔,不知他军校毕业后在哪里从军;他更想到了父亲,不知他在何处安生;他还想到了自己的未来,不知在这纷繁乱世中何去何从……

第二天一早,周鼎去帮阿苇妈出摊。刚走出公寓大门,就被眼前的景象震惊了:马路边上,挤满了难民,尤其是诺曼底公寓外的骑楼下有遮挡,很多人都横七竖八躺在草席上,身边放着大大小小的包裹。少数人坐着在讨论战局，一个中年人正说到这样打下去，租界迟早要切断跟华界的交通，他自己是带着两个孩子逃进来了，可他的老婆却放心不下家里的红木家具，死活不肯走。说着，连连叹息。

周鼎走进银记面包房，阿苇妈已经装好了车，两人推着车正要穿过霞飞路，已经被一大群难民团团围住，他们举着手中的法币和铜板，争相购买食物。这让阿苇妈和周鼎完全不必像往常那样推到姚主教路，只在霞飞路上，车上的面包和豆浆就被一抢而空。

两人回到面包房，阿苇妈数着手中的钱，叹息道："这是真叫发国难财了。"周鼎说："难民刚刚进来，手里都还有点钱，再过段时间没钱了怎么办？"阿苇妈像是想到了什么，叫周鼎在一旁椅子上坐下问："小钉子，你说这个仗要打到什么时候？"

周鼎苦笑着摇头，心想怎么阿苇妈和布莱特先生都来问我这个事，便把昨天晚上跟布莱特的交谈说了。阿苇妈若有所思，说："布莱特是有钱人，他想到的是囤房子和药品，不过你晓得打起仗来什么东西最最欠够？"

欠够是宁波话，意为缺少，周鼎自然听得懂，马上说："吃的东西？"

"对啊，你看看门外面的难民，他们看到我们的面包、豆浆都来买，要是我们推出去一车子药，他们会买吗？不会的。"见周鼎点头，阿苇妈继续说，"我这几天想了想，接下来要囤米，只不过米放不了多少辰光，囤多了会发霉坏掉。"

"能不能囤那些不容易发霉的米？"

"小钉子啊，你跟阿苇脚碰脚，都是聪明魂灵。有一种米不容易发霉，就是暹罗米，这种米是用机器烘焙过的，能放很长时间，只是吃口不大好。"

周鼎接口道："那就囤一些大米，再囤一些暹罗米，容易发霉的先卖，不容易发霉的先放着。不过，阿苇妈你这样做，不就是你刚才自己说的发国难财了吗？"

"现在只是想想，到辰光能不能赚钱还不知道，等发了财再去想是不是国难财吧。"阿苇妈笑着站起身来干活了。

周鼎心里想着昨晚布莱特交代的事，便来到门厅，让曹鲁梳理一下诺曼底公寓的空屋。曹鲁说这个不难，他印象中现在空关了七间，房主都是战事爆发前回国的，他下午会再核实。他又说，那个72室已经空关好几年了，房主阿克塞尔一家去德国后没再回来，如果算上这间总共八间。

周鼎忽然想起一事，拉着曹鲁到看门人小屋中说："曹叔，那只深咖啡色小皮箱后来找到了吗？"曹鲁摇头："你有消息？"

"昨天我问布莱特要不要继续找那只小皮箱，他让我不要再管了，会不会就在他手上？"

曹鲁想了想，只是点了点头，便转身出屋了。看着曹鲁的背影，周鼎暗自奇怪，三年前发现小皮箱被调包后，父亲一走杳无音讯，这三年来，曹叔除了一开始让自己留意布莱特，后来就没再怎么问起，不知这是何意？

忽地，小屋门被推开，前面站着白皙俏丽的阿苇，后面跟着高个圆润的芬妮。"小钉子，我们找你半天了，你干嘛一个人躲在这里？"问话的是阿苇，周鼎却对着她身后的芬妮说："我正要出门，你爸爸让我去一些公寓转转。"

"什么叫转转？"芬妮有点不解。

"转转就是去看看，"周鼎见阿苇一双黑黝黝的眼睛看着自己，心想可别冷落了这个敏感的小姑娘，冲着她说，"阿苇，要不要跟我们一起去转转？"

"跟你们，我凭什么要跟你们？"阿苇一转身就跑了出去。

芬妮见状，心中更加不解，只见周鼎迅速追出去，一把拉住了阿苇的手说："因为我打算骑脚踏车出去，我和芬妮个子高，每人骑一辆，你太矮骑不了车，只能坐在我们车上啊。"

阿苇小嘴一嘟，嗔道："谁说我个子矮？"说着，踮起脚尖却也只到周鼎的下巴，忽地用力往上蹦起，倒是瞬间高过了周鼎。阿苇高兴了，边笑边拍手，却见周鼎捂住鼻子，阿苇奇道："我比你高，你也要哭鼻子？"

这回轮到芬妮大笑，说："阿苇，你刚才跳起来，头撞到小钉子的鼻尖了。"

这时，只听身后传来一个阴恻恻的声音："外头开枪炮，里头轧姘头。"不用回身，周鼎便知是乌老二在说风凉话，好在芬妮没注意，阿苇没听懂。

没一会儿，芬妮叫孟祥弄来两辆脚踏车，孟祥连连问要不要他开车送，芬妮连连说不用，还关照孟祥不要告诉父亲。因为自打八一三战事一起，布莱特就严令芬妮不可踏出公寓大门一步。

时近中午，门口骑楼下的难民或坐或站，纷纷讨论如何找房子安顿下来。周鼎让阿苇坐在自己的脚踏车前档上，阿苇却执意要自己骑，当她发现自己的脚确实够不着脚踏板后，又执意上了芬妮的车。

两辆脚踏车一前一后，驶出了诺曼底公寓。马路上难民众多，有的推着车，有的扛着包，有的挑着担，时不时还有汽车驶过。芬妮的车技并不熟练，前档上又坐着阿苇，脚踏车骑得歪歪扭扭，险象环生。跟在后面的周鼎连声叫停，芬妮也神情紧张，阿苇却一路笑声，连催芬妮快点骑。

前方走来一个中年妇女，肩上挑着担子，扁担前面的箩筐里坐着一个两三岁的女孩，后面箩筐放着一堆家什。她一只手搭着扁担，另一只手上还抱着一个婴儿。阿苇连声叫芬妮看这里，没想到那妇女背后突然跳出两个五六岁的男孩，正冲着脚踏车而来。

阿苇和芬妮齐声大叫，车已刹不住，周鼎忙伸手去拉，却哪里拉得住。正要撞上两个男孩的瞬间，路边一人飞扑上来，死死拉住了脚踏车龙头，阿苇、芬妮和周鼎都摔倒在地，两个男孩惊恐地看着眼前东倒西歪的景象，所幸毫发无损。

周鼎起身一看，见飞来那人也已爬起，正是归一。他心想，也只有归一阿哥这身板，才拉得住这么快的脚踏车，问："阿玖爹好点了吗？"

归一拍拍身上的尘土说："早上麻药醒了，疼得直想跳楼，只好又花钞票打止痛针。"看了看周鼎的脚踏车，"小钉子，脚踏车能不能借我？菲兹曼先生下午一点要回外滩公司，我怕走回公寓来不及。"

周鼎毫不犹豫，扶起脚踏车交给了归一。看着归一骑车远去，阿苇问："现在好了，就一辆车怎么骑？"周鼎看了看说："阿苇你

173

个子小,还是坐前档,芬妮坐后凳吧。"

在难民涌入租界前,马路上还没有那些五花八门的手推车、挑担人时,周鼎这辆脚踏车必定会引来路人瞩目。一个身穿学生装的英俊少年,"前拥"着一个娇小俏丽的裙装少女,"后抱"着一个高大白皙的洋少女,一路沿着汶林路[1]往南,朝贝当路[2]骑去。

周鼎的车技远高于芬妮,他娴熟地在路人和汽车间穿行,阿苇双手紧抓着车龙头,后面的芬妮无处抓手,便紧紧拉住周鼎的肩膀。周鼎闻着怀中阿苇身上兰芷般的幽香,感受着后背芬妮暖玉般的体温,这个青春少年如堕云里雾里,只想一直骑下去。

但也就五六分钟后,一幢平面八字型的高大建筑就在眼前了。周鼎骑到大门外,让两人下车。阿苇抬头看了看说:"这是哪里?比诺曼底公寓还要高。"

"这是毕卡第公寓[3],中间高两边低,去年刚刚造好,我爸爸妈妈带我来吃过饭。"芬妮说着,问周鼎,"我们就是来这里转转?"她说的"转转"有点大舌头,引来阿苇偷笑。

"我认识这里的看门人,我去问一下有多少空房间,你们一起来吗?"听周鼎这么说,芬妮有点迟疑,被一旁的阿苇拉了拉袖子:"芬妮,你看那么多人在做什么?"

只见在贝当路对面,二三十个中国苦力正用砖头在路边砌东

---

1 汶林路:今宛平路。
2 贝当路:今衡山路。
3 毕卡第公寓:今衡山宾馆。

174

西，还有个洋人在边上监工。芬妮来过毕卡第公寓好几次，对于进楼本来就兴趣不大，便说："小钉子你自己去吧，我们去对面转转。"看来芬妮对"转转"一词很是新奇，她颇为奇怪的发音，又惹得阿苇笑出了声。

十几分钟后，见周鼎从公寓里出来，阿苇高声说："小钉子，问到了吗？"周鼎快走几步，到近前说："问到了，都记好了。"他从口袋里掏出一张纸，并不展开，在两人面前晃了晃又放了回去。

"那个洋人太坏了，我去问他不肯说，芬妮问了才说。"阿苇嘟着嘴，但瞬间又笑了起来："你猜他们在做什么？他们在砌墙，要沿着法租界的边缘砌一道高高的墙。"

芬妮奇道："那个法国人是法租界公董局的人，这有什么好笑的？"阿苇不答话，却问周鼎："小钉子，你知道我笑什么吗？"

"你觉得这点墙挡不住小日本。"听这话，阿苇连连点头。周鼎继续说，"我猜这道墙不是挡小日本的，十有八九是要挡住从华界来的中国难民。"

话音未落，北面的枪炮声又激烈起来，似乎是中日其中一方再次展开了攻势。周鼎急忙推来脚踏车，招呼两人坐上来，说："还要跑好几个公寓，快点！"

这天下午，在时紧时疏的枪炮声中，三个少男少女骑着一辆脚踏车，在法租界的马路上穿行，时刻躲避着难民人流和汽车、警车。他们先是沿着贝当路一路往北，然后转到辣斐德路[1]往东，再

1　辣斐德路：今复兴中路。

回到霞飞路，途中停了好几次，询问了不同公寓里或熟悉或陌生的看门人。有的陌生看门人对待周鼎态度冷淡，芬妮便会在阿苇的推动下挺身而出，以她优雅的法语和善意的姿态，让职业性仰视洋人的看门人们，瞬间变得礼貌有加、鞠躬不已，当然更是有问必答。

虽然战争已经打响，虽然战地就在将近十公里外，虽然身边穿行的难民们神情凄惨，但这三人毕竟年少，他们还有瞬间遗忘苦难的能力，还有尽情感受夏日微风拂面的心情，还有悄然体验彼此轻微相拥的愉悦。

这一年，前档上的阿苇十四岁，车座上的周鼎十六岁，后凳上的芬妮十七岁。

而打破这些美妙体验，只需要孟祥的一声吼。脚踏车刚穿过高登路[1]，前面路边一个三十来岁的男人高声叫着迎面跑来。周鼎见是孟祥，忙停车问："孟叔，你叫我们吗？"

孟祥气喘吁吁，一把拉住了周鼎，却看着芬妮说："你们去哪里了？你爸爸急坏了，他说是我把你们放出去的，要解雇我。"

芬妮人高腿长，一撇腿就下了后凳，说："没事的，我们就是出去转转。"这时，前档上的阿苇正要跳下车，听到这声发音奇怪的"转转"，又咯咯笑了起来。

孟祥无心说笑，他从周鼎手上接过脚踏车说："芬妮小姐，我骑车送你回家。"芬妮却迟疑了一下，然后看了看周鼎说："还是让小钉子送我吧。"阿苇见状，忙把脚踏车龙头塞给周鼎，又麻利地

1　高登路：今高安路。

上了前档，说："孟叔，如果你不拦我们，我们早就到家了。"

孟祥只能看着三人继续骑行，跟在后面又好气又好笑。

好在，布莱特看到女儿平安归来，虽是一通骂，但只是做做表面文章，反复强调着下不为例，而芬妮早就走进厨房吃东西了。布莱特有点无奈，转头看了一眼周鼎，周鼎已经掏出一张纸拿在手上，见状赶紧递上。

布莱特展开一看，上面写着：诺曼底公寓八套、毕卡第公寓九套、黑石公寓四套、密丹公寓一套、伊丽莎白公寓两套……而在每个公寓名后面，还用阿拉伯数字写着 2（3）、3（1）等，布莱特指了指表示不解。

周鼎忙说："就是说不同的房间空着几套，比方说毕卡第公寓，两房的有三套，三房的有一套……"

布莱特摇摇手指，示意不用说了："问了租金价格了吗？"

"问了，不过看门人都说不清楚，这个要跟物业经理谈。"

布莱特看着纸沉默了一会儿，问："你说我要不要赌一把，把这些空房都租下来？"周鼎正要张嘴，布莱特又问："你知道我说赌一把，是赌什么？"

"你赌的是小日本会不会打进租界，如果他们打不进来，就可以把空房租下来。"周鼎迟疑了一下说。

布莱特说："如果日本人想进租界，是不用打的，租界驻军一定会投降。但我想，日本人没有胆子和理由进租界，他们的目标是占领中国，殖民东亚，完全没有必要跟英法美这些西方强国撕破脸。"

"可是布莱特先生，中国军队打得很勇敢，大家都说不用几天就能把小日本打回老家了。胡大厨说，就像明朝时候，倭寇来宁波海边抢劫，结果被戚大帅赶回大海了。"

布莱特冷笑了一声："你们中国现在还有戚继光吗？"他心里想的却是，这小子对时局的判断远不如对生意的判断。说完，他示意周鼎可以走了，看到孟祥还站在门口，对他也摆了摆手。显然，刚才他说的要解雇孟祥只是气话，现在他不再追究了。

然而，归一就没这么好运了。

下午将近一点，他把雪铁龙小汽车停在诺曼底公寓大门口，站在门厅里等待菲兹曼下楼。却见芒斯已经在门厅，正迈着两条长腿来回踱步。停着的一辆电梯里坐着乌老三，看着芒斯，心里想到的却是美艳的菲兹曼太太，使劲忍住口水，对芒斯说："今朝礼拜天，紫罗兰剃头生意这么好，你为啥站在这里？"

芒斯看了看乌老三，学着他的浦东土话说："关你啥事？"别看乌家兄妹平日里对公寓里的洋人低三下四，但对于这个"剃头师傅"，他们却不大放在眼里。乌老三反唇相讥："关我啥事？等德国佬一走，你就想上去对吗？太急吼吼了！"

芒斯性格阴柔，与莽汉菲兹曼形成了鲜明反差，听乌老三这么说，长腿朝大门口挪了几步，躲开了。乌老三见状，更是得势不饶人："我还听说，你不是法国人，是比……"

正要戳到芒斯的痛处，旁边电梯门打开，人高马大的菲兹曼迈着大步走了出来，皮鞋重重地敲击着光滑的大理石地面。芒斯赶紧上前两步，问："菲兹曼先生，今天来理个发吗？"

菲兹曼愣了一下，伸出大手摸了摸自己微秃的头顶说："我理发是每个月第一个礼拜六的下午五点,这是我第十七次跟你说,希望你下次不要问了。"

此时,归一已经打开了车门。菲兹曼一上车,雪铁龙猛地往下一沉,再发出一声吼,便把诺曼底公寓抛在了身后。

车到外滩,菲兹曼没像往常那样在公司大门口下车,而是跟归一一起到了停车场。菲兹曼在车边站定,用手理了理头发,拍了拍西服,扶了扶本来就不歪的领带,双目正视归一正要说话,却伸出手,掸去了归一上衣上的一粒灰尘,清了清嗓子说:"归一先生,因为你昨天的迟到,你被解雇了!"

说完,伸出左手拉起归一的右手,再伸出自己的右手,跟归一用力握了握手,转身迈着正步离去。归一这才明白,想:"原来这是我最后一次为菲兹曼开车。"

接下来的日子,战局不断动荡。"八一三"事变初期,中国军队除两个精锐师外,还有两个重炮团,再加上飞机、坦克助战,占有一定优势。随后,中日双方都大规模增兵,战事进入白热化。

两个月后,一九三七年十月的上海,空气中混合着咸湿味、硝烟味和尸臭味。法租界里早就人满为患,最初马路上难民如织,其中一部分眼疾手快的人迅速租下了石库门里弄房子,而一大部分人被安置到临时难民营。另有一小部分有钱人,因为原来在闸北、南市、虹口或苏浙等地的家中物件甚多,待收拾停当涌入租界,已经过了半个月。此时还有空屋可租的,便是租金飞涨的高档公寓楼了。

战事爆发第三天,布莱特就让周鼎搜罗了一批公寓的空屋状况，再加上其他信息渠道，他此时已经握有近五十套公寓房间，然后毫不费力地高价转租，获利接近他的华美洋行年利润的一半。

不过，布莱特也有烦恼。

那天他带着周鼎去见那个姓药的药行老板，对方有大量药品低价出让，对此他是犹豫的。但鬼使神差一般，中午回到家，胡大厨做的红烧鲳鱼再次把芬妮咸得跳起，他放下刀叉，走到中餐那桌尝了一口，其味之咸甚至超过了几年前他决定投资派克饭店那次。

在他看来，这是上帝又一次给自己的暗示。他决定立刻收购药老板的全部药品。消息很快传了出去，好几个药行老板陆续登门，还有两个经营西药行的洋人，也都想把药品清空后离开上海。布莱特抓住他们想远离战火的迫切心情，以地板价买下了所有药品。

当然，布莱特也清楚，囤积药品是有风险的，不仅占用他手上的资金，而且还受战争时长、疾病暴发状况和储存保质等诸多因素的影响。但这个犹太人还是决定赌一把，他有一种冥冥中的预感，在今后若干年中的某一天，他会离开这个城市，那时候需要大笔的钱在新的土地上安家置业。

跟布莱特相似，阿苇妈也见机甚早，在战事爆发前，便租下了四个汽车间上的房间，待难民涌入租界，这些房间便成了抢手货。不过，这个精明的宁波女人倒并不太贪心，只是将房租翻了四五倍。在她看来，因为手头本钱有限，不可能像布莱特那样大量囤积药品和公寓房间，汽车间的租金差价只是为她备了一笔买米的本钱，囤米才是她最想做的事。为此，她在诺曼底公寓后面的雷尚达路上，盘下一个店面，起名"银记米行"。

此时的周鼎，则奔忙于布莱特和阿苇妈之间。布莱特让他找囤药的库房，他特意挑了姚主教路上一幢在建的三层钢筋水泥楼，房子因战事爆发而停工，房主原本打算租给难民，却见周鼎带着布莱特来看房，可谓喜出望外，因为当库房比租给难民要省心很多。

当然，周鼎是存着私心的。阿玖爹在医院住了不到一个礼拜，就因住院费太贵而让周鼎和归一抬回了家，这两个月只是吃点中药，命虽保住，人已卧床不起。以前，父女俩一个炒一个卖，现已全无收入来源。而既然有药库，就要有人看守库房，周鼎说动布莱特，把这份差事给了归一，实际上平日主要是由阿玖看管。

阿苇妈倒没让周鼎做这些跑腿的事，她一直觉得身边缺少一个可商量的人，因为胡大厨整日醉心于炒菜做饭，而阿苇虽聪明但毕竟年幼，生意上的事只有周鼎可说。她知道，战时囤米是个赚钱的好办法，但如何进米却让她头疼。

她想好要囤两种米：一种是上海人常吃的大米，主要产自无锡和常州一带，这一路可以派人直接去乡下收；另一种是可以长久保存的暹罗米，要靠轮船从香港转运而来，因为供不应求，一般都优先供应那些大米行，像银记米行这样的初生小店，想分一杯羹是难上加难。

十月下旬的一个午后，芬妮和阿苇都吃过午饭，下楼来到银记面包房。因是战时，基本上每天只上半天课，下午就成了她们的闲暇时光。阿苇还要帮着店里干点活，而芬妮也想帮忙，阿苇妈拿起一个羊角面包塞到她手上，连声说你只管自己吃自己玩。

周鼎和归一也走了进来，他们刚完成了一批药品的入库清点。阿苇妈给两人各递上一个面包，叫两人坐下，看着周鼎说："这几天大米收了不少，不过暹罗米只收了三千来斤，要想想办法。"

"为什么收不到？"芬妮站在一旁，边吃面包边说。

"因为暹罗米是太古和怡和的大轮船运来的，他们只肯卖给大米行。"

芬妮说："那我们改名叫银记大米行。"这话引来一阵笑声，阿苇听到也从里面跑了过来。周鼎想了想说："我们改名字没用，如果改轮船呢？"阿苇妈登时明白，说："小钉子，你是说换别家公司的轮船运米？"周鼎点点头，又摇摇头说："去哪里找船？再说我们本钱少，就算真有别的轮船来运，我们也买不起一大船的米。"

归一默不作声听到这里，插话说："菲兹曼先生的船公司，每隔半个月有一趟轮船从马赛穿过苏伊士运河到上海来，中间要停靠香港。"虽已被菲兹曼解雇，但他依然保持着当司机时的习惯，尊称他"菲兹曼先生"。

阿苇妈连说好办法，只是菲兹曼是木鱼脑袋，死脑筋怕是转不过来。

"菲兹曼的船公司是客轮公司，只要用它下面一个货仓，就够我们米行囤米了。不过他真是木鱼脑袋，谁去跟他说呢？"周鼎边说边想，却见众人的目光都看着自己。

"小钉子，你再当一次小锤子，这次把菲兹曼当钉子，把他敲进去。"阿苇看着周鼎，笑意中带着一丝狡黠。

正此时，孟祥急匆匆走进来，走到芬妮身边说："布莱特先生要去派克饭店，小姐要不要一起去？"芬妮诧异道："现在去派克饭店,是吃午饭还是晚饭?一定是下午茶!"孟祥低声说:"日本人这两天在打闸北的一个仓库,很多人都跑到苏州河南岸去看,说中国军队打得很英勇,你爸爸说去派克饭店上面看,你想去吗?"

芬妮一听不是去吃饭,而是去看打仗,正想说不去,却见周鼎和归一"霍"地站起身,连声说赶紧去。阿苇更是一溜小跑冲在了前面,芬妮见状也就跟在了后面。

黑色塔尔伯特小汽车停在公寓大门口,阿苇打开门就要上车,却听身后有人叫她,转身一看是布莱特夫妇正从电梯里走出来:"阿苇,你上车干什么?"阿苇看了一眼布莱特,侧身坐在后座上说:"芬妮带我们去派克饭店看打仗。"

"打仗是小孩子看的吗?"布莱特斥责道,转身对孟祥说:"是你跟她们说的?"孟祥本想在芬妮面前讨个好,见此情景吓得不敢作声,周鼎赶紧说:"不是孟叔特意说的,是我们看到他等在这里,问他才知道的。"他把孟祥透露消息的行为,由主动改为了被动。

布莱特板着脸没再斥责,只是跟芬妮说:"打仗是很残酷的,爸爸妈妈去派克饭店谈一笔生意,你别去了。"

芬妮本就对观战不感兴趣,听这话正要答应,却见坐在车上的阿苇对自己挤眉弄眼,一时没明白什么意思,又见阿苇用手揉搓自己的双眼,做出大哭的模样,芬妮这才明白,但情急之下却哭不出来。车里的阿苇示意周鼎用手拧芬妮的后背,周鼎正感为难,这时一个蓬头垢面的逃难妇女抱着一个孩子,手里拿着碗走过来乞讨,芬妮最是心软,见状忍不住掉下了眼泪。

阿苇松了口气,坐在车上偷乐。布莱特夫人只当芬妮一心想去,跟丈夫说:"去看看没关系,让她一个人在家我也不放心。"这话说动了布莱特，想起前些天芬妮偷偷出去了一下午，确实不如跟着自己。

作为派克饭店的小股东，布莱特在饭店十六楼有一个常用的套房。他们夫妇带着芬妮和阿苇进了房，一会儿又来了周鼎和归一。带上他们，是芬妮出发前提出的附加条件，布莱特夫人马上同意，只是布莱特也提了附加条件：阿苇可以坐车，周鼎和归一必须骑脚踏车去。

布莱特叮嘱了几句，特别是不要过于靠近北窗，当心对岸射来的流弹，便和夫人去楼下咖啡厅谈生意了。众人都不解，阿苇问什么叫流弹，周鼎说流弹怎么可能打到这里，芬妮吃着点心说不好吃，归一什么也不说，走过去拉开了北窗的窗帘。

映入眼帘的这一幕，令举座皆惊。将近一千米外，在苏州河的北岸有一幢方形的巨大建筑，大约有六七层楼高，正招来密集的枪弹，打在墙壁上发出脆响。建筑里也在不断还击，还能看到楼顶有人影出现。

目光回收，在苏州河的南岸聚集了密密麻麻的人群，只能看到无数个后脑勺，因为人群都在北望，众人不时发出惊呼、赞叹、怒吼，形成了隔岸观战的奇观。

"看那里！"顺着阿苇伸出的手臂，只见两辆日军轻型坦克正向建筑疾驰而去，靠近后转动炮管正在瞄准，南岸无数人发出惊呼声，北岸已经打出两发炮弹，都击中了建筑。好在那建筑甚是坚固，坦克炮弹打上去只是飞溅出一团齑粉，就像小石子打在大象身上。

南岸爆发出震耳的欢呼声,派克饭店十六楼套房里,也随之雀跃。芬妮问:"这是什么楼,比诺曼底公寓还要坚固?"归一常年开车,上海滩早就跑遍,说:"是四行仓库,四家银行放东西的地方,闸北最高最牢的楼。"

那两辆坦克心有不甘,又往前开了二三十米,贴近了四行仓库,继续重复刚才的动作,移动炮管、瞄准发射、齑粉飞溅……此时南岸传来的不仅是欢呼,还有哄笑声,大笑小日本的坦克是废物。

两辆坦克继续抵近,忽见建筑里飞奔出两个中国士兵,手里都提着成捆扎好的手榴弹。一辆坦克见状马上后退,另一辆稍有迟疑,左右履带各被塞进一捆手榴弹,两名士兵快速撤离。只听两声闷响,坦克履带都被炸断。南岸观者刚才鸦雀无声,此时猛然发出欢呼,众人双脚跳起疯狂地鼓掌。

"哎呀!"欢呼声突然转变为惊呼声,只见北岸两名士兵中一人中枪倒地,另一人已经回到仓库,这时又跳出来,后面还跟着一个士兵,抢上去救中枪者。日军向两人密集射击,又击中其中一人,仓库里枪弹齐发,再跳出两名士兵……

芬妮已经不敢看了,转回身呆坐在沙发上。阿苇则捂住双眼,从手指缝隙里继续偷瞧。周鼎和归一圆睁双目,死死盯着北岸。

南岸时不时发出惊呼,芬妮忙问:"怎么样了,救回去了吗?"

"你自己看啊!"归一紧握双拳,恨不能冲过苏州河助战。芬妮又大声在问,周鼎说:"我们抢地上的伤员,小日本要救坦克里的鬼子,还在打。"过了几分钟,南岸突然大叫,不等芬妮发问,归一已经跳起来大叫:"打死一个坦克里的小日本,又一个出来,好!

又打死一个！"

激战持续了将近半小时，最终日军扔下了坦克，而中国士兵则拖回了两具战友的遗体。南岸许多人在抽泣，许多人在吼叫，十六楼房间里则一片沉寂。无论是二十多岁的归一，还是十多岁的周鼎、芬妮和阿苇，都是第一次如此近距离地目睹一场战事，第一次目睹有人在枪口下阵亡，第一次体会战争的残酷与生命的脆弱。

沉默了半响，周鼎先开口："打得真勇敢，守仓库的是哪支部队？"归一也缓了过来，说："我早上看报，说是国军八十八师五二四团。"原本安静坐着的芬妮，大叫一声："什么，哪个团？"另外三人都诧异地看着她，归一说："芬妮怎么了，是八十八师五二四团。"

芬妮猛地站起身，瞪大浅褐色双目问："你没看错？"

归一连连摇头，从口袋里摸出一张报纸，递给了芬妮。却见芬妮白皙的双手哆嗦着打开报纸，顺着归一手指的地方看去，顿时放声大哭。周鼎上前扶住，芬妮倒在他怀里只哭不说话，阿苇上前将两人分开，拉着芬妮坐到沙发上说："芬妮，说话啊。"

芬妮依然止不住哭声，好一会儿才说出三个字："曹南乔。"

面对七嘴八舌的发问，芬妮沉默着。

周鼎倒了一杯牛奶递给芬妮，轻声说："你跟南乔在通信对吗？"芬妮喝了一口，轻轻点了点头，说："他走之后，我们通了好几次信，最后一次是两个月前，他说他被编入了八十八师五二四团，当了少尉排长，可能很快要跟小日本打仗了。"

"这么快南乔就当上排长啦，还是读军校好，我要是当兵肯定是下士。"归一听得很是羡慕,阿苇关心的却是另一个问题:"芬妮,你怎么不告诉我们?"

"南乔叫我跟谁也别说,他不想让他父亲知道,因为他父亲一直不让他考黄埔军校,更不让他当国军。他还特别关照不要跟小钉子说,他说小钉子肯定会告诉他父亲。"

"我怎么会?他走我就没告诉曹叔。"周鼎提高了嗓门。

"两年多前,有一天晚上,他突然打电话过来,让我一起到雷上达路上走走。我还以为他要请我吃消夜,还问他要不要叫上阿苇,他说谁也别叫。结果,他告诉我他要去考黄埔军校,第二天就要走了。那时候我还不知道黄埔军校在广州,以为在黄浦江边上,就跟他说明天考完试早点回来。"此时,阿苇、周鼎和归一一齐笑出了声。

芬妮则沉浸在对往事的回忆中:"南乔说他的理想是当军人抗敌报国,不想像他父亲那样当个庸庸碌碌的看门人,我说当看门人不是很好吗,穿着制服很神气地站在大门口,楼里的每个人都认识。他说我是个不谙世事的洋娃娃,我说什么叫不谙世事,你应该说我是个公主般的洋娃娃。他不说话,突然拉着我的手问,等我长大了愿不愿意跟他走。"

"跟他走干什么,他不是要当兵打仗吗?那里肯定没有葛妮亚和我爸爸做的饭好吃。"阿苇一说到吃,立即引来了芬妮的共鸣:"我也这么想,不过我没说,只说等长大以后再说。他说我是个傻傻贪吃的洋娃娃,然后他掏出一样东西给我,说是他下午刚拍的照片。还问我能不能给他一张照片,我说有啊,上个礼拜刚和阿苇一起去拍的,要不要我和阿苇的合影……"

"你把我的照片也给他了？"阿苇问。

芬妮摇头："他说只要我的单人照，我说没带在身边，现在就上楼去拿。他就站在路边等我，我把照片给他，他看了看说，美丽善良的洋娃娃要快点长大。跟我握了握手他就走了。"

"后来南乔的信上都说了什么？"周鼎问。

"他第一封信说考上了，广州有很多好吃的，一样样写出来，看得我当时就想去找他。后来说军校吃饭不要钱，只是学习训练很辛苦，后来说他毕业了，到了部队当了班长，再后来就是两个月前那封信。你们说，他现在会不会就在河对面那个仓库里？"

"我听说五二四团不是全团在里面，他们派出的是一个加强营，南乔不一定在里面。要是换了我，我肯定坚决要求守仓库，狠狠地打小日本。"归一天天关心战局，恨不得自己上战场。

听到这里，芬妮松了口气："上帝保佑，菩萨保佑，南乔不要在里面。"说着再次望向窗外，此时已是黄昏，落日余晖下，满是弹孔的四行仓库巍峨矗立，它附近的建筑上插着不少太阳旗。南岸的众多观者依然凝望对岸，那里犹如一幅斑斓的巨幅油画，记载着人类战争史上极为特殊的画面。

第二天一早，芬妮问正吃早餐的布莱特，买一台望远镜要多少钱。布莱特有点诧异，反问她派什么用。芬妮迟疑一下，说是学校要求买。

这话让咖啡从布莱特的嘴里喷了出来，他边咳嗽边对一旁的太太说："你看看，我们的宝贝女儿十七岁了都不会说谎。"转头问芬妮："是不是想把四行仓库看得更清楚一些？"

芬妮赶紧点头，却见父亲脸色一沉说："不行，以后不能去了，女孩子看打仗很不好。"泪水在芬妮眼眶中打转，一旁端茶倒水的阿苇冲她挤眉弄眼，芬妮不解其意，但还是把两滴泪水硬生生憋了回去。

吃完早餐，布莱特拎着公文包准备上班，走到门口转身对阿苇说："你也不许出去，就在这里陪着芬妮。"阿苇连连点头，连声说好。待布莱特一上电梯，马上轻轻拉了拉还在吃饭的芬妮，两人来到厨房，阿苇说："现在好了，你去跟你妈妈说。"

将近一个小时后，归一手上捧着一架硕大的望远镜，站在诺曼底公寓门厅。乌老四从仆人电梯那边走来，神气活现地问："归一，拿着这个做啥，想看大日本皇军怎么打下四行仓库？"

归一二话不说，飞起一脚将乌老四踢倒在地。见此情景，电梯里冲出壮硕的乌老大，挥拳就朝归一打去，归一手上拿着望远镜只能连连躲避，只听乌老大大声嚷嚷："老三你看白戏啊，坐着做啥，过来帮忙打啊！"

原本坐在电梯里没动的乌老三，也快步走了过来，被旁边冲过来的曹鲁一把抱住。乌老三扭头一看，连忙低声说："我只对好看女人动手动脚，你不要管我，帮忙去拉我阿哥。"

待芬妮和阿苇下楼时，门厅里已是一副和平景象。

五分钟前，乌老大还在追打归一，将上前拉架的曹鲁也推倒在地。却听到一声高亢尖利的女声响起，只见一个胖大的身影拦在乌老大和曹鲁、归一之间："老大，你要打曹格里，我要跟你拼命！"

乌老大愣了一下，一边的乌老四大声说："阿姐，你胳膊朝外拐，自己人不帮自己人！"乌老二抬腿作势要踹过去，怒道："老四你在外面做啥我不管，敢来这里跟曹格里捣蛋，当心一脚踢你进黄浦江，滚！"

乌老二是来换班的，原本应该乌老三去吃早饭，却见乌老四转身就朝门外走，边走边恨恨道："今朝叫我滚，等日本人打进来了，不要来求我！"

因为开电梯的都在打架，芬妮和阿苇只能走下楼，但场面已如剧场舞台换场完毕。芬妮径直走到门厅柜台前，刚拿起电话，周鼎从门外进来问："芬妮，你打算叫出租小汽车？"芬妮边点头边拨号，却被周鼎一手按住电话："把钱省下来，说不定还有别的地方要用。"

在大门口的骑楼下有两辆脚踏车，归一和周鼎各自上车，归一问："谁坐我的车？"

话音未落，阿苇小跑几步坐上了周鼎车的前档，芬妮犹豫了一下，走过来上了周鼎的后座。正好阿苇妈从银记面包房出来，见这一幕微微笑了笑，又轻轻叹口气摇摇头，叮嘱了几句当心流弹，便上楼了。

再次上到派克饭店十六楼，再次拉开北窗的落地窗帘，所见景象更让人惊诧。苏州河对岸，弹痕累累却傲然挺立的四行仓库楼顶，上百名士兵正在整装列队，军官的口令声都能隐约听见。芬妮赶紧从归一手上拿过望远镜，趴在窗台上向对岸望去，望远镜在微微发颤。

从左往右，望远镜突然大大颤动了一下，周鼎和阿苇同声问：

"看到南乔了？"芬妮不语，只把头垂在窗台上，两颗泪珠已经滴落。周鼎接过望远镜，朝着刚才芬妮的方向看了一会儿，问："芬妮，你刚才看的是哪个人？"

芬妮兀自哭泣，想了想说："第四排从右往左数第七个人。"周鼎再次举起望远镜，说："是那个头上缠着纱布的人吗？"见芬妮点头，周鼎把望远镜递给阿苇说："胡大厨说你能看清蚊子是雌是雄，你来看看那个是不是南乔。"

阿苇那双乌黑澄澈的大眼睛看了一会儿说："芬妮别哭，这个人不是曹南乔。"芬妮忙擦擦泪水，抬头看着阿苇，却听阿苇一字一顿地说："因为看不到你给他的照片。"说着，掩嘴轻笑。

芬妮愠怒道："这时候你还说笑话。"周鼎却懂阿苇脾性，知她虽是说笑，但肯定有她的道理，问："阿苇，你为什么觉得这人不是南乔？"

阿苇把望远镜递给芬妮说："这人大半边脸都被纱布包住了，从样子来看是很像南乔，不过你看他跟边上的人差不多高，我记得南乔走的时候，个头已经到德国佬菲兹曼的眉毛了。"

听阿苇这一说，芬妮也觉有理，泪水之闸瞬间拧紧了。

这时，苏州河南岸爆发出一阵欢呼和掌声，只见仓库楼顶的军人们队列整齐，或举枪或抬手致礼。一个自制的旗杆上，一面硕大的旗帜迎风扬起，迅速升到最高点，在太阳旗到处飘扬的北岸，立时鹤立鸡群、俯视群小。

十六楼套间里的人们，也群情激动。远远望去，四行仓库南面靠近苏州河的一扇边门里，走出一个人，并非军人打扮，而是童子军模样。那人站在门外似乎有点犹豫，突然枪声响起，子弹朝他射去。南岸众人连声惊呼,芬妮吓得闭眼,把望远镜交给了周鼎。

只见那人一个猛冲,飞身跃入苏州河,头上的枪声更是呼啸大作。不仅有步枪声,日军的机枪也在突突作响。那人跃入河中后,始终不露头,水面上也看不到波纹。南岸已经鸦雀无声,十六楼房间里人们同样屏息不语。几分钟后,一个人头忽地在南岸水中露出,欢呼声登时响彻云霄,连在南岸巡逻的公共租界英军也纷纷大叫。

岸边,无数人争相伸手,把那人从水中拉了上来。周鼎举着望远镜说:"是个女的,是个女童子军!"芬妮说:"她是去对岸送吃的吗?"周鼎摇头说不知,阿苇忽道:"会不会那面大旗是她送过去的?"归一早已不耐烦,大声说:"我们在这里看什么,到岸边去!"

两辆脚踏车离新垃圾桥[1]百多米处时,因过于拥挤已无法骑行,四人只能在人群中穿行。其中,既有拿着大包小包、推着独轮车的难民,从北往南走,也有众多租界居民去苏州河边观战,由南往北走,人群对冲,甚是混乱。

周鼎一手拉着阿苇,一手拉着芬妮,归一则紧紧抱着望远镜,闻到一阵面饼香气飘来。芬妮伸长脖子往前看,只见路边上摆着长长的一排面案,有十几个大炉灶,上面架着饼铛,众多做饼师傅忙着和面、擀饼、烙饼,一旁有不少穿童子军装的学生,把烙好的大饼用油纸包裹好装入帆布制的邮袋。

---

1 新垃圾桥:今西藏路桥。

芬妮奇道："做这么多饼送给谁吃？"

周鼎等都说不知，阿苇已经挤进去问，一个做饼师傅说当然是给守仓库的壮士们吃，并说新垃圾桥由英国兵把守，小日本不能打这里，天黑后有童子军悄悄送到桥北，仓库里会派人出来拿。说着，他指了指旁边案子上的一个箱子，上面写着"支援八百壮士，中国不会亡"。他说："我们中国人要有钱出钱，有力出力！"

芬妮此时也挤了过来，见状从口袋里摸出十块钱放进了箱子，转头对周鼎说："小钉子，你说得对，这钱用在这里，比坐出租汽车好。"做饼师傅见她出手大方，拿起一个刚做好的饼递过来说："小洋人，你尝尝这个光饼，好吃不好吃？"

芬妮接过饼来，连连吹气，问："这个饼为什么叫光饼？"旁边另一个胖胖的做饼师傅说："以前戚继光大帅打倭寇的军粮就叫光饼，现在国军打倭寇，吃的也要叫光饼。"然后大声对人群说："八百壮士吃好光饼，把东洋小鬼子赶到海上去，大家说对不对？"众人轰然回应："对啊，打回他们老家去，八百壮士万岁，中国不会亡！"

芬妮吃着饼，吃出饼里放了葱花、香油、鸡蛋，甚是美味，把剩下的一半一分为二，分别塞进了阿苇和周鼎的嘴里。她想对归一说饼没了抱歉，却哪里还有归一的踪影。

此时，一大群人簇拥着一个浑身湿透的女童子军走了过来，有人手上拿着毛巾、衣服，还有一个老太太端着一大碗热腾腾的汤，小脚颤颤巍巍地跟着。"大家让一让，让我们的女英雄换件衣裳，吃口热汤！"一听喊声，众人立马闪开，瞬间让出了一条小道。

那女童子军二十岁左右模样，肤色略黑，眉宇间有一股不让须眉的英气。她走过芬妮等人身边时，忽然站定对身后一个穿长衫戴眼镜的中年人说："对了，谢晋元团长让我带出来一件重要东西。"说着，伸手入内衣，摸出一个包裹得严严实实的小物件，递了过去。长衫中年人问："是什么？"女童子军被众人继续推着走，回头说："八百壮士的全部名单。"

说得声音不算响，却把芬妮的耳膜震得嗡嗡作响，大脑一片空白。阿苇也听到了，一个箭步蹿过去，伸手去拿。长衫中年人哪里肯给，将名单紧紧攥在手上，双目圆瞪大声道："你敢抢，抓小日本奸细！"

好在此时众人的注意力都在几步远的女童子军身上，周鼎赶紧上前，拉着长衫中年人的胳膊低声说："我们有个从小一起长大的好朋友，可能就在对面仓库里，能不能让我们看一下名单？"

长衫中年人狐疑地看了看他们，见三人都没成年，不像汉奸模样，便招呼他们走到路边僻静处，小心翼翼地打开小包取出一张纸，两只手紧握不放，伸到周鼎眼前说："杨慧敏甘冒奇险送国旗，只带回这个名单，你们不要碰坏了。"

周鼎和芬妮四目睁大，快速查看着名单。阿苇个头矮，转身从旁边做饼师傅那里拿来一只圆凳，踩了上去，变成了六目搜寻。

"看这里！"圆凳上的阿苇居高临下，伸手指着名单右侧，那里被长衫中年人的大拇指挡着，"这里写的是曹！"阿苇性急，伸手去掰开那人的拇指，长衫中年人大吼一声："你又来抢！"

此时女童子军杨慧敏已经走远，众人听得这声吼，数十双目光齐齐朝这里照射而来。一个做饼师傅正要坐下休息，哪料屁股底下的那只圆凳已不翼而飞，坐倒在地破口大骂，一眼看到圆凳在阿苇脚下，冲过来骂道："这只小瘪三，不但是小偷，还是强……"却见阿苇容颜俏丽，一双妙目正看着自己，硬生生把"盗"字咽了回去。

在周鼎的解释下，长衫中年人有点不情愿地把右手拇指往下移了一点，只听两女一男异口同声惊呼："曹南乔！"

刚才长衫中年人那声吼，加上这声惊呼，引得许多人围了过来，纷纷问怎么了。芬妮的泪水如冰雪在太阳底下消融，滋润的却不是大地，而是周鼎的肩头。阿苇见状，马上扶芬妮坐到圆凳上，并把她拉着周鼎的一只手，挪到了自己身上。

"那个小洋人哭啥？""要么是她屋里男人在对面打仗。""仓库里有外国人？""小洋人不能嫁给中国人啊！""这个年纪看上去不像嫁人了。""洋人的年纪你看不出的。""哭啥，当八百壮士光荣啊！""你这叫讲风凉话，你自己男人在里面的话，你会不哭？"……

河对岸，突然枪声大作。众人无心再看小洋人芬妮，纷纷往岸边涌去。

芬妮也站起身说："我要找南乔，望远镜呢？"周鼎一愣，说："在归一那里，归一跑哪儿去了？"阿苇眼尖，指着前方堤岸上一个高高站立的背影说："那不就是！"

三人被人群裹挟着，眼见归一就在不远处，却始终挤不到他身边。"你看，归一空着手，望远镜不在他那里。"

听周鼎这么说，芬妮也看到了。人群中的阿苇则身高劣势顿显，视线被别人的身体阻挡，人也被挤得东倒西歪。周鼎见状，赶紧把阿苇搂到怀中。阿苇犹如风中的芦苇，忽然有了依靠，也伸出双臂紧紧抱住周鼎。芬妮虽然身高腿长，但毕竟力气尚弱，也经受不住人群涌动，从身后紧紧抱住了周鼎。

此时的情状，比三人同骑一辆脚踏车更紧密了。周鼎拥着怀中的阿芊，驮着背上的芬妮，闻着两人的幽香，感受着两人的体温，却全无陶醉之意，因为对岸枪声愈加密集，心中的家国情仇盖过了一切。

"归一，望远镜呢？我们要找曹南乔！"见无法挤到归一身边，周鼎大声叫道。连叫好几声，归一才听到，转身朝右面五六米处指了指，叫道："在那里，小斯特伦堡手上。"

周鼎望去，果然在右前方的堤岸上看到一个戴着帽子的洋人背影，正举着望远镜朝对岸观瞧。与归一大半个身体挺立在堤岸上不同，这个洋人是俯身趴在上面。

归一的叫声被洋人听到了，他转过头来，正是小斯特伦堡。却见他立即挥手示意归一趴下。归一摇头不解，小斯特伦堡用法语叫道："当心流弹！"

这时，人群略有松动，周鼎护着两个少女挤了过来，在小斯特伦堡耳边说："望远镜给我，我们要找曹南乔。"小斯特伦堡却说："曹南乔是谁？现在不能给你，你看日军这是在佯攻，要通知对岸守军，当心日军迂回到侧后方。"

"小日本打得这么凶，为什么说是佯攻？"周鼎问。"他们光是开枪，坦克和步兵都没上，是想把守军的注意力都吸引到这里，主攻方向不是这里，快想办法跟对面说。"

这时，归一也挤了过来，听小斯特伦堡这番话，马上说："我去说。"转身拼命往人群中挤去，还不忘伸手朝前面指了指，周鼎和小斯特伦堡顺着方向望去，只见身后一座小楼上站着一个人，手上拿着两面小旗帜，小斯特伦堡马上说："对，打旗语！"

过了几分钟，四行仓库楼顶也有人挥动小旗，小斯特伦堡说："守军收到信息了。"周鼎不解："你能看懂？"小斯特伦堡把手中的望远镜递给他，如雕塑般的面庞露出些许笑意："基本的旗语全世界是通用的，接下来日军要从后面偷袭了，即将被你们的军队歼灭，好好看着！"

时近正午，太阳却失去了往日的耀眼，灰蒙蒙的光线笼罩着这座城市。一大群举着太阳旗的日军从侧面突然发起进攻，守军并无反应，眼看日军步枪上的刺刀就要触到仓库外墙，只见机枪、步枪骤然喷出火舌，手榴弹如雨点般落下，日军瞬间倒下一大片，但后继者继续疯狂猛扑。眼看就要攻入仓库，却见里面跃出一个中国军人，浑身上下绑满了手榴弹，大呼着扑向日军，一声巨响后，硝烟弥漫在半空许久，许久……

苏州河两岸一片死寂，河水似乎也瞬间停滞。北岸，四行仓库如受伤的巨人兀自顽强挺立；南岸，成千上万观战者忘记了感叹，甚至忘记了呼吸。人群中，小斯特伦堡轻轻摘下帽子贴在胸口，低下了光头。

第七章

孤灯寒照雨 [1]

近晚上八点，两辆脚踏车正由霞飞路由东向西骑行。前面车上一个健壮的青年人朝后挥挥手，然后指了指左前方，便径直向姚主教路驶去。后面车上坐着三个人，中间身材瘦高的少年加紧蹬车，前档上斜坐着一个瘦削的娇美少女，后凳上则侧坐着一个圆润的长腿少女，三人都一言不发。

"你们看那是谁？"前档少女叫了一声。骑车少年和后凳少女都往右前方看，只见骑楼下站着好几个法租界巡捕，其中一个矮胖男人身着便装，正跟其他人说着什么。

"那是麻皮小金荣巴络，他来这里做什么？"看到诺曼底公寓门口的巴络，骑车少年就想起三年前得而复失的小皮箱，以及此刻不知身在天涯何处的父亲。

脚踏车还没停稳，巴络沙哑的嗓门已经响起："小赤佬，你拐卖洋人，罪加一等！"说着一挥手，两个巡捕冲上来便将骑车少年拉下车来。

---

[1] 孤灯寒照雨：出自唐代司空曙的诗《云阳馆与韩绅宿别》。

前后两个少女都跳下车来,长腿少女伸手就去拉少年,却被两个巡捕挥手隔开,娇美少女攥紧拳头朝其中一个巡捕腰眼里打去,打得那个巡捕龇牙咧嘴,怪叫一声就要扑过来。

"周鼎,你还知道把芬妮带回来?"一个五十多岁的洋人从大楼里走了出来,面色冷峻,鹰钩鼻子似乎比往日更直挺些。

"爸爸,我们去新垃圾桥了,四行仓库里的中国军队打得真顽强,有个士兵身上绑着手榴弹跳出来,炸死了很多日本……"芬妮还没说完,鹰钩鼻子连跨几步冲过去,一把抓住芬妮的手说:"从现在开始不能离开公寓一步!"

一旁的娇美少女见状,赶紧上去拉住芬妮说:"布莱特先生,不要让他们抓走小钉子。"

"阿苇,你再啰嗦,我让巡捕把你也抓走!"

阿苇一听这话,伸手狠狠扭了芬妮的大腿一把,芬妮大叫一声,侧脸一看,却见阿苇正跟自己连连使着眼色。芬妮以其天资聪颖,以及跟阿苇久处之后积累的经验,顿时明白接下来要靠自己了。于是,想到今天至今只吃了一只光饼,腹中早就饥肠辘辘,泪水之阀不拧自开。百忙中瞄了一眼父亲,见他怒气未消,索性心一横坐在了地上。

见这个洋娃娃般的少女如此样子,巴络和巡捕们都围过来看,布莱特眼角还扫到乌老三也凑了过来,嘴角带着坏笑,想了想对巴络说:"我女儿找回来了,人就不要抓了。"说着伸手掏出一沓钱,塞到了巴络的手中。

巴络低下满是横肉的脸,快速扫了一眼说:"布老板,巴某人虽然只管管小小的法租界巡捕房,不过早就过了当场收铜钿的时候。"

这话说得布莱特有点尴尬,巴络笑道:"布老板的宝贝女儿回来了就好,这就当送给兄弟们的消夜铜钿。"说着,把钱放进了口袋。

这时,一个瘦小枯干的男人从人群中钻了进来,扶起地上的脚踏车踩了上去,周鼎一把拉住:"乌老四,这是我的脚踏车。"

乌老四转头斜了一眼说:"什么你的我的,大日本皇军过几天打进来了,不要讲一部脚踏车,连这幢诺曼底公寓,连中国女人和洋女人,全部都是日本人的了。"说着便要骑走,车却纹丝未动,再一看不单周鼎,曹鲁的手也拉住了车的后凳,乌老四骂骂咧咧道:"我今朝夜里有大事要做,你们不让我去,等日本人来了,我叫他们第一个抓你们两个!"

曹鲁怒道:"你说,做啥?"

"好,讲就讲,我怕啥。现在不是四行仓库打不下来吗?日本人叫我们躲在旁边房子里,半夜里出来放信号枪,不让守仓库的国军睡觉。皇军明朝一早醒来,饭团寿司吃饱,轻轻松松把仓库占领……"

话音未落,曹鲁劈头盖脸给了乌老四一巴掌,周鼎则一拳打在他胸口,阿苇飞起一脚踢在他小腿上。乌老三见状不妙跑了进去,乌老大晃着粗壮的身躯冲出来便要打人。巴络一使眼色,两个巡捕已经拦住乌老大。别看乌老大粗鲁蛮横,平生却最怕两种人,一是有势力的洋人,二是租界上的巡捕。

巴络走上几步说:"你这个阿弟看起来不是吃饭长大的,他早晚要吃枪子。"说着,朝着人群挥挥手,示意散了吧。乌老大骂骂咧咧地退回了大楼里,乌老四则趁乱溜了,那辆脚踏车自然没能骑走。

布莱特带着芬妮正要走,却见巴络等巡捕房的人站在原地并无去意,心想:"今天我叫他们来找女儿,他们现在还不走,是嫌我出手太小气了吗?"他走上前道:"今天辛苦了,天晚了早点休息,改天再谢。"

巴络冲他一抱拳:"布老板也早点休息,兄弟今天晚上在这里还有公务。"

大约半小时后,三辆小汽车沿霞飞路疾驰而来,在诺曼底公寓门口停下,前后两辆车门先打开,跳下七八个精壮男子,来到中间那辆车旁边站定。此时,前车门已打开,下来一个面色发青、颌下短须的中年人,他看了看四周,见巴络正冲他点头,便伸手拉开了后门。

车上下来一个五十岁左右的男人,身形消瘦,嘴唇厚大,两耳外翻,身穿一件灰色长衫,外面套着一件马褂。巴络连忙上前鞠躬,正要说话,瘦男人用手制止,径直走进了大门。巴络留下四个巡捕把守大门,也马上跟了进去。

又过了将近半小时,公寓顶楼传来骂声,接着发出清脆的拍打声,似乎是手掌与面部有着激烈接触。船长室的房门轻轻推开,芬妮嘴里嚼着牛肉,往外诧异观瞧,却见乌老大和乌老三垂头丧气地站在电梯口,巴络扯开了衣服领子,在高声叫骂。

见阿苇的小脑袋从自己的肩膀边探出,芬妮问:"阿苇,谁敢打乌老大?"阿苇示意她低声,说:"那个矮胖子是巡捕房的大捕头,法租界上除了你们洋人,他谁都敢打。"

这时,隔壁71室房门打开,菲兹曼夫妇送瘦男人和青面男人出来。阿苇捅了捅芬妮,轻声说:"又是这个青面怪人。"芬妮点头："嗯，叫，叫汪步青，好久没来了。"

巴络赶紧快走几步，说："杜先生，这帮赤佬……"却见瘦男人摆了摆手，说："有啥关系，是电梯坏掉了还是停电了，那就走几步吧。"说着就朝楼梯口走去，巴络、汪步青和一众保镖赶紧跟上。

下到五楼，瘦男人示意众人在此等候，随即转身进了走廊。站了一会儿，巴络掏出两支雪茄，递了一支给汪步青问："杜先生今朝夜里来这里，到底是啥意思？"

汪步青把雪茄咬在嘴上说："顶楼那个菲兹曼是法国轮船公司的上海总经理，日本人要打进来了，杜先生做着这么大的生意，光是海外运来的烟土就不得了，总归要多准备一条路。"

巴络抽着雪茄连连点头："这个我懂，不过为啥还要到五楼来？"突然一笑，"是不是有相好的？"

"你不晓得，日本人一直在拉拢杜先生，他在想要不要离开上海去香港，原来虹口有个算卦的姓朱，现在搬到这里来了。"

"算命先生叫上门不就好了，还要劳动他老人家亲自来？"

"我也问他，他说一是心诚，二是顺路……"汪步青话音未落，瘦男人已经走了出来，一声不吭地下了楼。

众人送到汽车边，瘦男人刚要上车，又回过头环视众人，伸手帮巴络扣上了领扣，拍拍他肩膀说："衣裳要穿穿好，不要让别人觉得我们像流氓。"说着，仰头望着天上的一轮弯月，长叹一声："月是故乡明啊！"

一辆脚踏车从姚主教路上驶来，一路骑到雷上达路，从后门进入，在汽车间门口停下。车上那人飞奔上楼，推开一间房门大声说:"小钉子,八百壮士今天半夜要撤了!"

周鼎已经上了床,一跃而起问:"归一阿哥,怎么了,不打了?"

"我听阿玖那里一个邻居说,公共租界担心这样打下去,旁边两个大煤气包要遭殃,要是被炮弹击中,半个租界就炸平了。他们照会了国军和小日本,说是让八百壮士撤退进租界,然后离开上海。"

周鼎已经穿好了衣服,说:"我们现在就去,去找南乔。"归一连连点头,却没挪步。周鼎见状,也站定说:"要不要叫上芬妮?还有……"

"还有,要不要跟曹叔说,对吧?"归一说。

"对,这两个怕是都要叫上,阿苇不用叫了,她太小。"周鼎话音未落,只见房门被推开,阿苇笑吟吟地走了进来,说:"你们不带上我,怎么叫芬妮出来?"

这话说得周鼎和归一哑口无言,周鼎说:"是啊,今天出去了一天,布莱特先生差点要把我关进巡捕房,再去叫芬妮出来,他肯定不会答应。"看着阿苇白嫩的脸上带着有点狡黠的笑意,忙问:"你有办法?"

"办法么,带我去就有,不带我去就没有。"见归一一个劲点头,再看周鼎终于也点了一下头,阿苇喜道:"那我现在就想办法。"

归一和周鼎顿时坐倒在床上:"说半天你还没想好办法!"

芬妮出现在公寓门厅,已是子夜时分。阿苇高兴地跳了起来,却见平日温和的芬妮脸上带有愠色问:"谁想的这个主意?"阿苇立即指着周鼎说:"小钉子想的。"

一辆雪铁龙小汽车停在了大门口，众人连忙上车，周鼎问开车的归一："你把菲兹曼先生的车开出来，被他发现怎么办？"

"今天是礼拜六，他半夜不会出门，只要明天早上八点前把车停到汽车间就行，新来的司机八点半要送他们去做礼拜天弥撒。"

芬妮依然板着脸问周鼎："小钉子，你怎么想出这么一个坏主意？"

话却被阿苇抢了过去："他刚才不是想了一个办法，是想了三个。第一个办法叫天外飞仙，就是用一根绳子把你从窗口拉到楼顶；第二个办法叫飞蛾扑火，在你们楼道里放一把火，趁你爸妈出来救火，你就可以逃出来；第三个办法叫调虎离山，让小钉子冒充美华洋行的看门人，给你爸爸打电话，说洋行被一大帮难民抢了。"说到这里，阿苇笑出了声，"小钉子装得真像，你爸爸一点都没听出来，你说是不是还是第三个办法最好？"

"有什么好，我爸爸去洋行一看就知道上当，马上就会回来的。"

周鼎忙说："芬妮，这些办法都是阿苇想的，我们就是想让你能出来，能见到南乔。"听这话，芬妮脸色平缓了很多，点头说："那要谢谢你们，肚子饿吗？我特意带了面包蛋糕。"

车内大家沉默了一会儿，曹鲁看着窗外说："到了！"众人往窗外看，新垃圾桥就在前方。

借着昏暗的路灯，看到路的两边站满了人，二三十个包着头巾的印度巡捕挥着棍子，阻止路人涌上马路。前面新垃圾桥桥堍上，站着两列全副武装的英国士兵，有几个军人正弯着腰往地上铺东西。

雪铁龙被印度巡捕拦下,示意前方禁止通行。曹鲁第一个下车,归一紧随其后,周鼎拉着芬妮和阿苇,先后挤进了路边人群。曹鲁一言不发,奋力往桥堍方向挤,将人群挤得东倒西歪,阿苇奇道:"曹叔怎么这么大力气?"

多亏有曹鲁开路,他们挤到了距离桥堍十来米远的地方,前面有印度巡捕把守,无法再往前了。此时十六岁的周鼎,身高已经超过了曹鲁和归一,他踮起脚尖往前看,说:"英国人在往地上铺米字旗。"

"米字旗?干嘛要铺在地上,应该挂在我妈开的银记米行门口。"听阿苇这话,周鼎笑着说:"这是英国的国旗,不是卖米的旗。他们大概是想告诉小日本,这座桥以南是英国人的地盘。"曹鲁听这话骂道:"不对,都是我们中国人的。"阿苇看了看周鼎,吐了吐舌头,便不再说话。

冷风中等了将近一个小时,虽然周边围着很多人,但阿苇还是被冻得瑟瑟发抖,周鼎察觉到了,伸手将她拥入怀中。然后,他看了一眼芬妮,见她正对着双手哈气,正要伸手握住她的手,却被阿苇一把拉住。

此时,三条探照灯光柱射来,将原本昏暗的桥堍照得犹如即将开戏的舞台。又过了十几分钟,只听人群中有人说:"来了,来了。"只见桥北抬过来十几具担架,伤员们身上都盖着毯子,有五具担架上的毯子盖过了头顶。

紧随担架队过桥的,是两列衣衫褴褛但队列整齐的士兵,走在前面的是一名体态瘦削的军官。桥堍上,一个全身戎装的英国军官走上前,跟那个国军军官互致军礼,大声说:"谢团长,这是我见过的最英勇的战斗!"

"这是谢团长!""谢晋元,谢团长!"人群中一阵骚动,只见谢晋元转过身来,对着人群行了一个军礼,人群中有人高呼:"民族英雄谢晋元!"又有人喊:"八百壮士好男儿!"众人纷纷跟着高喊。

退过桥的士兵继续往前,周鼎等人的目光朝着每个人脸上扫过,曹鲁和芬妮更是瞪圆了眼睛。那个英国军官叫了声"立定",然后一挥手,两旁站立的英国士兵立刻将八百壮士团团围住,军官改用英语喊道:"disarm!"

八百壮士面面相觑,却见在队列后面压阵的一个高个子军人大声说:"我们是经过租界离开上海,为什么要解除武装?"

此言一出,八百壮士和围观人群都炸了锅,周鼎等人则是差点把心脏炸出来。"曹南乔!"这是曹鲁在喊;"南乔!"这是芬妮在叫;"曹排长!"这是归一在呼;"南乔阿哥!"这是周鼎和阿苇在惊喜对话。

可能是人声过于嘈杂,这些呼喊曹南乔都没听到,还在高声跟英国军官争辩。这边曹鲁和归一想冲过去,被几个印度巡捕死死抱住。只见英国军官走过去跟谢晋元说了好一阵,谢晋元棱角分明的脸上写满了愤懑,最后愤然点头,转身命令部下放下武器。

众人唏嘘中,八百壮士无奈解除武装,场面一下子安静下来。曹南乔放下步枪,惊诧地听到呼叫声,抬头在人群中找寻,一眼看见了曹鲁等人,高叫着冲了过来。一旁上来三个英国兵,将曹南乔扑倒在地死死按住。

国军士兵要冲过来帮忙,被谢晋元喝止。这时,队伍开始移动,陆续上了卡车。芬妮眼睁睁地看着曹南乔被英国兵押着经过,见他一脸英武之气更胜往昔,人更瘦了也更高了,双眼紧紧看着芬妮等人。

本有万语千言,此时竟无语凝噎,还是周鼎大声说:"南乔,你们去哪里啊?你要写信,要写信!"

十多辆卡车陆续驶出,围观人群中,一支小号突然划破夜空。众人转头寻找,却见人群后面站着一个三十岁左右的黑发洋人,正吹着小号,他的身边站着一个体态健美的年轻中国女人,身后还站着四个人,手中都拿着小提琴。小号声稍停,琴声响起,人群中爆发出热烈的掌声,随后高声唱道:

起来

不愿做奴隶的人们

把我们的血肉筑成我们新的长城

中华民族到了最危险的时候

每个人被迫着发出最后的吼声

起来

起来

起来

……

歌声中,卡车渐渐远去,人群中纷纷发问:"他们去哪里?"却有问无答,因为没人知道答案。周鼎走到小号手身前说:"马尔基尼奥,你怎么改吹小号了?"

意大利人眨了眨深蓝色的眼睛，指了指身边那个年轻女人说："虞美人说这首《义勇军进行曲》要用小号吹，圆号吹不出那股劲，美人说什么都对。"

一旁的阿苇问："那我说什么也对吗？"马尔基尼奥瞄了一眼说："小阿苇，再过几年你说什么才都对。"

时近一九三八年春节，芬妮已经被她父亲关在船长室近三个月了。八百壮士进入公共租界那晚，布莱特被周鼎和阿苇调虎离山，一到洋行就知上了当，第二天严令周鼎和阿苇都不许进门。后来在芬妮泪如潮水的攻势下，布莱特败退一步，同意阿苇可以来，但周鼎依然在黑名单上。

度过一开始的委屈和无聊后，芬妮慢慢适应了足不出户的生活。她每天可以随时享用葛妮亚和胡大厨的手艺，可以光着脚在船长室的客厅跳舞，还可以趁着父亲外出在八层走廊上与阿苇嬉闹。

然而，这样的生活被一封信打断，寄信人是曹南乔。

在信中，曹南乔说："那天深夜，我们交出武器进入公共租界后，可能迫于日军方面的压力，租界当局没有履行事先的承诺，拒绝让我们通过租界回到国军防线，而是把我们安排在跑马厅休整两天，随后派了十三辆卡车载着去往胶州路。一路上，我们虽然衣衫褴褛，但个个英姿勃发，受到沿途市民们的热烈欢呼。卡车开进军营，租界当局就派了三四十名白俄士兵担任警戒，围墙四周安装了铁丝网，只准官兵在营内活动，不准外出，不准与外界接触，不准寄信，实际上失去了人身自由，过着囚禁的生活。这三个月来，饭菜都是由英国人请人做好后送到营内，早晨稀饭，中午、晚上吃掺着沙子的米饭加一点萝卜、黄豆。因饭菜做得不好，又不卫生，很多人都瘦了病了。"

信结束得有点突然，芬妮看到这里，泪水之阀已经自动打开。在她看来，不能回到前线或许是好事，因为曹南乔不会战死沙场；被拘禁军营失去自由也不见得有多难过，眼下的自己不也同样如此；让她无法忍受的，是曹南乔居然每天吃萝卜、黄豆配粗劣米饭，这样的伙食只能伴着泪水吃了。

见芬妮哭到无法自持，阿苇端来了她平素最爱的苔菜拖黄鱼，芬妮连正眼都没看一眼。阿苇眨了眨眼睛说："芬妮，你爸爸妈妈要吃过晚饭再回来，要不我们下去转转？"为博一笑，她故意模仿芬妮说的"转转"发音。

芬妮果然笑了一声，但泪水依然成串，说："公共租界不让孤军营寄信，不知南乔这封信是怎么寄出来的。你让胡大厨再多做几道菜，我们给南乔送去。"阿苇连声说好，转身便去了厨房。胡大厨平素做事动作缓慢，唯有做菜不逊常人，而如果是女儿阿苇关照，他的速度更能超越多数厨师。不到一个小时，他便做好了锅烧河鳗、红膏炝蟹和白切鸡，再加上刚才做的苔菜拖黄鱼，凑成了四道菜，都用油纸包好，香气四溢。芬妮说："还要带白米饭，南乔在那里吃的都是沙米饭。"

正值隆冬，不到六点天色便暗了。两人到银记面包房找周鼎，却只有阿苇妈和面包师申生在，做事麻利的阿苇妈连连发问："芬妮你怎么下楼了？布莱特先生知道吗？你们来找小钉子？"

芬妮不知道该先回答哪个问题，索性伸手拿了个羊角吃了起来，阿苇说："妈，芬妮爸妈要吃过晚饭回来，小钉子呢？"

"小钉子出去帮我进米了。"阿苇妈看了看芬妮手中的一大袋东西,"你们要去哪里?"

芬妮看看阿苇,阿苇正想该怎么回答,却见周鼎推门而入。自从带着芬妮等人黉夜守候八百壮士,布莱特迁怒于周鼎,这三个月连门都没让他进,转而叫归一做些生意上的事。而阿苇妈甚是高兴,因为这样一来周鼎可以全力帮她做事了。

周鼎听两人在自己耳边说了一通,提起芬妮手中的袋子,转身便要出门。背后阿苇妈高声说了声等等,回身拿来一条毯子递给阿苇:"外面骑车冷,早去早回。"

幽静的雷上达路上,由南向北驶来一辆脚踏车,中间的少年骑车,两个少女一前一后坐着,后凳长腿少女怀中抱着一个大袋子。

"小钉子,为啥不叫上归一阿哥?"阿苇迎风坐在前档,身上披着那条毯子。

"布莱特先生最近叫他做很多事,我也不知道他在哪里。"

后凳上的芬妮虽然没有毯子可披,但可借怀中的食物取暖,问:"那天晚上归一也和我们一起去的,为什么我爸爸只骂小钉子呢?"

"我妈说,布莱特先生喜欢小钉子,所以才会狠狠骂他。"

听阿苇这话,芬妮有些纳闷,但她性格素来随和,想不明白就不想了,又问:"阿苇,刚才你妈妈也不问我们去哪儿,怎么就叫我们早去早回呢?"阿苇高声说:"因为我妈妈料事如神,葛妮亚说,她见过最会做生意的就是布莱特先生和我妈了。"芬妮连连称是,却被周鼎的笑声打断:"芬妮,你别听阿苇说的,肯定是刚才你们俩跟我说的话被阿苇妈听见了。"

此时,脚踏车已经进了公共租界,没一会儿就到了胶州路。周鼎见路边开着一家普罗小饭馆,走进去问堂倌,关八百壮士的地方在哪里。那个堂倌看着年纪不小,须发皆白,慢慢走到店门外,抬手往前面指了指:"看到没有,那片红墙里面就是孤军营。小阿弟,你也想去给他们送东西?前两个月来了很多人,送吃的送穿的,送不进去的。围墙上面有铁丝网,门口有罗宋兵把门,不要去了。"

周鼎知道,市民百姓习惯叫白俄人为"罗宋人",叫白俄穷人为"罗宋瘪三",白俄士兵当然就叫"罗宋兵"了,又问:"这些罗宋兵一直站岗到天亮吗?"

天下起雨来,冬夜寒雨中,周鼎也忍不住打了个寒战。老堂倌伸手抹了把鼻子,也不知是垂下的鼻涕还是雨滴,说:"小店开到夜里十点钟关门,早上六点钟开门,一直看到罗宋兵把门的。"

周鼎想了想,见芬妮和阿苇也走到门口,说:"我们先吃点东西,等晚一点再想办法。"芬妮向来爱吃,对于任何吃东西的提议几乎从不反对,这时却出人意料:"不要,趁饭菜还没冷,要早点送进去。"说着,把手中的袋子紧紧贴在自己肚子上,一路骑过来,现在已经变成要用体温来为饭菜保温了。

近两年来,他们三人出门办事,凭周鼎的机智、阿苇的灵动和芬妮作为洋小姐的温柔之力,几乎所向披靡,但这次却碰了壁。

孤军营门口站着五六个白俄兵,他们看到周鼎和阿苇过来,不等开口就举起枪托驱赶。见到芬妮上前,虽不立即驱赶,等她把话讲完,白俄兵晃着脑袋嘟囔了几句英语,表示绝无商量余地。芬妮要将手中的袋子递过去,却被周鼎一把拉住,低声说:"你想让他们转交啊,说不定罗宋兵转身就吃掉了。"

芬妮点点头,泪珠已经含在眼中。阿苇刚才走开了,这时跑过来说:"我们绕到后门去。"三人冒雨顺着围墙走了半圈,芬妮说:"哪里有后门?"

"就在这里。"阿苇往前指了指,"我刚才趁着你跟罗宋瘪三讲话,沿着围墙看了看,你看这段围墙是不是比旁边矮了一些?"

说话间,只见前面出现两个巡逻的白俄兵,周鼎转身对两人说:"你们看,这里没有吃饭的地方,我们还是去对面那家饭店吃吧。"阿苇马上说:"那家不好吃,我们再到前面找找。"

见白俄兵走远,芬妮说:"原来你们说给他们听啊,我还以为真要吃饭。"阿苇扑哧一笑,指着那段矮墙说:"上面也有铁丝网,我们爬不进去,不过……"

周鼎马上接话说:"把饭菜扔进去?"阿苇挑起大拇指,高兴地说:"对啊,然后我们大叫几声,里面的人就知道了。"芬妮却摇头:"这样不行,他们怎么知道是给南乔吃的?"

周鼎说好办,从口袋里掏出一支钢笔说:"最近阿苇妈叫我一起做生意,身上不带笔不行。你们谁带着纸,写上曹南乔名字一起扔进去。"

两人在身上摸了一遍,都说没带纸,芬妮摸出一块淡黄色手绢说:"这个行吗?"周鼎连声说好,阿苇问:"你擦过鼻涕吗?"芬妮并不理会,准备铺在地上写,但此时地面早已被雨水打湿。周鼎见状蹲下身,芬妮将手绢铺在周鼎后背,一笔一画写道:曹南乔亲启,然后想了想,用左手挡住写下:mon amour。

写完也不给两人看，马上折好塞进袋子里，递给周鼎说："你力气大。"周鼎蹲下身子，双手捧着袋子猛地一用力，一道混合着黄鱼、河鳗、膏蟹和白切鸡气味的流星划破了夜空。

这一举动，却被刚绕过围墙的巡逻兵看到，只见三个白俄兵怪叫一声冲了过来。周鼎拉起两人飞奔而去，阿苇叫道："快叫啊，曹南乔！"

三人高声叫着曹南乔的名字，把白俄兵甩在了身后。跑出三四个路口，三人停下脚步，蹲在一处墙角喘着粗气，阿苇说："你们，你们刚才都不叫，这包东西说不定，说不定晚上就被老鼠吃掉了。"她的一双大眼睛冲着芬妮眨了眨，"要是那样啊，亲爱的曹南乔，就只能啃骨头了。"

芬妮脸一红，心想刚才写字时明明用手挡着，怎么会被她瞧见的？

周鼎看看周围，说："我们这是跑到哪里了？脚踏车还停在那家小饭馆门口。"说着就要回去找，芬妮却已坐在地上，摸着脚说："我走不动了，太冷了，我们叫辆黄包车。"

周鼎摇摇头笑道："芬妮小姐长这么大，还没跑过这么远的路吧。"阿苇指着前面路口说："那里有一辆。"顺着她的手指望去，果然一辆黄包车刚停下，车上的客人正在下车。

阿苇高声招呼黄包车夫过来，那车夫却充耳不闻，周鼎和阿苇只得扶起芬妮，加快脚步走到了车边。周鼎说："你们两个挤一挤，我回去找脚踏车。"芬妮一只脚已经踩了上去，斜刺里一条漆黑的小路上传来皮鞋拍打地面的声音，紧接着一个年轻女子的声音传来："等一等！"

只见一个瘦骨嶙峋的女子小跑着过来，身上穿着一件宽大的棉袍，袍子没有扣上，露出了里面深色的旗袍。跑到车前，那女子绕到芬妮对面，一步跨上车，对车夫说："去开纳路[1]开纳公寓，快点！"

芬妮一只脚在车上、一只脚在车下，愣在那里。阿苇说："这是我们叫的车啊！"昏暗路灯下，见那女子大约十七八岁，小脸凸嘴，肤色甚白，杏眼一睁，语调却不高："我生了半年的痢疾，差点死了，这么冷的天，还下着雨，这车让给我吧。"

这时，车夫揭开厚厚的耳罩问去哪里，那女子又说了一遍，车夫说："天冷，路远，一块钱。"脆硬的苏北话砸在地上，犹如那女子刚才的脚步声。

那女子摸遍了棉袍每个角落，对已退回车边的芬妮说："借我一块钱，我刚刚从我爸家里逃出来，现在去找妈妈。"芬妮看着她，见她年纪与自己相仿，只是极为瘦削，怜悯之情顿生，默默掏出钱递给了她。

那女子接过钱，见芬妮盯着自己看，以为她在看不合身的棉袍，说："这袍子是我家里女佣的，我逃出门时随手拿的，"顿了一下，幽幽说："其实呢，生命就像袍子，有的难看有的华丽，但都长满了虱子。我叫 Eileen，车钱以后加倍还你。"

瞧着黄包车在夜雨中离去，芬妮问："她说她叫什么？"阿苇嗔怪道："大概叫爱玲，谁知道是王爱玲、李爱玲还是张爱玲[2]。这个

1　开纳路：今武定西路。
2　张爱玲：1920—1995 年，生于上海，作家。

怪女人抢了你的车，你还借她钱，你可真是我妈妈说的菩萨心肠。"

芬妮若有所思地说："可她说什么袍子虱子，我没听懂。"

没过几天，便是春节了。诺曼底公寓虽属洋人天下，但楼里做工的大多是中国人，而且这两三年来也搬进几户中国住户，丁丑牛年的正月初一，底楼门厅里挂了灯笼、贴了春联，倒也颇有年味。

早上八点多，仇连升从外面吊嗓归来，正一步一摇地走向电梯。一辆电梯门打开，一身崭新长袍的朱洪豪走了出来，见到仇连升忙拱手说："仇老板新年新始还大清早出去吊嗓子，我看麒派以后除了麒麟童周老板，就要数你仇老板了。"他是算命先生，说这种奉承人的话自然信手拈来。

仇连升也连连还礼，说："今天大年初一，朱先生是否算一卦，算算国运如何？"

朱洪豪摆摆手说："国难当头，国运不济，我没有这么大的能耐算国运。不过么，算算人运倒是可以，去年杜先生亲自登门算命，我讲你不能在上海待下去，日本人来了要找你麻烦，他就听我话跑到香港去了。"他笑眯眯地说着，显然对这件事深感荣耀。

电梯里一个阴恻恻的女人声音传来："当心日本人晓得，把你捉进去上老虎凳。"不用回头，便知说话的是乌老二，朱洪豪还没说话，一个声音从门厅里头传来："都是中国人，怕啥小日本。"

一听这话，乌老二马上笑着从电梯里走出来，说："曹格里，新年招财进宝，年初一没人摆摊头，我自己做了三个葱油饼，还是热的，你吃吃看好吃吗？"

曹鲁却不接，说："吃过早饭了。"

乌老二对此早已习惯，自己拿出一个咬了一口说："味道真是好！曹格里新年讨个新娘子怎么样，家里也好有人给你烧饭吃。"说到这里，黑黑的胖脸上似有一点红晕，转头对朱洪豪说："我刚才是瞎讲讲，朱先生不要生气啊。"

难得被乌老二温柔以待，朱洪豪一时却不知说什么，一旁仇连升说："那你算算看，日本人会不会打进租界？"仇连升唱戏嗓门响，而且这话问到了很多人的关切，门厅里走进走出的人都停住或放慢脚步，竖起耳朵在听。

朱洪豪却不答话，门厅里一片寂静。

"早点明朝，晚点后天，肯定打进来。"一个尖细的声音从走廊那头传来，是开仆人电梯的乌老四在说话。

有人高声说："乌老四，你为日本人做事了，怎么还在开电梯？"

"我开开白相相不可以？等日本皇军打进租界，你们早晚要来求我救命。"乌老四坐在电梯里，得意地说。

周鼎从后门走了进来，对朱洪豪说："朱家阿伯不用理他，你算过卦没有？"朱洪豪点点头说："算么当然算过，只是怕讲出来你们不开心。现在是啥局势，我看就是一个字。"说到这里，朱洪豪却不往下说，这是他算命的职业习惯，要紧处要卖关子。

一旁电梯里的乌老大很是不耐烦，粗着嗓门说："老朱，你不讲当心一脚把你踢到姚主教路上！"

众人一阵哄笑，朱洪豪的话倾泻而出："就是孤啊！租界是孤岛，关八百壮士的地方是孤军营，这幢诺曼底公寓是孤楼，我们每个中国人都是孤儿。天不帮忙，地不帮忙，现在怎么办？"众人以为有妙方，都竖起了耳朵，却听他说道："就是吃喝玩乐，天天醉生梦死,快则一两年,慢则两三年,到时候想当孤岛也当不了了,日本人早晚打进来。"

听这话,众人议论纷纷,有的惊讶,有的激愤,有的无奈,却听一个沙哑的声音响起:"呜呼!楚虽三户能亡秦,岂有堂堂中国空无人!"转头看去,仇连升并没有唱,而是用麒派苍劲雄浑的念白一字一顿地念出,别有一番苍凉之气。

门厅里唏嘘声一片,门外走进一个三十多岁的少妇,身穿蓝色衬绒旗袍,下面穿着肉色棉线长筒袜,一双平跟黑皮鞋,长得细眉细目,配上一头短发,一副上海滩殷实人家少奶奶的模样。

"哦呦,哦呦,我还当是哪家少奶奶来做人客,没有想到是阿苇妈啊。"吃过早饭来换班的乌老三也在人群中,看到阿苇妈进门,一双眼睛就不够用了,"阿苇妈,你开店发财啦,这样打扮好,胡大厨看到烧饭的心思也没有了。"

平日里,阿苇妈总是一副仆人打扮:侧面开衩的白上衣,黑色的长布裤,脚上一双黑色的布鞋。今天这么打扮,不仅仅是因为大年初一,她还有件更重要的事情要办,手里提着几样果品和自家面包房刚出炉的面包。

周鼎见状已经迎了上去,从阿苇妈手上接过东西。乌老三从人群中挤了过来,也装着要来帮忙,伸手便往阿苇妈的手腕上摸去。即将触摸到之时,却被人从后面推了一把,身子猛地向前跨出两步,回头正要发作,发现乌老二叉腰站在身后骂:"老三你急着去投胎啊,你看看,我帮曹格里做的葱油饼被你挤掉了。"

乌老三赶忙从地上捡起葱油饼,用手拍了两下,递给乌老二说:"阿姐,我不当心。"转过身轻轻骂了一句:"喂曹格里,还不如拿去喂狗。"见阿苇妈要往仆人电梯走,忙拦住说:"这么标致的少奶奶哪能好去挤小电梯,当心被人家吃豆腐,来,乘我开的大电梯。"

阿苇妈淡淡道了声谢,转身走进了大电梯,周鼎也跟了进来。乌老三边拉电梯门边问:"去几楼,是不是去向东家布莱特拜年?"又凑近阿苇妈的身边说:"听说那个鹰钩鼻子是犹太人。"唏笑着在阿苇妈耳朵处吹一口气。周鼎一步跨到两人中间说:"乌老三,不要乱讲,我们是去见菲兹曼先生。"

乌老三瞪大了眼睛说:"今天是礼拜一,这时候上去见不到绿帽子大块头,倒是正好碰到剃头师傅芒斯,说不定还在床上。"

在乌老三色眯眯的笑声中,电梯已到顶楼,两人不再理会他,径直走向71室。站在门口,阿苇妈问:"现在几点?"周鼎正在看表,说:"差两分钟。"阿苇妈将手上的东西放在地上,说:"小钉子,你怎么知道菲兹曼今天不上班?"

"今天是春节,他们船公司里只有六七个洋人,其他都是中国人。菲兹曼不想放假都不行,我礼拜六下午跟他约时间,他想了半天说,那就后天礼拜一上午八点五十五分来,给你们二十五分钟。"

将近二十分钟后,71室房门打开,高大健壮的菲兹曼抬腕看表,伸手拦住了阿苇妈和周鼎:"我们还有四分钟,可以再喝一杯茶。"

妩媚的菲兹曼太太马上把茶端了过来,对阿苇妈说:"以后你卖暹罗米发了财,可别忘了我们。"

"要讲发财,肯定是先生太太先发大财,我是跟在后面赚点小钱。"阿苇妈又抬头对菲兹曼先生说，"那就说好了，两年之内不能变的。"她虽是宁波小户人家出身，来到上海后一直在布莱特家里当仆人，但在跟洋人对话中始终一副不卑不亢的样子，似乎是某种与生俱来的能力。

"我讨厌变化，排进日程表的事，就算法国灭亡了，也是不能改的。"菲兹曼严肃地说，然后再次看表，见时间已是九点二十分，便推门送客。

来到走廊，阿苇刚上楼正要进隔壁船长室，见妈妈这副打扮，吃惊道："妈妈，这旗袍你什么时候买的，怎么从来没见你穿过？"

"你当我穿着舒服，不是就为了谈生意吗？我现在回去换衣服。"说着，匆匆就往仆人电梯走，阿苇又问："生意谈成了吗？"阿苇妈也不回头，只是点点头说："要是谈不成，我就把这套旗袍退给店里。"她走到走廊尽头，并不等电梯，匆匆沿着楼梯下去了。

"小钉子，你跟我妈一起谈成的吗？"

周鼎笑了笑说："你妈让我别说话，全是她一个人谈的。说好了，以后每趟法国船公司的轮船，经过香港都要装一个货仓的暹罗米来上海。"阿苇啧啧称奇，指了指71室房门，压低声音说："菲兹曼先生是个木头人，他怎么会答应？"

"刚才菲兹曼太太说了不少好话，菲兹曼先生最听他太太的话。不过你妈妈说，她不找菲兹曼太太，昨天让我把紫罗兰的芒斯约出来。"

菲兹曼夫妇与芒斯的复杂关系，虽在诺曼底公寓早就是公开的秘密，但周鼎只是懵懵懂懂略知一二，阿苇则完全不解其意。听到这里，阿苇忽然问："小钉子，你以后讨了老婆会听她话吗？"

周鼎想了想说："假如讨了像芬妮这样的老婆，我肯定听她话。"见阿苇睁圆了眼睛正要发作,又说:"假如讨了像你这样的老婆……"

却听身后房门一响,芬妮站在门口,似笑非笑、似怒非怒地说:"谁要做你的老婆。"

一九三八年,是个艰难的年份。日军侵占上海后,苏州河以北虹口一带的公共租界,实际已经被日军占领。由此,法租界和苏州河以南的半个公共租界,正式进入了孤岛时期。

四行仓库一战后,租界内不再听到炮枪声。一开始法租界实行宵禁,但或许公董局觉得局势渐趋平稳,宵禁时间由最初的晚上九点逐步推迟到十点、十一点、十二点。马路上成群的难民已经不多见,他们中的多数被安置到了难民营,一部分没有着落的则变成了乞丐。

芬妮继续上法文学校,由于她的坚持,布莱特只得疏通校方,让阿苇也在此上学,成了这个法文学校中少有的中国学生。一天放学路上,芬妮路过一个做油墩子的小摊,便挪不开步了,买好两个正要分一个给阿苇,旁边突然窜过来两个八九岁的小乞丐,将油墩子劈手抢去,直接塞进了嘴里。刚出油锅的油墩子把两个小乞丐烫得哇哇乱叫,阿苇上前要抢,小乞丐却不肯松嘴。

芬妮说:"算了吧,你抢回来我也不要吃了,我们再买两个。"阿苇看着芬妮说:"我妈说,像你这么心善的人,以后一定会嫁个好人。"然后略带狡黠地问:"南乔最近来信了吧?"

芬妮摇摇头,见新的油墩子已经出锅,刚伸手去拿,阿苇抢在前面护在了一旁,跟芬妮使了个眼色。原来旁边已经有三四个小乞丐围了过来，芬妮想了想，将手中的油纸袋给了一个年纪最小的乞丐，说："当心烫。"

"芬妮，你干脆把这个小摊的油墩子都买下来，分给小乞丐吃。"阿苇拉着芬妮就走，说，"我不想吃了，我们快点回家，说不定今天有南乔的信。"

这大半年以来，跟孤军营中的曹南乔书信往来，成了芬妮最开心的一件事。一开始，白俄士兵看得紧，曹南乔的信只能贿赂送饭的人悄悄带出来，后来因为公共租界提供的伙食实在太差，经过交涉，租界当局将饭钱直接给孤军营，让他们自己打灶做饭。曹南乔在信上说："我们孤军营里人才济济，不光有人会做饭，连泥瓦匠和缝纫工都有，还有人会做皮鞋。我们用芦苇搭起了草楼，生产鞋子、毛巾、肥皂等生活用品。但最大的苦闷是没有人身自由，活动空间只能在孤军营内，恨不能早一天出来打小日本。"

两人刚走进诺曼底公寓门厅，曹鲁取出一封信递给芬妮，阿苇凑过来一看说："芬妮盼了好几天了。"芬妮却不接信，说："曹叔，以后南乔的信你先看吧。"曹鲁笑了笑说："不行，是给你的。"阿苇一把拿过说："赶紧看吧，芬妮刚才急得连油墩子都不想吃了。"

刚走进电梯，芬妮便拆开了信。当电梯门在顶楼打开，泪珠已经成串滑落。阿苇忙凑过去看，信上说，孤军营每天要举行升旗典礼，在谢团长的带领下立正敬礼，向牺牲的将士默哀。"就在八月的一天，我们正在升旗，工部局派来大批洋兵把营地团团包围，四周站岗的白俄士兵冲进操场抢国旗、砍旗杆。全营官兵在谢团长的指挥下，用砖头、酒瓶、菜刀、铁叉作武器与白俄士兵展开了肉搏战,洋兵见状冲进操场用警棍、水龙头对我们这些手无寸铁的官兵猛袭,还开枪射击,当场打死战士两人,打伤上百人,白俄巡警被打死了两个。傍晚,工部局封锁了孤军营,我们全营官兵绝食抗议。后来,工部局不得不解除封锁,并允许孤军营每逢节日、纪念日升旗,但旗杆被截去了一节……"

芬妮哭着说:"南乔他会不会也受伤了?"

"不会的,南乔身手多矫健,他能给你写信就说明他没有受伤。"阿苇说得有点底气不足。

芬妮站在走廊上,迟迟不愿进门,阿苇只得在一旁解劝,心想小钉子不知去哪儿了,芬妮最听得进他说的话。

电梯门一打开,一只皮箱掉在了走廊上,在一大堆行李后面,曹鲁和周鼎挤了出来,随后出来一个头发花白的瘦小洋人。

"小钉子,你来!"阿苇叫道,指了指身旁还在垂泪的芬妮。却见周鼎摆摆手说:"等一下,我先帮阿克塞尔先生搬行李。"

阿苇吃了一惊,这不是72室的老租户阿克塞尔吗,他离开上海去德国继承姑妈的财产,一走好几年,怎么现在突然回来了?芬妮不再哭泣,擦了擦眼泪,叫了声:"阿克塞尔先生,你们终于回来了。"

阿克塞尔转头看到了芬妮,连连感慨才几年时间,那个赤脚小姑娘芬妮已经长成了如此圆润美貌的少女,勉强挤出了一点笑容,马上又表情落寞地叹息:"哪里是'我们'啊!"

芬妮一愣,阿苇说:"阿克塞尔先生,你是一个人回来的?"话音未落,旁边一台电梯门拉开,走出三十岁出头的洋人少妇,手上牵着两个三四岁大的男孩子,长相几乎一模一样。那洋人少妇见到芬妮和阿苇,捂住嘴巴尖叫道:"啊,你是芬妮,你是他们家仆人的小孩,对,叫阿苇。这是马埃尔和诺尔,我们在德国生的孪生子。"

芬妮和阿苇都叫了一声"阿克塞尔太太",阿苇奇道:"你们比走的时候还多了两个人,阿克塞尔先生,你为什么说回来的不是'我们'呢?"

阿克塞尔太太把话接了过去:"因为我们的道格不见了,你们记得吗?就是那只漂亮的萨摩耶犬,我们带着它坐欧亚铁路来中国,经过西伯利亚的一个小站,它就像受到了什么召唤,疯狂地跳下车厢跑进了森林,再也找不到了。现在,也许已经成了俄国人餐桌上的美味。"

阿克塞尔先生默不作声,和曹鲁、周鼎一起搬行李,他太太继续说:"我们在杜塞尔多夫继承了很多财产,可是那些房子、油画、古董都带不出来,因为我是犹太人,德国在疯狂地搜刮我们的财产。我们不能在那里待下去了,一分钟也不行,我们就想回到东方,回到漂亮的诺曼底公寓,至少在这里不用担心在街上被殴打,或者被关进监狱。"

她还要继续说,被一脸阴郁的阿克塞尔拉进了房间,随后重重地关上了房门。

阿克塞尔一家的回归,让周鼎喜忧参半。

他对72室有种特殊的感情,因为父亲在这里养过伤,还是他跟自己见面的场所。父亲一别已经好几年,有时候他半夜睡不着,

223

会悄悄来到这里，在父亲睡过的地板上躺着，望着窗外的星星和月亮，思念远方的父亲，甚至期待父亲突然出现的惊喜。当然，这一幕并没有发生。

让他有点高兴的是，阿克塞尔夫妇一家的出现，让一件为难事似乎有了希望。

那天，阿苇妈跟菲兹曼谈好了运送暹罗米的事，她的焦虑远甚于兴奋。原因很简单，他们夫妇在布莱特家当仆人的收入，以及这两年经营面包房的盈余，只够运送一两次暹罗米的本钱，而菲兹曼的轮船每两个礼拜就要停靠一次香港，她的资金不可能跟得上。更何况，她收购暹罗米是为了长期保存，等待粮荒时再抛出，需要大量的本钱。

为此，阿苇妈想了不少办法，比如跟布莱特借钱。她自知这不是一个好办法，但还是问了周鼎："我也知道布莱特铁丝克箩很小气，不过我们一家在他家做了快十年，是不是要试试看？"

言语中，她已经把周鼎视为生意上的重要帮手。周鼎说："我听芬妮说过，她爸爸说他们犹太人是从不借钱给别人的，否则两个人再见面心里想的都是那笔钱的事，这会让朋友关系变得生疏，甚至破裂。"

"我晓得，话是这么说，讲到底就是不肯借钱。"

周鼎想了想又说："跟犹太人不能借钱，最好是跟他们合伙做生意。除了可以拉布莱特进来，我还想到一个人。"

"啥人？刚刚回来的阿克塞尔？"

周鼎心想，难怪阿苇这么机灵，全是像她妈妈，连连点头说："他在德国继承了一大笔财产，虽然房子、古董带不出来，但他肯定很有钱。"

然而,有的事情在周鼎和阿苇妈的意料之中,有的事情则完全在意料之外。

第二天傍晚,银记米店上了门板,银记面包房只卖剩少许面包,便留下申生师傅一人照看,阿苇妈来到了船长室。

此时,胡大厨和葛妮亚照例在厨房忙碌,阿苇妈倒了一杯咖啡端进书房,放在书桌上站在一旁。正在看洋行账单的布莱特头也不抬问:"有事吗?"

"有点事,我这里有一笔生意,不知道布莱特先生愿不愿意一起做?"没等布莱特问,阿苇妈就把已经跟菲兹曼谈好,用法国轮船公司的客轮货仓从香港购进暹罗米的事说了。

布莱特继续看着账单,问:"你要我做什么?"

"我们合伙做,你出两万块本钱。"

布莱特依然不抬头:"那你出什么?"

"我会多开几家米店,找好堆米的仓库,你只要出本钱,其他事情都不用管。"

布莱特抬起头说:"我自己不会开米店、找仓库?"

阿苇妈似乎料到会这么问,马上说:"米店、仓库是不难找,不过轮船难找。太古和怡和的大轮船都是虞洽卿的,现在只有菲兹曼的客轮可以定期运米,我跟菲兹曼先生谈好了。"

布莱特摸了摸鹰钩鼻子说:"你不是跟菲兹曼谈的吧,是跟比利时人芒斯谈的。"见布莱特紧盯着自己,阿苇妈点头说:"是的,要让菲兹曼答应,只有先说通芒斯。"布莱特哈哈大笑:"你能说通芒斯，难道我不能？你这是想做无本生意，你谈好的这条船一分钱都不值！"

阿苇妈想要张口，布莱特摆摆手连连发问："现在法租界缺米吗？你开米店的应该知道。你要我出这些钱，确实不算多，不过要看值不值。你怎么知道日本人会打进租界？就算他们占领租界，这里就一定会缺米吗？苏州、无锡、常州是大米产地，离上海这么近，谁相信这里会缺米？再说你们中国人都说暹罗米太硬，吃口不好，进得越多只会亏得越多！"

默不作声听布莱特把话说完，阿苇妈说："布莱特先生，你以前也说过，做生意就是要冒风险，我就是想做别人不敢做的事。假使日本人打进租界，假使租界里缺米，中国人还会嫌暹罗米不好吃吗？到时候肯定是吃饱肚子保命要紧。"

这时，芬妮快步走了进来，叫布莱特吃晚饭，说："今天胡大厨又做了好吃的年糕汤。"

胡大厨除了偶尔会犯晕多加盐，大多数时候做的饭菜还是可口的，尤其是几道宁波菜特色菜。比如这道年糕汤，只是把年糕、青菜和笋丝煮在一起，吃口却非常鲜美，甚得芬妮的欢心。她拉着父亲走到客厅，三碗年糕汤已经摆在了长条形的主桌上。

芬妮不顾年糕汤刚刚出锅，边吃边吹气，赞叹真是好吃。布莱特舀了一勺，端在手中等了一会儿，才放进了嘴里，这时芬妮已经吃了大半碗。

布莱特紧皱眉头，又舀了一勺，又等了一会儿放进嘴里。这时，芬妮已经叫阿苇帮她再盛一碗。这一勺只有刚才的三分之一，而且送进嘴里后，布莱特并不咽下，含在嘴里似乎在仔细品味。芬妮笑着说："爸爸，别舍不得吃，胡大厨煮了一大锅。"

却见布莱特张口将年糕汤吐回了碗里，然后端着碗走进厨房。胡大厨正在清洗铁锅，见布莱特进来，忙关掉水龙头紧张地说："又太咸了吗？"

布莱特摇摇头，问："你又放猪油了？"胡大厨想了想，笑容中带着成年人少见的纯真："是的，放了一点点，不放猪油鲜度不够。"

"我以前跟你说过，我们犹……"布莱特提高了嗓门，顿了顿说，"我们家都不吃猪肉，就算芬妮要吃，你也要去那家专门的店里买！"

胡大厨脸上的笑容凝固了，很认真地回答："那家店太远了，我听人说那里有犹太牧师看着工人洗猪肉，我想你们又不是犹太人，就没去买。再说，我没放猪肉，就放了一点猪油。"

听到这里，布莱特将手中的小碗狠狠砸到地上，碎片飞溅，年糕汤洒了一地，怒吼道："我说过两次了，两次了，不要在任何菜里放猪油，这是不洁净的，我们厌恶这种东西！"然后，伸手朝门口一指："你被解雇了，我会给你三个月工钱，现在就走，带着这锅猪油汤，出去！"

胡大厨还想争辩，阿苇妈拉着他和女儿转身就走，临别还没忘跟布莱特一家和葛妮亚道别。下楼时，胡大厨还很是不解："他们又不是犹太人，为什么不吃猪油？"

阿苇妈说："你这个人脑子怎么不转弯，他们就是犹太人，不过他们不肯承认。"胡大厨连说奇怪："做啥不承认？我走到哪里都说自己是宁波鄞县人。"放在平时，阿苇早就笑出了声，但她只是默默跟在后面，因为刚才妈妈关照她，从此以后不能再进布莱特的

227

家门。

胡大厨被解雇，彻底断了阿苇妈请布莱特入伙的可能。回到汽车间，她就把周鼎叫了过来，简单说了刚才的经过，说："等一会儿你陪我去找阿克塞尔。"

周鼎暗自好笑，觉得阿苇妈真是遇挫更强之人，说："今晚他们全家出去赴宴了，出门时跟曹叔说要很晚回来。"

说了句"那就明天晚上"，阿苇妈匆匆出门，去面包房盘点一天的生意，却见走廊上站着一个风姿绰约的少女，正在黑暗中落泪，忙走过去一把拉进了房间。

见到屋子里的周鼎、阿苇和胡大厨，芬妮忍不住放声大哭，阿苇妈劝道："这是大人的事情，跟你们小孩没关系，以后你随时都能来我们家，照样可以跟阿苇一起玩，只是我们不到你家去了。"

见芬妮还在抽泣，周鼎问："你爸爸今天怎么生这么大的气？"

"我爸爸说，阿苇爸太不长记性了，跟他说了两次菜里别放猪油，他都说好，但还是照样放。我爸说不吃猪肉是我们犹太人的传统，如果一定要吃，也要买犹太牧师监管下清洗的猪肉。"芬妮慢慢擦着泪水。

胡大厨一脸严肃地说："我又不知道你们是犹太人，再说年糕汤不放猪油不好吃，鲜度不够……"却被阿苇妈打断："好了，不要说了！一天到晚只会说鲜度不够，不放猪油你就不会做菜啊？以后你出去摆个猪油摊，专门卖猪油！"

阿苇走过来，拉着芬妮的手，柔声说："芬妮，我们以后还是好朋友。"芬妮连连点头，阿苇妈却大声说："不是的，你们不是好朋友。"见屋子里的人都愣了一下，阿苇妈顿了顿说："你们这辈子都是好姐妹，比亲姐妹还要亲。"

这一夜，芬妮在阿苇家待到夜深。中途，布莱特夫妇让葛妮亚下楼来看了一下，叮嘱芬妮早点回家，也就没再催促。

他们的话题早就离开了猪油，转移到犹太习俗、中日战事、阿苇妈囤米计划等，最终落到了孤军营中的曹南乔身上。

"小钉子，你说南乔会不会受伤？"芬妮拿出下午收到的信，递给周鼎看。

"这信你还贴身带着啊，当心被汗浸湿了。"阿苇调皮地对芬妮眨眨眼。

周鼎迅速看完信，想了想说："南乔不仅勇武，而且很机灵，他会保护好自己的。我只是有点担心，小日本对孤军营里的人恨之入骨，如果哪一天进了租界，会不会对南乔他们下毒手？"

阿苇接口道："前几天我还听那个乌老四在问，我们公寓里有没有人认识孤军营里的人，他说日本人想收买孤军营，最好是谢晋元团长，别的有一官半职的也好，如果能收买过来，日本人有重赏。"

"啊，你有没有说曹南乔在里面？"芬妮追问。

"我当然没说，不过我现在想想，如果说我们认识曹南乔，说不定你就能进到孤军营里面，亲眼见到日想夜想的南乔了。你还记得那首《毛毛雨》怎么唱的吗？"说着，阿苇站起身来，模仿唱片里黎明晖的腔调，唱了起来：

　　毛毛雨　　打得我泪满腮

微微风　吹得我不敢把头抬

狂风暴雨怎么安排

哎哟哟　怎么安排

莫不是有事走不开

莫不是生了病和灾

猛抬头　走进我的好人来

哎哟哟　好人来

芬妮开心地笑着，雪白的圆脸上有些红晕，却不知是因为兴奋还是羞涩，或许她只是沉浸在与曹南乔久别重逢的憧憬中。但人世间的喜悦总是短暂的，哪怕只是在想象中。

房门被重重地敲了两下，门外有人喊道："小钉子，你在里面吗？"一听是归一，周鼎赶紧开门。

"曹叔让我来叫你，赶紧到顶楼72室，就是刚回来的阿克塞尔家，他家被偷了！"归一喘着粗气，显然是一路跑过来的。

"贼骨头偷得多吗？"阿苇妈急切地问。归一摇头说："不知道，不过曹叔说阿克塞尔一家外面吃饭回来，看到家里的样子都瘫倒了。"

阿苇妈长长叹了口气，这个精明能干的宁波少妇心中，或许是同情来中国避难的阿克塞尔一家，或许是感慨自己囤米计划又断了一个本钱来源。

第八章

恨别鸟惊心 [1]

一九四一年深秋，上海的太阳连日翘班，一场绵绵阴雨居然从十一月中旬一直下到十二月初，仿佛整座城市都要发霉了。

十二月七日，时值中国农历大雪节气，古书上说"至此而雪盛也"。但华洋杂处的上海滩，似乎不在中国传统节气的管辖范围内，这天还是一个劲地下着冗长的雨，连一片雪花都没有出现。

中午十一点，船长室里已经开始午餐。三年前解雇了胡大厨之后，布莱特决定不再雇佣中国厨师。虽然芬妮为此落泪，但布莱特这次却并没有被泪珠征服，他的理由是中国人离开了猪肉就不会做菜，我们还是不要过于违背犹太教传统。

长方形的餐桌上，布莱特夫妇埋头吃饭，芬妮吃两口色拉就抬头看看时钟，葛妮亚站在一旁随时准备添菜。布莱特端起一杯符合犹太洁食标准的威士忌，对夫人和女儿说："来，为你们一路平安。"

葛妮亚的泪水居然来得比芬妮还快："布莱特先生，澳门就比

---

[1] 恨别鸟惊心：出自唐代杜甫的诗《春望》。

上海安全吗？那里据说比法租界的面积还小。"布莱特没有回答，其实这个问题也困扰了他很长时间，起因是去年九月底，黑塞医生的一个电话。

那天晚上，在电话中，黑塞邀请布莱特到楼顶平台一叙。已经准备上床的布莱特，吃不准这个向来看不起犹太人的德国老头为何有此提议，但还是换上便装登上平台。

黑塞已经站在夜幕中，依然是标志性的白衬衣加黑西服，只是没戴领带。迎着初秋的微风，布莱特走到黑塞身前站定，正要发问，却见黑塞扶了扶黑框圆眼镜说："你知道这世界发生了什么？"

布莱特一愣，问："你指的是政治还是经济方面？"

"现在还有别的什么，一切都是战争。"黑塞自己点上一根烟说，"昨天在柏林，德国、意大利和日本三国签订了同盟条约，你知道这对你们犹太人意味着什么？"

布莱特从来不说自己是犹太人，但对于知晓他底细的人，他也不否认，想了想说："在这个地球上，我们能生存的地方越来越小了。"

黑塞盯着他看了几秒钟，说："如果日本人占领了法租界，你准备好进集中营了吗？"这回轮到布莱特摇头："不会的，现在我们法国的维希政府[1]是希特勒扶持的，日本跟德国结盟，就算进了租界也不会动法国人。"

一向严肃的黑塞，突然干笑了几声："你的首要身份不是法国人，而是犹太人。你别忘了，你们的维希政府在国内到处抓捕犹太

---

[1] 维希政府：二战时期，纳粹德国扶持的法国傀儡政权。

人。"布莱特沉默了一会儿，说："你有什么建议？"

"跟四年前一样，我还是建议你们去一个远离战争，又能接受你们犹太人的地方。"

"我一直觉得，如果这个地方存在，那就是上海。"布莱特说。

黑塞望着周围星星点点的灯光，说："对，这是一个建在地狱上的天堂。但日本人迟早会进入租界，犹太人没有几天好日子了。"说着，将烟头扔在地上，抬脚踩灭，转身向楼梯口走去："你有足够的钱，我建议你不要留在远东，可以去南美，或者去傲慢而愚蠢的美国。"

布莱特冲着黑塞的背影问："黑塞先生，你为什么这么关心我们的去留？"

"因为你有一个天使般的女儿，每次看到芬妮，就让我想起很多往事。"

芬妮喝完最后一口汤，坐在椅子上沉默不语。

昨晚，她和周鼎、阿苇骑着脚踏车，到胶州路上的孤军营给曹南乔送饭菜。一九三七年四行仓库保卫战结束后，曹南乔和他的战友们已经在孤军营被关了四年多。最初，白俄士兵看管极其严格，还一度酿成了激烈冲突，后来的看管渐渐松懈，虽然曹南乔依然不能出来拿东西，但芬妮只需贿赂一下门口的白俄士兵，他们就会将饭菜递进去。

这次，芬妮给曹南乔附了一封长信，信中说自己将跟着妈妈去澳门住一段时间，父亲则继续留在上海做生意，虽然自己很不情愿，但父亲说这是为了安全，而美国和南美太远，离上海近又相对安全的只有澳门，因为它是葡萄牙殖民地，葡萄牙政府跟德国有着"深厚的友谊"，日本人可能对澳门网开一面。

轻轻的敲门声响了几下便停住，芬妮站起身走过去开门。门外站着两个人，一个清秀之中带着几分轩昂，一个娇美之中带着几分俏皮，正是二十岁的周鼎和十八岁的阿苇。

门里的这个二十一岁洋人少女，圆润高挑、神态温和，连声叫他们进门，两人却连连摇头。好几年前，布莱特向周鼎发出禁入令，而自从胡大厨被解雇后，阿苇也奉母命不再进船长室。布莱特看在眼里，并不说话，打电话叫来曹鲁和归一，一起把行李搬下楼。

电梯门打开，曹鲁正要搬行李，却被一双手粗鲁地推开："让我先下楼，我已经晚了一分钟。"高大魁梧的菲兹曼迈进电梯，伸手拉上门说："你们等下一辆。"

开电梯的乌老二却一把拉开门，说："曹格里，你不是要搬行李吗？先搬几件上来。"菲兹曼伸手又拉上门，发出低沉的怒吼："你没听到吗？我已经晚了一分钟！"

乌老二跟她的几个兄弟不同，平日里对洋人没那么卑躬屈膝，刚才见曹鲁被粗暴推开，已是怒火中烧，又要拉开门，却听周鼎大声说："乌老二，你开下去吧，菲兹曼先生今天有急事。"

乌老二只得作罢，一边开电梯一边低声骂道："哪天我要叫你晓得，头上绿帽子戴了多少年了。"

与往常不同，菲兹曼太太没有送到电梯口，而是斜倚在71室门框上，一口接一口抽着烟，看着芬妮的行李被一件件搬出。

这时另一台电梯门打开，阿苇妈走了出来。乌老三在电梯里眯着眼睛瞧着她的背影，嘴里嘟囔着："铜钿真是好东西，女用人摇身一变成了米行老板娘，人也越来越标志了。"

阿苇妈见走廊上堆着不少行李，赶紧走进隔壁72室，叫胡大厨出来一起帮忙。跟在胡大厨身后的，是两个六七岁的金发孪生男孩，后面跟着阿克塞尔夫妇，他们都来为芬妮送行。

三年前的那个夜晚，阿克塞尔一家在外应酬回到家，发现家中已被洗劫一空，他们从德国带回来的金银细软不知去向。法租界巡捕房派来了好几拨人，最后督察长巴络还亲自出马。在查看了现场后，巴络晃着满是横肉的大脸说："你们肯定是一下轮船就被小偷盯上了，他们应该等了好几天，趁你们晚上出门就动手。现在法租界有多乱你们知道吗？每天有人被暗杀，有人被绑票，你们人没事是万幸，东西只好慢慢找了。"说着，在房间里晃了几圈，看着小偷没偷走的衣物和食物，说："你们看，法租界的小偷还是讲良心的，让你们衣食无忧。"

这些年一直锦衣玉食的阿克塞尔一家，顿时陷入麻烦。阿克塞尔原本是想靠继承的财产悠闲度日，也只能改变主意，想回英国领事馆重新工作，去了却被告知他离开的时间太久，职位早就被别人替代，再加上战乱日甚，领事馆随时可能撤退，谢绝了他的回归。

正在落魄之际，阿苇妈登门，邀请阿克塞尔跟自己合伙做贩米生意。阿克塞尔诧异道："我们已经是穷光蛋了，连房租都付不起，拿什么跟你合伙？"

阿苇妈笑笑说："你太太身上的耳环、项链、戒指，还有你手上的戒指，如果愿意卖掉或者当掉，是很值钱的。"见阿克塞尔颇为犹豫，又说："打起仗来最要紧的是吃饱肚子，不然捧着金饭碗要饭,还是要饿死在街头。"

这番话,让阿苇妈获得了一笔重要的买米资金,还让这个谙熟国际贸易的英国人当助手。根据阿克塞尔的建议,从香港运来暹罗米后,不要让轮船空着货仓回香港,应该把上海的商品运往香港销售。至于究竟将什么物资卖到香港,他们听了周鼎的建议:贩运上海周边的特产——蚕丝。

此时,做了三年多蚕米生意的阿苇妈,经营的银记米行已经开了十三家米店,除了法租界的七家,在公共租界还开了六家。而阿克塞尔一家虽渡过难关,但资产与往昔不可同日而语,他想退掉诺曼底公寓三室户的大房子,到别处另觅小公寓。阿苇妈却提议两家合租、租金各半,从此他们一家搬离了简陋的汽车间,入住顶层公寓。

大门外,布莱特夫妇坐上了小汽车。芬妮刚要转身上车,却被阿苇妈一把搂进怀中:"小芬妮,在澳门要听你妈妈的话,要吃好住好,如果上海局势好了,你就早点回来。"

此时的芬妮,已经比阿苇妈高了一个头,却依然像小时候那样紧贴着阿苇妈的胸口:"阿妈,我妈妈说我们最多在澳门住一年,我最好住三天就回来,到时候我要吃胡大厨做的红烧鲳鱼、糖醋排骨、大汤黄鱼……"

芬妮报菜名的当口,周鼎已经推来一辆脚踏车,对一旁的阿苇说:"我们骑车送芬妮。"阿苇咽了一下口水说:"好啊,赶紧走,否则要被芬妮馋死了。"

见阿苇上了前档,芬妮也坐上了后凳,对小汽车中的父母说:

"我们太古码头[1]见。"布莱特探出头来说:"不行,这里过去要七八公里路,这么冷的天,不能骑车。"他知道女儿不会同意,又说:"阿苇,你也上车吧,让周鼎骑过去。"

没想到,芬妮和阿苇都连连摇头,芬妮说:"我们三个要么一起骑车,要么一起坐小汽车,不能分开。"布莱特也不犹豫,说:"周鼎,你也上车吧。"这是几年前布莱特禁止周鼎进船长室后,第一次向他发出邀请,虽然只是上小汽车,但两人之间的隔阂显然渐渐被时间消融。

小汽车刚刚发动,前面走来一个身材挺拔的光头洋人,对汽车招了招手,低下身说:"布莱特先生,你们回法国吗?"见到这张雕塑般的脸,布莱特的心中就有点特别的感觉,自从这个荷兰人几年前出现后,他一直觉得此人来路不明,说:"小斯特伦堡先生,我送女儿去澳门读书。"

小斯特伦堡隔着车窗朝里面张望,说:"还坐得下吗?能不能让我搭个便车?"布莱特耸了耸肩:"如果那两个中国小孩不坐,倒是坐得下。"虽然周鼎和阿苇已经长大,但在布莱特口中,依然是"中国小孩"。

周鼎隔着车窗指着骑楼下停着的脚踏车说:"小斯特伦堡先生,你可以骑这辆车去。"而布莱特似乎有点不耐烦,对司机孟祥说了声开车,随后礼貌性地冲车外挥了挥手。

透过车后窗,周鼎看着小斯特伦堡骑车走了。让他感到奇怪的是,大门里走出了曹鲁,他骑上另外一辆脚踏车,跟在了光头荷兰人

---

[1] 太古码头:地处外滩,原名法兰西公司码头,曾是外轮来上海的主要停靠码头。

后面。

傍晚六点多,诺曼底公寓 72 室宽大的客厅里,既热闹又寂寞。一个长餐桌上放着几样西餐,围坐着阿克塞尔一家四口,正一面聊天一面吃着晚餐;一张方餐桌上放着几样中餐,坐着胡大厨夫妇,正百无聊赖地看着窗外。

"天都黑了,怎么阿苇还不回来?"胡大厨端起酒杯喝了一口烧酒,却没动筷子。

"真是奇怪,芬妮坐的船是下午四点开,照道理阿苇和小钉子早该回来了。"阿苇妈说着,拍了一下胡大厨的手臂,"日本人打进来那天,你不是说要等打败他们再喝酒吗?"

胡大厨摇摇头,正色道:"等到啥辰光去?现在租界里很多人天天喝酒,他们说最好喝醉睡过去,等醒来小日本说不定已经投降了。"

有一搭没一搭地说着,时钟已经指向了八点。其间,阿苇妈到船长室看了几次,每次敲开房门,里面都只有葛妮亚一个人。她还下楼去看,不要说布莱特的阿尔伯特小汽车踪迹全无,看门人小房间也房门紧闭。问电梯里的乌老三曹鲁哪里去了,乌老三连连夸着阿苇妈年轻漂亮,嘿嘿笑着说:"曹格里下午就不见了,说不定跟我阿姐去轧姘头了。"

回到楼上,阿苇妈对胡大厨说:"今朝夜里也是怪了,船公司的电话一个也打不通,要不你去太古码头看一看?"胡大厨此时已经喝了不少酒,或许是酒壮人胆,对阿苇没有刚才那么担心,说:"他们跟着布莱特一起去的,总归会回来的,那个犹太人比猴子还精，不会吃亏的。"

阿苇妈不再理胡大厨，走过去跟阿克塞尔夫妇说了几句，几分钟后，阿克塞尔披着大衣出门了。

时针指向十一点，不仅布莱特、周鼎和阿苇等人没有回来，连三个小时前去外滩找人的阿克塞尔也踪迹全无。阿苇妈又一次下到底楼，偌大的门厅空无一人，只开着两盏壁灯，两台电梯已经停运。阿苇妈走到门外，朝着霞飞路东面望了一会儿，马路上并无行人，只有冷风习习。

阿苇妈退回门厅，正要往走廊尽头的仆人楼梯走去，却想起自己已经是诺曼底公寓的正式住户，当然应该走宽敞的主楼梯。她走了十来级楼梯，转到这个S形楼梯的转弯处，听身后传来轻轻的开门声，从看门人小屋传来脚步声。她探头往下看，一个光头洋人快步走向电梯，正是住在四楼的小斯特伦堡。见到电梯已经停运，小斯特伦堡转身便要上楼梯，跟身后一人差点撞个满怀，那人后退半步低声说："我去送信。"这个声音整个公寓的人都识得，是看门人曹鲁。

阿苇妈正要开口叫曹鲁，只见公寓大门被砰然推开，进来一中一洋两个舞女打扮的年轻女子，她们手上拖着一个西服洋人，左手拿着一瓶酒，右手紧紧攥着一把金色圆号。两个女子见到看门人打扮的曹鲁便问："你是这个公寓看门人吗？这个人喝醉了，说住在这里。"

见曹鲁点头，两个女人将手中的洋人往地上一放，从他口袋里摸出几张法币，转身就走。曹鲁俯下身，见那洋人正是马尔基尼奥，忙伸手搀扶。意大利人已是烂醉，两条腿动了动，根本站不起来。

小斯特伦堡过来帮忙，跟曹鲁也只能拖动几步，发现没有电梯很难将马尔基尼奥弄上二楼。曹鲁和小斯特伦堡对视一眼，后者说："不要管他，我们走！"

两人一个转身上楼，一个朝大门跑去，阿苇妈快步下楼，正要叫住曹鲁询问，大门再次被推开，伴着一阵冷风，走进来的是乌老四。

见到门厅里有好几个人，地上还躺着一个，乌老四吓了一跳，定了定神就向仆人电梯走去。曹鲁叫住他，指了指地上的马尔基尼奥说："乌老四，开电梯送上去。"

乌老四眼角瞥了一下："谁有空开电梯，我来拿东西，皇军刚刚有命令，拿好吃饭家伙马上集合。"见状，曹鲁掏出一张法币说："送上去，这给你。"没想到平日最贪钱的乌老四看都不看："我有皇军发的赏金，你这种小铜钿只够买大饼油条。"

曹鲁显然有急事，不再理睬乌老四，快步走向大门。听身后阿苇妈问："曹格里，看到小钉子和阿苇了吗？"

"没事的，放心。"曹鲁头也不回，刚走到门口，大门又被推开，这次伴随着冷风进来的正是周鼎和阿苇。阿苇妈喜道："阿苇，怎么去了这么久，这么晚才回来？"阿苇沉着脸并不吭声，周鼎忙说："小日本不让开船，说要上船检查，其实也没查，就是不让开。"

"现在开船了吗？"

"我们回来的时候还没有，布莱特先生说太晚了，让孟祥开车先送我们回来,他还在码头上陪着芬妮。"听周鼎说到这里,阿苇怒道:"我知道,你心里想的是最好我们都回来,你一个人陪着芬妮。"

"为什么我要一个人陪着芬妮?"周鼎一脸诧异。

"我们都不在,你正好可以跟她又是亲又是抱啊!"说到这里,阿苇带着明显的哭腔。阿苇妈知道女儿的脾气急,说:"阿苇,好好说,什么又是亲又是抱?"

"妈妈你不知道,刚才在码头上,芬妮说马上要跟我们分别一年,要拥抱吻别。她拉着我们,又是抱又是亲。还让、还让周鼎也抱她亲她。"说着,泪水已决堤。

周鼎急道:"你不也抱她亲她脸了吗?你能这样,为什么我不能?"

"我可以,你不可以!"

见阿苇不讲理,周鼎也一时语塞。乌老四正好经过,尖着嗓门说:"小阿弟,以后这么好的事情,要叫上我三哥。他看芬妮的赤脚都能看一下午,假使让他亲到芬妮的脸,他要高兴得从顶楼跳下去了。"

周鼎正想把话题引开,看到乌老四腰间插着一把明晃晃的尖刀,便问:"乌老四,半夜里拿把刀干什么?"乌老四拍了拍刀把,大声说:"皇军叫我们准备好吃饭家伙,看样子啊,打进法租界快了!"

"你拿把刀就能打进法租界?"阿苇果然被这个话题吸引,止住泪水问道。

"皇军叫我们维持秩序,打仗不要我们打的,假使要我打仗,

241

我老早逃回浦东老家了。"说着,俯身看了看地上的马尔基尼奥,伸手就要拿他手上的圆号,哪知烂醉的意大利人攥得极紧。一旁周鼎喝了一声,乌老四悻悻然而去,出门扔下一句话:"不要说一只喇叭,就是这个诺曼底公寓啊,也早晚点是大日本皇军的。"

楼梯上脚步声响,一个下肢几乎是上肢两倍的洋人快步下楼,看到地上躺着的马尔基尼奥,吃惊道:"他被日本人打死了?"周鼎说:"没有,他是差点把自己喝死。芒斯,这么晚还出门?"

芒斯晃了晃手中的小铝锅:"大半夜了还要吃馄饨,非要我去买,真不知道这种东西有什么好吃,远不如意大利饺子。"听他这话,显然是说菲兹曼太太要吃消夜,芒斯对此毫不避讳。他也知道,他们的关系是诺曼底公寓里众所周知的秘密,唯一不知的是菲兹曼先生。

阿苇听了这话,对妈妈说:"我到现在晚饭还没吃,我也要去吃馄饨。"尽管阿苇妈说家里留了饭菜,并说夜深了外面不安全,但阿苇非要去吃,周鼎说:"我陪阿苇去吃吧,就在后面福开森路上的那个小饭馆。"

"谁要跟你一起去吃,"阿苇白了周鼎一眼,又指了指地上的意大利人,"再说他就这么躺一夜吗?"周鼎想了想说:"我们几个没法扶他上楼,送他去曹叔的小屋吧。"

几分钟后,福开森路上一个弄堂口的小饭馆里,走进了三个人。走在前面的高个子洋人要了一碗鲜肉馄饨,随后将手中的小铝锅递给了堂倌。后面的两个中国少男少女,则挑了一个靠墙的小桌坐下,胖胖的堂倌满脸堆笑问:"今天就你们两个,芬妮怎么不来?"

周鼎敷衍了几句,问阿苇想吃什么,见阿苇还在赌气没说话,便说:"以前每次和芬妮一起来,我们都吃排骨面,今天我也吃这个。"

阿苇大眼睛瞪圆,怒道:"芬妮吃什么你也吃什么,你怎么不说我吃什么你也吃什么?"周鼎忙说:"你不是还没想好吗?"

"我还没想好,那你就不能等我想好吗,不吃排骨面会死啊?"

胖堂倌端着冒着热气的小铝锅,递给了芒斯,听到这边的争执,走过来说:"芬妮吃啥就吃啥么就对了,那个洋娃娃真是吃客,小钉子要是跟着你阿苇吃,最多吃碗青菜汤面。"

阿苇本来就是一肚子的委屈,听堂倌这么说,赌气道:"我今天不吃青菜汤面,只想吃阳春面,小钉子你跟我一起吃吗?"

周鼎无奈地点点头,转头对堂倌说要两碗阳春面。堂倌的胖脸上显出一丝不悦,心想:"这两个小赤佬到底是仆人出身,出手跟洋老板千金真是没法比。"

坐等上面条时,见周鼎不说话,阿苇说:"怎么芬妮不在,你话也没了,是不是又在想芬妮了?"周鼎苦笑道:"我反正说什么都是错,现在不说也错了?"

这时,外面走进来两个打扮入时的年轻洋人,两人坐下先不点菜,而是忙不迭地亲吻起来。阿苇瞄了一眼说:"如果刚才芬妮要你这么亲她,你是不是更高兴?"

周鼎也看了看,摇头说:"这是他们洋人的习惯,我怎么会这样?"阿苇俏丽的脸上,带着三分薄怒:"我不是问你会不会,是问你想不想!"

周鼎一时也想不出该如何答话，好在胖堂倌端来了阳春面，算是暂时解了围。阿苇低头吃了两口面，看着周鼎，忽然问："小钉子，我问你，你想讨什么样的人做老婆？"

"要讨老婆么，当然是像你阿苇这样的，又漂亮又聪明又能言善道。"这话从店门口传来，两人回头一看，来人年近四旬，一身长袍马褂，满脸喜色，正是麒派票友仇连升。

阿苇脸上一红，忙低头吃面，周鼎只想把话题岔开，说："仇老板，今天晚上怎么这么高兴？"

仇连升有个喜好，就是爱听别人叫他"仇老板"，因为他做梦都想像麒麟童周老板那样挑班唱戏，脸上的喜色此时已经放不下了："小钉子，你晓得吗？今天我正式下海了，我在卡尔登大戏院唱了一出徐策跑城，台下正中坐着谁你猜猜看？"说着，瞪大双眼看着周鼎。

"我猜让你这么高兴，大概是麒麟童周信芳来了？"

仇连升却连连摆手说："不作兴这么叫的，要叫周老板。正是他来看戏，一直看到谢幕，还走到后台跟我说，连升啊，唱得不错！"仇连升手舞足蹈地说着，就像意大利人马尔基尼奥附体。

一旁的胖堂倌听到这里，插言道："仇老板以后肯定是上海滩上的名角，要不要来一碗大肉面？"

仇连升摇摇头，用麒派韵白说："老夫今逢喜事，吃什么大肉面喏，来一碗虾仁鳝糊面，再加一块大排骨，哈哈哈哈哈！"这笑声声振屋瓦，若在舞台上必然是满堂彩。但他笑到一半却停住了，因为门外走进一个身材挺拔的光头洋人，雕塑般的五官硬邦邦地排列着，目光更是显出阴郁。

周鼎叫了声："小斯特伦堡先生，你也来吃中国消夜？"小斯特伦堡板着脸点点头,在一个空桌边坐下,向堂倌要了碗牛肉面,便不再说话。

仇连升这才坐下,跟阿苇搭话:"小阿苇,你这身材五官,还有脾气性格,假使来唱京戏包你红。"阿苇问:"我唱《锁麟囊》里的薛湘灵?"一年半前,《锁麟囊》在上海法租界黄金大戏院首演,造成极大轰动,程砚秋主演的薛湘灵更是深入人心。

"不不,你应当演花旦,像韩玉姐、春兰,最最适合的是演红娘。要是芬妮学京剧,倒是可以演薛湘灵,她的举手投足有大家闺秀的样子。你要是演《锁麟囊》,适合演丫鬟梅香,我一直觉得这个角色小花旦比彩旦更加适合……"

仇连升说得兴起,阿苇却越听越不高兴,嗔道:"不演不演,演来演去都叫我演丫鬟,芬妮却是大小姐。"

"阿苇,你要演什么?"伴着一股寒风,门外走进来三个洋人,其中一个高个子年轻女子问道。小饭店内众人抬头看去,正是布莱特夫妇和芬妮。

诺曼底公寓72室内,阿苇妈被一阵敲门声惊醒。她连忙起身打开卧室门,门外站着的是阿克塞尔夫人,阿苇妈立刻猜到了:"怎么,阿克塞尔先生还没回来?"

"对,他去码头找你们家阿苇,阿苇已经回来了,他却不见人影。"阿苇妈拉着阿克塞尔夫人在客厅沙发坐下,问:"会不会因为宵禁,他去朋友家了?"

"我们走了五六年,当年的朋友大多离开了上海,他在这里还有两三个朋友,但今晚很奇怪,电话都打不通。"

阿苇妈点点头,想到自己也打过好几个电话都不通,心中暗暗有点不祥的预感,嘴上却在继续安慰:"阿克塞尔先生是见过大世面的人,就算临时遇到什么事,他也一定能解决的。"看着阿克塞尔夫人一脸焦虑,又问:"对了,你们离开上海这么多年,为什么一直保留着这套房子,花掉这么多租金?"

"本来就想着去德国继承他姑妈的财产,时间不会很长。但到了杜塞尔多夫才知道,他姑妈只是病重,接下来几年一直在给她治病。其间我们也商量过,把诺曼底公寓这套房子退掉,但你要知道,我是犹太人,连带着还牵连了我丈夫,我们的担心程度要远远超过这个世界上的大多数民族。"阿克塞尔夫人顿了顿说,"我们担心如果不在上海保留一套房子,说不定就不让我们回来了,现在的欧洲战云密布,我们犹太人在很多国家已经没有立足之地了,上海是唯一的希望。"

门外走廊上传来一阵嘈杂声,阿苇妈快步打开房门,看到一台电梯门已经打开,孟祥、归一和布莱特夫妇正在往外搬行李,忙问:"你们怎么回来了?"

布莱特抬头说:"芬妮坐的是英国轮船,被日本人扣留了,这趟行程取消了。"

"芬妮在哪里?"阿苇妈问。

电梯里的乌老二大声打着哈欠,显然她是在睡梦中被叫过来开电梯的,说:"还会在哪里,芬妮么肯定在外面吃东西。"

福开森路小饭馆里,灯光已经调暗,此时已是后半夜。布莱特夫妇素来不喜欢吃中餐,送芬妮进门后,就起身要回诺曼底公寓。胖堂倌见到芬妮甚是欣喜,大声问:"芬妮,还是老规矩来一碗排骨……"

却见芬妮又是摆手又是摇头,还将手指放在嘴巴上,示意噤声。待布莱特夫妇走到门外,芬妮这才低声说:"在我爸爸面前,不要说我吃排骨,所有猪肉连猪油都不能说。"

坐到周鼎和阿苇那一桌,芬妮丝毫没有去不成澳门的沮丧,她的脸上写满了兴奋与喜悦,伸手就要如久别重逢般拥抱周鼎。阿苇眼疾手快,抢上前先抱住了她,问:"芬妮,你不是坐船到香港再去澳门吗,怎么又回到我们船房子了?"

芬妮经阿苇这一打岔,便忘了要跟周鼎拥抱,拿起刚上桌的排骨边吃边说了起来。原来轮船应该是下午四点开,但日本人始终不让开船,到了半夜几十个日本兵登上船,宣布船被扣押,要求乘客自行下船。"我爸爸说,可能因为这是一艘英国船。"

"日本人为什么要扣英国船?"周鼎有些不解。阿苇说:"小日本什么东西不要,看到英国船当然要抢。对了芬妮,那你还去澳门吗?"

芬妮摇头说不知道,旁边那桌仇连升擦擦嘴,站起身边往外走边说:"去啥澳门,待在上海不好吗,听听京戏,吃吃鳝糊面,看看小日本这出闹剧啥时候落幕。"隔着两个桌子的小斯特伦堡也吃完了牛肉面,走到刚才仇连升坐的桌边坐下,问芬妮:"那些日本兵是因为轮船是英国的,所以扣押吗?"

芬妮咬了一口排骨,愣愣地看着小斯特伦堡,似乎没有听明白。周鼎说:"芬妮,小斯特伦堡先生的意思是,如果你坐的船是别的国家的,日本兵是不是就不扣押了?"

芬妮摇头说:"我不知道,我看到有一个日本军官问了船长几个问题,就宣布扣船,还把船长押了起来,那个船长好像是英国人。"

小斯特伦堡点点头,站了起来,深邃的眼神交织着兴奋与忧郁:"接下来,这个世界将会发生大战,而我们将度过漫漫长夜。你们要记住,有些事情可以忍受,但不要麻木;有时候可以麻木,但不要习以为常;甚至可以习以为常,但一定不要帮助坏人干坏事!"

芬妮点的鸭胗、皮蛋、烧麦等摆了一桌,周鼎和阿苇吃了几口就饱了,便看着芬妮吃。芬妮咬了一口烧麦说:"这个烧麦不是当天做的。小钉子,刚才小斯特伦堡先生说的是什么意思?"

"烧麦不是当天的,你还吃得这么高兴?别去听那个光头洋人的,我妈说以前从没听说斯特伦堡夫妇有儿子,这个人奇奇怪怪的,不知道从哪里冒出来的。"阿苇抢在周鼎前面回答。

两人继续看着芬妮吃,而芬妮的胃口就像日本人妄图吞并东亚。阿苇看了周鼎一眼,小嘴凑到他耳边说:"你在看菜,还是在看她,干嘛目不转睛?"

最近阿苇只要提起芬妮,就会问一些让周鼎头疼的问题。周鼎心想,要是说看菜,肯定被阿苇说馋鬼,要是说看人,多半会被她说色鬼,正准备沉默以对,门被再次推开,这次裹挟着寒风进来的是阿苇妈。

"阿苇,你们怎么吃到现在?"

阿苇冲着旁边的芬妮努努嘴:"妈,你看芬妮已经吃了一个小时了,我们准备等她吃到天亮。"

阿苇妈不搭理她,对周鼎说:"晚上八点多,阿克塞尔先生看到我担心,他一个人去太古码头找你们,到现在还没回来。小钉子,你能不能和归一跑一趟,去外滩找找他?"

周鼎马上站起身说:"好的,我现在就去找归一。"阿苇腾地站起身,说:"我跟小钉子一起去。"阿苇妈一把拉住她说:"归一我已经叫来了,你不许去!"

一辆黑色塔尔伯特小汽车驶出福开森路,车上并排坐着归一和周鼎。这两年,归一已经成为美华洋行的一个职员,平日里主要为布莱特做些打杂的事。虽然孟祥依然是专职司机,但归一也有汽车钥匙,以便随时为布莱特服务。

刚才归一开车到小饭店,按了一声喇叭,路边老槐树上突然飞起数只乌鸦,发出一片聒噪声。阿苇妈正带着芬妮等人走出店门,抬头看了看树梢,自言自语道:"深更半夜这么叫,不知道是啥兆头。"随后,她叮嘱周鼎和归一早点回来,便带着芬妮和阿苇走回公寓,阿苇还一步一回头,恋恋不舍地望着远去的小汽车。

归一车还没开到太古码头,隔着好几百米就被日军拦下,称前面已被封锁。他们便只能开车在法租界外滩转了两圈,只见租界里的马路上几乎没有一个行人,而太古码头则集结了越来越多的日本兵。

此时东方已破晓,一缕亮色照射在一群古朴的西洋建筑上,归一指着一幢外墙被花岗岩包裹的五层楼建筑说:"你看,菲兹曼先生办公室就在三楼。"

周鼎正要抬眼望去,猛听到黄浦江上突然传来两声巨响,紧接着多炮齐发,爆炸声震耳欲聋。两人回身望去,只见停在江上的三艘日本军舰火力全开，围攻一艘悬挂米字旗的军舰，英国军舰并不示弱，马上开炮还击。

这时，多发炮弹打到外滩建筑物周边，可能因为时间尚早，大楼里逃出来的人不多。周鼎叫道："我们赶紧走！"

归一点头，立刻加大马力正要往西开，却见两发炮弹先后击中菲兹曼所在的大楼，其中一发正中三楼，炸得碎石飞溅。归一说声不好："小钉子，你快找个地躲一躲，我去找菲兹曼先生。"并不等周鼎回答，立刻在路边停车，下车向大楼冲了过去。

归一刚跑到大门口，只见大门猛地打开，里面跑出一个身高马大、满身灰土的人。那人边跑边剧烈咳嗽，归一伸手抱住他说："菲兹曼先生，车在外面，我们赶紧走！"菲兹曼抹了一把脸上的尘土，大声说："你来干什么，你要带我去哪里？"

说话间，又一发炮弹打来，正中大楼的顶楼，归一拉住菲兹曼卧倒在地："回诺曼底公寓，你在这里要被炸死的！"菲兹曼奋力站起身，抬腕看了看表说："现在是礼拜一早晨，我应该在办公室，而不是回公寓！"

周鼎也跑了过来，跟归一拉着菲兹曼的两个胳膊，拖着他往小汽车跑去。菲兹曼挣扎道："我要礼拜六下午才回家，现在是礼拜一，你们两个混蛋，放开我……"

回到诺曼底公寓，远处的炮声依然隆隆作响。周鼎和归一架着壮硕的菲兹曼走进了门厅，只见一台电梯锁着门，另一台铁门拉开，里面却空无一人。

周鼎和归一叫了几声，只听到从看门人小屋里传来一声女人的惊呼，随后从里面跑出一个头发散乱的黑胖女人，一边整理着上衣，一边往电梯里跑去。

她的身后，跟出来一个三十来岁的洋人，两眼通红，手里兀自紧攥一只金色圆号，正是马尔基尼奥。他冲着电梯里叫道："昨天半夜有个人一直抱着我，是你吗？"

乌老二黑胖脸上微微一红，骂道："谁知道房间里面是你？难怪身上一股难闻的味道，我还在想怎么曹格里也喝酒了。"

原来，昨天半夜被布莱特派人叫来后，乌老二并没有回家，而是趁着夜色偷偷摸进了看门人小屋，隐约只见有个人脸朝里躺在小床上。她对曹鲁觊觎已久，便轻轻上床，伸手从后面抱住了那人。马尔基尼奥酒醉如泥，隐约觉得被两个粗壮的胳膊抱住，却连翻身看一眼的力气都没有。两人便一直睡到天亮，连黄浦江上的隆隆炮声都没听到，直到外面传来周鼎等人的叫声，乌老二方才从春梦中惊醒，睁眼一看所抱之人却非意中人。

两人对骂了几句，乌老二坚决不肯送意大利人上楼，马尔基尼奥只得一晃一晃地自己爬上楼。周鼎和归一推着菲兹曼上了电梯，乌老二一见满身尘土的菲兹曼吓了一跳，忙问："菲兹曼先生，你怎么现在回来了？"

菲兹曼哼了一声，低沉着嗓门说："我的日程全被打乱了，换了衣服就走。"双手拍拍自己的衣服，小小的电梯里顿时尘土飞扬。乌老二捂住嘴巴鼻子咳了几声，忽然想起什么，阴恻恻地笑笑说："现在回家好，正是好辰光。"

送菲兹曼到 71 室门口，归一正要伸手敲门，却被菲兹曼一把拉住。他又看了看手表，然后从裤子口袋里掏出一把钥匙说："太早了，不要打扰太太睡觉。"跟往常一样，只要一提到太太，这个平日举止粗鲁的男人便温和起来。

而周鼎已经敲开了隔壁72室的门。其实不用敲，手指刚触到房门，阿苇妈已经打开了门，刚才电梯的开门声她早就听到了。

电梯里，乌老二只是拉上了门，却并没有启动，而是斜靠在椅子上，探头向71室门口张望。归一走过来说："乌老二，帮忙送我到楼下。"乌老二白了他一眼："归一小阿弟，你这两年在美华洋行帮布莱特做事，就当自己是洋老板了？"归一不再说话，转身就往楼梯走去。"不要急着走嘛，一道看一出好戏。"乌老二似乎在自言自语。

又等了几分钟，71室里面依然安静，随后房门缓缓推开，走出一个满身尘土、蓬头垢面的魁梧洋人，轻轻地关上门，步履沉重地走到走廊上站定。与刚才进门时不同，此时的菲兹曼目光呆滞，如竖立在诺曼底公寓顶楼走廊上的一尊雕塑。

准确地说，顶楼此时有两尊雕塑，一尊站在走廊上，一尊坐在电梯里。电梯里，乌老二呆若木鸡。刚才，她一直在想象菲兹曼看到太太与芒斯同榻而眠后，会如何暴跳如雷痛殴芒斯，然后披头散发的菲兹曼太太跑到走廊上大呼救命。让她万万没想到的是，巨汉菲兹曼居然如此安静地退出，她真怀疑传说中的芒斯与菲兹曼太太偷情之事，根本就是胡乱编造的。

72室房门打开，周鼎走了出来，阿苇妈在门里叮嘱早点休息，便关上了门。没走两步，周鼎便被两尊雕塑吓了一跳，看了两眼呆坐在电梯里的乌老二，径直走到菲兹曼身边问："菲兹曼先生，你怎么不进门？"却见菲兹曼失神的双眼茫然看着前方，沾满尘土的脸上密密麻麻地布满细小的汗珠，有的已经串成了线，划过抽搐的嘴角，滴落到肮脏的衣服上，渐渐晕染开来。

周鼎又大声叫了几声，没把菲兹曼的魂唤回来，却唤出了船长室的布莱特。虽天色刚亮，但布莱特已经一身正装，看了看眼前的一幕，对周鼎投以询问的目光。

周鼎将刚才去法租界外滩的经过简单说了，布莱特指了指菲兹曼问："他刚才进门了吗？"周鼎说自己没看到，坐在电梯里的乌老二已经缓过神来说："他说进去换衣服，结果这样子进去又这样子出来了。"

布莱特一言不发，走过来拉住菲兹曼的一条胳膊，低声说："到我房间坐坐。"菲兹曼却丝毫没有反应，周鼎也上前去搀扶，哪料他的脚底就像已经焊在了走廊上。布莱特示意不要硬拉，退开了几步说："就让他一个人待一会儿。"

此时的诺曼底公寓顶楼走廊上，两个男人站着，一个女人坐着，三个人的目光所向，是一个粗壮魁梧、泥塑般的洋人。这个呆板守时、被称为德国佬的法国轮船公司上海总经理，突然变成了行尸走肉。

将近半小时后，布莱特坐电梯下楼。刚到四楼，电梯停下，上来了哈欠连天的仇连升。布莱特素来很少跟公寓里的中国人搭话，只是点了点头，仇连升则拱了拱手。

此时是十二月八日早上六点多，往常这个时间主电梯比较闲，而仆人电梯很忙，因为这是中国仆人下楼买菜的高峰期。而今天一反常态，主电梯也走走停停，不断有人上下。

到了底楼，乌老二拉开电梯门，瘦小枯干的算命先生朱洪豪刚从楼梯走到门厅，见到仇连升，便问："仇老板，天还没亮的时候，有没有听到外面在打炮？"

"这么响的炮声怎么会听不到？我的房间靠着福开森路，炮声响起之前，树上的乌鸦叫了大半夜，吵得我没睡好，早上吊嗓也晚了。说起来也怪了，平常不大听到乌鸦叫，昨天夜里却叫个不停。"

门厅里陆续聚集了不少人，只听乌老四尖着嗓门在叫："昨天夜里，日本皇军炮打黄浦江上的英国军舰，英国人真是不经打，开了几炮就跳水逃走了。"

旁边的人并不听他的，而是围着一个矮壮的秃头洋人，问："短波无线电里怎么说？"

"我只知道日本海军袭击了珍珠港，美国和英国对日本宣战了。你们不要拦着我，我要去保险公司听听最新情况。"秃头洋人正是卖保险的曼德斯基，边说边要往外走。

"他不知道的，你们听我说，黄浦江上还有一艘美国军舰，叫什么威克号，皇军派人一上船，你们晓得怎么样，美国人就举白旗投降咯！"乌老四扯着喉咙，并不理会旁边众人的厌恶目光，得意之色溢于言表。

"老四，你这只枪毙鬼，开心什么？"旁边电梯里，乌老大一声怒吼，倒是立马让乌老四不作声了。

布莱特走到曼德斯基身边问："已经宣战了吗？我刚才只听到日本袭击珍珠港，没有听到宣战。"曼德斯基抹了一把头上的汗水说："这个不用听无线电里说，你只要看黄浦江上日本军舰炮轰英美军舰,正式宣战是肯定的。"

仇连升忙问:"这样的话,小日本就要打进租界了?"布莱特沉默不语,曼德斯基边走边说:"进公共租界看来是肯定的,我们法租界倒是难说,毕竟现在的法国是维希政府,希特勒一手扶持的。"

仇连升回头一把抓住朱洪豪的手腕:"快来算一卦,法租界会不会落到小日本手里?"朱洪豪苦笑着说:"我三年前就算过了,日本人进租界是早晚点的事情。算卦不是开玩笑,不能一天到夜算来算去的。"

听到这里,仇连升长叹一声,旁边有人说:"仇老板又要唱戏了?"仇连升却连连摇头说:"现在还有什么心思唱戏。不过话又说回来,你们有空真应该去听听麒麟童周老板的大戏《明末遗恨》,里面的唱词真好,活脱脱就是唱给现在的中国人听的。"

这时电梯门拉开,周鼎扶着菲兹曼走了出来。众人吃惊地看着蓬头垢面的菲兹曼,门厅里忽然静默。在随后的一阵窃窃私语中,菲兹曼缓缓移动似乎不受自己驱动的双腿,挪到了大门外,坐上了他的雪铁龙小汽车,往外滩方向驶去。

布莱特则上了后面那辆阿尔伯特汽车,上车前特别叮嘱周鼎:"夜里发生的事,会改变这个世界。从今天起,你可以随时来我家。记住,日本人很可能要进入租界,绝对不要让芬妮上街。"

周鼎目送阿尔伯特汽车远去,心中在想:"是聒噪了一夜的乌鸦,还是黄浦江上乱射的炮弹,将改变这个世界?"身后传来阿苇妈的声音:"小钉子,阿克塞尔先生被日本人抓起来了。"周鼎忙回转身,惊讶地问阿苇妈:"小日本为什么抓他?"

255

"昨晚电话都打不通，刚才日本人打来电话说，阿克塞尔是英国间谍，在太古码头刺探情报时被逮捕，现在关在日本宪兵司令部。"

"他是为了找我们才去太古码头的，我们一定要想办法救他。"

阿苇妈点头说："我就算倾家荡产也要救他，我想到了青帮的青面鬼汪步青，他可能跟日本人有联系，你想想还有谁，我们上楼去商量。"

周鼎点头，却见从公寓大门里走出一个高个子洋人，满面春风的样子，正是理发师芒斯。周鼎暗自疑惑，问道："芒斯，今天起得这么早？"

"她中午有应酬，叫我去紫罗兰拿吹风机、卷发器，做做头发。"但凡说到菲兹曼太太，芒斯都习惯性用"她"来指代，虽不明说，却也并不避讳。

周鼎追问："你早上有没有碰到菲兹曼先生？"

"嗯，没有，今天是礼拜一，他怎么会回来？"芒斯诧异地反问。周鼎心中大为奇怪："难道菲兹曼进屋没有惊醒他们？"

回到门厅，只有仇连升一个人站在那里，刚才议论时局的人们已经散去，显然是去做买菜购物等生活琐事了。上海人往往如此，他们对时局的探讨不会持续很长时间，因为在他们看来，不管什么时候，保持日常生活的有序运转，才是最重要的。

见周鼎和阿苇妈进来，仇连升问："小钉子，你怎么不去米行做生意？"周鼎笑笑说："仇老板，你怎么不去外面吊嗓子？"

"乌鸦叫了一夜，大炮打了半夜，我是在想，今朝这个日子看样子不是啥好日子，要么不出去了，回房间睡觉。"

"是啊是啊，外面太乱，这世道最好是在家里睡觉。"阿苇妈也寒暄了几句，便要和周鼎一起上电梯。

仇连升却伸手将两人拦住："你们刚才有没有听我说，麒麟童周老板的《明末遗恨》里面的唱词真好，活脱脱就是唱给现在的中国人听的？"见两人都摇头，继续说："要不要我念几句给你们听听？"原来，他刚才说了这话后，满以为门厅里的人会问他什么唱词，他就可以当场唱几句，没想到众人心思不在这上面，居然无人问津，把他憋得胸闷。

也不等两人回答，仇连升自问自答："你们想听是吧，这要是到戏院里听，价钿不便宜的，今朝我让你们白听。你们记牢，周老板扮的是崇祯皇帝，大明朝的亡国之君。"说着，便念起了韵白："世上什么最苦？亡国最苦！世上什么最惨？亡国最惨！要知道，亡了国的人就没有自由了！"

回到72室，周鼎依然心绪未平，心里想的是哪天去听一场麒麟童的《明末遗恨》。阿苇妈让他坐在沙发上，便进卧室叫阿克塞尔夫人。

过了一会儿，阿苇妈神情凝重地出来，对厨房里的胡大厨说了几句，胡大厨不急不慢地说："烧好早饭就去。"阿苇妈气哼哼地走进自己的卧室叫起来阿苇，对周鼎说："阿克塞尔夫人胸口疼，起不了床，我让阿苇去请医生。你快想想，除了汪步青，还有什么人能帮忙？"

"我想了两个办法，一个是请法租界巡捕房巴络出面，阿克塞尔先生是法租界的居民，人失踪了，巡捕房有责任派人找回来。"

阿苇妈却连声说不行："几年前阿克塞尔一家刚刚回来，这个房间就被偷了个精光，那时候巴络来了说什么你还记得吗，他说法租界天天在绑架、在死人，东西偷掉一些有啥关系，人没事就是万幸了。所以讲，找他没用的！"

"那我还有第二个办法。阿克塞尔先生是英国人，我们去找英国领事馆，他以前还在领事馆做过事，他们总不能不管吧。"

这回阿苇妈连连点头："这是个好办法。"然后又叹口气说，"本来应该是阿克塞尔夫人去，现在她躺倒了，叫谁去合适？"周鼎说："我去，只是我的英文讲得不大好，要不要叫芬妮和阿苇一起去？他们学校里有专门的英文课，肯定比我讲得好。"

原本胆子不小的阿苇妈，经历了昨晚的乌鸦声和打炮声，心中有种不祥的感觉，说："芬妮是不是去，你要问布莱特先生和太太，阿苇就不要去了。英国领事馆在外滩，这里过去路太远了，不像刚才叫阿苇去请医生，就在隔壁雷上达路。唉，谁晓得日本人今天会不会在上海杀人放火。"

周鼎匆匆下到底楼，正要出门，只听有人在身后轻轻叫了一声。转身一看，曹鲁示意他过去。

"曹叔，你昨晚去哪儿了？我让意大利人在你的床上睡了一晚，没把你被子弄脏吧？"

曹鲁并不答话，先走进了看门人小屋，却听电梯里有女人说："原来是你这个小赤佬，叫意大利人睡在曹格里床上的！"显然，乌老二对昨晚搂着的不是曹鲁，还在愤愤不平。

走进小屋，曹鲁轻轻掩上门，嘴巴凑近周鼎的耳边说："今晚十点，有人要见你。"

"是我爸爸？"周鼎脑袋里嗡的一声，瞪大双眼问。

曹鲁没想到他反应这么快，依然保持严肃的表情，不置可否地说："去了，就知道。"周鼎还要问，门外传来阿苇的声音："小钉子，你在里面吗？"话音未落，门已被推开，外面站着笑吟吟的阿苇，可能因为刚才出去走了一趟，白皙的脸庞泛着红晕，尤显俏丽。她继续说道："你是不是要去外滩，是不是我妈不让你带我去？你看我都知道。"

周鼎满脑子还在想着父亲，对阿苇只是点了点头。阿苇伸手拉着他说："你的法语、德语和意大利语都比我好，可英文还是我教的呢，你一个人到了英国领事馆说什么，难道打哑语？"说着，两只白皙的小手胡乱打了几下手势。

见此情景，周鼎也忍不住笑了，暂时把对父亲的思念放在一边，说："带你去可以，不过要问一下你妈妈。"阿苇连连点头，快步走到门厅里打了个电话，回到屋内对周鼎说："我妈妈说可以去。"

这次别说周鼎，连沉默寡言的曹鲁也笑了。周鼎笑着说："阿苇，你这个把戏小时候经常用，现在长大了，不要玩小孩游戏了。"阿苇却一反常态，一本正经地说："谁骗你了，跟我一起出来等。"

没一会儿，一台电梯打开门，下来的是芬妮，手里还拿着半个面包。她看了阿苇一眼，对周鼎说："小钉子，我刚才问过阿苇妈了，她说我们可以一起跟你去，不过看到日本兵要躲得远远的。"从口袋里掏出几张法币，递给了周鼎，"这是阿苇妈给我们的，她说如果路上饿了，就自己买点吃的。"

周鼎迟疑了一下，接过了法币说："那我就带你们去，不过要叫上归一。万一小日本追我们，两辆脚踏车可以逃得快一点。"

这是一九四一年十二月八日的上午，与中国有十八小时时差的美国夏威夷珍珠港，刚刚遭到日军偷袭，美英已对日宣战。对于远离夏威夷八千多公里的上海，所激起的波澜是：租界将不再是孤岛。

英国驻沪领事馆在公共租界外滩，靠近苏州河，周鼎考虑到凌晨在法租界外滩遭遇炮击，决定先沿着雷上达路一路往北，进入公共租界后，再沿着静安寺路向东骑行。

归一骑在前面，后凳上坐着一个肤色微黑、身形苗条的年轻女子，看上去二十岁出头的年纪，正是阿玖。这三四年来，阿玖负责照顾受伤的父亲，并照看布莱特的药品仓库。归一也经常去探望，有时候就住在那里。虽然阿玖父女早有婚配之意，但归一始终抱定不赶跑小日本便不结婚，不管谁旁敲侧击还是单刀直入，归一都不松口。

刚才，周鼎先去汽车间，发现归一不在，便骑车带着芬妮和阿苇，直奔姚主教路上的阿玖家。他们叫醒才躺下不久的归一，正做早饭的阿玖也执意要去，归一板着脸说一路上可能有危险。阿玖指了指芬妮和阿苇，对归一报以温柔一笑，露出两个浅浅的酒窝。不要说归一，哪怕铁石心肠之人都会被融化。

周鼎载着芬妮和阿苇，紧跟在归一车后。阿玖的加入，让周鼎叫上归一以备逃跑的本意落空。出于对安全的担忧，他试探着让两个小姑娘别去了，但遭到两人一致反对。他不禁问道："为什么有时候女人比男人的胆子还大呢？"

"不是有时候，女人其实一直比男人胆子大，芬妮你说对吧？"阿苇坐到前档感觉颇有凉意，用毯子裹紧了身子。

"别人我不知道，但我知道阿玖为什么一定要去。"后凳上的芬妮伸出头看着前面的阿苇，"因为阿玖爱归一。"

阿苇笑了起来，回头问："那你说，我们为什么也要去？"芬妮并不作声，似乎没听到，又似乎在想着什么。阿苇也没再问，周鼎默默地骑着车。这辆沉默的脚踏车，载着少男少女说不清道不明的情愫，驶向公共租界。

身后突然传来汽车引擎的轰鸣声，一辆黑色阿尔伯特小汽车以最大马力超过两辆脚踏车，猛地一个转弯，横在了马路中间。

后门打开，身形精瘦的布莱特跳下车来，并不理会前面的归一，径直走到周鼎面前，厉声说："日军正在开进公共租界，你现在带她们去，是表示欢迎还是抵抗？"说着，伸手将芬妮从后凳上拉了下来，不由分说把她推上了小汽车。

芬妮感觉到父亲的手在颤抖，这种颤抖来自他的胳膊，源自他的身躯，发自他的心脏。她发现，颤抖是会快速传递的，自己的手也在颤抖，接下来是胳膊，然后是身躯，很快直抵自己的心脏。

她略略挣扎了几下，便顺从了父亲的意志，只是在上车前叫了一声阿苇，似乎在叫她上车，又似乎在跟她道别。

阿苇看了看芬妮，又转头看了看周鼎，脑子在飞速运转：现在跟芬妮回家，意味着安全，如果继续跟着小钉子，就很可能迎面碰上凶神恶煞的日本军队，但小钉子是必须要去英国领事馆的，因为这是救阿克塞尔的唯一办法，自己该如何选择？

小汽车往后倒了几米,正要驶离,芬妮从车里探出头说:"阿苇、阿玖,你们跟我回去吧,送信的事让周鼎和归一去做。"

周鼎对归一说:"我一个人去就行,你带着阿玖回去吧。"然后对阿苇轻声说:"你也回去吧,碰到小日本不是闹着玩的。"归一看了一眼阿玖,对周鼎说:"不行,如果真有危险,我更要陪你去了。阿玖,你坐车回去吧。"阿玖笑了笑,两个酒窝盛满了温情,说:"假如真有危险,我更要陪你去。归一,你去哪里,我也去哪里。"

阿苇看着他俩,轻轻点点头,拍了拍脚踏车的龙头,对身后的周鼎说:"小钉子,你听到阿玖说什么了吧,我不用说了。"

两辆脚踏车拐进静安寺路,一路往东。路上车辆稀少,行人也不多,而且大多行色匆匆。骑过几个路口,红绿灯工作正常,但平日挥舞着棒子指挥的印度巡捕,却踪迹皆无。

快进入英大马路[1]时,前面的行人忽然朝两边避让,有的匆匆拐进了小路,三四辆小汽车已在路边停下。周鼎叫住前面的归一,随后将脚踏车推到路边,四个人站在一幢高楼下面的隐蔽处。

没一会儿,先是履带碾压地面的声音由远及近,紧接着,两辆轻型坦克出现在路口,坦克上竖着白底红日红条的日本军旗。后面的一匹白马上,坐着一个戴着眼镜的矮胖日本军官,手里拿着出了鞘的军刀。在他身后,是黑压压的日军,由于个个身形矮小,肩扛的长枪几乎拖到地面。

见此情景,阿玖已经躲到归一身后,阿苇胆子大些,但也紧紧

---

[1] 英大马路:今南京东路。

抓住了周鼎的双手。

一路上，马上矮胖军官左右四顾，脸上挂满了睥睨一切的表情。军队行进到周鼎他们跟前，军官举手示意停下，然后转头跟后面说了几句，队列中立刻跑出两名士兵，直奔周鼎等人所站之处。

阿苇轻呼一声，立即躲到了周鼎身后，抱着周鼎的腰，瑟瑟发抖。周鼎看着跑过来的日本兵，低声说："先不要动，一会儿跟着我跑，记住不要回头看。"旁边的归一慢慢蹲下身，从地上拿起一块砖头，紧紧握着。

两个日本兵径直跑了过来，其中一个伸手从身上背包里取出一张大纸，另一个已在墙上刷好糨糊。贴好后，两人看了一眼周鼎等人，转身跑回了队列。透过周鼎的腋下，阿苇两个大眼睛看着这一幕，长长出了口气。转头看了看，那张纸上写的是中文：即日起，日本军队进驻上海公共租界，目的是保障租界的安全……

阿苇低声骂了一句，猛地头顶上空发出一声怒吼："小鬼子，滚出中国去！"

周鼎等人抬头往上看，只见就在他们所站立的高楼的顶楼，有个人探出了大半个身体，使出浑身之力朝下面大声呼叫。地面上，日本兵举起了枪，两辆坦克也调转炮口往上抬升。

矮胖军官刚要下令开枪，却见顶上那人从窗口一跃而出，在空中大声叫道："中国不会亡！"

一眨眼，那人坠落在马路中央，距离白马身前不到半米，鲜血喷射而出将白马染红。白马大受惊吓，腾起前蹄连声长啸，矮胖军官被掀翻在地。白马正要夺路而逃，旁边上来两个士兵紧紧拉住缰绳，另有人把军官扶起。

矮胖军官头上鲜血直冒,他站起身摸了一把,回手在一个日本兵身上擦了擦,从地上捡起军刀往空中一指,怪叫一声,立刻朝楼顶枪炮齐发。

周鼎一拉阿苇,回头对归一说了声"跑"。归一点头,便要去推脚踏车,却被周鼎拉住:"不要了!"他们专挑小路,一路往南,直到跑到福煦路[1],周鼎才停住脚步,气喘吁吁地蹲在地上说:"这里是法租界了。"

四人中,归一最为健壮,此时只是气息有点急促,扶着阿玖问周鼎:"法租界就没小日本?"周鼎摇头:"我也不知道,不过刚才布莱特先生只说小日本进公共租界。我们回去再想想救阿克塞尔的办法,看这样子,英国领事馆很可能也被小日本占领了。"

阿苇已经坐倒在地,周鼎伸手去扶。阿苇惊魂未定,并不站起身,拉着周鼎的手问:"小钉子,假使刚才小日本朝我们开枪怎么办?"

"我一直盯着他们看,我想好了,假使他们要来抓我们,我马上扛起你就跑,假使他们要朝我们开枪,我会让你跑在前面,我挡在你后面。"

见周鼎说得不假思索,阿苇眼中泛起了泪光,幽幽道:"我又怎么舍得你替我挡子弹?"抬手抹了抹眼睛,马上又恢复往常的调皮神态:"小钉子,现在我们算不算生死之交了?"

---

1 福煦路:今延安中路。

第九章

人去空流水[1]

时至午夜,漆黑的雷上达路上走来一个人。这个年轻人已经两天没有合眼,路走得跌跌撞撞,但他的内心却似有一团火,兴奋的神经在跟疲惫的身躯激烈交锋。

就在一个多小时前,在曹鲁的带领下,周鼎在法租界一个小旅馆的客房里,见到了阔别多年的父亲。两人相见,父亲腾地一下从床上站了起来,伸手想把儿子搂进怀中,但看着跟自己几乎一样高的周鼎,周茂生停住了双手,他意识到儿子已经长大成人,不再是那个对自己充满依恋的小孩子了。

周鼎也呆立在逼仄的小屋中,凝视着父亲瘦削的脸庞,发现父亲虽然老了不少,但比前些年的精气神要好些。一旁的曹鲁低声说了句你们谈,便走了出去,把门轻轻带上。

接下来的大半个小时,更多是在沉默中度过。因为不管周鼎问父亲这些年在哪里,做什么,还是问他这次是不是能回来,周茂生都避而不谈,只是问了些周鼎的情况,而且大多数问题不用周鼎回

---

[1] 人去空流水:出自北宋秦观的词《南歌子·香墨弯弯画》。

答，他早已知道答案。周鼎心想，肯定是曹叔跟父亲说的。

告别时，周鼎又问："爸爸，你会留在上海吗？"难得的是，这次周茂生给出了答案，说："不一定。"周鼎明白，父亲的行踪是保密的，便站起身来问："爸爸，下一次大概什么时候能见面？"

周茂生再次摇了摇头，眼眶中瞬间噙满了泪水。这是周鼎从小到大第一次见到父亲落泪，他忍不住低下头，紧紧地抱住了父亲。

周鼎走在夜路上，心中反复想着临别时父亲说的两句话。第一句话是回答周鼎的问题："那只小皮箱还没找到，不过找皮箱已经不是我的任务，我相信一定会找到的，只是时间问题。"

第二句话是父亲的嘱咐："小鼎你记住，不管日子过得多难，绝对不要给日本人做事，绝对不要给汉奸做事，一定要帮助你能帮助的中国人。"父亲注视着周鼎的双眼，又加了一句："如果有可能，也要帮助公寓里的那些洋人。"

走进诺曼底公寓后门，周鼎刚踏上汽车间的窄小楼梯，后面传来一个轻柔的声音："小钉子，我一直在等你。"

周鼎忙转过身，黑暗中站着一个年轻的洋人女子，裁剪合身的衣服勾勒出风姿绰约的身材，早已不是前些年的青涩少女，浑身散发出渐渐成熟的气息。

"芬妮，你等我做什么？"

芬妮上前两步，靠近周鼎的身前："小钉子，我睡不着。日本人打进公共租界了，我爸爸说他们不会进法租界，可我晚上碰到五楼的黑塞先生，他一脸严肃地问我，为什么拖到现在才想到离开，现在想走也走不成了。"

芬妮伸出冰凉的手，抓住了周鼎的双手说："我说法租界还是安全的，黑塞先生瞪起双眼说，别听你爸爸的屁话，日本人进法租界是肯定的！"说着，芬妮把头靠在了周鼎怀中，带着哭腔说："小钉子，你以后会保护我吗？"

周鼎轻轻拍着芬妮的后背说："我当然会保护你，还有你爸妈，还有胡大厨一家，还有曹南乔，都会保护你的。"芬妮突然低声惊呼："啊呀，南乔被关在孤军营里，现在公共租界已经是日本人的地盘了，会不会不给他们按时送米？"

这两天周鼎忙得连睡觉的时间都没有，在此时才想到曹南乔接下来可能遇到的凶险。周鼎心中一凛：小日本心狠手辣，芬妮想得太单纯，恐怕不仅仅是送不送米的问题。但他还是继续安慰道："不会的，我看《申报》上说，八百壮士那一仗打出了国际影响，小日本虽然进了租界，应该不敢拿他们怎么样。"

汽车间的楼梯口没有门，上海冬天子夜的寒风不断灌入，芬妮打着寒战点点头，紧紧搂住了周鼎。

忽听天井里传来清脆的跺脚声，然后有人"哼"了一声，紧接着便是一阵细碎的脚步声，跑向了公寓。

"阿苇？"周鼎和芬妮松开了手，同时惊道。

半年后。

一九四二年的春夏之交，诺曼底公寓顶层72室里，阿苇妈正用干拖把拖着地板，但拖过才一会儿，地板又会泛上一层水汽。她专注的外表下，是一堆心事。在偷袭珍珠港当天，日军就入侵并很快占领香港，严格管控粮食、煤炭等重要物资。这样一来，她的遥

267

罗米供给线中断了。这几年，大米连连涨价，连吃口一般的暹罗米也被抢购，她靠卖米发了一笔财，但现在只能坐吃山空，把库存的米卖完就无米可卖了。想到这里，阿苇妈不禁叹了口气自言自语："看来啊，这几年的财运算是到头了。"

厨房里，胡大厨满头大汗正忙着午饭。这个醉心厨艺的宁波人，每天在厨房要待上将近十个小时，从早饭、午饭、晚饭做到夜宵。之所以要做夜宵，是因为有一天晚上出门倒垃圾时，遇到拿着小铝锅的芒斯。胡大厨客气地用宁波话寒暄了几句，芒斯虽然听不大懂，还是有一搭没一搭地回答了几句，刚走到电梯口，忽然回头问："以后，你能不能给我们做消夜？"

胡大厨满口答应，回到家喜滋滋地告诉阿苇妈，却迎来劈头盖脸一顿说："你晓得他们是什么关系，不去拆穿他们也就算了，你还去给他们做消夜，别人以为你跟他们是一票里货色。"

胡大厨一脸茫然说："他们什么关系，我哪里晓得？我猜么，那个芒斯白天在紫罗兰剃头，夜里在隔壁当仆人，帮法国女人买买夜宵。"阿苇妈狠狠白了他一眼，一时竟无话可说。

就这样，胡大厨接下了这件事，每天晚上变着花样做馄饨、面条、汤圆等，赢得菲兹曼太太的连连称赞。但只要到了礼拜六的晚上，为他开门的就换成了菲兹曼先生。有一次，胡大厨跟阿苇妈说："隔壁那个大块头洋人真是奇怪，一天到晚板着面孔，像人家前世里欠他的。"阿苇妈不说什么，心里暗自奇怪："照理说，菲兹曼夫人和芒斯的事已经被大块头撞破了，为啥他就像没这回事一样？洋人的想法真是奇怪。"

敲门声响起，周鼎走了进来，他带来一个消息，日本人可能把华人在公共租界开的米行全部没收。自从阿克塞尔被日军抓走后，阿苇妈开在公共租界的米行就交给了周鼎管理。

阿苇妈点点头，脸上丝毫没有慌乱之色，说："从今天起，我们的存货就只在法租界卖了。我这两天盘了盘，现在法租界也搞'户口米'，每家每户定量供应，这点存货卖七八个月也就卖光了。你想想，还有什么别的办法？"

"暹罗米现在我们运不进上海了，只有去苏州、无锡买大米，不过日本人拉起了铁丝网，禁止本地人出去买米，假使我们偷偷地去，肯定有风险。"周鼎这个想法，阿苇妈也早就想过，便说："你找几个人，想一想出上海买米的路线，先不要动。"

卧室门打开，一身裙装的阿苇从里面走了出来，看到周鼎在座，白皙的脸上飘过一丝不悦。她只当没看到周鼎，对厨房里说了声："爸爸，我出去，中午不用等我吃饭。"说着就走出了房门。

阿苇妈看着女儿的背影，轻声问："小钉子，阿苇已经有好几个月不理你了？"周鼎点头说是："我跟她说话，她也总是不冷不热地说一两句就走了。"

"你到底有什么事惹她不高兴？"

周鼎当然知道原因，但又不好意思跟阿苇妈明讲，含糊道："这段时间芬妮也不高兴，小日本打进来谁会高兴。"阿苇妈笑了笑，心想：你不愿说就算了，我总会知道的。

此时，房门被用力推开，平素举止娴静的芬妮，光着脚急匆匆跑了进来，大声说："南乔被抓走了。"说罢，坐倒在沙发上大哭起来。

阿苇还没下楼，见此情景也快步跑了进来，坐在芬妮身边，轻拍着她的肩膀说："芬妮，南乔都被关在孤军营好几年了，他怎么会又被抓起来了？"

芬妮的眼泪是诺曼底公寓的一道风景，乌老三有一次说："洋人大笑都能拍成电影给中国人看，以后芬妮落泪也好拍电影了。不过么，一定要光着脚掉眼泪，到辰光我第一个买票。"好在，她的眼泪收放自如，拿起阿苇妈递上的手绢，边擦边说："我爸爸一个朋友刚才打电话来，说他听说日本人要把孤军营里的战俘，送到太平洋上的小岛去，帮他们建造防御工事，准备跟美国兵打仗。"

周鼎忙问："是孤军营里所有人都去吗？"

"说是挑一部分身强力壮的战俘去，因为那些岛上生活很苦，最主要是没淡水喝。"

"另外一部分呢？"阿苇问。

"送到浙江乡下去挖煤，做苦工。"芬妮又抽泣起来。

周鼎站起身说："我马上去跟曹叔说。"阿苇却抢在他前面，往门外跑去，冷冷地说："我正好要出门，我去跟曹叔说，你陪着她吧，她怎么离得开你？"她还特别把最后那个"你"拉了长音。

阿苇妈轻轻叹了口气，似乎为曹南乔的遭遇，又似乎为这几个孩子的情感。

走廊上电梯铃响，一阵沉重的脚步声传来，布莱特拎着皮包从门口走过。刚才阿苇出门并没关72室房门，他一眼瞥到芬妮和周鼎，神情严肃地朝两人招了招手。

走进船长室，布莱特放下包坐在沙发上，闷头抽起了烟。跟他进门的周鼎和芬妮对视了一下,芬妮在父亲身边坐下,周鼎依然站着。

布莱特指了指沙发,示意周鼎也坐下,又抽了几口烟说:"小日本来了。"芬妮奇道:"小日本来哪里了?"周鼎接着说:"布莱特先生,你说过小日本会给法国维希政府留点面子,所以跟他们在公共租界的做法不大一样,还是让法租界公董局出面管理,他们在背后操控。"

布莱特拧灭烟头,抬头看着从卧室里走出来的夫人,一字一顿地说:"我还是低估了小日本的凶残,刚才来了几个日本宪兵,说他们要征用美华洋行的那幢楼,限期三天搬出去,而且他们要没收洋行。"

他的声音并不响,却如一颗威力巨大的炸弹,把宽敞明亮的船长室客厅炸成了废墟。芬妮惊叫了一声,布莱特夫人呆若木鸡,刚从厨房走出来的葛妮亚,则将手上端着咖啡杯掉落在地,碎片四溅。

一阵沉寂后,周鼎第一个开口:"布莱特先生,你手上还有这么多药品,还有不少公寓的房间,都可以继续赚钱的。"

布莱特又点上一根烟,说:"公寓靠不住,据说法租界里除了公董局的房产,其他的都会被小日本没收。那些药品么,肯定是越来越值钱,关键是不能让小日本抢走,还要防备被其他人抢劫。"以往提到日军,布莱特都用"日本人"之类的中性词,这天起,他也开始咬牙切齿咒骂小日本了。

敲门声忽然大作,确切地说近乎于砸门。葛妮亚正蹲在地上清扫碎片,闻声抬头看着布莱特,见他点头,忙走过去打开房门。

门外站着的洋人少妇披头散发，睡衣系带松着，几乎半敞着怀。葛妮亚上前扶住她，赶紧将睡衣拉上，问："菲兹曼太太，有什么急事？"菲兹曼太太惊恐的眼睛看着布莱特，大声说："布莱特先生，求求您想办法救我丈夫！"布莱特赶紧走上前问："菲兹曼先生出了什么事？"

"他被，他被日本人抓进宪兵司令部了！"

芬妮扶菲兹曼太太在沙发上坐定，葛妮亚又端来一杯咖啡。咖啡杯和盘子在菲兹曼太太手中成了一件乐器，叮叮当当不断作响。

她凌乱又断断续续地讲述，大致还原了事件经过：刚才，菲兹曼的司机打来电话报信，说上午送菲兹曼去虹口办事，经过北四川路桥时，没有按规定下车向日本宪兵鞠躬致敬，被宪兵拉下了车，菲兹曼却昂首站立，坚持不肯鞠躬。一个宪兵踮起脚尖，伸手就打了菲兹曼两个耳光，膀大腰圆的菲兹曼怒火中烧，挥动巨掌打掉那个宪兵好几颗牙齿，另一个宪兵冲上来，被菲兹曼一拳打飞，头砸在桥边石墩上，血流满地。

听到这里，若不是碍于悲伤的菲兹曼太太，周鼎忍不住就要连声叫好。布莱特则面色凝重，想了想说："他是法国侨民，小日本应该不会拿他怎么样，我来想想办法。"又安抚了好一会儿，葛妮亚才把菲兹曼太太送回隔壁房间。芬妮诧异地问："爸爸，你认识日本宪兵司令部的人？"

"我怎么会认识那些魔鬼，无非就是先安慰一下她。"布莱特顿了顿又说，"听说那个地方是地狱，进去的人没有几个能活着出来。"

周鼎走上仆人电梯，他心里盘算着三件事。一件是阿苇妈交代的，让他找几个人，准备去苏州、无锡运米进租界；另一件是刚刚布莱特关照的，也是让他找几个人，把药品仓库看看紧，防止被人抢劫；还有一件最重要，就是去孤军营打探曹南乔的下落。

开电梯的乌老四斜倚在电梯里，见到周鼎进来，伸手摸出一个红色药丸说："你晓得这是什么？"

自从乌老四投靠了日本人，周鼎就不再跟他搭讪，听他来问，只是冷冷说了句不晓得。乌老四连打了两个哈欠，说："小阿弟，这个叫红丸，吃一颗保你腾云驾雾。不过么，就是力道太大，多吃几颗真会吃死人的。"

周鼎看了一眼说："马路上天天有人吃死的，你怎么不吃鸦片，吃这种东西了？"乌老四叹了口气："日本人太小气，帮他们做事没几个铜钿，鸦片吃不起啊，还是这个红丸便宜，这叫拼死吃河豚。"随后将头凑近周鼎，低声说，"不过么，我想到了一个发财的办法，过两天你等着看好戏。"

周鼎不再搭理，快步走到门厅，正好阿苇低着头从外面走了进来，两人差点撞个满怀。周鼎扶住阿苇说："南乔的事，你跟曹叔说了吗？"阿苇一甩手，挣脱了周鼎的手，说："说过了，你怎么不问我，马路上这么多小日本，为什么要出门？"

"对啊，你为什么要出门，就不怕被小日本抓起来？"周鼎嘴里虽在说笑，但看着眼前这个容颜俏丽、肤白胜雪的少女，内心不由地充满了爱怜。

"我不说你就不问啊，我偏不说。"阿苇转身正要走，却见门口进来一个洋人少妇，左胳膊上套着一个鲜红色的袖章，上面有显眼的红色字母"B"，身边跟着两个八九岁的孪生小男孩。

阿苇奇道："阿克塞尔夫人，你胳膊上干嘛套这么奇怪的东西？"

自从阿克塞尔被捕后，阿克塞尔夫人花了很多钱到处打听消息，最新的消息是，她丈夫已经被转移到一个集中营。这显然是一个好消息，说明阿克塞尔活着从地狱般的日本宪兵司令部出来了。"日本人说我们是敌国侨民，让我们每个人都要戴袖章，这个 B 代表我是英国人。我说我是法国人，日本人说你的丈夫是英国人，所以你也算英国人。"

周鼎看着袖章问道："还有哪些是敌国公民？"

"英国人、美国人、荷兰人、比利时人，凡是跟德国打仗的，日本人都把他们算是敌国侨民。"阿克塞尔夫人伸手拍拍袖章说，"我觉得很光荣。"

阿苇听到这里，转身就往门外走。周鼎一把拉住道："你还出去干什么？"

"要你管啊！"阿苇嘴里说着，嘴角却偷偷一笑。这种带着娇羞、倔强、嘲讽、妩媚等诸多内涵的笑容，是仅属于阿苇一个人的。在周鼎眼中，这个漫天战火的世界上，没有比阿苇的笑更温暖的东西。此刻他的心，已经融化在这笑靥如花中。

阿苇动若脱兔，一溜烟就跑出门了。周鼎跟到门外，看着她走进了银记面包房，便返回身朝看门人小屋走去。坐在电梯里的乌老三叫住他："小阿弟，这么标致的小娘不去追，回转身来找曹格里做啥？"

没等周鼎回答，乌老三又说："那个小阿苇真叫女大十八变，前两天那个吹号的意大利人还来跟我说，这是他见过的顶顶漂亮的中国小娘。你不要找曹格里了,他出去有一会儿了。"

周鼎朝乌老三点点头,心想,曹叔肯定去孤军营打听消息了。门外走来一个老头,在这样一个潮湿闷热的天气里,依然穿着标志性的黑西装,周鼎问:"黑塞先生,今天医院里没什么事吗?"

这几年,黑塞越发沉默寡言,他扶了扶黑框圆眼镜,摇了摇头。走到电梯门口,他停步转身问:"你今天有没有看到布莱特先生?"

周鼎说他刚回来,黑塞默不作声进了电梯。这时,阿苇走进门来,把手上一只面包递给周鼎:"我猜你没吃午饭。"她抬起另一只手里的袋子:"告诉你吧,我去买蜡烛了,我妈说接下来可能会停电。"

入夜,曹鲁才回到公寓。"曹格里,一下午去哪里了?晚饭吃过了吗?要不要我帮你去买点吃的?"从电梯里传来一连串的关切。

"吃过了。"曹鲁淡淡道。乌老二从电梯里走了出来,手里拿着一副大饼油条:"骗谁呢,看你这副样子就没吃过,这是早上帮你买的,要不要吃两口?"

"你吃吧,我去歇一会儿。"说着,曹鲁拖着沉重的双腿走进了小屋。

这一下午,周鼎来找了曹鲁好几次,这时刚走进门厅,就听乌老二冷冷道:"你要找的人已经回来了,饭也不吃,看样子没找到儿子。"

果然,周鼎推门进小屋,看到曹鲁斜靠在床上,闭着眼睛似睡非睡。听到动静,曹鲁坐了起来,摇摇头说:"人去楼空。"

"曹叔，那些看守的白俄兵也都撤了吗？你有没有问旁边的小店和住家？"

"白俄兵没了，都问了，说四天前开来几辆卡车，押车的是日本兵。"曹鲁转过头去，似乎不想让周鼎看见自己的悲伤。

周鼎想了想说："曹叔，南乔年轻力壮，就算是被送到外洋的小岛上，也肯定能活下来。小日本撑不了多长时间，他们缺煤、缺钢、缺人，什么都缺。"曹鲁并不说话，只是点点头。他注视着周鼎好一会，问："今年二十一了？"

周鼎不知曹鲁何意，说："是的曹叔，我比南乔小三岁。"

"成人了，我没辜负你爸的嘱托。"

两人沉默了一会儿，周鼎站起身说："曹叔休息吧，德国佬菲兹曼被小日本抓了，我上楼去问问情况。"刚转身走到小屋门口，听曹鲁低声说："如果我不见了，不用找。"

十点多，胡大厨做了一碗三鲜面，端到隔壁71室门口。这次开门的却不是芒斯，而是菲兹曼太太，神情凄然地道了声谢，便关上了门。

正巧电梯门打开，芒斯走了出来。胡大厨笑着问："今天这么晚？"他见人总是要搭讪一两句，以示礼貌，这句话问得连他自己也不知道什么意思。

芒斯愁眉不展，似乎没有听到胡大厨说话，径直走过去用钥匙打开了房门。胡大厨自言自语："洋人也真是怪，仆人这么晚还来上夜班。"

刚要回房，另一辆电梯上来，黑塞从里面走了出来。胡大厨笑着问:"今天这么晚?"黑塞愣了一下,推了推眼镜点了点头,往船长室走去。

没一会儿,胡大厨拎着一包垃圾出来,见到黑塞和布莱特从船长室走出来,忙笑着说:"今天这么晚?"布莱特看了他一眼,问:"你见到芬妮了吗?"胡大厨连连摇头:"没见到,会不会出去吃夜宵了?"

楼顶平台上,三个人在墙角席地而坐。阿苇正在问周鼎:"小钉子,要不要去五楼请朱洪豪算一卦,算算南乔到底去了哪里?"

"好啊,我们现在就去。"说话的是芬妮,已经站起身。

周鼎一把拉住,说:"算命的都是瞎说的。你实在想算,明天去找他吧,现在太晚了。"芬妮重新坐下,阿苇低声问:"芬妮,如果南乔回来,你想不想嫁给他?"只听皮鞋声传来,听上去有两个人上了平台。阿苇示意别说话,嘴巴凑到芬妮耳边:"你慢慢想。"

那两人走到靠近霞飞路的墙边站定,借着月光已经看清是黑塞和布莱特。芬妮和阿苇都用诧异的眼光看着周鼎,看到周鼎摆了摆手,便都不作声。

两人抽着烟,还是布莱特先打破沉默:"你今天又来找我,是有重要的事吗?"黑塞看着夜空,低声问:"有个人你知道吗?约瑟夫·艾伯特·梅辛格。"

"那个华沙屠夫,党卫军上校?"

"对,去年他担任波兰华沙的政治警察指挥官,屠杀了当地大量犹太人。现在,他就在上海。"

"怎么了?"布莱特似乎觉察到什么,口气中带着惊诧。

"他从日本坐潜艇来的,带来了一个计划。"黑塞顿了顿,似乎在考虑接下来如何表达。

"他要来消灭上海的犹太人?"

"你猜到了。他带来了三个方案,一是将犹太人装在几艘年久失修的船上,由拖船拖到海上,然后切断船缆,这叫海葬;二是押送犹太人去上海周边挖矿,让他们缺衣少食、过度劳动,这叫陆葬;三是在崇明岛上建一座集中营,在那里对犹太人进行医学实验,这叫药葬。"

听到这里,芬妮差点惊叫,连忙捂住了嘴。他们看着布莱特的背影,只见他肩膀耸了耸,说:"这些计划应该是绝密的,你怎么知道?"

"我救过他的命。第一次世界大战时,我是德军的军医官,梅辛格当时是个中士,作战很勇敢。一次跟法军交战时,他被两颗机枪子弹打穿了腹腔,是我把他从死神手里救回来的。他一直很感激我,到了上海就来请我吃饭,酒喝多了,就都跟我说了。"

接下来是一片死寂般的沉默,芬妮紧紧捂住自己的嘴巴,泪水早已浸湿了衣衫。

"你告诉我这些,不担心我说出去吗?"

黑塞摇头说:"我是德国人,当过十多年军医官,当然知道泄露军事机密的后果。不过,我不能不说,我还是要告诉你,我并不是同情犹太人,但我反对无差别地屠杀。"

"我接下来应该怎么办?"布莱特问。

"我没有建议,也不能提供任何方案。现在离开上海的海路已经被切断,你们只能听从上帝的安排。"

布莱特伸出右手,说:"非常感谢你,黑塞医生,我会自己想办法的。"黑塞看了看,将双手插进了裤兜:"我从来不跟犹太人握手。"

目送布莱特的背影消失,黑塞再次转头望着夜空,说:"你们出来吧。"周鼎等人互相看了看,又听他说:"芬妮,出来吧。"

三人连忙站起身走了过去,芬妮终于可以不用忍住悲声。黑塞看了看他们,说:"你们要知道,打过仗的人,要么聋了,要么像我这样。"

芬妮哭着问:"黑塞先生,我们应该怎么办?"

"听我的,孩子,躲起来,躲到战争结束!"

芬妮道了声谢,转身正要走,黑塞叫住她,然后从左手上褪下戒指,放在芬妮掌心说:"这枚戒指在我们黑塞家族传了七代,送给你,留个纪念。"

芬妮刚想推辞,黑塞握着她的手说:"从见到你第一天起,我就把你当女儿看待。留着吧孩子,熬过这场战争,幸福地过一生!"

黑塞把周鼎留了下来,他却并不说话,自顾自地抽着烟,抬头凝望着天上的一轮圆月。周鼎安静地站在一旁,也看着夜空,心里想着如何帮助芬妮一家逃脱"梅辛格计划"。

"上一次我在半夜凝望月亮,还是二十六年前,在法国凡尔登。从那以后,我一直不敢看月亮。"黑塞深吸一口烟,然后转头问周鼎,"你知道为什么吗?"

他不等周鼎回答,继续说:"因为就在那个月夜,凡尔登十几平方公里的战场上,堆满了尸体,士兵们完全不必用沙袋筑工事,用尸体就足够了。"黑塞的眼睛再次望着半空的月亮,"法国人死守阵地，我们的重炮疯狂轰炸，士兵集团冲锋，但战线几乎丝毫未动。两边的士兵们都亲眼看着自己的战友冲上去，死在前方，自己踏过战友的尸体，继续死在差不多同一处地方。双方都知道这是徒劳的送死，但无能为力。"

"那天打到后半夜，双方的神经都已经崩溃，突然都停火了。那年我四十三岁，是中校军医，躲在战壕里抬头望向天空，那轮月亮跟今晚很像。我的脚边，是战友的尸体和数不清的老鼠，散发的恶臭现在还常常把我从梦中惊醒。那不是战场，那是屠宰场！"

"你后来就离开了军队？"

黑塞哼了一声："你知道战争是什么？是死神的盛宴。战争一开始，地狱便打开了门，叫喊战争的人都是魔鬼的参谋。"

说到这里，黑塞语气变得急促起来："从第一次世界大战中活下来的士兵，要么从此厌倦逃离战争，要么成了嗜血者，成了战争动物！"

"黑塞先生，你能劝阻那个党卫军上校吗？这样就能拯救上海成千上万的犹太人。"周鼎问。

黑塞盯着周鼎，突然发出一声冷笑："劝阻华沙屠夫梅辛格？他是我从死人堆里救下来的，他现在已经成了疯狂的嗜血者。而且，我已经把这个绝密情报透露给了布莱特，这是我唯一也是最后能做的。我作为一个德国人，一个曾经的德国军人，将因此受到严厉的惩罚。"

黑塞从口袋里掏出一把钥匙："这是我的房间钥匙，客厅桌子上放着一个手提箱，里面是我这一辈子的积蓄，上面有一份我签名的文书，正式赠与你。"

周鼎原本伸手要拿，听到这话赶紧缩回手，惊诧道："黑塞先生，你把一辈子的积蓄都给我，这是为什么？"

"我观察了你好几年，你是可信任的。我要求你保管好这些钱，暗中保护芬妮，一旦她有难，你必须出手救援，不惜一切代价！"

周鼎更是不解，问："黑塞先生，你要保护芬妮，为什么不把这些钱直接给她，或者给布莱特先生？当然，他其实也很有钱。"

黑塞有点不耐烦，压低了声音说："我讨厌犹太人，但我很喜欢芬妮。"他点上了烟盒中最后一根烟，吸了一口说，"我给你讲个故事。那次大战即将结束时，我们经过一个边境小村庄，在一所房子里发现一个刚会走路的小女孩，黑头发、浅褐色眼睛，她看到我就跑了过来，扑在我怀里叫爸爸。我很想带她回德国，但我的上司掏出手枪说，要么放下她，要么打死她。"

"为什么，他为什么要这么对待一个小孩子？"周鼎问。

"因为这是个犹太小女孩，我是医生，我的上级也是医生，我们当然分辨得出犹太人。我抱着她放回屋中，她死活不肯松手，我只能把她摔在地上，她哭着在队伍后面跟了很久很久。我至今记得这一幕，那女孩长得跟芬妮一模一样，而且年龄也差不多。"

黑塞再次举头望月："这一幕和凡尔登的月亮，成了我人生最挥之不去的两样东西。十几年前，当我来到上海，住进诺曼底公寓，第一眼看到芬妮时，我的心跳似乎停顿了许久。我在想，那个小女孩一定是逃出了战场，漂洋过海来到了上海。"

听到这里，周鼎的双眼已经噙满了泪水，说："黑塞先生，我一定会保护好芬妮的。你不用给我钱，等战争结束了，你回德国还要用钱。"

黑塞抬手把钥匙扔到了周鼎脚下，说："还回德国干什么？那个可恶的波西米亚下士是真正的战争动物，德国在他手中终将万劫不复。对了，我的房间里还有一些消炎药和消毒水，如果哪天芬妮的脚底再被扎伤，或者你父亲的腿再次受伤，还能派上用场。"

听这话，周鼎猛然想起几年前父亲受伤，正巧芬妮的脚底也被扎伤，他和阿苇送芬妮到黑塞家治疗，顺便多要了一些消炎药带给父亲，惊讶道："你怎么知道是我父亲受伤的？"

黑塞笑了笑，指着自己的前额说："别忘了我是一个医生，德国军队中的神奇医生，我有医生的直觉。"说着，攀上了楼顶围栏，站在夜空中看着周鼎说："我是一个医生，更是一个军人，战死是我的宿命。在我生命的最后十多年我来到了上海，见到了很多丑恶，也见到了很多美好，特别是见到了芬妮，我为她做了我所能做的一切。现在我的使命完成了，我相信你能保护好芬妮，上帝保佑你！"随后他面朝西方，低声吟诵：

  我今高于兽与人
  我发言时无人应
  我今又高又孤零
  苍然兀立为何人
  我今高耸入青云
  静待霹雳雷一声[1]

---

[1]（德国）弗里德里希·尼采《松与雷》。

一个张开双臂的黑影，就像一只振翅起飞的大鸟，越出诺曼底公寓高达百尺的楼顶，消逝在上海的沉沉夜色中。

"芬妮，抓紧吃饭。"

灯光昏暗的船长室里，芬妮坐在餐桌边，跟往常一样慢慢享受着食物。布莱特夫妇已经吃完了，他们看着芬妮，再次催促。

芬妮加快了节奏，但依然没能达到父母的要求，布莱特说："你不抓紧，就只能关灯了。"葛妮亚从厨房里走了出来，怜爱地看着芬妮说："刚做了个汤，煤气就断了，只能将就着吃了。"

芬妮冲着葛妮亚笑笑，咽下嘴里的面包说："很好吃，所以我才吃得慢。"心里想着的，却是小时候胡大厨做的中餐。

看到芬妮喝完最后一口汤，布莱特立即站起身关掉了电灯，一旁的布莱特夫人已经拿出了蜡烛，葛妮亚瞬间划亮了火柴。三个人配合之默契，堪称无缝衔接，为的就是尽可能节约使用每个月七度电的配额。尽管只在晚餐和半夜上厕所时开灯，但这七度电还是只够布莱特一家用七八天，其他时候就只能靠蜡烛度日了。

一九四三年以来，几乎所有的物资都变得越来越紧缺。上海的每家每户都必须使用配给卡，才有可能买到大米、面包、面粉、食用油之类的生活必需品。问题是，半年前排队就能买到，现在队伍越来越长、越来越拥挤，却越来越多的时候空手而归。

原本存放芬妮最爱的冰淇淋和奶酪的冰箱，现在里面放满了书本，成了芬妮的书橱。煤气也越来越频繁地断气，布莱特夫人叫归一买了个煤球炉子，以备不时之需。前两天用了一次，葛妮亚把厨房弄得就像日本人刚扔了颗炸弹，却也没能把炉子点着。

现在布莱特一家出门，依然坐那辆塔尔伯特小汽车，由孟祥和归一轮流开。由于市面上汽油短缺，只有日本人和高级别的德国、意大利官员获得供应，其他小汽车都改烧木炭。塔尔伯特车的后座上装上了一个大汽油桶，里面放满木炭。出行前半小时，便要开始烧木炭，然后摇动机器，才能冒着黑烟行驶。

这些日子，布莱特即便睡着，眼前也会不断出现黑塞的面容，凝视着自己说：海葬！土葬！药葬！他在胆战心惊中度日，即便白天有人敲门，也能把他吓出一身冷汗。

为此，他尽可能把手中的东西变现，尽可能换成金条或美元。作为派克饭店的小股东，他到处找人希望卖出股份，但日军早就全面进驻公共租界，派克饭店随时可能被征收，没有人愿意在此时购入。百般无奈时，汪步青找上门来，说可以帮他找到下家，但要对半分钱。布莱特眼睛都不眨，一口答应。

这几个月来，布莱特卖掉了几乎所有带不走的东西。只是由于药价持续上涨，而且出手很方便，以他精明的头脑，决定把药品留到最后时刻再出手。眼下，他的脑子里只有一件事：全家怎样逃出上海？

芬妮吃过饭，正想去72室找阿苇时接到一个电话，是二楼马尔基尼奥打来的，请她去看电影。

对着话筒，芬妮温和地拒绝了这个提议："我不再去看电影了，因为美国和英国的电影都被禁了，看那些日本和德国的新闻短片有什么意思，都是宣称它们在欧洲和太平洋赢得了一个又一个胜利。"

电话里，马尔基尼奥还在力邀她外出，说除了看电影，还可以去跳舞、喝咖啡、喝酒等等。芬妮一一谢绝。

最近几个月，马尔基尼奥正施展所有的魅力，全力向这个温和圆润的犹太姑娘发起爱情攻势。芬妮却似乎不为所动，这对于自认拥有无可阻挡魅力的意大利人来说，是从未有过的挫折，也让他决心要奋战到底。

芬妮刚走出房间，就听到隔壁 71 室传来争吵声，平时总是讨好菲兹曼太太的芒斯，大声嚷嚷着走了出来。自从德国佬菲兹曼被捕后，菲兹曼夫人一直焦虑不安，常常跟芒斯争吵，但将芒斯赶出门还是第一次。

芒斯迈开长腿朝电梯走去，里面坐着瘦小枯干的乌老四。见芒斯走过来，乌老四站起身低声问话，随后语气越来越激烈。然后，两人边争论便顺着楼梯下楼，因为限电，电梯此时已经停运。

芬妮一向不爱管别人的事，目不斜视地走过楼梯，看到阿苇从 72 室探出头来，连连朝她招手。阿苇身后站着两个金发孪生男孩，也学着阿苇的样子朝芬妮招手。

客厅里只点着两根蜡烛，昏暗的烛光下，阿克塞尔夫人正低头看报，眼睛几乎凑到了报纸上。跟菲兹曼太太不同，阿克塞尔被捕后，除了当天的惊恐，阿克塞尔夫人一直保持了冷静和理性，冒着自己犹太身份随时可能暴露的风险，从各种渠道打听丈夫的消息，并谋划各种可能的营救办法。

阿苇拉着芬妮走到落地窗外，指了指 71 室说："刚才他们开着窗在大声说话，原来乌老四在敲诈芒斯，说他不是法国人，而是比利时人，如果不拿出两根金条，就让日本人把他抓起来。芒斯拿不出钱，就找菲兹曼太太要。菲兹曼太太不肯，说钱要留着救她丈夫。"

"为什么比利时人就要被抓起来?"芬妮诧异道。

"这很简单,比利时人是敌国侨民,应该关进集中营。而且小日本在登记国籍时候说过,假使有人敢假冒身份,就罪加一等。"

芬妮想了想,低声说:"要是这样,阿克塞尔先生是英国人,他被小日本抓进去,为什么阿克塞尔夫人能好好地住在这里?"这话被身旁的双胞胎男孩听到,其中一个说:"我爸爸是英国人,我妈妈是法国人,她有法国护照。"

芬妮奇道:"可是我看到你妈妈戴过B字臂章,我一直以为她也是英国人。"另一个小男孩说:"我妈妈说是替我爸爸戴的,我们都讨厌维希政府,讨厌贝当元帅,他们是希特勒的跟屁虫。"

芬妮听了连声附和:"以前学校里还要我们唱歌,元帅,你是法兰西的大救星。可是一唱完,我们就偷偷地骂,狗屁!"阿克塞尔夫人放下报纸说:"孩子们,你们不要这么大声说,当心有人去告密。"

时近午夜,告密者出现了。

法租界的夜晚,早已没有了霓虹闪烁。路灯是用煤气的,也因供气不足,只能发出些微光亮,如同坟地里的鬼火。

一辆卡车疾驰而来,在诺曼底公寓大门口停下,下来一个胖胖的中国人,和三个日本宪兵,其中两个背着长枪。门厅里,乌老四早就在此迎候,朝那个没背长枪的日本军官连连鞠躬,又跟那个胖男人交谈几句,便在前面带路,一群人偷偷上楼。

没一会儿,五楼一个房间传出打斗声,随后一声枪响,紧接着是一个老妇人惊叫和大哭声。这群人快速下楼,脚步声比上楼时响了很多。两个日本兵押着一个身材挺拔的光头洋人,他的腿上不断滴落着鲜血。

他们身后，追下来一个花白头发的老妇，一路叫道："你们要把他带到哪里去？"日本军官回过身，掏出手枪，用枪托在老妇头上重重一击。那老妇应声倒下，身下是斑斑血迹。

光头洋人被日本宪兵推上了卡车，日本军官正要坐上副驾驶，乌老四连跑几步，一把拉住军官的衣袖，叽里咕噜说了几句日文。军官似乎没听懂，不耐烦地将他推倒在地。乌老四奋力爬起，拉过那个胖男人，让他做翻译。

日本军官听后，转头看了一眼乌老四。乌老四连忙举手朝骑楼一指，那边墙上有一个红白蓝旋转灯柱。军官一挥手，带着一个日本兵快步往前走去。

乌老四连忙上前拦住，用蹩脚日文说："紫罗兰有后门，敲门会把芒斯吓走，我先去把他叫出来。"说着，气喘吁吁地跑到紫罗兰理发厅门口，轻轻敲门，说："芒斯老弟，菲兹曼太太有一件东西给你。"

平时，每个礼拜六菲兹曼回家时，芒斯就睡在紫罗兰。今天晚上被菲兹曼太太赶出门后，他也没有别的去处。这一切，都被乌老四看在眼里。下午，他得到通知，日本宪兵晚上有行动，让他半夜等在门厅，帮着指路。乌老四并不知道日本人要抓谁，但他心中窃喜，想到可以执行一个他盘算已久的计划。

睡眼惺忪的芒斯刚打开门，日本兵调转长枪，一枪托打在芒斯额头。芒斯哼也没哼，瘫倒在地。军官示意乌老四将他拉上车，乌老四蹲下身，伸出两条细胳膊使劲拉了几下，地上的芒斯没有移动半分。

军官一脚将乌老四踢开，让日本兵和胖翻译一起拖走，随后神情严厉地问乌老四："他是英国间谍，你肯定吗？"

乌老四跪在地上，把头点得像抽风，说："千真万确，芒斯一直冒充法国人，其实是比利时人，帮英国人收集皇军的情报。我盯了他好几年了，你看他腿这么长，其实是假的，皮鞋后跟是空的，就是用来装情报。"

军官听懂了大半，转身上车走了。乌老四坐到地上，头上冒着汗，张开瘪嘴大笑起来，嘴里念念有词："芒斯啊芒斯，把你这个秘密报告了皇军，你有得苦头吃了。"他知道日本人疑心最重，可能从没见过芒斯穿的内增高皮鞋，必定动大刑，芒斯怕是出不来了。目送军车远去，他连忙进门去翻找芒斯的钱财，心想：说不定日本人一高兴，连紫罗兰理发厅也赏给自己，还有那个标志风骚的菲兹曼太太，也可以去揩油了。

此时，霞飞路的路灯已经全部熄灭，漆黑的诺曼底公寓大门内外一片死寂。唯有看门人小屋开了一道细缝，里面的眼珠发出一点光亮。

第二天早上七点半，乌老二出现在公寓门厅。因为限电，诺曼底公寓的仆人电梯已经停用，两台主电梯则只用一台，而且只在早上和傍晚开启两小时。

此时，门厅里站着七八个人，看着地上的血迹议论纷纷。见乌老二进门，胡大厨问道："地上是谁流的血？"乌老二白了一眼说："你当我会算命啊，我刚刚进来哪里晓得？"看到楼梯上走下来算命先生朱洪豪，指着他说："你叫他算算看，算命到底是不是骗人，就看今朝了。"

矮小精瘦的朱洪豪钻进人群，看了一眼地上说："前几年，杜先生专程登门来求我算命，我为他指点一路活路，就是去香港避难。上海滩最大的大亨也听我的，你讲我是骗人的吗？"

乌老二从不嘴软，说："香港这种穷地方有啥好，现在不也是日本人的地盘了，你当时为啥不叫他逃到美国去？"

"乡下女人真是一点也不懂，香港是跳板，到那里看形势，随后想去哪里去哪里。"

"不要瞎讲三千，你先算一算，这些血是谁的？"

见两人要吵起来，有人忙打圆场："好了不要说了，乌老二，你先拿个拖把擦一擦，血淋淋的真吓人。"

乌老二冷冷地说："我是开电梯的，不是扫地的。"看看周围，又说，"怪了，今朝曹格里怎么不出来，睡过头了？"平时一大早，曹鲁就会把门厅清扫一遍，特别会把门厅中央镶嵌着公寓标志的大理石地块，擦得干净透亮。

乌老二朝看门人小屋走去，自言自语道："会不会抱着哪个女人在睡觉？"走到门口刚要敲门，门突然打开，里面站着一个头缠绷带的老妇。

两人同时发出惊叫，乌老二问："斯特伦堡夫人，你怎么睡在这里，你跟曹格里……"斯特伦堡夫人问："这是哪里，我怎么在这里？"

周鼎从后门进来，见此场景忙扶斯特伦堡夫人在凳子上坐下，问："你的头是被谁打的？"老妇想了想，茫然摇头。

"是不是日本兵，穿黄颜色的军衣，个头矮得像侏儒？"

老妇似乎想到了什么，微微点头。

周鼎已经猜到几分，忙问："小斯特伦堡先生呢？他有没有被小日本抓走？"老妇猛地想起来，惊叫道："是的，半夜里，日本兵冲进门，我儿子想跳窗，被他们开枪打中了。"然后指着头上的绷带说，"我追出来，被他们打中了这里。奇怪，日本兵这么好心，他们帮我绑了绷带？"

众人一片哄笑，仇连升也在看热闹，恨恨道："小日本不是爹妈生的，他们会帮你绑绷带啊，不送你一粒枪子算你运道好！"

朱洪豪斜了一眼乌老二，说："现在我来算一卦，你听好：楼梯和门厅里的血是斯特伦堡母子俩的，儿子被日本人抓走了，老娘昏倒在地上，肯定是曹格里看到了，帮她绑好绷带，扶到小房间里休息。"

乌老二连白了朱洪豪几眼："随后呢，你看这间房间小得来，这张床窄得来，他们抱在一起睡了一觉？你算，你再算。"

她猜朱洪豪并不知道自己曾抱着意大利人睡了一夜，这话果然将朱洪豪噎住了。周鼎心想："曹叔救了斯特伦堡夫人后，十有八九连夜走了。为什么他看到小斯特伦堡被抓，要马上走呢？"

此时，巴络带着几名巡捕走了进来，众人七嘴八舌把斯特伦堡夫人的遭遇跟他说了。巴络两手一摊说："日本人进法租界抓人，现在不是家常便饭吗？有啥好奇怪的。"

胡大厨说："巴老爷，你们巡捕房能不能去跟日本人说说，把她儿子放回来？"

巴络脸上的横肉跳了两下，伸手指着自己满是麻子的脸说："叫我去找日本人要人，你是叫我去找死！我跟你说，现在是日本人给法国人一点面子，军队没有开进来，不过法租界大小事情都要听日本人的，我们就是摆设。"

巴络又摆了摆胖手说:"不跟你们多讲了,你们听不懂。今朝来是宣布日本人的规定,每家每户的短波收音机要全部交出来。日本人说了,限期三天,谁敢藏起来不交,统统抓进集中营,放狗咬。"

众人一阵交头接耳,纷纷说自己家里没有短波收音机。巴络不屑地说:"你们这帮穷鬼,怎么会有这种东西,不过楼里面住了这么多洋人,他们有啊。"他抬眼一看,楼梯上下来一洋一中两个美少女,大声问:"芬妮,你们家是不是有短波收音机?"

芬妮连连点头说:"是啊,你怎么知道,你来过我们家吗?"一旁的阿苇急得想踩她脚,忙说:"芬妮,你说的是那台唱机吧,就是放'毛毛雨'的。"

见阿苇连连朝自己使眼色,芬妮不解地说:"对啊,我们家这两样都有。"阿苇伸手掐了一下芬妮的大腿,对巴络大声说:"芬妮说,他们家都没有。"

站在巴络身边的胡大厨一脸真诚地说:"他们家有的,我在她家烧了好几年饭,天天看到的。"

傍晚,布莱特把周鼎叫到船长室,第一句话是:"你知道战局进展吗?"

"现在报纸都被小日本控制了,报道说日军节节胜利,但是只要看上海缺米缺电缺煤,就知道小日本战事吃紧。"

布莱特点点头,对于这个年轻人,他有一种复杂的感觉。一是觉得周鼎聪明能干,是个做生意的好帮手、好参谋;二是担心周鼎跟芬妮走得太近,因为无论身份还是财产,他都配不上女儿。

他带着周鼎进了书房,关上门指了指墙角说:"我现在离不开它，但日本人要收缴，你想想办法。"

书房的角落里，放着一个小桌子大小的东西，上面罩着一块暗红色的桌布。布莱特走过去揭开布，露出一台桃木色落地收音机。"这是一台灯泡式真空管收音机，你知道一般里面有几个灯？"

周鼎见识很广，说："我见过四灯机和五灯机。"

"你知道我这个是几灯机？"布莱特加重了语气自问自答，"十四灯机，可以收到全世界的短波广播！"

见周鼎面现惊讶，布莱特得意地说："有没有听说南太平洋刚结束的瓜达尔卡纳尔岛战役？一开始是美军小型登陆战，随后日军为夺回岛屿而逐次增兵，在海上、陆上、空中展开了空前的争夺，双方鏖战半年多，最终日本无力进行消耗作战，只能选择撤军。美军完全占据瓜岛，尔后夺取了所罗门群岛，控制了整个南太平洋的制海权，开始转入战略反攻。"

周鼎越听越兴奋："我听到一些'蚂蚁传'，不知道是真是假，原来小日本真的吃了一次大败仗。"

布莱特问："什么是'蚂蚁传'？"

"就是老百姓之间的传言，现在很多消息都是这样传来传去的，虽然有的真有的假，但也比天天登假消息的报纸好。"

布莱特示意周鼎坐下，问："要不要喝杯咖啡，帮我想个办法，怎么留下这个宝贝？"周鼎却不接话，沉默了一会儿说："布莱特先生，如果留下十个灯管，还能听到短波吗？"

布莱特猛地一拍大腿，站起身说："好办法！"他在书房里走了一圈说："你明天想办法去买一个空的收音机壳子，我留下十个灯管，短波照样可以听。"

周鼎连说这个不难，因为日本人收缴短波收音机后，只要里面的真空管，外壳是不要的，有时候在垃圾箱里都能看到。布莱特走到周鼎面前，周鼎连忙站起身，比布莱特高了大半个头。"小钉子，说说你的直觉，小日本什么时候会被彻底打败？"

"我觉得快则三年，慢则五年，小日本一定失败。我担心的是，小日本有一种鱼死网破的死硬性格，最后的大决战会很惨烈，到时候上海会不会变成一片废墟？"

三天后的晚上，巴络再次带着巡捕来到诺曼底公寓。他站在门厅里，指挥着手下人一楼一楼上门收缴短波收音机。因为爬楼费劲，他叫来乌家兄妹，把三台电梯全部启用。

没一会儿，门厅地上已经放满了收音机。乌老二从电梯里走出来，对巴络恭恭敬敬地说："巴老爷，看门人曹格里三天三夜没回来了，你能不能派人找找？"

巴络转身瞪了一眼说："乌老二，这话不是吃饭的人讲出来的。现在打仗死这么多人，我们都管不过来，一个看门人不见了，也要叫我找，你当我是什么人？再说了，曹格里这人平常话不多，这种人心眼最多，说不定找了个相好的，这两天正花天酒地、洞房花烛！"

乌老二最担心的就是最后那句话，这几天她想得夜不成寐，假设了无数种可能，觉得私奔的可能性最大，伸手抹了抹眼泪，只听电梯里传来乌老大粗大的嗓门："阿妹，曹格里不见了你哭啥，你就是不听阿哥的话，回我们浦东老家找一个男人嫁了不就好了。你长得又不难看，找个有手有脚的男人有啥难？"

乌老二不敢对巴络怎么样，听乌老大这话，将胖脸涨成了紫褐色骂道:"随便找个人嫁了,亏你讲得出来。我早就跟你说过,这个世界上没几个男人我看得中,好不容易碰到曹格里,我待他好要你管?你再说一句,我一脚踢过来!"

乌老大为人粗鲁,唯独对这个妹妹无计可施。他嘿嘿干笑了几声,转头问巴络:"巴老爷,每一层楼都去过了,你们要是不上楼了,我要把电梯关了,省点电。"

这时,乌老四摇头晃脑从门外走了进来,脸上带着得意之色。乌老大问:"老四,你死到哪里去了,刚刚巴老爷要开电梯找不到你,只好叫老三来开仆人电梯。"

"阿哥,以后开电梯这种吃力的事情不要叫我了。"乌老四紧走几步凑到乌老大面前说,"前两天把芒斯弄进去了,在紫罗兰找到不少铜钿,就算每天吃十粒红丸,也能吃两三年。"

乌老二在边上冷冷道:"老四,红丸一吃,马上归西,你真是不要命了!"

"阿姐,你不懂的。我打算照葫芦画瓢,再来做一票,这趟要做大的。"说着,低头看着地上摆放的收音机,转头问一个巡捕,"巡捕老爷,哪只是顶楼船长室交来的。"

那个巡捕见乌老四衣衫破旧,不耐烦地指了指地上,便走开了。乌老四却如获至宝,捧在手中反复观瞧,嘴里念念有词:"这下又要发财了。"然后走到巴络身边耳语几句,巴络先是连连摇头,乌老四继续说了几句,巴络想了想说:"好,就这价钱,你明天要是想赖,我伸出一只小手指就能把你弄死。"

见巴络等人带着收缴的收音机,开着烧木炭的小汽车,一路冒着黑烟走了,乌老四尖着嗓门干笑道:"看到吗,日本皇军来了,连这帮巡捕出来也屁股后面冒黑烟,就像妖怪作法。"

乌老大等人关上电梯正准备离开,却被乌老四叫住:"家里这么小,回去也是人挤人。忙了半天晚饭还没吃吧,买来在这里吃,铜钿我来出。"乌老三已从仆人电梯走过来,问:"这里怎么吃,坐在地上吃啊,就像讨饭叫花子。"

"老三,你这只木鱼脑子除了想女人,别的事情一点也不懂。曹格里人不见了,他的房间不就是我们的了吗?"乌老四手中抱着一台收音机,转身便往看门人小屋走去。

"老四,你要这只东西做什么?"乌老三问。

"今天夜里发财就靠它了。老三,你去买点馄饨、烧麦,再买两瓶烧酒。老规矩,出铜钿的人是不跑腿的。"

一辆訇然作响的阿尔伯特小汽车开到门口,一股浓烟被风吹进来,呛得乌家兄妹咳嗽连连。两个衣着时尚的年轻女子走下车来,乌老四面对着大门,发出一声惊呼。这两人脸上和头颈都漆黑一团,只有四个眼睛灵动清澈,看到乌老四的惊讶状,两人互相对视一眼,都捂着肚子大笑起来。

乌老三走上前来,掏出一块手绢就要给高大女子擦脸,旁边那个窈窕女子一把将高大女子拉开:"芬妮,不要理他。"

"芬妮啊,怎么变成小黑人了?哎呀呀,你穿着鞋子做啥,光脚走路才舒服。"

阿苇拉着芬妮快步朝楼梯走去,并不理会乌老三,却听身后有人说话:"诺曼底公寓真是越来越没规矩了,开电梯的下人居然敢调戏洋老板千金。"

转身回看，一个面色发青、身穿长衫的男人站在那里。芬妮和阿苇对此人印象深刻，十年前正是他带人上门勒索布莱特，与当年相比，汪步青的脸更青了。阿苇低声说："这个青面怪人怎么又来了？"

这话却被汪步青听到了，他笑着说："不错，我是青面怪人，你们两个也好不到哪里去，你们是黑脸包公。"

阿苇瞪了他一眼，拉着芬妮就要上楼。汪步青紧走几步说："布莱特先生在不在家？你们两个刚才坐车是不是顺风开的，木炭在后面烧，你们坐在前面，黑灰都吹在身上。上海滩现在开车有窍门，顺风不开顶风开。"

汪步青一向不苟言笑，今天却说笑了几句，一路走上顶楼。出来开门的是周鼎，他带着汪步青走进书房，布莱特在书桌后抬头问："汪先生今天怎么有空？"

"布老板，这么多年了，你叫我阿青就好，叫汪先生就见外了。上次你托我的事情，我想再跟你商量商量。"

布莱特点点头，他跟汪步青打了多年交道，深知这是个青帮厉害角色，只是很多棘手的事情还是只能靠他办。站起身，示意汪步青在一旁的椅子上坐下。周鼎刚要出门，却被布莱特用眼神示意也坐下。

"阿青，你今天带来的是好消息还是坏消息？"

汪步青斜靠在椅子上说："这年头，哪有什么好消息。有两个坏消息，一个是法国维希政府决定把在中国的四个租界归还中国，其中就有上海法租界，说是交给汪精卫政府，其实就是交给了日本人。"

"这个我知道，还有一个呢？"

"我们帮会兄弟打听到，日本人打算把在上海的犹太人都关进集中营，至于关进去之后怎么办，他们还在争论。"

布莱特摸了摸鼻子，嘟囔了一句："梅辛格计划。"然后问："你有办法让我们全家离开上海吗？"

"除非你买通日本人，否则你哪儿也去不了。"汪步青凑近布莱特说："你现在最该做的，就是为全家进了集中营后做打算。"

虽然汪步青的话说得很隐晦，但布莱特已经明白了他今天的来意，直直地看着对方，并不说话。

见布莱特没有追问，汪步青继续说："你不能人财两空，应该把钱财放在最保险的地方，等你们进了集中营，需要大笔的钱来搭救。"

听到这里，布莱特决定先把话堵死："本来呢，把钱交给你保管是最放心的。只是当年我看到日本人要打进来，早就把钱都汇给我在香港的弟弟了，他现在转移到了澳门，那里没有日本人。我自己就留了一点路费，准备以后坐船离开上海。"

说着，布莱特点亮了蜡烛，说："阿青，本来应该留你吃晚饭的，只是现在家里没多少粮食，我们自己人就不客气了。"

汪步青站起身说："布先生，我们这些年兄弟一场，以后有啥需要我出手的，尽管说。"然后拱拱手出门而去。

布莱特示意周鼎关上门，说："我让你留着，就是想听听你的想法。"

"布莱特先生，我觉得他说的有道理，你要为接下来的事做准备。不过，钱当然不能交给他。"

"最近我一直在想,很可能某一天我就被小日本送进集中营了。我担心两件事,一是芬妮的安全,二是那批药品。那些药越来越值钱,有的药价已经是战前的几百上千倍,从今天起,我把全部药品交给你,由你全权处置,你要实现利益最大化。"

夜深了,看门人小屋里猜拳声此起彼伏。乌老四让老三去买馄饨和烧麦,结果乌老三只买来两碗葱油面,进门就说:"小饭店说就剩最后两碗面,东西卖空了,明天起关门。不过也怪了,洋酒倒是有,价钿也不贵,我买了两瓶。"

乌老大伸手接过,说:"还是威士忌嘛。"拧开瓶盖凑到鼻下一闻,叫道:"这是啥洋酒,一股火油味道!"

乌老二走进小屋说:"老大,你也真是洋盘,现在都是用这个洋酒空瓶装假酒卖的。"说着,拿出一副大饼油条:"这是早上人挤人买到的,你们吃吧。"

乌老四拿起酒瓶喝了一口:"老二,你还买大饼油条等曹格里回来啊,这几年他吃过一口吗?"乌老二并不搭话,抢过酒瓶喝了一大口。就这样,乌家四兄妹喝酒猜拳一直闹到深夜,乌老四一看时间,示意大家噤声,说:"不要响,皇军要来了。"

小屋立刻安静下来,但等了一个多小时,未见门外有人影。乌老四此时毒瘾犯了,趁着酒劲,坐在小屋门口连吃了三颗红丸。其他三人早已东倒西歪睡着了,没人管他。

正腾云驾雾、欲仙欲死时,被一只皮靴重重踢在后背,乌老四忍痛睁眼一看,那个胖翻译官就站在面前。他赶紧要爬起,连试几下根本动不了。

胖翻译低头问："卖人寿保险的曼德斯基住哪间？"

"曼德斯……"乌老四脑子转不过来，走过来一个日本军官，抽出军刀抵住他喉咙："说，几楼？"

"61，61室。"话音未落，后背又被那军官狠狠踢了一脚，一口鲜血喷出。见那军官转身就走，乌老四挣扎着在后面跟着爬，嘴里含糊说着："太君，顶楼船长室……有犹太人……他们交出来的收音机……是假的……他们是……美国间谍……"

此时，那兄妹三人已经醒来，乌老二低声说："老四，做啥去咬人？"

"你懂啥……上次咬了芒斯……赚了一大笔……布莱特最有钱……把他咬进去……钞票我们平分……"

没一会儿，楼梯上杂乱的脚步声越来越近，只见几个日本兵押着曼德斯基夫妇，两人满脸鲜血，嘴里塞着一大团东西。

乌老四见状，使足浑身力气往前爬，嘴里发出嘶哑的声音："皇军，犹太人……"后面伸出几只大手，捂住了乌老四的嘴巴，乌老大用极低的声音说："老四，积点德，不要叫！"

下部

第十章

回首已三生[1]

"周先生,这三十箱奎宁真是救命药,没想到你肯用这点价钿卖给我,善人必有福报。"在天平路上的药品仓库门口,一个身材粗壮的中年人,正向一个穿西装的年轻人连连作揖。自从一九四三年上海的公共租界和法租界先后放弃治外法权后,一大批洋路名都改成了中国名字,就像这条天平路,以前叫姚主教路。

"乌老大,你还是叫我小钉子吧。这些药平价卖给你,是让你回乡救人的,千万不能高价转手卖出。"那个年轻人看上去二十四五岁,长得身材颀长、剑眉朗目。

听这话,乌老大连连摇着肥厚的双手说:"不敢不敢,周先生生意做得大,哪能再叫小时候的名字。"他连说两个"不敢",似乎把不敢叫小钉子和不敢高价倒卖都照应到了。在诺曼底公寓内外,乌老大是出了名的狠人,但这两年性情大变,见人都很谦卑,还常常独自垂泪。

"老大,货装好了,走吧。"走过来的是乌老三,他身后三辆三

---

[1] 回首已三生:出自清代黄景仁《感旧》。

轮车上装满了奎宁药箱。乌老大转身,再次冲着周鼎一拱手:"周先生,我们浦东老家三个人里有两个生疟疾,日本人根本不管,就等这些救命药了,我们先走了。"转身看了看,说:"老二人呢?"

"老二刚刚一个人回公寓了,她说在那幢楼里开了将近二十年电梯,有点不舍得,要回去再看一眼。"

乌老大狠狠一跺脚,粗着嗓门骂道:"这种地方有啥好看,你去叫她回来。"

"老大,我们这趟回去就不出来了,你真的不想去看一眼,看看老四?"

乌老大似乎被这话打动,眼眶里瞬间泛出泪光,用手狠狠擦了一把说:"周先生,我们回一趟公寓,马上就来。"

"这不是三辆三轮车吗?我们一人骑一辆,省得你们打来回了。"周鼎走过去翻身上了一辆车,转头对仓库里大声说,"阿玖,我先走了,那批龙头细布下午到,到时候你跟归一一起点数入仓。"

仓库里走出一个高挑秀丽的年轻女子,笑着连声说放心。

刚走进门厅,便听到争吵声从看门人小屋传出。"我看到一副大饼油条放在桌上,我还当是阿苇妈给我买的,就咬了两口,你要就拿回去。"胡大厨手上拿着咬过的大饼油条,往乌老二手里送。

乌老二的脸涨成了绛紫色,身体颤抖着,一身肥肉各自不规律地运动,张开大嘴骂道:"这副大饼油条是我放在桌上的,不是给你吃的。胡大厨,你凭什么吃,吐出来,还给我!"胡大厨神情尴尬,一脸疑惑:"是你自己放在我的桌上,不是给我吃是给谁吃?"

周鼎一看就明白了,掏出钱上前说:"乌老二,你再去买一副,钱我出。"乌老二看看钱，气消了一些，说："这小赤佬一点也搞不清，也不晓得这个时间还有没有卖？"

见乌老二转身出门，胡大厨问周鼎："这个女人是不是脑筋不对了，她自己把大饼油条放在我……"

"胡大厨，她这副大饼油条不是给你吃的，是想留给曹叔。"周鼎打断道。

"给曹鲁吃？出了鬼了，他人不见已经两年多了，要不是这样，阿苇妈不会叫我来当看门人。"自从曹鲁失踪后，诺曼底公寓的住客深感没有看门人的不便，有人想叫周鼎重操旧业，被阿苇妈阻止。她认为周鼎应该做一番更大的事，她觉得合适人选是胡大厨。以前胡大厨每天大部分时间围着煤气灶转，现在食物要严格配给，煤气完全断气，让他没了用武之地。他待在家里讨嫌，生意上又帮不上忙，就被阿苇妈打发来底楼了。

乌老大走了进来，他径直走到小屋门口蹲下，伸手轻轻摸着大理石地面。没一会儿，地面已被泪水打湿。胡大厨见状，侧身小心地从乌老大身边走出来，轻声问周鼎："这家人怎么都这么怪？"

乌老三走到乌老大身边蹲下，轻抚他后背说："老大，你也不要太伤心，那天晚上我们几个一起捂住老四的嘴巴，不是你一个人。"

"我心里晓得，我用的力道最大。"乌老大低头哽咽道，"我只是不想让他叫日本人去抓布莱特一家，没想到捂到日本人车子开走，老四已经……已经断气了。"

"老四天天吃红丸，吃死是早晚的事情，我看不是你捂得太用力，是他红丸吃多了，毒死了。"乌老三说着，抬头看着身旁的周

305

鼎说，"你说是伐？"

胡大厨抢先说："帮日本人做事，吃死活该。"乌老大听这话，猛地站起身，双目怒视胡大厨。而胡大厨性子虽慢但并不软，开口就要骂，却一时想不出合适的词。

"胡大厨，这副大饼油条就放在你屋里，你记记牢，不是给你吃的！"乌老二将刚买的大饼油条放在小屋桌上，恶狠狠地对胡大厨说，忽地神情变得柔软羞涩，"假使曹格里哪天回来，你就说这是我临走前专门给他买的，他要是不讨厌我，就吃一口，吃一小口就好。"

胡大厨听得云里雾里，心里诸多疑问，但又不知该问什么。乌老大大声说："好了老二老三，不要说了，我们走吧，回浦东去。"

乌老二答应着，乌老三却不说话，还是仰头看着楼梯，慢慢道："我真想再看看芬妮，最好是光着脚。"乌老大伸手抓住老三的脖后梗，边往外拉边说："周先生，大恩就不谢了。"随后，仰头向天大声说："老四，阿哥阿姐回老家了，你的魂灵也跟着我们一道回家！"

门外，吹着的是一九四五年八月初的热风。它带着乌家三兄妹的三辆三轮车，回到离开多年的浦东老家。它也吹进诺曼底公寓的每一个窗户，似乎想告诉里面的住户：这已经是一九四五年的风，跟往年的风有了根本的不同。

一个穿着旧长衫的中年人从后门进来，看到门外驶离的三辆三轮车，问周鼎："小钉子，乌老大他们去哪里了？"

"他们回浦东老家了，拿出了一辈子的积蓄，跟我买了很多奎宁，说回乡救人去了。"

长衫人叹了口气说："天下最难看穿的就是人心，你看乌老大凶、乌老二阴、乌老三色，他们居然会买了药去救人。"

周鼎默然不语，旁边胡大厨说："小钉子，他们要回去救人，你应该把药送给他们。"

"我也想过的，只是那些药都是布莱特先生留下的，我只是负责保管转卖，不能慷他人之慨。再说，乌老大也不是回乡施舍，他们会把药卖掉，既赚回本钱也救了人。"周鼎转头问，"仇老板，你说对吗？"

长衫男人连连摆手："不敢当，不要叫我仇老板，叫我连升就好。两年多不唱戏了，哪里还当得起老板二字。"

胡大厨忽地想起什么，问："仇老板，你见多识广，你看现在日本人是不是不行了？以前住在这里的日本人进进出出，眼睛都朝天上看。现在呢，眼睛都朝地上看见，就像要捡铜板。"

仇连升连忙示意小声，低声说："现在公寓里住了这么多日本人，你说这话不要这么高声。"

"连升，你被日本人抓进去一趟，胆子变得这么小了？"胡大厨有点不屑地说。

两年前的一个夜晚，仇连升唱完戏刚到家，被守在门口的日本兵抓走。说来奇怪，第二天下午，他居然毫发无伤地回来了。公寓里的人问他，他摇头叹息从宪兵司令部那个鬼门关里走了一遭，不知道为什么进去，更不知道为什么能出来。那天之后，他不再登台唱戏，人也变得谨小慎微。

周鼎刚打了个电话，走过来说："仇老板，我们当时都以为你进去要吃三件套，没想到你居然大模大样出来了，听说有人暗中保护你？"

仇连升苦笑着正要说话，却听楼梯上有人问："小钉子，什么叫三件套？"三人抬头望去，楼梯转角处走来一个面莹如玉、眼澄似水的年轻女子，正笑盈盈地发问。

"阿苇你不知道啊，我那天进去见识过，三件套就是鼻孔灌水、坐老虎凳和拔手指甲，还有五件套、七件套，日本人狠啊！"仇连升以过来人的身份，心有余悸地说。

"那你做过几件套？"阿苇问。

"日本人正要动手，被叫去接了个电话，转回来跟我说，你下次再敢唱戏骂大日本皇军，马上枪毙，然后一脚把我踢出了宪兵司令部。我回到家里想来想去，也没想出到底哪出戏骂了小日本，更不晓得那个电话是谁打的。真是宁为太平犬，不做乱世人啊！"

"所以你夹紧尾巴，两年不唱湛湛青天不可欺啦？"阿苇边说边学做麒派老生的身段，把自艾自怜的仇连升也看乐了。

楼梯上传来一阵脚步声，下来一个中等个头身穿西装的中年人。胡大厨对谁都笑脸相迎，笑着说："水井先生，中饭吃了吗？"

那个人脸色发黑，神情严肃，只是冲着胡大厨微微点头，径直出门而去。阿苇说："爸爸，你对小日本这么客气干什么？"胡大厨愣了一下说："现在公寓里住了十多个日本人，我是看门人，心里再恨，面子上还是要过得去。"

阿苇恨恨道："你对谁都可以客气，对这个小日本不行，就是他抢了船长室。"说着，转头看了周鼎一眼说："小钉子，你怎么没话说？你是要见了芬妮才说话吗？"

这些年来，对于阿苇的调皮刻薄，周鼎早已习惯，笑笑说："阿苇，你都二十多了，还说小孩子话。我是在想刚才胡大厨的话，小日本肯定快不行了，就是不知道他们会不会鱼死网破。"

说话间，一个圆润美丽的年轻洋人女子款款下楼，长裙下露出踝骨浑圆的雪白双足，嘴巴里吃着东西。后面跟着一个三十多岁的洋人，手里拿着一支玫瑰，边走边说："亲爱的芬妮公主，在这战乱的世界里，你就是和平的希望，是爱的化身，请收下我的爱！"说着，紧走几步来到芬妮身前，单腿跪地奉上玫瑰。

芬妮笑了笑，伸手正要拿。洋人眨了眨深蓝色的眼睛，用嘴咬住花枝，示意芬妮伸嘴来咬。芬妮指了指自己的嘴巴，示意嘴里有东西。洋人双眼放电，摇头一笑，示意等她吃完来咬。

芬妮有点尴尬地看了看四周，向周鼎投以求助的目光。周鼎走到洋人身后，拍了拍他后背说："马尔基尼奥，虞美人让我给你带个口信。"

马尔基尼奥一听"虞美人"三字，忙从嘴巴里拿下玫瑰，诧异道："你有她的消息？她在哪里？香港还是重庆？"

这个意大利人极擅长对女人献殷勤，对漂亮女子更是见一个爱一个，常吹嘘这个世界上没有一个女人能抵御自己的魅力，但这个纪录终止于虞美人。四行仓库保卫战期间，虞美人跟马尔基尼奥有过几次接触，后来还给了他《义勇军进行曲》的曲谱，让他和乐队一起合练。对这个身材健美、性情直爽的东方女子，马尔基尼奥几乎神魂颠倒，连连发起爱情攻势，像今天这种跪地献花更是频频上演。

在马尔基尼奥看来，作为电影演员的虞美人不会很保守，至少能发展一段恋情。没想到虞美人对他始终若即若离，一年后居然不告而别，在诺曼底公寓的房间里，给他留了封信，说日寇进犯上海，她已经无法拍电影，只能远遁天涯。

对此，马尔基尼奥一直耿耿于怀，周鼎早就察觉这一点，今天一说果然给芬妮解了围。他对意大利人说："我有她的地址，放在家里了，晚上拿给你。"马尔基尼奥如何肯等到晚上，急道："她到底在哪里？我现在就跟你去拿。"

周鼎伸手去拿他手中的玫瑰，说："你这样对芬妮，就不怕她像虞美人那样，也跑了？"这话说得意大利人连连点头，赶紧递上玫瑰，催促道："我跟你去拿地址吧。"

"我……我回来了。"

大门口，一个衣衫褴褛、满头乱发的矮个子洋人扶着门框站着，对着门厅里众人说。

周鼎正要带着马尔基尼奥上楼，转身一看，这个肮脏洋人似曾相识，却又记不起来是谁。胡大厨迎了上去问："你找谁啊？"

"胡……胡大厨，我是芒斯，紫罗兰的芒斯啊！"说着，还举起手做了个理发的姿势。

"你是芒斯？"阿苇跑到他跟前上下打量一番说，"不对，你肯定是冒充的，芒斯比你高了大半个头。"

芬妮和胡大厨等人也连声说假冒，仇连升摇着头说："这人长得有点像芒斯，就是人矮了一截，没听说小日本七件套里有砍小腿啊，要么是新加出来的。"

芒斯低头看着自己的脚,神色凄然。周鼎已经走了过来,说:"他是芒斯,他以前穿一种特别的皮鞋,里面垫着东西,穿上能高一截。"又问芒斯:"小日本把你放出来了?"

芒斯神情恍惚,但一听到"小日本",立刻想到什么,急切道:"我要找菲兹曼太太,找菲兹曼太太!"说着,哆哆嗦嗦迈开脚步,往电梯走去。

仇连升叹口气,轻声说:"都这样子了,还色心不死。"见两台电梯都紧闭了门,芒斯回头叫:"乌老大,乌老二,乌老三!"胡大厨跟了过来,拉着芒斯说:"你真是活在梦里,电梯停了快两年了。"

周鼎快步走到前台桌边,拨通了71室电话。芒斯拿起听筒,边哭边说:"快去大桥监狱接菲兹曼,他快被日本人打死了!"

几分钟后,菲兹曼太太急匆匆从楼梯上跑下,手里抱着一个一岁多的小男孩。她扑倒在芒斯的身上,大声问:"你说我丈夫被日本人打死了?"

芒斯摇摇头:"我放出来的时候,他还没死,被日本人扔到监狱门口了,快去接他!"拉着菲兹曼太太就往外走,却脚下一软跌倒在地。此时,菲兹曼太太手中的小男孩大哭起来,她将小孩递给胡大厨,催促芒斯快走。芒斯挣扎了几次,却都站不起来。

周鼎见状,打电话叫来了归一和孟祥,让他们骑三轮车带着菲兹曼太太去大桥监狱。他自己也要跟去,却被胡大厨一把拉住:"你别走,这个小囡我抱不来。"

阿苇奇道:"阿爸,你不会抱小孩,我小辰光怎么弄的?"胡大厨手忙脚乱地哄着手中的小男孩,说:"我要种田烧饭多少忙,你是阿娘带的。"

看着三轮车远去,周鼎俯身问芒斯:"这些年你跟菲兹曼先生关在一起?"芒斯坐在地上吃着芬妮给的饼干,缓了缓说:"是的,要不是他,我早就死在里面了。"原来,芒斯跟菲兹曼不仅关在一个监狱,而且在一个囚室。小囚室里关着十几个人,多数是洋人。日本人禁止他们互相说话,平时一律面对墙站立,稍有异动便会招来毒打。

由于乌老四的提醒,日本人对芒斯的内增高皮鞋充满兴趣,认为这是传递情报的新发明,天天提审天天上刑,就是要让芒斯交代情报交给谁。眼见芒斯快被打死了,又一次提审时,菲兹曼站出来怒斥日本人,说这是欧洲常见的内增高皮鞋,绝非用来输送情报的。说到激动处,菲兹曼挥拳打了日本看守,由此招来无尽的酷刑。

"他为什么要这么帮你?难道他不知道你跟菲兹曼太太的事?"仇连升问。

"我还以为他不知道,后来有一个晚上,他爬到我身边跟我说,他怕是不行了,他知道我跟他太太的事,要我出狱后带她回法国,好好照顾她一辈子。"

"你跟菲兹曼太太有什么事?"胡大厨边哄着小男孩,边探头问。

"我本来以为公寓里的人都知道,原来你们不知道啊!"芒斯惊讶道。

"楼里面大概只有胡大厨不知道你们的事。"仇连升继续问,"那你有没有问他，为什么不记仇还要帮你？"

"问了，他说太平洋战争爆发那天，日本军舰炮轰外滩，他凌晨回到家里，怕惊醒太太自己开门进来，看到卧室里我们睡在一起，他当时想拿把刀把我宰了。"听到这里，芬妮惊呼一声，阿苇娇声一笑说："你担心啥，他不是没死吗？"

"他说，他再一想应该是自己的错，一个礼拜只回来一天，太太肯定太寂寞了。他说太太是他当船长时遇到的，见到她第一眼就想求婚，等船到了上海，他在下船前跪地求婚，没想到这个美人居然答应了，只是要求他不要继续漂泊，于是他放弃了热爱的船长职位，留在上海当船公司的上海总经理。"

芒斯接过芬妮递过来的第二块饼干，继续说："菲兹曼跟我说，他这辈子只爱这个女人，爱这个女人身上的一切，哪怕她有情人也可以，只要她开心。"

芬妮听得热泪盈眶，仇连升连声感叹洋人就是跟我们想得不一样，胡大厨听呆了，问阿苇："还有这种事情，我怎么不晓得？"阿苇看着她爸爸直乐，转头问周鼎："你说菲兹曼先生是圣人还是傻人？"

"我觉得他既不是圣人也不是傻人，他是一个怪人也是一个好人。"周鼎说着，又问芒斯，"你说的应该是你刚入狱时的事，菲兹曼先生为什么这两天差点被打死？"

"这个大块头是个怪人，他在监狱里看不到时间，却练出一个本事，凭那扇很小的天窗的亮光，就能算出准确时间。他每天吃饭撒尿都有严格的时间，前两天骂日本兵，说送饭晚了四分钟，昨天又骂他们晚了七分钟，被四五个日本兵一顿毒打，昏迷前嘴里还在说七分钟。"

众人一阵沉默，没想到菲兹曼倔强至此。

马尔基尼奥悄悄走到芬妮身边，伸手就去搂她的腰。芬妮一转身，躲在周鼎身边说："你猜我今天为什么下楼？"周鼎说："对啊，你怎么下楼了？我刚才就想问你，不是说好小日本不投降，你不下楼吗？"

芬妮示意阿苇也凑过来，低声说："我觉得日本人马上要投降了。刚才我听短波，说美军在日本广岛投下了一枚大炸弹，炸毁了半座城。"阿苇惊叫一声："什么炸弹这么厉害？"

"超级炸弹！"马尔基尼奥把头凑近芬妮的脸，说着，伸手去拉芬妮的手，却被周鼎一把抓住："你不是要虞美人的地址吗？跟我上楼拿。"

说话间，从门外走进一个人，正是刚才出门的那个日本人。只见他印堂发黑、双目无神，如行尸走肉般挪了进来，吸引了众人的目光。

胡大厨忠于看门人职守，上前微笑说："水井先生，这么早就回来了。"日本人似乎没有听到，慢慢走过胡大厨身边，突然发出如丧考妣的惨呼："玉碎，玉碎！"这话把胡大厨怀抱的小男孩惊得大哭起来，胡大厨只能抱着他在门厅里打转。

坐在地上的芒斯突然注意到这孩子，问众人："这个小男孩是谁？"胡大厨手忙脚乱地哄着孩子说："是菲兹曼太太的儿子。"

芒斯满脸诧异，一下子站了起来，走上前仔细打量，问："他是什么时候出生的？"胡大厨连连摇头说："这个啥人晓得？"阿苇马上说:"应该是去年七月份。"

芒斯眼泛泪光,伸手要抱。男孩本已平静,见状又大哭起来。胡大厨急得一头汗,大声说:"芒斯,你身上这么脏,不要吓到小孩。"

芬妮和阿苇连忙走上前,阿苇用清脆的宁波话唱起了童谣:

> 阿囡哎,侬要啥人抱?我要阿姆抱,阿姆搭囡囡做袄袄;
> 阿囡哎,侬要啥人抱?我要阿爹抱,阿爹出门赚元宝;
> 阿囡哎,侬要啥人抱?我要阿姊抱,阿姊头发没梳好;
> 阿囡哎,侬要啥人抱?我要阿哥抱,阿哥看牛割青草;
> 阿拉阿囡呒人抱,摇篮里头去困觉……

一辆三轮车停在公寓大门口,骑车的是归一,后座上躺着一个身材高大、满身血污的洋人,头枕着菲兹曼太太的大腿,赤着的两只大脚搁在孟祥腿上。

归一和孟祥一前一后将洋人抬到门厅里,菲兹曼太太快步跑进来问:"哪里有医生,哪里有医生?"

众人凑上去看到,原本身体粗壮的菲兹曼只剩下了一副骨架,头发已全部掉光,眼窝深陷,气若游丝。芒斯急道:"快去请黑塞医生!"胡大厨说:"你真是活在梦里,黑塞老早就跳楼了。"

周鼎从楼上下来,对菲兹曼太太说:"这些年上海滩上的西医,要么被关进了敌国侨民集中营,要么进了犹太人隔离区。现在公寓里住着一个日本医生,我刚才看到他在家,要不要找他看看?"

菲兹曼太太听到"日本医生"连连摇头,周鼎劝道:"小日本也不都是坏人,那个吉永医生医术不错的,现在不找他也找不到别

315

人。"仇连升也说:"被日本兵打,就要叫日本医生看,看不好把医生扔下楼去。"

众人七手八脚将菲兹曼抬上楼去,芒斯从胡大厨手中抱过小男孩,脚步蹒跚地跟在后面,一路上不停地端详小男孩,连亲了好几下。

几天后的中午时分,周鼎走进诺曼底公寓。门厅里冷冷清清,胡大厨站在一边,高兴地对周鼎说:"小钉子,中饭来楼上吃吧,今天买到面条了。"

周鼎连声说一会儿就来,他走到五楼,推门进屋。这是当年黑塞医生的房间,他给周鼎留下了八千美元的财产,还在一张条子上留言说,这套公寓的租金已经预付了一年,周鼎可以住进来。

这笔财产中的一千美元,按照黑塞的遗言所托,用在了芬妮身上。两年前,虽然乌老四被三兄妹失手捂死,没能告发布莱特的犹太人身份,但那个胖翻译带着两个日本宪兵,还是敲开了船长室的房门。

开门前,布莱特让芬妮顺着楼外的环廊,躲进了72室阿苇家。面对日本兵的盘问,布莱特平静地承认了犹太身份,指了指客厅里的两个大皮箱说:"我早就等着你们来。"举在空中的手,不能自控地不断颤抖。

当晚,那个胖翻译将诺曼底公寓顶楼的每个房门敲开,警告每一家立刻交出布莱特的女儿,否则将被日本兵逮捕。问到72室,阿苇妈不在家,开门的胡大厨说了他这辈子难得的谎话,而且说得斩钉截铁:"不在我们家!"

胖翻译眨了眨小眼睛,抽动了几下鼻子,似乎闻到了猎物的气息,伸手推开胡大厨,迈步就往里走。从客厅里快步走出周鼎和阿苇,阿苇叫道:"这是我们家,不许进!"

胖翻译愣了一下,这是这两年极少遇到的呵斥,刚要发作,周鼎上前关上房门说:"我们没有收留布莱特的女儿。"

胖翻译大笑道:"那好,你这话去跟日本人说。"转身就要出门,周鼎一把将他拉住,低声说:"人确实不在我们家,你不要叫日本人来搜查。"他知道胖翻译孤身前来的真实目的,但这话得让他自己说出口。

果然,胖翻译说:"不叫日本人可以,不过你看我这楼上楼下来回跑,回去总要吃夜点心喝点老酒。"经过一番讨价还价,最终以每个月付一百美元,总计一千美元成交。

剩下的七千美元,周鼎并没有闲置。他看到市面上物价飞涨,其中布料最容易保存,便在出售布莱特留下药品的同时,不断购入最紧俏的龙头细布和阴丹士林,而且正好用上药品出售后留出的储存空间。

这两种布各具特点,龙头细布细洁丰满、质地厚实,色呈奶白,难得的是越洗越白,广泛用作内衣衫裤和被里布等;阴丹士林则是用阴丹士林染料染成的蓝色棉布,很耐洗晒。两年来,上海对布匹需求很大,再加上周鼎既有生意头脑,又懂得利益共享,渐渐地殷实起来。

周鼎拿了东西走到顶楼,72室的房门半敞着。客厅落地窗前站着两个人,正看着窗外。阿苇穿着一件半新的浅绿色连衣裙,显得身材窈窕、肤色雪白。芬妮依然穿着一袭长裙，尽管赤着脚，还是比阿苇高了半个头。

两人似未察觉周鼎进门，只听阿苇问："芬妮，你知道今天是什么日子吗？"芬妮想了想说："是什么好日子？我看你爸爸门也不看了，一直在厨房里忙。"

"他不是在忙着做菜，是在点煤球炉子。"说着，阿苇幽幽道，"连你也不知道今天是什么日子，看来不会有人知道了。"

这时从厨房里窜出一股浓烟，客厅里登时弥漫着呛人的烟味。阿苇咳嗽着跑进厨房，帮胡大厨把煤球炉拎到了落地窗外的环廊上。随后瞥了一眼周鼎说："我爸叫你来的吗？"周鼎将手放在背后，点了点头。阿苇轻声一笑说："那我问你，今天是什么日子？"

周鼎先是使劲想了想，然后用手直挠头，阿苇的神情已经多云转阴，周鼎直摇头说："我真想不起来今天是什么日子。"阿苇开始眼眶发红，周鼎继续说："只记得今天是你的生日。"

阿苇瞬间破涕为笑，但又马上晴转阴，说："你只记得我的生日吗？"旁边的芬妮连忙说："没有，小钉子肯定还记得我的生日。"阿苇似笑非笑地看了一眼芬妮，转头问周鼎："小钉子，你的记性可真好，能记着这么多人的生日。"

见状，周鼎赶紧将藏在身后的手伸出，手里是一盒巧克力。阿苇的俏脸上泛起红晕，但这次却是芬妮动作快，伸手抢过拆开包装纸，掰下一块放进嘴里，一脸满足地说："我都三年没吃到巧克力了，小钉子你从哪里买到的？"

只听身后有人说："小钉子托了巴络，用美金买的。"阿苇转头问："妈，你怎么知道的？"

阿苇妈刚进门，她见胡大厨在环廊上手忙脚乱，连忙过去帮忙。周鼎说："两年前法租界没了，巴络就去做倒卖食品的生意，手上什么东西都有，就是价钱贵，他大概碰到你妈跟她说的。"

有了阿苇妈相助，胡大厨终于点着了煤球炉，随后的下面条是他所擅长，一会儿便端上了菜汤面。

众人坐定，胡大厨说："要不要给那两个双胞胎端一碗去？"阿苇妈连说不用："他们喜欢吃面包，吃不惯菜汤面。"两年前，布莱特夫妇被日本兵带走，船长室被日本人占用，芬妮便住到了阿苇家，而喜欢独立空间的阿克塞尔夫人带着两个双胞胎男孩，搬到了汽车间原来周鼎的房间。

"小钉子，你有没有听到'蚂蚁传'，说日本人要投降了？"阿苇妈问。周鼎停下筷子说："这个已经传了一两个月了，只是都是传传而已。不过上个礼拜，小日本两个城市被美国人炸平了，都说他们不投降不行了。"

芬妮一直埋头吃面，听到这里问："我爸爸妈妈什么时候能回来？"

自从被日本宪兵带走后，布莱特夫妇一直杳无音信，生死未卜。一年多前，虹口那边传来消息说，日本兵封锁了好几个弄堂的犹太人区域，不允许他们外出，还禁止外面送食品进去，明显是要把他们饿死在里面。

阿苇妈心里一酸，安慰道："芬妮放心，你爸爸妈妈虽说没有消息，不过肯定好好的，你想你爸爸多聪明能干啊。"

胡大厨一直呼噜噜地喝着面汤，这时放下碗问："芬妮，你几岁了？"芬妮还没说话，阿苇抢先说："爸爸，你问了好多次了，早就跟你说过，芬妮比我大三岁。"

胡大厨连声答应着，想了一会儿说："那今年有二十六，嗯二十五岁？"

"二十五，你女儿今年二十二，她们差三岁，这个都弄不清楚。"阿苇妈忍不住说。

"哦，二十五了，要是在我们鄞县乡下，小孩都已经生了两三个了。"胡大厨转头问阿苇妈，"芬妮爸妈都不在，我们就是家里大人，也要关心小孩子的婚事，你说对吗？"

阿苇妈没想到他提这事，只是点点头没说什么。胡大厨继续说："我记得小钉子比阿苇大两岁，那就是跟芬妮年纪差不多。我来帮你们做个主，小钉子跟芬妮两个结亲怎么样，我看很般配。等日本人投降了，芬妮爸爸妈妈一回来，正好抱孙子了。"

听这话，阿苇妈连连使眼色，胡大厨却越说越高兴。桌上另外三人，周鼎尴尬，芬妮娇羞，阿苇则要发作。

"爸爸，你去给我加点面。"阿苇强压心中的愠怒说。

"这么大的人了，加面自己去加，我现在要说他们两个的婚事，过一两个月办婚事，我这个媒人要吃六十六只蹄髈。"

听到这里，阿苇猛地站起，转身就要往卧室走。正这时，敲门声响起，随即转为拍门声，接着传来一个男人的声音："芬妮，芬妮，你在里面吗？"

公寓房门隔音虽好，但屋里的人都听清了，这是布莱特的声音。芬妮大声叫着站起身，阿苇抹着眼泪迅速跑过去开了门。

门外站着一个精瘦的洋人，看年纪在六十多岁，穿着一套衣料上等但洗得发白的西装，脸上胡子拉碴，一个鹰钩鼻子如巴黎埃菲尔铁塔般高耸。

"爸爸！"芬妮猛地扑进男人怀中，放声大哭起来。布莱特搂着芬妮，老泪纵横。房间里的人都走到了门口，胡大厨说："进来坐，正好还有一碗菜汤面。"布莱特摇摇头，说："你们能不能下楼帮个忙，我太太病了没法爬楼。"

十几分钟后，布莱特太太被扶到卧室床上，布莱特则坐在客厅里，面前放着胡大厨刚盛来的菜汤面。看着热气腾腾的面，布莱特却迟迟不动筷。

阿苇妈说："布莱特先生，你还是不喜欢吃中国菜吗？"胡大厨说："你放心，这个面汤一点都不咸。"布莱特伸手拭了拭眼泪，说："我没想到，还能活着回到诺曼底公寓，还能吃到胡大厨做的饭菜。"

周鼎问："布莱特先生，你们是逃出来的吗？"

"从两天前开始，原来站岗的日本兵就不见了，一开始还不敢逃，今天关在隔离区里的人逃走了一半，我们也赶紧逃了出来。"

阿苇问："'蚂蚁传'说小日本在虹口封锁了两条弄堂一年多，要把里面的犹太人饿死，你们是怎么活下来的？"布莱特喝了两口汤说："我们被封锁过，不过时间没那么长。平时只能在两平方公里的隔离区活动，分界线就是马路，如果擅自走到马路对面，被日军发现就是一顿毒打。"

"那你们被封锁的时候，是怎么活下来的？"阿苇又问。

"我们很幸运，隔壁住着一家中国人，女主人会做面饼。当我们没吃的，又没钱买食物，甚至不能出门时，隔壁就会叫我们到天井里，然后把做好的面饼从墙那边扔过来。我们都说，这是上帝的恩赐。"

布莱特仰头喝下最后一口面汤,这个姿势保持了两分钟,是为了确保没有一滴面汤被剩下。他用衣袖擦擦嘴说:"我们确实很幸运,晚上还有木板床睡觉。我们旁边一间小屋里,一对犹太夫妇带着两个十几岁的孩子,他们睡觉只能每人头朝一个屋角,脚挤在中间。"

一碗菜汤面落肚,布莱特的精神明显好了不少。他看了看落地窗外的阳光,缓缓走向环廊,回头示意周鼎一起来。扶着栏杆,布莱特低头看着楼下,感慨道:"霞飞路依然这么优雅。"

"布莱特先生,自从一九四三年七月法租界收回后,这里叫上海第八区,这条路已经改叫泰山路了。"

布莱特有点惊讶,耸耸肩道:"可是我还是觉得霞飞路好听。"周鼎摇头说:"虽然现在的路名是汪精卫伪政府起的,但在中国地界上,马路还是叫中国名字最好听。"

布莱特转头看了看周鼎,说:"也许你说得对。你知道吗?这两年我在隔离区苦熬,心里一直有一个疑问,到底是谁向日本人告的密,不仅说我是犹太人,而是还说是法国抵抗军派来的间谍。"

"就在你和太太被带走的当晚,我看到汪步青带着两个人来到船长室,他们在里面待了很久,出来时背了好几个大包。汪步青还问我,知不知道你的财产放在哪里。"

布莱特的目光投向远方,问:"你是怎么说的?"

"我说我虽然经常为你办事,但我并不是美华洋行的职员,完全不知道你的财产所在。他听了一言不发下楼了,走了几级楼梯,忽然转头问我,有没有在你家里看到过一个咖啡色小皮箱。"

布莱特迅速收回远眺的目光,摸了摸鼻子说:"我怎么会有这个小皮箱？"似乎想迅速转移话题，伸手指着环廊前方的船长室说："我刚才上楼先去敲自己家的门，开门的却是一个日本人。"

"是的，这两年公寓里的人被抓走很多，空屋里住进来不少日本人，那个日本人叫水井深之，你和太太被带走不到一个月就住进来了。"

布莱特转头看着周鼎，说："我现在成了穷光蛋，唯一的希望在你这里。刚才进门就想问你，请你代为保管的那些……"

突然，隔壁71室发出两声怒吼，菲兹曼太太和芒斯冲到环廊上振臂高呼。紧接着，前面船长室也发出一声狂呼，一个男人冲上环廊，跪倒在地，放声大哭。随后如连锁反应，诺曼底公寓里不少窗口发出欢呼声和痛哭声，二楼环廊上也瞬间涌上好几个人，马尔基尼奥更是拿出小号，吹起了《义勇军进行曲》……

布莱特和周鼎同时问："芒斯，出什么事了？"环廊上的芒斯还在高声欢呼，一旁的菲兹曼太太兴奋地说："日本，日本宣布投降了！"

周鼎惊喜异常，跟冲过来的芒斯拥抱在一起。布莱特却半信半疑："你们听谁说的，这样的假消息我听到好几次了。"

这时，芬妮和阿苇也都冲到环廊上，芬妮大叫："爸爸，日本裕仁天皇发表广播讲话，宣布接受《波茨坦公告》，无条件投降！"

布莱特原地呆立，芬妮已经扑到他身上亲着他的脸，周围和楼下都是欢呼的人群。半晌，布莱特才缓过神来，抱起女儿腾空旋转了好几圈，在她白嫩的圆脸上不停地亲吻。旁边，芒斯和菲兹曼太太拥抱着，深深地吻在了一起。

此刻,周鼎的怀中抱着的是阿苇,两人一起跳、一起叫、一起唱。对视片刻后,也情不自禁地亲在了一起。

客厅里,胡大厨站在那里正满脸喜色地看着这一幕,阿苇妈以难得的柔声问:"我们怎么庆祝?"胡大厨想了想,笑着大声说:"今天晚上吃大餐,再吃一顿菜汤面,放肉丝!"

当晚,"大餐"过后,周鼎请布莱特来到五楼自己房间,先拿出三本厚厚的皮套本子,一页页地翻开,里面密密麻麻记录着药品名称、售出时间、价格数量和购买者名字,其中有十多笔特别用钢笔加框圈出,周鼎解释说,这些都是要救穷人的命,以低于当时市场价的价格售出的。

布莱特默不作声仔细看着听着,一直翻到最后一页,上面写的是:奎宁、一九四五年八月六日、三十箱、乌老大。

"为什么这笔交易没写价格?"布莱特指着本子问。

"乌老兄妹的浦东老家疟疾流行,乡下亲属跑出来报信,说没钱买特效药。我说我这里还剩最后三十箱奎宁,乌老大第二天拿了他们兄妹一辈子的积蓄,来找我说能买多少就买多少。"

"你没收钱?"

周鼎摇头说:"不,我收了钱,把三十箱奎宁都卖给他了。但在他们出门的时候,我把钱还给他们了,让他们回乡谋生用。其实他们那点钱,如果按市面上的价格,买不了一箱奎宁。"

布莱特看了看周鼎,并不说话。这时周鼎从床下取出两只皮箱,说:"我把卖药的钱都换成了金条和美元,我算了一下,一共是四十二万零一百九十美元。"

布莱特蹲下身,打开箱子凝视了好一会儿,问:"这两只箱子值五美元吗?"

"差不多吧。"周鼎有些诧异。

"那就加上这五美元,一共是四十二万零一百九十五美元,你知道这意味着什么吗?"

周鼎想了想说:"意味着芬妮能过上很好的生活?"

"不仅仅如此,"布莱特站起身,伸手搭在比他高不少的周鼎的肩膀上,低声说,"这是马拉松长跑的距离,我们的友谊经历了时间和金钱的考验。这场战争让我几乎失去了所有,没想到你为我赚到了这些钱。这说明,你是一个智慧的商人,更是一个可信赖的男人。"

周鼎正想开口,布莱特一字一句郑重地说:"所以,我决定把芬妮嫁给你!"

十多天后的一个傍晚,天平路上驶来一辆三轮车,两个骨瘦如柴的洋人坐在前面,车夫在后面踩着车。因为像《三国演义》中诸葛亮坐的车,上海人把这种车叫做"孔明车"。

车在诺曼底公寓门口停下,两个洋人互相搀扶着下了车,步履蹒跚地走进了门厅。抬头四下张望,其中一个光头洋人已经失声痛哭,另一个头发花白的洋人轻轻拍着他后背。

胡大厨赶紧迎上前,问:"请问你们找谁?"

头发花白的洋人看着胡大厨说:"你不认识我了吗?我是阿克塞尔,三年半前我去太古码头找阿苇,结果被日本人抓走了,一直关在龙华集中营。"

胡大厨瞪大眼睛打量着阿克塞尔,恍然大悟道:"不敢认了,变化太大。"然后又看着光头洋人问："那你是,你是小斯特伦堡?"

"我是曼德斯基,小斯特伦堡比我高得多。"

"哦对对,你们两个都没头发,实在太像了。"

阿苇妈从门外走进来,说:"他们两个一点都不像,你不要看见草绳就喊蛇,快上去烧饭吧。"随后转头问:"曼德斯基太太呢,怎么没有一起回来?"

曼德斯基刚才已经止住泪水,这时又止不住了,一旁的阿克塞尔说:"去年在集中营里,因为路走得慢一点,被一个日本兵一枪托打在后背上,没几天就死了。"

阿苇妈唏嘘不已,对阿克塞尔说:"太太和双胞胎都很好,他们搬到汽车间住了,现在你回来了,我们马上搬走,72室还是你们的。"

阿克塞尔连连摇头说:"我现在是穷光蛋,哪里付得起这么高的租金,我们继续住汽车间。"说着朝后门走去,阿苇妈紧走几步说:"你是帮我们去找阿苇才被抓走的,你们要搬回顶楼,我们另外找房间住。"接着加重语气说:"你们的房租我来付。"

曼德斯基跟阿克塞尔道声再见,便往楼梯上走,阿苇妈说:"你的房间有人住。"

"谁住在里面?"曼德斯基停下脚步问。

"一对日本夫妻,带着三个孩子。"

曼德斯基瞪圆双眼,怒道:"日本人?日本人住在我和太太的房间里,叫他们滚!"转身上楼,却跟下楼的周鼎撞了个满怀。

"曼德斯基先生,你终于回来了。你的61室里住着吉永医生一家不是坏人,吉永医生治好了很多人的病,最近还在给菲兹曼先生看……"

周鼎还没说完,曼德斯基怒气冲冲地把他推在一边,艰难地上楼说:"我要杀了每个小日本!"

曼德斯基拼命砸着门,里面却毫无反应,倒是把楼上的芬妮和阿苇"砸"了下来。

"曼德斯基先生,你回来啦,你要找吉永医生?"阿苇问。

"对,小日本占了我的房间,我要把他们从窗口扔下去。"

"他们在楼上菲兹曼家里。"虽然陪曼德斯基一起上楼的阿苇妈连使眼色,芬妮还是说了出来。

曼德斯基二话不说就往楼上走,顺手抄起了走廊上的一个拖把,周鼎等人紧跟在后。刚走到顶楼走廊,所有人都吃了一惊,停住了脚步。

只见两个大人和三个小孩都身穿和服,齐刷刷跪在菲兹曼家门口,说了几句话,然后连连磕头才站起身。他们看到曼德斯基等人,又一起跪了下来,其中的男人说:"日本无故入侵中国,残忍杀害中国人和外国人,犯下了不可饶恕的罪行,这是不正义的行为,我们对此羞愧不已,愿日本和中国再也不要爆发战争,请接受我们的道歉!"

曼德斯基拿着拖把,一时不知该怎么办。周鼎走近两步说:"吉永医生,你不是日本军人,你只是在中国行医,你不必为日本军人道歉。他们在中国在上海犯下的罪行,不是一两句道歉能解决的,我们决不会接受。"

五个人跪地不起,吉永医生说:"我来上海行医已经十七年,三个孩子都生在这里长在这里,都会说上海话。我爱这座城市,原本以为会在上海待一辈子。但一场战争毁了很多中国家庭，也毁了我们，现在我们只能回日本了。"他又磕了个头，拉着夫人和孩子站起身便要下楼。

"你走了，菲兹曼先生怎么办？"阿苇大声问。吉永回过身摇摇头说："他被打得太厉害，我只能救他的命，但他的神志不可能恢复了，以后就只能一直躺在床上了。"

众人一阵感慨，周鼎说："吉永医生，你们现在就回日本？"

"我们要给公寓里的每一家道歉，然后就去码头。"

"你们都穿着和服，不怕上街有危险？"周鼎问。

吉永凄然道："无非是被路上的人吐唾沫、扔石子，这是我们日本人应得的。"说着缓步下楼，三个孩子跟在后面，轻声唱起了歌谣：

> 樱花啊
> 樱花啊
> 阳春三月晴空下
> 一望无际樱花哟
> 花如云海似彩霞
> 芳香无比美如画
> 快来吧
> 快来吧
> 快来看樱花[1]

---

1 樱花啊……：日本童谣《樱花》。

一九四五年的冬天来得很早，诺曼底公寓里如战争期间一样阴冷。不仅暖气供应尚未恢复，煤气和自来水也同样时有时无，这让公寓里很多人犯了难：家里的浴缸究竟用来存水还是放煤球？

好在，人气在渐渐恢复。战争期间被抓走或失踪的住户，陆陆续续回到了公寓，只有两个人除外：小斯特伦堡和曹鲁。公寓里的日本人基本上都搬走了，只有一个人除外：水井深之。

乍一看，似乎回到了战争前。布莱特一家住回了船长室，71室住着菲兹曼夫妇，72室内则是阿克塞尔一家。细一看，却能发现差别。71室里，芒斯已经公然搬入，与菲兹曼太太住大卧室，隔壁小卧室里躺着菲兹曼先生。72室虽然主人没变，但支付房钱的人变成了阿苇妈。船长室里看似没有变化，其实改变的藏在心里。

回来当天，听到日本宣布投降，布莱特直接走进船长室，告诉住在里面的水井深之，这个房间的主人回来了。那个日本人一句话没说，整理了一下就搬进了汽车间。布莱特以为他会像楼里其他日本人那样，很快离开上海，让他意外的是，这个日本人居然住了下来。

布莱特当然不会把水井深之的去留放在心上，让他担忧的，是芬妮和周鼎的婚事。

那晚，周鼎对婚事的反应，让布莱特很是失望。当时周鼎想了想说，芬妮是个好姑娘，但他很小的时候母亲病逝，由父亲一手带大，婚事要禀告父亲后才能定。

布莱特当然知道周鼎在推脱，因为老看门人周茂生已经失踪多年，至今音信全无，便气哼哼地问他，难道找不到周茂生，你就一辈子不结婚？

更让布莱特意外的是，女儿似乎对此也不太积极。问她是不

329

是看上了追求她的马尔基尼奥,芬妮涨红着脸连声反驳,继续追问下去,芬妮才吞吞吐吐地说,想等曹南乔回来。布莱特气哼哼地问她,难道找不到曹南乔,你就一辈子不结婚?

周鼎第一时间将此事告诉了阿苇,因为他知道,芬妮的心里藏不住事,一旦她先跟阿苇说,不知阿苇会做出如何激烈的反应。但他还是慢了一步,等他跟阿苇说完,阿苇俏丽的脸上含着笑意,说她知道了,因为芬妮刚才跟她说了。然后,笑意中透着几分调皮、几分妩媚、几分狡黠地说:"小钉子,那天你在环廊上,为什么不亲芬妮,却来亲我?"

曹鲁的归来,让胡大厨吃了一惊。

那天早上,胡大厨吃好早饭,坐电梯下楼。此时,诺曼底公寓的供电已经恢复,只是开电梯的不再是乌家兄妹,换成了孟祥等人。布莱特从虹口隔离区出来后,整天在家照顾生病的夫人,原先那辆塔尔伯特小汽车,也早在战争期间因烧木炭而报废,司机孟祥只能转做了电梯工。

走下电梯,一股冷风袭来,胡大厨打了个激灵。抬眼瞧见门厅里站着一个人,胡大厨高兴地说:"曹格里,今天这么早。"他走到曹鲁跟前,忽然想起什么,惊道:"曹……曹格里,你怎么……怎么回来了?"

曹鲁点点头说:"半夜回来的。"胡大厨看看他,又看看自己,想了想说:"那你,继续做看门人?"曹鲁点头不语,胡大厨高兴地说:"那好那好,我现在就去回回去睡个回笼觉。"

孟祥也从电梯里走了过来,说:"胡大厨,你老婆的贩米生意做得这么大,别人都叫她'米阿姐',你还来做什么看门人,早就好回去享福了。"

"什么'米阿姐',很多人背后叫她'米蛀虫',我早就叫她别做了,回到布莱特家里当当仆人多少轻松。"

胡大厨这番话,引来孟祥大笑,他说:"叫她'米蛀虫'不作兴的,上海要不是有不少像她这样的人,组织人马冒险通过小日本的铁丝网,到外地贩运大米进来,不知道要饿死多少人了。"

"这话对的,阿苇妈救了人性命,自己还赚足了钞票,这是女中豪杰!"这话说得中气十足,众人一看,仇连升从门外走了进来,显然是吊嗓归来。他见到曹鲁,惊喜道:"曹格里,两年多没见到你了,你去哪里了,被日本人抓进去了?"

"上海太乱,我去乡下躲一躲。"

"这真好,我就被日本人捉进去过,差点吃三件套、五件套。不过你回乡急点啥,招呼也不打一声,别人都说诺曼底公寓的看门人不能当的,从周格里到曹格里,个个都要失踪的。"仇连升说着,哈哈大笑起来。

曹鲁只是叹了口气,感慨道:"两年多了。"

"曹格里,你真是惜字如金。日本人打进来这几年,诺曼底公寓里有的人跳了楼,有的人关进了集中营,有的人一贫如洗,你么人影子也找不到了。不过还有的人发了财,不光是阿苇妈,跟你儿子最要好的那个小钉子,做起了很大的布匹生意,听说布莱特要把女儿嫁给他。就是奇怪了,也不知道他的生意本钱哪里来的。"

听仇连升说到周鼎,曹鲁忙问:"他住哪里?"

"曹叔,我在这里。"曹鲁回头一看,看门人小屋门口站着一个年轻人，正是周鼎。

两年多不见，原本瘦削的周鼎变得壮实了不少，个子又长高了。抬头看着周鼎，曹鲁想到了曹南乔，未及开口已泪眼婆娑。

"曹格里，你们叙叙旧，我回去也睡不着，帮你在门厅里站一会儿。哎呀，忘记一件大事。"胡大厨说着，突然一拍脑袋，随后匆匆走进看门人小屋，拿出一个落满灰尘的油纸袋，递到曹鲁面前说，"这是开电梯的乌老二留给你的。"

曹鲁接过油纸袋，诧异道："这是什么，乌老二去哪里了？"胡大厨说："他们兄妹几个回浦东老家了，她临走前关照我，要把这东西交给你。"曹鲁已经打开了袋子，见里面装着一副早就打蔫的大饼油条，问："他们走了多久？"

"小半年了吧，乌老二说你从来没吃过她给你的东西，假使你能活着回来，一定要吃一口。"胡大厨认真地说。曹鲁的心中百味丛生，看着手中软塌塌的大饼油条想了想，放进嘴里咬了一口。

一旁的仇连升见状忍不住笑了笑，转身走到周鼎身边，跟他低声说了几句。周鼎点点头，对曹鲁说："曹叔，我临时有点事，等一会儿就回来。"说着，和仇连升一起走出后门。

两人走进汽车间，敲开了水井深之的房门。汽车间的门窗设备不能跟公寓比，屋里并不比屋外暖和多少。水井深之赶紧倒了两杯热茶，连连鞠躬放在了桌上。

仇连升挺着胸，不屑地看了一眼说："水井，你昨天半夜来敲门，说今天有事找我，最好叫上周鼎，到底什么事？"

水井深之请两人坐下，自己却站着说："仇先生，你知道前两年你进了日军沪南宪兵司令部，为什么连刑也没上，就放你出来了?"

这件事一直是仇连升心中的一个谜,他皱着眉头说:"我记得差点就要动刑,那个日本军官出去接了一个电话,回来就把我放了。"

"那个电话是我打的。"

仇连升一愣,继而以麒派声韵大笑起来:"水井,你当我是傻瓜?现在这是个无头案,你跳出来说是你打的,你想问我要多少钱?"水井深之看了一眼周鼎,说:"我知道仇先生不会相信,所以请周先生一起来,他可以做个见证。"

周鼎点点头,对仇连升说:"他说得没错,当时我看到你被日本宪兵带走,我猜多半会带你到离这里最近的沪南司令部,我就找到住在船长室的水井深之,请他出面给那里的日本军官打电话,请他们放人。"

仇连升张着嘴巴合不拢,问水井深之:"你在电话里是怎么说的?"

"我说我是你的戏迷,经常看你的戏,还看过你的师父麒麟童的戏,担保你只是唱戏的,不是间谍。"

仇连升想了想,问周鼎:"不对啊,我被放回来后就来问你,你怎么也不跟我说呢?"周鼎说:"当时我给了水井一笔钱,让他打这个电话。如果我跟你说,不就成了邀功摆好了吗?"

仇连升一时摸不着头脑,转头紧盯着水井,问:"你到底是什么人,一个电话就能放人?"

"实不相瞒,我是日本黑龙会在上海的会长。说起我们黑龙会,有一点像你们的青帮,但跟政府合作更紧密,主张尚武和扩张。只要我说话,在上海的日本军官们多少都会给点面子。我很佩服周先生,他居然看出我能跟司令部说上话。"

"好，这个我相信了，你今天找我又是什么事？"仇连升正色道。水井鞠躬道："我不愿回日本，想求先生收留我。"

仇连升站起身来，大声道："周先生花了钱请你打电话，我们银货两讫、互不相欠。你还想得寸进尺，赖在中国不走，真是痴人说梦！"

"我的家在广岛，原子弹爆炸后没人生还，如果回到日本，我没有勇气继续活下去。"水井哽咽着说，"我想留在中国，有两条路，一条是加入杜先生的青帮，但我在帮会待了二十多年，想换换地方；另外一条路就是请仇先生收留，我到戏班子里谋个职，打水扫地拉大幕都能做，更想向先生学麒派，以后也是一门谋生的手艺。"

仇连升半晌不语，站起身说："加入戏班子这事，我做不了主，我要问问管事的。"

周鼎匆匆来到底楼，看门人小屋里空无一人，见胡大厨站在门厅里，问他有没有看到曹叔。胡大厨指了指仆人电梯方向，说："我刚才看他往那里走的。"

走廊尽头先是传来喑哑的哭声，随后声音越来越响。周鼎跑过去一看，哭声来自坐倒在地的斯特伦堡夫人，曹鲁蹲在一旁正说着什么。

见周鼎过来，曹鲁示意一起将老妇扶起，两人架着她进了看门人小屋。胡大厨惊讶地看着，摇头叹息道："日本人都投降了，还哭什么？"

让老妇坐到床上，周鼎以眼神询问曹鲁，曹鲁说："小斯特伦堡被日本人枪决了。"

"小日本已经投降了,他们还敢枪毙人?"

曹鲁黯然道:"他被押到东京,在那里执行的,已经一年多了。"

"他是什么罪名?"斯特伦堡夫人抬头问。

"说他在上海收集日军情报。"说到小斯特伦堡,曹鲁的话明显比平时多。

斯特伦堡夫人擦着眼泪,说:"八年前他来到上海,三年前被日本人抓走,我跟他也算朝夕相处了五年,没想到却是这个结果。"

"你儿子是个勇敢的人。"曹鲁郑重地说。

斯特伦堡夫人点点头,没有说话。一旁的周鼎俯下身,轻声问:"小斯特伦堡不是你的儿子,对吗?"曹鲁和斯特伦堡夫人都惊诧地看着周鼎,后者沉吟了半响,说:"你是从哪里看出来的?"

听这话,曹鲁更是惊讶,只听周鼎说:"一是你跟斯特伦堡先生从来没说有孩子,而且他长得跟你们夫妇完全不像;二是他来之后花钱让你住到了公寓里,但他跟你相处的方式不像母子,更像是朋友。"

斯特伦堡夫人叹了口气说:"我还以为我演得很好。你们愿意听的话,就坐下听我说,故事不是很长。"

一九三七年初,多年前遭遇丈夫被绑架的斯特伦堡夫人,积蓄已经用尽,心情如早春的天气那样冰冷。就在她饥寒交加之际,小斯特伦堡突然登门,说他的父亲跟斯特伦堡先生曾在荷兰鹿特丹共过事,自己来上海处理一些商业事务,因担心法租界巡捕房和日本人产生怀疑,需要一个合适的身份,那就是斯特伦堡夫妇的儿子。

"他说,如果我同意,不仅公寓房间的租金,日常开销都由他承担,而我要做的只有一件事,跟别人介绍说他是我儿子。他是一个挺拔有力、英俊深沉的男人，却天天跟我这个老太婆住在一起，早出晚归、独来独往，偶尔会带陌生人来，都是走进他的卧室把门反锁。有一天半夜，我听到房间里有动静，冲了一杯咖啡端进去，看到他在发电报。他看到我并没有生气，只是跟我说，如果我把看到的告诉别人，我现在的一切就都没有了。"

曹鲁沉默不语，周鼎问："你知道他是什么人吗？"

"我不知道他为谁工作，只知道他厌恶希特勒，反对日本人。虽然我跟他之间没有血缘关系，但我晚上睡不着的时候经常会想，如果上帝真的赐给我一个孩子，我愿意他就是这个人。"斯特伦堡夫人站起身，"现在，我这一辈子就剩下一件事没办完，找到我丈夫，或者找到他的遗骨。"

目送老妇人离开，周鼎低声问："曹叔，他是哪国间谍？"曹鲁关上门说："他是荷兰共产党党员，为苏联工作。"周鼎又问："为什么你跟他同一天消失了，你跟他有关系吗？"

曹鲁抬起头，注视着面前这个年轻人，低声说："因为我们有着共同的使命，有的情报如果他没送出去，就由我来送。他被捕了，因为他知道我的身份，我当然不能继续留在这里。"他心中有着万语千言，汇集到一起化成了一个动作，伸手拍了拍周鼎的后背，转身出门而去。

第十一章
此恨何时已[1]

对于诺曼底公寓而言，一九四六年的春天是从一场婚礼开始的。

农历二月十四中午，六桌酒席在汽车间的屋顶平台摆好，胡大厨和"银记"的面包师傅申生等人已经忙碌了一上午。阿苇妈在人群中穿梭忙碌，婚礼的时间地点都是她定的，先请朱洪豪算一卦，看哪天是良辰吉日。

朱洪豪晃着没有三两肉的脑袋说："这个不用算，二月十四不但是好日子，而且我能保你那天天气好，好穿短袖子。"阿苇妈将信将疑，说："照你这么说，我就把酒水摆在汽车间上的平台，那天要是下雨或者冷括括，就找你算账！"

前两天还凄风冷雨，婚礼正日子却风和日丽，众人都穿着单衣坐在平台上，十分的惬意。阿苇妈口中连念了几声"阿弥陀佛"，对身边忙着摆放餐食的胡大厨说："看到阿苇了吗？"胡大厨并不抬头，说："她又不是新娘子，再说脚长在她身上，我怎么知道？"

待宾朋坐定，新郎新娘从楼梯上并肩走来。新郎身穿蓝袍、黑

1　此恨何时已：出自北宋李之仪的词作《卜算子·我住长江头》。

袿、蓝裤，戴着白手套，脚下是白袜、黑缎鞋；新娘穿着短袖淡红色旗袍、同色长裤、同色缎鞋、肉色丝袜，头罩白纱，同样戴着白手套，手中捧着一束鲜花。

"归一，打跑日本人已经半年多了，你怎么刚刚想到结婚，就不怕阿玖等得心焦吗？"坐着的仇连升笑着问。阿玖脸上泛着红晕，归一大声说："仇老板，我当年是说过，小日本不投降我就不结婚，不过没说过，小日本一投降我马上结婚啊！"

众人一阵哄笑，仇连升兴致甚高，指了指隔壁那桌的朱洪豪说："今天这个日子是他算的，你们再叫他算算，哪天同房能生儿子？"众人笑声更响，阿玖的脸涨得通红，就像头顶上的那个娇艳而不灼人的太阳。

旁边一桌上，芬妮低声问刚坐下的阿苇："生儿子也能算出来？"阿苇调皮地看了她一眼说："你自己试试，就知道准不准了。"芬妮浅浅笑了笑，说："跟谁结婚都还不知道呢。我的好朋友凯瑟琳上个月生了儿子，可是她还没结婚，他们家是传统的天主教家庭，不能流产，小孩生出来就送人了。"

这个温润的犹太女孩，一转眼已经二十六岁了，感情上的事让她有些烦心。马尔基尼奥热烈追求了一段时间后，近来的攻势有所减弱，她并不在意；最近有一个随部队登陆上海的美国大兵，言语甚为风趣，频频请她吃饭跳舞，她视其为朋友；那个不知身在何处，甚至生死未卜的曹南乔，在她心中始终占着一席之地，她一直挂念着；而对于父亲中意的周鼎，她有种更特别的感觉，却说不明白。

阿苇伸手捅了捅她说："芬妮，你看那个青面怪人又来了。"抬头一看，一袭灰色长衫的汪步青已经走上了平台，环顾四周后，往布莱特所在的那桌走去。

"归一也请他了？"芬妮问。

阿苇摇头说："不会的，肯定是他不请自来。走，我们过去听听。"

汪步青刚坐定，见芬妮和阿苇过来坐下，正好有个话题："芬妮真是越长越漂亮了，上海马上就要举办选美比赛，杜先生担任选美主席。照我看来，芬妮要是参加一定能当选上海小姐。"

这番话是说给一旁的布莱特听的，布莱特却没接话茬，问道："汪先生，你来有事吗？"汪步青一脸无奈地说："布先生，你跟我客气了十多年了，还是不要叫我汪先生，叫我阿青多少好。"

见布莱特并未说话，汪步青自己干笑两声继续说："布先生，你晓得这幢公寓马上要拍卖了吗？"布莱特心念一动，说："我只知道业主万国储蓄会要破产清理了，它下面的不动产有不少，你确定诺曼底公寓要拍卖？"

见布莱特有了兴趣，汪步青绕起了弯子："我也是听说，消息不一定准确，透风给我的人说，起价很低。哈哈哈，喝酒喝酒，今天不谈生意。"

布莱特举起酒杯，看了一眼坐在对面的周鼎。虽然正跟芬妮和阿苇说话，但周鼎一直留意着这里的对话，马上站起身举杯对汪步青说："汪先生，起价是不是低到连我们都买得起？"

汪步青并不站起，举了举酒杯说："周老弟，老早就听说你的布匹生意越做越大，不过要想买诺曼底公寓呢，"汪步青的眼睛往四周扫了一圈："别看这里这么多人，也只有布先生有这个资产了。"

"如果布莱特先生出面竞拍，胜算大概有几成？"周鼎继续问，对面的布莱特暗自点头，周鼎问了他想问但又不想亲自问的问题。

"拍卖这种事情，顶顶重要是不要有人横出一杠来抬价，抬到最后没有赢家。现在的上海滩，能镇得住台面，不让奸商抬价的，你想想还有谁？"

周鼎看了看布莱特，继续问："去年杜先生从香港回来，报纸上都说他要当上海市长，结果却不是他，上海滩的水还是很深的，汪先生你说对吗？"

汪步青似笑非笑地看了周鼎一眼说："讲句实话，上海市长这个位子不好坐的，杜先生想过没想过我不晓得，我只晓得蒋委员长让钱大钧来做，杜先生听到后笑笑说，钱大钧是老蒋身边的红人，我不争。下个月，马上要选上海参议会了，这个议长的宝座么，"说着，汪步青伸手朝空中抓了一把："杜先生是三只指头捏田螺，稳拿。"

周鼎正欲再问，布莱特冲他摇摇手，对汪步青说："阿青，你今天特意来跑一趟，就为了告诉我这个消息？"汪步青端起酒杯站起身，凑到布莱特耳边说："我保你买下诺曼底公寓，事成之后，你付给我十万美金，就这么简单。"

布莱特端起酒杯正要说话，后背被人重重地拍了一掌，喝得满脸通红的朱洪豪伸手拉住他胳膊说："布老板，芬妮啥时候结婚你一定要告诉我，我来算一卦，包你选定良辰吉日！"

布莱特喝了一杯，趁着朱洪豪去跟汪步青敬酒，转身离席便走。芬妮叫道："爸爸，你不吃了？"布莱特大声答道："我回去照顾你妈妈。"然后走到芬妮身边低声说："这些中国人只会喝酒胡闹，你也早点上楼，不然就跟他们一样，成了野蛮人。"

这时，汪步青边应付身边几个敬酒的人，边似笑非笑地看着布莱特，用手指了指隔壁那桌正在吃饭的阿玖爹，做出跳楼的姿势。布莱特回报以似笑非笑，眼神犀利地盯着对方，用手指了指自己面前的餐盘，然后摇了摇手指。汪步青微微一笑，转身就走。

扫了一眼汪步青离去的背影，阿苇妈问胡大厨："这个人又来干什么？"胡大厨对他没有好印象，说："肯定是趁人多来吃白食。"

朱洪豪先是自己挨桌敬酒，后来又拉上了仇连升。敬到阿玖爹那桌，朱洪豪关切地问他的腿伤，阿玖爹连忙挂着拐杖站起身，撩起一个裤腿，指着残缺的右腿说："好是好了，人也废了。"

"我听说，那天炸弹扔在大世界门口，是归一用小推车一路把你推回来的，这个女婿待你好的。"仇连升凑过来说。阿玖爹叹口气说："唉，为我治伤的两个好人都没了，回来路上是叫什么堡的光头洋人帮我包扎伤口，后来是那个德国老医生为我动的手术。结果呢，好人没好报，都死了。"

见阿玖爹用衣袖拭泪，朱洪豪连忙指着桌上几个女子问："开心日子不要伤心，这些都是你的什么人啊？"

"这是老太婆，那四个都是我的女儿，乡下女人没见过世面。我这辈子啊，只生了五个女儿，真是祖上没积德。这些年流年不利，现在全靠小女儿阿玖撑门面。"

那几个女子身板粗壮，脸庞黑里透红，衣着甚是朴素，神情有点局促，朱洪豪以算命为业，瞥一眼就能掂得出一个人的分量，借着酒劲说："今朝开心，我来帮你算一卦。你姓佘对吧，请教几位大小姐的芳名？"

阿玖爹一愣，他不知"芳名"为何意。正好归一和阿玖过来敬酒，阿玖忙说："朱阿伯见笑了，我们农村起名字是看到啥就叫啥，我的大阿姐叫佘玉米，二阿姐叫佘毛豆，三阿姐叫佘菜花，小阿姐叫佘小米，我原来叫佘玉瓜，我嫌不好听，就改叫佘玖了。"

朱洪豪连声说好名字，每个人至少还有十年旺运，然后把阿玖爹拉到一边说："你听我一句话，几个女儿的名字都要改。"阿玖爹忙问："名字不好吗？"

"你看你姓什么，姓佘就是赊欠，你们一家玉米毛豆各种吃的东西都是欠人家的，你想还会好啊？"

"那要怎么改？"

"今天喝喜酒，改天让你女婿来找我。"朱洪豪暗想，这些年归一先跟着布莱特，后来又跟阿苇妈和周鼎做生意，手头肯定宽裕，到时候一份卦礼不能少要。

平台上觥筹交错，酒至半酣，忽听传来一声吼："各位，打搅了！"众人齐刷刷转头看去，楼梯口站着三个警察，为首那人是个矮胖子，满脸横肉上洒满了一层黑麻子，想必是因为脖子太粗，警服领口只能敞开着。

阿苇妈赶紧跑上前，伸手拿出一叠法币说："巴老爷，今天这里办喜事，你有事请改天来。"

来人正是巴络，法租界消亡后，他做了一段时间的食品生意，现在做回了老本行，成了上海市警察局的二级警长。巴络轻轻推开递来的法币，说："米娘子，不是巴某人存心来拆台脚，只是今天这事情是上面交代下来，限时限刻要抓到人。"随后大声说："各管各喝酒吃菜,不要管闲事。"说着,双眼向四周扫去。

"芬妮,我有样东西掉在桌子下面了,让我去找一下。"芬妮转头一看,一个白影子在她身边一晃,已蹲下身躯,匍匐着爬进了桌底。

芬妮诧异地看向身边坐着的阿苇,阿苇轻轻摇手,再转头以目光询问在她身边的周鼎,只听周鼎低声说:"都别往桌子下面看。"

巴络让一个警察把住楼梯口,自己带着另外一个一桌一桌检查,最后来到周鼎这桌。他一一扫视桌上每个人,首先把目光落在芬妮身上:"芬妮,你这个洋娃娃长大了,真是越长越标致。我问你,你们这桌就你们这几个人吗?"

芬妮刚要答话,阿苇抢着说:"当然不止。"巴络看着阿苇,笑道:"你这个小活络,总是抢别人的话,你说有没有人刚才在现在不在了?"

阿苇故作为难,想了想一咬牙说:"好,巴老爷问我,我肯定照实说。刚才来了一个青面怪人,没人请他,他不请自来,白吃白喝了好一会儿才走,也不知道是不是来偷东西的。"

"你说的是汪步青吧,刚刚我还在门口碰到他,我找的不是他。"

"那就没有了。真奇怪,巴老爷你来抓人,连抓谁都不知道吗?"阿苇原本就口齿伶俐,现在以守为攻,将了巴络一军。

巴络脸上的横肉抖了几下,笑笑说:"我要抓谁,我怎么会不知道。这个人么,你们做梦也想不到。"随后将目光定在周鼎身上,周鼎不等他开口,先发问:"巴老爷要抓的这个人,是强盗是小偷还是杀人犯?"

"嘿嘿,这个人不偷不抢不动刀子。"听众人发出一阵诧异声,

343

巴络继续说,"不过他的罪行更大,讲出来吓你们一大跳。"

"巴老爷不要卖关子了,到底是谁,你说出来大家一起帮你找。"仇连升夹了口菜,边吃边说。

巴络转头一看,对仇连升点点头说:"听说你在戏班子里私藏了一个人,什么人你自己心里清楚,过两天到局里来说说清楚。"听这话,仇连升一口菜噎在喉咙口,顿时把脸涨得通红,大声咳嗽起来,边上的朱洪豪连忙伸手拍着他的背。仇连升缓了口气说:"巴老爷,我的戏班子里是有个日本人,在里面打打杂拉拉大幕,他当年救过我的命,我也不好把他赶走。以后巴老爷来看戏,我分文不收。"

巴络嘿嘿笑了两声说:"除了麒麟童,别人的戏我是不看的。不过呢,你要是教会那个日本人唱麒派,我倒是要来看一出,要是教不会,我把你们两个统统抓起来。"说罢便不再理会仇连升,死鱼眼又扫视了一遍众人,突然问一旁站着的胡大厨:"你有没有看到有人逃走?"胡大厨憨厚地笑着正要说话,阿苇妈说:"他一直忙前忙后,哪里能照应到这么多人?你去问问旁边那几桌吧。"

听这话,胡大厨笑着连连摇头说:"巴老爷,我没看到有人逃走,桌子上没有,桌子下面也没有。"这话说得并不响,听在众人耳里便如同炸雷一般,齐刷刷朝桌子下看去。巴络更是脸色大变,伸手就要拔枪。

正这时,桌子突然腾空飞起,各式中西菜肴如同飞花般四溅,一个白衣人握着小刀从桌下蹿出,一刀捅进了巴络的肚子。

周鼎赶紧拉着阿苇躲到一边,翻身又去拉来已经惊呆了的芬妮。再看那个白衣人发疯般疯狂挥舞着尖刀,往楼梯口奔去。巴络捂着肚子躺在地上,发出杀猪般的喊叫,原来站在他身后的警察也被掀倒在地，正趴在地上瑟瑟发抖。

"开枪，开枪，打他腿！"巴络朝楼梯口那个警察大叫，那个警察掏了两下没能掏出枪来，见白衣人已经跑到跟前，赶紧抱着头躲闪在一边。

巴络目送白衣人逃下楼去，大声骂着笨蛋，低头再看自己的伤口，虽然血流得不少，但好在他肚子上赘肉很多，那把刀尖而短，伤势倒并不重。

那两个警察已经跑了过来，七手八脚地来看他的伤势，被巴络赏了一人一个巴掌："你们有枪啊，打不过一个拿小刀子的人？"一个警察诺诺道："巴警长，你不是一直说，见枪要扑、见刀要跑吗？"另一个警察接口道："对啊，你说枪打得远，逃也没用，一定要扑上去抢。但看到拿刀子的，只要跑得远远的就没事，靠近倒会送了性命。"

巴络气得连翻白眼，怒道："这两句话是保命的诀窍，你们今天是警察抓人，不管见了枪还是刀，都要扑上去！"

此时，平台上一片混乱，哭声骂声不绝于耳。胡大厨一脸茫然，问阿苇妈："刚才跑出去的是谁？"阿苇妈白了一眼说："这里的人都看清了，就你看不清，那是面包师傅申生啊！"

那边，周鼎已经拉着阿苇和芬妮从地上站起，芬妮兀自张大着嘴巴，手捂着胸口，一副惊魂未定的模样。阿苇的一双妙目则看着周鼎，微微一笑说："小钉子，我很高兴的。"周鼎看着她的俏脸，也微笑道："阿苇，我也很高兴。"阿苇立马狡黠地一笑问："你高兴在哪里？"

"我高兴我们都没事，你高兴在哪里？"听周鼎这话，阿苇的眼

345

中现出万般柔情,轻声说:"我高兴你第一个拉我。"周鼎伸手将阿苇搂在怀中正要说话,看到楼梯口上来一个人,手里举着一张报纸,看到平台上的混乱局面似乎有点惊讶,随后直奔周鼎而来。

"曹叔。"周鼎刚叫了一声,满头汗水的曹鲁张开手中的报纸,激动得有点哽咽地说,"你看,你快看这条新闻!"

周鼎、阿苇、芬妮等人一起凑过来看,这是一份当天的《时事新报》,说的是去年日军投降后,在南太平洋的新不列颠岛上,澳洲海军发现了三十一个中国苦力,经查其中居然有好几个是当年镇守四行仓库的八百壮士成员,在国际红十字会的安排下,已经坐船回国,将于今晚七点左右抵达上海太古码头。

"曹叔,南乔会在里面吗?"周鼎问。曹鲁摇头说:"不知道,这是最后的希望。"

周鼎听曹鲁说过,这两年他为避祸离开诺曼底公寓,花了大量精力打听曹南乔的下落,只知道孤军营中的八百壮士被日军分为两批,一批送往浙江裕溪等地挖煤筑路做苦工,另一批送到西南太平洋上的一个荒岛上服苦役。曹鲁去了好几次裕溪,始终没打听到曹南乔的下落。

"小钉子,我想下午去太古码头看看,说不定曹南乔就在船上,你准备去码头吗?"芬妮看着周鼎,言语温和地问。

"我当然要去,阿苇你去吗?"周鼎转头问。阿苇对他眨眨眼睛,笑而不语。

平台上,曹鲁跟周鼎等人的对话,并未引起多少注意,大多数人都围在巴络身边。两个警察毛手毛脚地给巴络包好了伤口,巴络疼得龇牙咧嘴,骂道:"抓人抓不到,伤口包不好,要你们两个派啥用场,留到过年当年猪杀掉算了。"

这两人都曾是法租界巡捕房的华捕,是巴络多年的部下,早已对巴络的打骂习以为常,其中一人说:"杀我们还要动刀子,你也吃力,不如过年我们送一只猪头、两只火腿、十只蹄髈来。"

"巴老爷,怎么讲到猪猡了,你们为啥要抓申生?"仇连升问。一旁的阿苇妈更是着急:"申生师傅这些年一直在面包房,一天到晚做面包,这幢楼里的人都知道,你们为什么要来抓他?"

巴络捂着肚子坐到椅子上说:"从一九四三年到去年,你的面包房是不是停业将近两年?"见阿苇妈点头,巴络继续说:"那两年,你知道申生去哪里了?"

"我让他帮我做米行生意,他说有朋友叫他合伙做生意,他想去赚大钱,我也不好留。"

"我再问你,他是什么时候回来的,有没有说为啥回来?"巴络掏出一根烟,一个警察立即掏出打火机点上,动作极为熟练,显然是家常便饭。

"他是日本人投降前回来的,跟我说生意蚀本了,问我面包房会不会重新开张,他想回来继续做面包。巴老爷,听你的意思,是他出去那两年出了事?"阿苇妈心思缜密,已经想到了问题所在。

巴络一拍大腿,引来伤口一阵疼痛,咧着嘴说:"你知道那两年他做了啥生意,比贩毒、拐卖人口还要伤阴节,他去投靠了七十六号[1],当汉奸了!"

---

[1] 七十六号:抗战时期汪伪政权设在上海的特务机构,因地点在极司菲尔路(今万航渡路)七十六号而得名。

347

围着的众人一片哗然，七嘴八舌地说："怎么可能，这人看上去是个老好人。""知人知面不知心，你怎么晓得他是好人？""早晓得这是个汉奸，我买了面包就扔到他脸上去！"

　　平素快人快语的阿苇妈，此时却陷入沉默。胡大厨想了想，诚恳地对巴络说："申生的面包做得好，这个公寓里的洋人都喜欢，说不定七十六号是请他去做面包呢？"

　　阿玖和归一远离众人，阿玖在落泪，归一则在耐心劝解。周鼎走过去想劝解几句，一时却不知该说什么，一场原本喜庆热闹的婚礼被搅成这样，新郎新娘心中的苦楚是旁人无法体会的。

　　下午四点多，周鼎离家下楼，刚到五楼楼梯口，就遇到了芬妮和阿苇。芬妮一反平日的温和耐心，急道："小钉子，我三点就打你电话，还下来找你，你跑哪儿去了？"周鼎指了指阿苇说："她妈妈找我，商量申生的事情。"

　　"这有什么好商量的，是汉奸就该抓起来。时间这么晚了，我们赶紧去太古码头。"

　　芬妮说着匆匆下楼，阿苇冲周鼎吐了吐舌头，示意赶紧跟上。三人来到门厅，却找不到曹鲁，电梯里的孟祥说："他走了快一个小时了，说去一趟码头。"

　　听这话芬妮更是着急，涨红着脸走到骑楼下，四下张望着，回头问周鼎："你不是说有车吗，在哪里？"周鼎指了指紫罗兰门口，那里停放着三辆矮小的脚踏车，说："在啊，这是我让归一准备的。"

　　"就这个小破车，我们骑到码头要几点啊！"芬妮已经带着哭腔。

"你家的塔尔伯特小汽车早就报废了,你爸又不愿买新车,菲兹曼先生家的车被卖掉了,换钱给他治病,现在哪里找得到小汽车?"

芬妮素来好说话,今天听周鼎这话却怒道:"找不到小汽车也要找好一点的脚踏车,就像前几年你骑车带我们的那种,这个车这么矮这么小,骑到码头船上的人都走光了。"

阿苇此时已经走到马路上,东张西望了一会儿,挥着手朝斜对面的天平路上大叫。周鼎和芬妮转头望去,那里正好驶来一辆三轮空车。

车夫应声而至,但坚持说只能坐两个人。她还要争辩,周鼎已经推着脚踏车走过来说:"三个人坐是不合适,你们坐车我骑车,一起走。"

芬妮一上车就说,越快越好,车钱加倍。车夫骑车甚为卖力,三轮车朝东疾驰。周鼎人高车小,两腿奋力蹬车才勉强跟在一旁。阿苇见状笑道:"小钉子,你骑这种小日本的脚踏车,就像大人骑小孩的玩具车。"

"是啊,我们以前骑的那个脚踏车是英国产的,后来都被小日本抢走去炼钢铁了,现在市面上只有这种日本车,都像玩具车。"

上了车,而且骑得很快,芬妮的焦虑也减少了很多。她仰起头看着路边的梧桐,感慨道:"霞飞路上的梧桐,真是漂亮。"阿苇笑道:"你还叫霞飞路啊,现在已经叫林森中路了。"那车夫说:"对啊,去年改的名字,前两年还叫过泰山路。"

阿苇转头问周鼎:"你觉得哪个路名好听?"周鼎不假思索笑着

说："叫阿苇路最好听。"这话惹得阿苇咯咯直笑，问："叫芬妮路不好听吗？"周鼎还没回答，车夫抢先道："法租界没了，不好再叫洋名了。"听了这话，芬妮幽幽道："我也想像这条路一样，改个中国名字。"

三轮车拐了两个弯，外滩就在前方了。突然，从前方左边小路上驶出一辆吉普车，引擎发出刺耳的嘶叫声，呈S形开了十多米后，猛地越过马路中线，朝着三轮车直冲过来。坐在后座的阿苇和芬妮都大叫起来，车夫已经惊呆，一时不知所措。

一旁骑行的周鼎见状，跳下脚踏车冲到车夫身边，将龙头猛力右打，使尽全力朝路边推去。此时，对面吉普车上也发出惊呼，随后猛地右打方向。由于车速快、转弯急，左边两个车轮已经离地，与三轮车擦肩而过，仅在毫厘之间。

阿苇俯下身摸到一样东西，回头大骂"该死的美国佬"，然后朝着吉普车扔了过去，砸到了车尾。吉普车并未减速，车上探出两个脑袋，都戴着水军帽，冲着三轮车连声怪叫，一路扬长而去。

"阿苇，那是我的皮鞋！"听到芬妮的叫声，阿苇连忙低头往脚下看，果然见到芬妮赤着双足，脚边只有一只皮鞋，另外一只已经不翼而飞。原来，芬妮虽然不像小时候光脚外出，但她依然不爱穿鞋，刚才上了三轮车就脱下了皮鞋，没想到却被阿苇当作武器扔了出去。

周鼎已经捡回了皮鞋，还扶起了躺在路中央的脚踏车，问正擦着冷汗的车夫："这些美国水兵都这样吗？"

车夫摇头说："这还算好的，还晓得避开。最吓人的是晚上，那些美国兵喝多了酒，开着车那真是横冲直撞，撞了人他们还有理，说美国开车都靠右，谁知道这里要靠左。去年底，就在外滩撞死了一辆三轮车上的三个人，可气的是那个撞死人的美国兵一点事没有，我们这里却改了规矩。"

芬妮边穿鞋边问："改了什么规矩？"车夫冷笑道："就是从今年一月一号开始，全上海的车子从靠左开改成靠右开，你们说气不气人。"说着，车夫已经重新蹬起了三轮车。

"以前听英国人的，车辆靠左开；现在听美国人的，车辆靠右开。你们有没有发现，世道变了。"周鼎奋力踩着玩具般的脚踏车，似乎在跟三轮车上的人说话，又似乎在自言自语。

没一会儿，三轮车已经驶上了外滩。黄浦江上，停着好几艘外国军舰，车夫指了指一艘巨舰说："你们看，这是美国的巡洋舰。"周鼎问他舰名叫什么，车夫憨憨笑道："这些军舰都叫很长外国名字，我们就算听过也记不住。"

眼见太古码头就在前方，芬妮伸长着脖子往前看，阿苇忽道："啊呀，人都下船走了，你看连船都开走了。"芬妮一惊，不由自主站起了身，引来一旁的阿苇连声娇笑着说："我骗你的，船还没到呢。"

芬妮正要嗔怪，只听一声刺耳的口哨声从边上传来，转头看到一辆三轮车正与自己并行。奇怪的是车夫坐在后座，正目瞪口呆看着前面，而骑车的身穿卡其布军装，头戴水兵帽，嘴里嚼着口香糖，正侧着头朝芬妮吹口哨。

芬妮低声骂了一句"该死的美国佬"，坐了下来。哪知那个美国兵并不罢休，回身大声招呼同伴，一会儿上来了六七辆三轮车，骑车的都是嚼着口香糖的美国兵，坐在后面的都是瞠目结舌的三轮车夫。

"嗨，停一停，我们去喝一杯吧。"一辆三轮车已经超到前方，骑车的美国兵跟芬妮打着招呼，随后大声跟同伴们说，"你们快来看，还有一个中国姑娘，美极了！"

一眨眼，那些三轮车都超到了前面，芬妮坐的车无法前行，只得停下。五六个美国兵跳下车来，其中一人对芬妮说："英国人？法国人？意大利人？日本人？"这话引来众人大笑，已经把芬妮和阿苇团团围住。

周鼎放下脚踏车，走到车夫身后，在他背上拍了拍，示意他下来。随后对为首的美国兵说："我们去码头接人，你们让一让。"

这两年周鼎的英语有不小长进，那个美国兵笑笑说："那好，我们一起去码头接人，接个美人。"这话又引来一阵哄笑，其中一个高大的美国兵伸手就去拉芬妮。阿苇忽地站起，大声说："她是卡森少尉的女朋友！"

听这话，几个美国兵都是一愣，转头看着那个领头的。周鼎见状，知道那个卡森一定是他们的熟人甚至上司，马上说："卡森少尉也是我们的朋友，他最爱吃中餐，前天晚上我们还一起去吃了烤鸭和小笼包，他回去没跟你们说？"

"你们是本的朋友？"领头的美国兵问。

"对啊，我们中国人喜欢叫姓，我们都叫他卡森。"周鼎见他将信将疑，又补上一句，"你叫什么名字，我改天再请卡森吃饭的时候，你也一起来。"

那美国兵满脸欢喜,忙说:"我叫詹姆斯·格林,和本都在海军陆战队第五团服役。"其他几个美国兵也纷纷报上他们的名字,都说自己是本·卡森少尉最好的朋友,吃中国餐务必要叫上他们。

那个刚才要去拉芬妮的大个子士兵,伸手托起芬妮细腻白皙的手,在手背上轻轻吻了一下说:"我叫尼尔·贝克,下次吃饭能不能点一个松鼠鳜鱼?我上个月吃过这个菜,那个饭店不好,我只吃到鳜鱼,没吃到松鼠,这次记得叫饭店一定要上松鼠!"

太古码头上已经聚集了不少人,还有人打出了"欢迎八百壮士归国"的横幅。芬妮挤到了人群最前面,周鼎和阿苇紧随其后。

倚靠着栏杆站定,芬妮望着前方摇晃的栈桥和空荡荡的泊位,有些出神。阿苇问:"你跟那个卡森是在恋爱吗?"芬妮忽地转过头说:"别瞎说,我们只是朋友。"

阿苇眨了眨眼睛说:"可就在上个月,我看到你送卡森出门,他在公寓门口还吻了你。你可别说没有,小钉子也看到了。"又转头问周鼎:"你是不是很羡慕卡森?"

"阿苇,我早就跟你说过,我是法国人,吻别是很正常的。当然,那个吻是有点长,后来我不是推开他了嘛?"芬妮正色道。

阿苇俯在芬妮耳边问:"老实说,你吻过几个人?"芬妮瞪大眼睛看着阿苇,一时无语。阿苇偷偷一乐说:"算不过来了吧,心里是在做加法还是乘法?"

"你想知道啊,那先告诉我,你吻过几个?"芬妮天性温和,但这时也以攻为守了。阿苇脸一红,偷眼瞥了一下身旁的周鼎,并不说话。

353

三个人都看着前方的黄浦江水，久久沉默无语。忽听到身后人群一阵骚动，不少人伸手指着左前方说："来了，来了！"周鼎等也抬头望去，只见一艘大轮船正缓缓向码头驶来。芬妮顿时觉得视线模糊，抬手一抹，居然满手都是泪水。

大船靠港是个复杂的过程，过了好一会儿才锚定缆系，先下来几个水手，然后才开始下客。芬妮的心怦怦直跳，踮起脚尖看着每一个下船的人。但此时已经有不少人挤到了前面，挡住了她的视线，她问周鼎："我这样看不清，你能把我抱起来吗？"

周鼎作势要抱，阿苇却说："芬妮，你又高又大，小钉子不如抱我吧，我来帮你找你的南乔。"在周鼎的助力下，阿苇爬到了他的肩膀上。码头上很多人顿时不看下船的人，纷纷侧目这个高高在上娇小俏丽的中国女子。

欢迎乐曲奏响，船上下来二三十个中国人，大多三四十岁，都黝黑枯瘦，形容委顿。码头上走过去几个穿西服的人，跟他们一一握手，寒暄几句后便带着他们往外走。码头上早已群情激昂，众人纷纷喊道："八百壮士回家了！""中国人宁死不投降！"更有人带头唱起了《八百壮士之歌》："中国不会忘，中国不会亡，你看那民族英雄谢团长……"

周鼎、阿苇和芬妮都大声跟着唱，这曲在中国危亡时刻的战歌，在这个抗战已经胜利的时刻再次唱起，勾起了众人对苦难生活的回忆，很多人不禁潸然泪下。

"阿苇，你看到南乔了吗？"见那队下船的八百壮士准备离开，芬妮焦急地问。阿苇坐在周鼎肩上，睁大眼睛不放过任何一个下船的人，此时已经双眼酸胀，她揉揉眼睛说："没看到，说不定还没下船。"身下的周鼎说:"我们不能等在这里,往里面挤,去问问下船的人。"

此时,迎接的人群都在往前挤,周鼎扛着阿苇用不出力,芬妮虽然身材高大,但平素柔和惯了,又哪里发得出蛮力往前挤。

三人正自着急,却见人群一阵东倒西歪,一个白衣人奋力扒开人群,艰难地挤到了最前面,对着队伍中领头的人大声问:"曹南乔在吗?曹南乔有没有在船上?"阿苇居高临下看得清楚,大声叫:"曹叔!"

接下来,就看到对方跟曹鲁说了几句,然后伸手指了指下船的舷梯。只见曹鲁突然浑身发抖,放声大哭。

芬妮焦急地问:"阿苇,他们在说什么?"阿苇摇头说:"声音太杂了,听不清。"底下的周鼎问:"阿苇,你看到曹叔怎么了?"阿苇说:"他看着舷梯,在哭。"

听这话,周鼎猛地低下头,就要将阿苇放下。阿苇猝不及防,斜着摔了下来,还好有芬妮在侧,摔在了芬妮肩膀上。"小钉子,你摔我干什么?"阿苇刚站到地上,回头怒道。

周鼎只说:"快拉着我。"随即奋力往人群里挤去,芬妮赶紧抱住他,阿苇火气更大了:"你去干什么?"周鼎的脑袋挤在前面几个人的腋下,大声说:"肯定是曹南乔回来了!"

三人奋力挤到前面,都已是满头大汗,周鼎快步走到曹鲁身边问:"曹叔,南乔在船上吗?"曹鲁双目紧盯舱门,用力点点头。

见他们四个人都凝望着舱门,后面的众人也都跟着抬眼观瞧,不少人在问:"还有什么人没下船?""会不会是什么大官?"

说话间，从舱门里一前一后走出两名船员，手上抬着一副担架，担架上躺着一个人，身上盖着一条墨绿色毯子，看不清面目，但显然身材高大。曹鲁已经按捺不住，朝担架方向冲了过去，被负责现场警卫的警察一把拉住袖子。曹鲁奋力甩脱，扔下身上的外套，继续往前跑去。

跑到担架边，曹鲁大叫一声"南乔"，双手紧握着那人的手，忍不住热泪纵横。周鼎等人也已跑了过来，见担架上正是曹南乔，但不是那个英气勃发的少年，而是一个肤色黝黑、骨瘦如柴、眼神无光的病人。此时的曹南乔不过二十八岁，但他饱经风霜的模样，就像已届不惑之年。

芬妮和阿苇顿时失声痛哭，周鼎俯下身问："南乔，你得了什么病？"曹南乔一只手用力顶着腹部说："胃病又犯了。"

那个来迎接的市政府官员也走了过来，看了看曹南乔的样子，皱着眉头说："政府要给你们接风洗尘，你能去吗？"曹南乔轻轻摇头，周鼎说："他胃痛就不去了，我们接他回家。"官员"嗯"了一声，二话不说转身就走。

出了码头，周鼎叫了两辆三轮车。曹鲁坐第一轮，高大的曹南乔躺在他的怀中，两只脚伸在了车外。芬妮和阿苇坐第二辆，周鼎依然骑那辆小自行车。

这天天气晴好，白天很多人都穿着单衣，但毕竟是初春时节，夜幕降临后坐在车上还是颇有凉意。尽管已经盖着毯子，但被风一吹，曹南乔打起了寒战。曹鲁的外衣掉在了码头，他转头找周鼎，却见周鼎已经脱下外衣递了过来。

路灯伴着星光，歌舞声伴着吵闹声，三三两两的行人中夹杂着一些英美士兵，曹南乔看了一会儿就闭上了眼睛。周鼎在车边伴行了一段，见曹南乔神情萎靡，便放慢车速和第二辆三轮车伴行。车上，芬妮呆呆地看着前方，似乎在想心事，阿苇不断转动脖子四下观望，但并不作声。

"芬妮，你在想什么？"周鼎打破了沉默。

"我好像想了很多，又好像什么也没想。"

"南乔回来了，你不高兴吗？"周鼎又问。

"我当然高兴啊，这么多年了，有时候我会想，他很可能已经不在这个世界上了。但我又会想，像他这么英武的男人，不会轻易抛下这个世界，也不会轻易让这个世界抛下他。"说着，芬妮的泪水再次滑落。

听到这里，阿苇凑到她耳边说："你想嫁给卡森少尉，还是南乔？"芬妮沉默着，抬头看着天上的繁星，轻声道："我爸爸让我嫁给小钉子。"

抵达诺曼底公寓，曹鲁扶着曹南乔往看门人小屋走去。周鼎上前拦住，说自己住的54室有两个卧室，可以让南乔跟他住在一起。曹鲁还要推辞，周鼎已经扶着曹南乔往电梯走去，孟祥赶紧从电梯里跑出来，一起搀扶。

让曹南乔在卧室躺下，孟祥对周鼎说："布莱特先生找了你好几次，让你一回来马上去船长室。"周鼎点头，看到曹鲁正在烧洗脸水，芬妮和阿苇则走进厨房开始做饭，便跟着孟祥上了电梯。

船长室里冷冷清清，布莱特夫人从犹太人隔离区出来后，一直有病在身，此时已经睡下，葛妮亚端上两样西点，也回了自己的保姆房。布莱特一个人坐在偌大的客厅里，落地窗外是星星点点的灯光。

布莱特示意周鼎坐下，问："船上有曹南乔吗？"周鼎连连点头，说："终于回来了，但身体很差。"

"你知道，曹南乔回来了意味着什么？"

"我们儿时的玩伴终于又重聚了。"

布莱特摇摇头，摸摸自己的鼻子说："意味着你和芬妮可以结婚了。"周鼎一惊，刚要开口，布莱特继续说："三年前，我就想让你们俩结婚，芬妮说要等曹南乔回来。现在好了，他终于回来了。"

周鼎诧异道："可是，芬妮说要等南乔回来，是想和他结婚吧？"布莱特站起身来大声说："跟一个关了八年身无分文的战俘结婚？我能让芬妮做这样的事吗？"然后在客厅里来回踱了几步，缓和了语气说："再说，你能确定芬妮爱的是曹南乔吗？我看未必。"

"布莱特先生，这要问芬妮，今天你找我就为这事吗？"

布莱特摇头说："当然不是，我们等一个人，然后谈正事。在我们犹太人看来，谈生意才是正事。"从隔离区出来后，布莱特再也不像以往那样，对自己的犹太身份讳莫如深了。

话音刚落，敲门声响起。布莱特走过去打开门，进来的是阿苇妈。布莱特给两人都倒了一杯红酒，阿苇妈说黄酒还能喝两口，红酒实在喝不惯。布莱特问她："你在诺曼底公寓住了几年了？"

"我们一家是跟着你们全家搬进来的，住到这里有大概十七八年了。"

"现在有个机会，让你完全拥有它，你们想不想？"布莱特扫了阿苇妈和周鼎一眼。

"布莱特先生，是今天中午汪步青来说的那事吗？"周鼎和阿苇妈几乎异口同声。布莱特有些惊讶，一是这两人的反应比他预计的还快，二是中午汪步青跟自己说话时，阿苇妈并不在身边，便问："你中午也听到了？"

"我帮着阿苇爸爸一起上菜，听到了几句。"

"那你怎么看？"布莱特问。

"如果真像汪步青说的那样，现在买下诺曼底公寓倒是个好时候。只是，要动用大笔的钱，当然这对你布莱特先生来说，那是小事一桩。"

听阿苇妈这么说，布莱特笑了起来："我买诺曼底公寓，这是白日做梦。我今天请你们两位来，就是想商量一下，有没有可能我们三人合资买下这幢大楼。"

阿苇妈忙说："这怎么可能，我哪里有这么多钱？"周鼎坐在一边，并不作声。

"你们一个卖米发财，一个卖布身家大涨，我看现在这个公寓里，你们两个是最有钱的。"布莱特转头问周鼎，"你说是不是？"

周鼎笑笑说："我这几年确实囤了一些布料，有的高价卖掉，但也给穷人施舍了不少，跟你们不能比。"

布莱特的表情变得严肃起来，说："这样吧，我们先不说有没有足够的资金买楼，先说说有没有必要投资。阿苇妈，你先说。"

"布莱特先生，做生意么先要看本钿，假使手里只有五十个铜板，就不要想去华懋饭店吃西餐，你说对吗？"

见阿苇妈反问，布莱特并不回答，转头看着周鼎。周鼎想了想说："买这样的大宗不动产，关键要看时机对不对。不动产的好处

359

就是不动，它是搬不走的，只要不是拆掉炸掉，总是在那里。但不动产的坏处也是不动，它不能跟着你走。"

布莱特晃动手中的红酒杯，看着那些红色液体不断涮过杯壁，追问道："在你看来，现在这个时机对不对？"

"要是在去年抗战刚胜利时，我肯定觉得时机对，因为赶跑了小日本，而且公共租界和法租界都收回了，有钱的话为什么不投资不动产呢？要是在去年底，我会犹豫，因为事情没有预料中的好，最好观望一下。到了现在，你看那些重庆派来的接收大员，个个中饱私囊，大发国难财，以后的时局恐怕会越来越难。"周鼎说。

布莱特不动声色，转头看了一下阿苇妈。

阿苇妈说："观察时局是你们男人的事，我只看市面，不少人说现在的市面还不如小日本占领的时候。我手上那点钱，一定不能砸在房子上，只要手上有活钱，哪怕以后离开上海回宁波，也可以在那里做生意。"

布莱特仰头喝下杯中的红色液体，说："我跟你们实话实说，今天中午汪步青来说拍卖这个公寓的事，我是有点心动，下午还跟几个犹太隔离区的老朋友聊了聊，他们既心动又犹豫。心动的是这幢公寓设计独特，地段也好，应该租得出价钱；犹豫的是当今政府相当腐败，接下来政局也许会越来越动荡。"

阿苇妈说："我对时局政局都不懂，我只知道现在大大小小的官员个个贪钱，而且手段都下三烂，这时候买楼可以用一句我们宁波老古话形容，这叫老寿星讨砒霜吃，这种事情做它做啥呢？"

周鼎接着说："布莱特先生，我听说那些关进隔离区的犹太人，出来时大多数已经不再富有，因为他们财产都被小日本和汪伪政府没收了。就算当年能侥幸逃脱，现在重庆政府派来的接收大员个个虎视眈眈，他们把那些财产称作逆产，直接收归政府或者干脆中饱私囊。你现在还有能合伙买得起诺曼底公寓的朋友，他们会不会给你吃个空心汤团？"

布莱特一直站着交谈，听周鼎这话，他放下手中的空酒杯，坐到了沙发上，沉默了一会儿，说："听你们这一说，我也说一句宁波话，我现在心情是蛔虫朝下。"

见周鼎没有听懂，阿苇妈解释道："这是老宁波话，说的是肚子里的蛔虫要等着吃东西，所以都是头朝上等食物咽下来，它们头朝下就是说心死眼闭了。"说着，她诧异地问布莱特："你说这话是什么意思？"

布莱特深吸一口气，缓缓道："其实我刚才说的，都不是心里话，只是想试探你们。"见阿苇妈要插话，布莱特摆摆手说："你听我说。中午汪步青那番话，根本就没打动我，因为我没有这么多资产。前几年，我的美华洋行被日本人没收，去年日本投降了，我去向当局要回洋行，却被那个接收大员骂了个狗血喷头，他说这是从日本人手中收缴的敌产，当然收归国家，怎么可能交给一个来路不明的犹太商人。当然就像周鼎所说的，我也没有现在还腰缠万贯的犹太朋友。"

说到这里，布莱特将目光投向落地窗外深蓝色的夜空，说："今晚请你们来，只是想听听你们对时局的看法，现在我已经想好了，我要带着全家离开上海。"

回到五楼自己的房间，已是子夜时分。周鼎推门而入，宽敞的客厅只开了一盏台灯，阿苇歪倒在沙发上，他放轻脚步走进卧室，曹南乔躺在床上，曹鲁和芬妮坐在床两边的椅子上，都已睡着。

曹鲁最早惊醒，已经睁开眼睛，站起身轻声道："他吃不下东西，我去楼下睡。"拿起放在床边的衣服，便出门下楼了。周鼎走到床边，看着眼窝深陷的曹南乔，心中一阵酸楚。

"小钉子，小钉子，你来。"卧室门口站着阿苇，显然是被刚才曹鲁出门惊醒，头发有些凌乱，俏脸泛着红晕。

周鼎连忙走过去，拉着阿苇来到客厅，随手把卧室门关上，说："你也回去睡吧。"阿苇一笑说："你也不问我叫你做什么？"周鼎忙问："叫我什么事？"阿苇俏脸一扬说："我让你问你才问啊，我不说了。"

周鼎苦笑一下，实在拿面前这个刁蛮又调皮的女孩没有办法。阿苇见状说："好吧，我告诉你。刚才我就是随便叫叫你，没什么事，不过现在呢，我要问你，"指了指卧室说："你为啥关上门，让他们直接洞房花烛了吗？"

借着昏暗的灯光，看着阿苇窈窕的身姿、白里透红的肌肤，周鼎走上一步，把阿苇揽进了怀中。哪知阿苇双手奋力一推，惊道："小钉子，你干什么？"

"你还记得去年八月，那天小日本投降，我们在你们家的连廊上，又是抱又是跳又是亲吗？"周鼎有些尴尬地说。

"谁说又是抱又是跳又是亲，没有亲！"阿苇提高声音说，随后莞尔一笑，似乎在为自己的强词夺理有点抱歉。周鼎又走上半步，双手搂住阿苇的纤腰，闻着她长发里发出的幽香，柔声道："那就现在补一下。"

这次阿苇并未躲避，双唇相贴之际，身后卧室门一响，只听芬妮说："我现在知道了，中国人为什么不在马路上亲吻，原来天天都在家里亲嘴。"

阿苇急忙挣脱，回头说："芬妮，谁说我们天天在家里亲，你才天天在马路上亲呢！"说着便往门口走去，又说："今天你就跟南乔拜了天地吧，我先回家了。"

芬妮赤足走到门口穿上鞋，说："还是我走吧，让你跟小钉子今晚拜天地。"两人对视一笑，阿苇牵着芬妮的手，对周鼎说："你陪南乔，我们回家给芬妮准备嫁妆。"在芬妮的笑骂声中，两人消失在楼梯上。

第二天一早，周鼎是被曹南乔的呻吟声叫醒的。

他并没有睡在自己的卧室，而是在客厅的沙发上和衣而卧，这样可以随时听到曹南乔的呼唤。他连忙走进卧室，只见曹南乔额头上渗出豆大的汗珠，双手使劲按住自己的肚子，忙问："南乔，胃痛又犯了？要吃点什么，大米粥还是面条？"

曹南乔连连摇头说："我的胃病很怪，吃不了这些软的东西，有没有饼干之类的？"周鼎连忙找来一包饼干，曹南乔拿起一块，放在嘴里细细咀嚼。

"南乔，你以前身体很好，怎么会得这么严重的胃病？"听周鼎在问，曹南乔咽下嘴里的饼干，缓了口气说："都是吃坏的。我们在新不列颠岛上做苦力，小日本一开始还给点吃的，后来战事吃紧，后方物资供应不上，他们就不给我们食物了，让我们自生自灭。我吃过岛上各种奇怪的果实，吃过不同的树叶，这还算了，

363

最坏的是没有淡水,海水实在不能喝,最后没办法,我们只能喝马尿。"

"马尿怎么能喝?"周鼎惊道。

曹南乔目视着天花板,苦笑道:"马也没水喝,所以马尿很少,也要抢着喝。喝了半年多,胃先是说不出的难受,后来开始胃痛,每次发作都要了半条命,我当时真担心回不了祖国。"

坐在床边,周鼎伸手紧紧握住曹南乔的手,这只手很大很瘦很硬,将手心摊开,上面布满了老茧。周鼎哽咽道:"南乔,你怎么会去这么远的荒岛上?"

曹南乔又要了一块饼干,边嚼边说:"一九四一年底,太平洋战争爆发的当天,小日本就开进了公共租界,孤军营落到了他们手里,把所有人都当作战俘抓了起来。我们先被关进北面宝山的一个集中营,关了将近两个半月后,又押到南面龙华的一个集中营。我们营门外有一条通往宁波的铁路,小日本怕我们逃走,强迫我们在营地和铁路之间挖一道深沟,长两公里,宽深各三四米。每天天不亮就要开挖,深坑挖到两三米就有水,里面泥泞不堪,稍一怠慢就要遭到日军兵的鞭打,吃的就是些豆腐渣之类的变质饭食。"

说到这里,敲门声响起,曹鲁端来一锅菜汤面。曹南乔苦笑着摇摇头,示意现在只能吃饼干。这时,芬妮和阿苇也下楼来,两人都问为何不吃面,曹南乔吃了几块饼干,精神好一些,就把喝马尿的事又说了一遍。芬妮和阿苇瞪大了眼睛,曹鲁则转过头去擦拭着泪水。

"挖沟挖到什么时候?"周鼎问。

"那条深沟只挖了一小半,有一天一个看守我们的日本兵突然发现一个纸条，内容是告诉孤军营里的官兵，新四军在打听我们的下落，准备来营救。我后来才知道，孤军营里的清洁工老沈是新四军的人，早几年通过租界工部局安插进来的，一直在想办法营救我们。小日本看着纸条大惊失色，立刻把我们转移到南京的老虎桥监狱。那里终日不见阳光，后来有十几个兄弟决定冒险越狱，本来我也要参加的，但就在前一天摔伤了腿，没去成。"

"他们逃出去了吗？"阿苇听得津津有味。

"逃出去了。"听到这里，阿苇连声叫好，却见曹南乔沉着脸说："但只跑到了中华门，就被日军抓住了，他们全部被日军用刺刀当场刺死了。"曹南乔的手在颤抖，芬妮一只手拭着泪水，另一只手跟曹南乔轻轻相握。

"在老虎桥监狱关了多久？"周鼎继续问。

"小半年吧，到了一九四二年的秋天，日军大概觉得把我们关在牢里不划算，就把孤军营一分为二，一部分押往金华裕溪挖煤筑路做苦工，另一部分送到太平洋上的荒岛服苦役。"

"曹叔还去裕溪那里找过你，没想到你去了这么远的地方。"周鼎又递上一块饼干，曹南乔轻轻摇头，继续说："去荒岛的一共三十六人，小日本挑的都是孤军营里年轻强壮的。我们被押上一艘军舰，大概怕盟军的飞机轰炸，一路都是晚上航行，白天停靠码头。军舰很大，大概有七八层，我们被赶到舱底，不仅暗无天日，里面还非常闷热，不少人晕船、拉肚子，有两个兄弟就热死在了船上。"

见曹南乔有点激动，周鼎伸手握住了他的另一只手。"在船上不知道时间，感觉开了很久很久，永远也到不了目的地。终于有一天船靠岸后，小日本把我们押上了岸，那是一个荒无人烟的岛屿，到处都是十多米高的大树，后来才知道这是新不列颠岛，位于西南太平洋巴布亚新几内亚和所罗门湾之间，太平洋战争爆发后被日本海军占领，在岛上建了许多补给仓库。"

"南乔，你在这个荒岛上住了三年啊，吃什么？"芬妮问。

"是差不多有三年，但不是住了三年，而是当了三年苦力，过了三年非人的生活。"曹南乔的眼眶发红，他缓了缓说，"岛上的战俘不光是我们，还有新四军的战士，后来陆续又押来了英国、美国、印度等等国家的战俘，每天要进行十多个小时的繁重劳动，住的是岩洞，吃的是瓜薯，实在没吃的就吃日本人丢下的猪内脏和啃过的骨头。小日本有军医，但不给我们战俘看病，生了病就自己苦熬，熬不下去只能眼睁睁等死，经常看到日本兵把死亡和重病的战俘用卡车运到深山里去埋掉。我们孤军营的人死了一大半，都埋在了那个荒岛上。"

听到这里，阿苇问："南乔，你们孤军营当年去了三十六个人，你说在岛上死了一大半，为什么昨晚坐船回来了三十一个人？"

曹南乔点头说："没错，因为岛上的中国人加起来有一百八十多人，才回来三十一个。"说到这里，两行热泪已经顺着颧骨高耸的脸颊流下，曹南乔说，"从保卫四行仓库到现在，这么多年我第一次流泪，就算在荒岛上再苦，眼睁睁地看着兄弟们接连死去，我也只把眼泪往肚子里咽，因为我不想让小日本看到中国军人落泪。"

曹南乔和芬妮都在落泪，阿苇和曹鲁也眼眶发红，周鼎说："现在好了，你回家了，小日本也投降了，等养好身体，还有一番大事业等着你做。你看你的名字叫南乔，南方有乔木，你从这么遥远的南方归来,这棵乔木会越长越高。"

芬妮止住泪水,笑了笑说:"曹叔,你起的名字真好,我因为认识了南乔,才知道中国有本古书叫《诗经》。"

曹鲁微笑不语,笑得有点尴尬。阿苇秀眉皱了皱,转头看向周鼎。周鼎正好也看着她,四目相对,两人似乎都想到了什么。

时近中午,留下曹鲁和芬妮照顾曹南乔,周鼎和阿苇出门了。两人走到楼梯口,周鼎问:"阿苇,你回家吗?"阿苇摇头说:"回家干什么,要么去米行去帮我妈算算账。你去哪里呢,要不你陪我去大光明看一场好莱坞电影吧?"

周鼎摇头说:"今天不行,现在上海跟欧美的海路交通重新打通了,我想用卖布赚的钱开一家洋布行,专门做英美进口洋布原料批发。现在要去武康路上看房子,合适的话就租下来。"

见阿苇面现不悦,周鼎赶紧说:"要不你以后帮我做生意吧,你这么聪慧精灵,算账这么快,能帮我解决很多问题。"没想到,阿苇一听这话秀眉紧蹙,嗔道:"我去帮我妈算账是应该的,因为我是她女儿。我去帮你算账,我算什么,小工、女佣还是姘头?"

两人已经走到楼梯旋转处,周鼎停下脚步说:"都不是,我想请你来当老板娘。"阿苇白皙柔亮的脸上生出一抹红晕,刚要说话,却听一阵轻快的脚步声传来,迎面走上来一男一女,男的正是马尔基尼奥。

见到周鼎,马尔吉尼奥满脸喜色地说:"你知道这是谁吗?是我的未婚妻,冯美人!"他身边那个女子二十多岁,脸上薄施胭脂,肤色略黑,但有几分姿色。

"上次我给了你虞美人的地址,你没去找她?"周鼎知道意大利人一向以女朋友多为荣,便当面问道。果然,马尔吉尼奥喜滋滋地说:"我特地去杭州找她了,结果呢,给我开门的是个男人,他说虞美人一年前已经跟他结婚了。我说不行,一定要见到虞美人,后来她请我吃了饭,还让她表妹陪着。这个表妹就是冯美人,你看是不是比虞美人更美?"

周鼎和阿苇都连声说美,冯美人有点得意,拍了拍意大利人说:"你不要自己到处说我美,还硬是让别人也说我美,我们走吧,别挡住人家的路。"挽着马尔基尼奥的胳膊,扭着腰上楼了。

周鼎轻声对阿苇说:"难怪他最近没向芬妮献殷勤,原来他另有所爱了。"阿苇学着意大利人讲话的腔调说:"这是我的未婚妻,冯美人。以后,你怎么跟别人介绍我呢?"

周鼎笑着说:"这是我的未婚妻,胡美人。"阿苇娇羞一笑说:"我们中国人哪有这么说的?对了,你刚才在家里说南乔的名字,后来为什么神情有点奇怪?"

"因为我想起《诗经》里是这么说的:'南有乔木,不可休思。汉有游女,不可求思。汉之广矣,不可泳思。江之永矣,不可方思。'意思是相爱的人却不能在一起,你当时也看了看我,是不是也想到了这个?"

阿苇微微点头,看了周鼎一眼,叹了口气说:"我们也别老去操心别人的事,去洋布行吧。"

第十二章

共剪西窗烛[1]

一个多月后的一个午后,正在午休的布莱特被一阵敲门声惊醒。这个精明勤快的犹太人,精神头已经不及当年,或许因为年过六旬,又或许是这几年的遭遇,让他有些意兴阑珊。

他走出卧室,敲门声已经一声高于一声,开门一看,门外站着两个理着平头的精壮汉子,都身穿黑色短褂长裤。布莱特还未及开口,一个黑衣人大声说:"你是这套房间的租客布莱特吗?"

布莱特做了大半辈子生意,跟形形色色的人都打过交道,见对方言语粗鲁,便不说话,只是微微点头。只见另外一个黑衣人将上衣掀开一角,里面用黄色丝线绣着"孔府"二字,说道:"恭喜你!你这套房子据说叫船长室,是诺曼底公寓里看落日最好的房间,被我们孔二小姐看中了。给你三天时间把房间腾出来,我们孔府最讲理,会给你一笔赔偿金,足够你在这个公寓里别的房间住上好几年。"

两人不等布莱特回答,转身便走。布莱特问:"我没听说过孔

---

[1] 共剪西窗烛:出自唐代李商隐的诗作《夜雨寄北》。

府，更不知道谁是孔二小姐，凭你们这一句话，就要把我赶走？"那两人停步回头，似笑非笑地看着布莱特，大嗓门那人说："你要是连孔府和孔二小姐都不晓得，你就趁早滚出上海滩！"

听到门口的声响，布莱特夫人走出卧室，问来的是谁。布莱特摇摇头说敲错门了，示意夫人继续午睡。他倒了一杯红酒，缓步走到落地窗前，看着楼下洒满金色阳光的梧桐树叶，久久伫立不动。

敲门声再次响起，与刚才不同的是，敲门声比较柔和。布莱特打开房门，门外站着一个秃头洋人，正是住在楼下的曼德斯基。

布莱特请他进屋坐，曼德斯基却摆摆手说："我是来跟你道别的，我要离开上海了。"布莱特并不惊讶，问："是人寿保险做不下去了？"

"去年我从集中营出来，虽然太太不在了，但我对前途还是有信心的。保险公司很快就恢复了业务，但我发现，越来越多的潜在客户，特别是法国人正在离开上海。上个礼拜，保险公司正式关门了。你知道，我来上海二十多年，一直靠卖保险为生，现在不可能继续待下去了。"曼德斯基言语平静，似乎在说别人的事。

"你准备去哪个国家？"布莱特问。

"我原本想去澳大利亚或者加拿大，但领事馆说我是无国籍的白俄，不能获得难民身份，他们不可能给我签证。最近，苏联领事馆承诺给我们苏联公民身份，可以返回俄罗斯。我想，那就回家吧。"

布莱特转身端来两个红酒杯，将其中一个递给曼德斯基，问："你从中国东北回去吗？"

"不，那边据说随时会陷入内战。领事馆让我们搭乘苏联客轮，从上海直接去海参崴，然后坐火车去莫斯科。"曼德斯基端起酒杯，跟布莱特碰了碰，随后一饮而尽，"真是一场梦，我在这里获得了安稳的生活、不少的财产，但失去了我的太太和三年的自由。可惜我没有孩子，否则我一定会告诉他们，这里是东方的圣彼得堡，在这里可能获得一切，也可能失去一切，这是建造在地狱上的天堂。"

与曼德斯基握了握手，目送他的背影消失在楼梯上，布莱特自言自语："接下来该轮到我了。"

当晚，周鼎应约来到船长室。这些日子，布莱特只要遇到棘手的问题，首先就会想到跟周鼎商量。听布莱特简单叙述了事情经过，周鼎问："布莱特先生，你真的不知道孔府和孔二小姐吗？"

"大名鼎鼎的财政部长孔祥熙，我怎么会不知道？他的太太还是蒋夫人的大姐。那个孔二小姐是他二女儿，据说打扮十分怪异，但很受蒋夫人喜爱。"

周鼎点头说："老百姓都说这个孔二小姐不男不女，去年跟着蒋夫人访问美国，美方都不知道应该按男宾还是女宾接待。接下来你想怎么办？"

"今天下午，住在楼下61室的曼德斯基来跟我道别，他要回国了。我在想，干脆就把这套房子让给孔二小姐，我们全家也走吧。但问题是，他们只给三天时间。"

周鼎看着布莱特，笑笑说："这不是你的真心话吧？"布莱特有点诧异，说："你为什么这么说？"

"因为如果你想让出房子，就不会叫我上来了。"周鼎说。布莱特凝视着周鼎，说："那你有什么办法？"周鼎想了想，说："先要搞清楚，为什么孔二小姐突然看中了船长室？以她的身份地位，如果要在上海找房子住，应该是住花园别墅，诺曼底公寓虽然高档，但毕竟只是公寓楼。"

"我也在想这个问题，我觉得只有一种可能。"布莱特顿了顿，"你先说说，这是为什么？"

"再过两天，诺曼底公寓就要公开拍卖了。孔府的人早不来晚不来，偏偏在这时候找上门来，很可能是孔祥熙或者孔二小姐要出手买下这幢楼。"周鼎还没说完，布莱特摸了摸鼻子说："对，这样诺曼底公寓成了孔府的资产，以孔二小姐的脾气，她就一定要住在自己的大楼里，体验一下法国式公寓生活。"

说到这里，布莱特摇摇头说："我们或许猜到了原因，但还要想出办法来破解。"周鼎站起身，在客厅里踱了几步说："布莱特先生，我有一个办法，但不知是否可行。"

三天后，又是午后时分，又是一阵粗鲁的敲门声响起，门外站着的还是一高一矮两个黑衣人，仍然是那个高个子大嗓门的先开口："布莱特先生，房子腾出来了吗？"说着，探头朝里张望，骂道："给你了三天时间，东西还没有整理好，你以为我们孔二小姐是跟你闹着玩吗？"

布莱特没说话，只是示意他们进屋。两人扫了一眼，见餐桌边坐着四个年轻人，其中三个是洋人，而客厅正中的长沙发空着，两人便大剌剌地在沙发上坐下。布莱特在边上的沙发上坐下，让葛妮亚给两人各倒了一杯咖啡，问："你们今天来找我有什么事？"

高个子黑衣人怒道："你把我们三天前说的话当耳旁风了吗？"

布莱特夫人正从卧室走出来，布莱特指指她说："我太太那天不在家，你们能否把你们的要求再说一遍？"

高个子说："不是我们的要求，是我们孔二小姐的命令。"那个一直没说话的矮个子黑衣人瞥了一眼餐桌边的四个年轻人，说："布莱特先生，我不管你今天叫了几个帮手或者打手，现在日本投降了，在中国地面上敢跟孔府叫板的人，要么还没生出来，要么已经死了。孔二小姐要你把船长室让出来，还会给你不少赔偿，你要是不搬走，是想见识见识我们孔府的手段吗？"

布莱特冷冷一笑："我一个侨居上海的法国人，哪敢领教中国财政部长的手段？"高个子大着嗓门说："那你是同意马上搬走了？"

布莱特摆摆手说："我来上海二十多年，明白一个道理，万事都可谈价钱，但不能空口无凭。要我搬走很容易，请你们孔府出一份书面文函，写明要我搬离的原因、时限和具体赔偿金额，当然还要请孔部长签字背书。"高个子正要拍案而起，旁边那人拦住他说："孔部长日理万机，这样的小事谁敢要他签字？"

布莱特点点头："那好，我也理解你们的难处，既然想搬进来的是孔二小姐，那就请她签字就行。"两个黑衣人对视一眼，高个子说："你也别拿我们当傻子，我们孔府做事向来有信用，我们二小姐更是说一不二，这份文函免谈！"

餐桌边的那个中国青年站起身，走到两个黑衣人面前说："两位还记得一九四一年底的往事吗？"两人一愣，矮个子反问："布莱特先生，这位是你请的帮手？"

"他是我的朋友，也住在这个公寓里，姓周名鼎。"布莱特说。高个子不耐烦地说："什么一九四一年底，今天说的是这个船长室！"

373

周鼎不疾不徐，微笑着说："要想住这个船长室，就要弄清楚这段五年前的往事。当时，香港遭到日军围攻，形势危在旦夕，国民政府派出最后一架飞机去接回政府要员和文化名人。飞机返回重庆机场后，接机的人都傻了眼，哪里有名单上的陈寅恪等大学者，下飞机的是孔二小姐和她的狗，一问才知原来那些名人都到了香港机场，却被你们孔府保镖拦下，为的是让二小姐的众多行李、老妈子和爱犬登机。"

听到这里，高个子又要发作，却被矮个子拉了拉衣袖，高个子似乎很听他的话，忍住没言语。周鼎继续说："当时接机的人中，有《大公报》主编王芸生，他要接的报社总经理胡政之也被拦在香港机场。一怒之下，王芸生发表社论披露真相，一时间举国哗然，于右任老先生出面弹劾，你们孔先生是不是只能以辞职来平息舆论？"

听到这里，高个子黑衣人怒火难耐："这是造谣，那几条洋犬是开飞机的美国人的！"周鼎哈哈大笑说："当年国难当头，王芸生先生在社论中说，逃难的飞机竟装来了箱笼、老妈与洋狗，令全国气愤难平。今天正是重整旧山河之际，如果有一家报纸发社论说，孔二小姐竟派打手强抢诺曼底公寓的船长室，天下又会作何反应呢？"

矮个子冷笑道："飞机那事是有人存心造谣，再说现在又有哪家报纸敢发这种社论？"周鼎连连点头："确实，那些敢说话的报纸都被当局停刊的停刊、关门的关门，不过你们要想一想，这是在上海，"他故意顿了顿说："上海可不止有中文报纸。"

矮个子正端起咖啡杯，听周鼎这话，手一抖，几滴杯中咖啡洒落在裤子上。高个子连忙伸手帮矮个子擦拭裤子，大声说："有话就说，不要打哑谜！"

布莱特站起身来，指了指餐桌边的三个年轻洋人说："这三位是《字林西报》的记者卡森、格林和贝克，他们听说孔府要派人强占我的房屋，特地前来采访报道。"此时，三个洋人都站起身，其中一个大个子端起相机，对着两个黑衣人按下了快门。

两个黑衣人一时手足无措，高个子站起身便欲去抢照相机，被矮个子一把拉住，两人一言不发向门外走去。见两人走下楼梯，三个洋人大笑起来，周鼎连忙快步走过去把门关上，回身低声说："别让他们听到。"

这时，芬妮笑吟吟地从自己的卧室走了出来，跟三个洋人一一拥抱吻面，说："谢谢你们来帮我们解围。"一个长相英俊的洋人问："亲爱的，这样就行了吗，他们会不会再来？"

芬妮转头看了看父亲，布莱特说："我猜短时间不会再来了，周鼎你说呢？"周鼎说："现在政府迫切想要得到美国的援助，他们应该不会在这时候，让一家英文报纸爆出政府要员抢占外国侨民房产的丑闻。"随后对着三个洋人说："你们扮演记者扮得很像，特别是贝克举起照相机拍照，姿势很专业，一下子就把他们吓跑了。"

大个子贝克说："我在家乡阿拉巴马学过照相，很高兴今天来帮卡森少尉的女朋友做点事。"转头问芬妮："上次说好的中餐今天能吃吗？我特别想吃和鳜鱼一起烧的松鼠！"

曹南乔的身体在一天天好起来，而他的心情却在一天天坏下去。

他回国后，从能下地走路那天起，就三天两头跑市政府和军政部门，询问接下来何去何从。一开始，那些官员们还和颜悦色，说先安心静养，到时候政府会有一笔补贴，还会安排新的工作。三个多月后，官员们的态度日益冷淡，看到曹南乔和他的战友们上门，渐有嫌恶之色。曹南乔是何等要强之人，回到家中并不向别人诉苦，只是天天以酒浇愁。

一天晚上，他喝下两瓶黄酒，胃里隐隐作痛，躺在床上望着天花板。芬妮走进门来，柔声说："南乔，你的胃病才好了一点，不能天天这么喝酒。"曹南乔目不转睛地看着上方，并不说话。芬妮走到厨房倒了一杯温水，递给他。但曹南乔仿佛入定一般，毫无反应。

"南乔……"芬妮坐在床边，看着一言不发的曹南乔，一时不知该说什么。经过几个月的调理，曹南乔的身体有所起色，虽然依然消瘦，但从他的眼中，依稀又能看到当年奔赴黄埔军校时的英武挺拔之气。

沉默良久，曹南乔忽问："芬妮，我当年是不是不应该去广州？"芬妮一愣，说："你当年不告而别，最伤心的是曹叔。他平时话不多，你离开的那几年，他的话就更少了，人也一下了老了很多。"

隔了一会儿，曹南乔摇摇头说："我问的不是这个，你说我选择的这条路对不对？"芬妮认真地说："每个人都有选择自己人生的权利，也有坚持或者否定自己选择的权利。"

曹南乔轻轻叹了口气说："当年我爸爸不同意，但我还是偷偷去报考黄埔军校，跟你告别时，我说现在是国破山河在，好男要当兵。可能因为时局变化太快，在军校没待多久就入伍了，一当兵就是班长，很快当了排长，跟着谢晋元团长坚守四行仓库的那几天，虽然时刻有生命危险，但是我这辈子过得最充实的日子，当时就想'只解沙场为国死，何须马革裹尸还'。后来在新不列颠岛上喝马尿的日子里，我的雄心依然没有熄灭。可是回来这几个月，日本鬼子虽然投降了，看到那些接收大员何等贪腐，那些大小官员个个丑态百出，老百姓更是民智未开。芬妮，你说我们这个国家以后怎么办？当然，这不是你的国家。"

芬妮握住曹南乔的手说："虽然在别人眼中，我是一个洋人，但我生在上海，长在上海，我一直觉得我是上海人，至少是上海犹太人。"

曹南乔将目光从天花板转移到芬妮身上，说："芬妮，自从一九三七年十一月初在新垃圾桥匆匆一面，我们有八年多没见了，你真的长大了。"

"是啊，我都二十六岁了，我爸妈几年前就觉得我应该结婚了。"

"你现在有合适的人吗？我听说有个叫卡森的美国兵，在跟你恋爱。"

芬妮点点头，又摇摇头说："他是个新教徒，我爸爸恐怕不会同意，我们都信犹太教。"曹南乔笑笑说："那你可以让卡森信犹太教，这样布莱特先生就不会反对了。"

"你不知道，犹太教是不主动到外族人中传教的，我们的传教对象是已经不遵守犹太教规的犹太人。"芬妮看着曹南乔又说，"再说，卡森只是我的好朋友，他很可爱，很善良，很活泼，也很粗鲁，他来过两次我家，一坐下就把脚搁在茶几上。我妈妈说，美国人都没教养。"

377

曹南乔坐起身，拉着芬妮的手说："你知道这些年在孤军营里，我是靠什么活下来的吗？是你给我的照片，还有你给我写的那些信。在新不列颠岛上，天天喝马尿，吃腐烂变质的食物，好几次想从山崖上跳下去，但想到了你，我又退了回来。"

听到这里，芬妮的泪水之闸已经打开，扑到曹南乔的胸口说："其实你失踪后，我每个月都给你写一封信，但不知道寄到哪里。"

"信呢？"曹南乔双手捧起芬妮的脸问。

芬妮凄然一笑说："一直到抗战胜利，也没有你的消息，我以为你已经不在这个世界了。算命的朱洪豪教我一个办法，他说在你的照片前把信烧了，你在天堂就能收到。"

"朱洪豪的鬼话你也信？"阿苇快步走进卧室，芬妮赶紧推开了曹南乔，说："阿苇，你进来怎么不敲门？"

"你们房门开着，我为啥要敲门？"阿苇眨了眨大眼睛说，"哎呀，你们刚才抱着是要亲嘴吗？那我马上出去。"

芬妮连忙叫住她："你跑进来有什么事？"阿苇狡黠地笑笑说："你们先亲吧，亲完我再说。"曹南乔躺在床上笑了起来："阿苇你也二十出头了，怎么还是八九年前的那副样子？"

"好吧好吧，你们要是不急着亲，我就先说了。六楼卖保险的曼德斯基不是回苏联了吗，他的房间住进了一对夫妻，你知道那个男的是做什么的？"见曹南乔和芬妮都在摇头，阿苇继续说，"是国民政府派来的接收大员。"

"接收大员不是都住花园别墅吗，怎么看得上公寓楼？"这几个月来，曹南乔已对战后的上海了解颇多，由此问道。

"那个人说，他半年前就来了上海，一直住在亲戚家里，因为不方便办公,才狠狠心租下公寓房。他说,党国的财政要花在战后重建上,不能用来租豪华别墅。"

芬妮奇道:"我爸的洋行就是被接收大员私吞的,他说这些人都是吸血鬼,怎么会有这么清廉的接收大员?"

"还有更好笑的,他老婆居然在阳台上养了好几只鸡,说是因为要节约日常开销,每天吃自己生的鸡蛋。"说到这里,阿苇已经笑得直不起腰,口中还念叨着,"吃……自己生的……鸡蛋……"

周鼎在武康路上租了一幢两层楼的房子,"茂生洋布行"开门营业。十多个雇员中,有归一、阿玖和孟祥等人,阿苇则负责管账,她算起账来又快又准,令阿苇妈向胡大厨抱怨道:"所以说啊,女儿都是为别人家养的。"胡大厨慢悠悠地说:"为啥这么说,她跟小钉子有什么关系?"

洋布行距离诺曼底公寓仅三四百米,开业那天公寓里的不少住客前往道贺。朱洪豪煞有介事地看着匾额,摇头晃脑地说:"周老板,你这个洋布行名字起得好,茂生茂生可谓财源茂盛、风生水起。"周鼎并不说破,只是道了声谢,阿苇捂着嘴笑,低声问:"他不知道你爸爸叫周茂生?"周鼎说:"他来公寓的时候,我爸爸已经不当看门人了。"他起这个名,不仅寄托了对父亲的挂念,更是对不知身处何方的父亲的某种呼唤。

道贺人群中,有一个穿着黑色长衫、戴着金丝边眼镜,面白如玉长相斯文的中年人,他在旁边看了一会儿,走到周鼎面前说:"周老板恭喜啊!抗战胜利不久,市面还很萧条,你这个洋布行办得最是时候,我要向国民政府报告,周老板是个爱国商人。"

周鼎见是住进61室不久的接收大员程如沫，连忙拱手道："程先生谬赞了，刚刚开业还谈不上贡献社会，等以后生意做得好了，一定回报程先生的厚爱。"

说话间，巴络歪戴着大檐帽走了过来，身后跟着的依然是婚宴时的那两个警察。一旁的阿苇妈连忙问："巴老爷，申生后来找到了吗？"

巴络那满是麻子的脸连连摇动，说："还没找到，等抓住这个赤佬，我要先在他肚子上捅三刀，要报那个一刀之仇。不过，今朝不讲这个。"他走到周鼎身边说："今朝这个场面真不小啊！"不等周鼎回答，伸手将他拉到一旁说："今朝肯定是个黄道吉日，事情碰到一道了。小阿弟你帮个忙，不要让这些宾客站在马路边，把他们请到里面坐。"

周鼎不解，问："等一会儿还要放鞭炮，现在还不能把人请进去。"说着，伸手从口袋里掏出一张钞票，塞到巴络手中。

巴络朝手指缝里瞥了一眼，低声道："周老板出手就是美金，真是大老板。不过么，今朝还是要请你关照。"他踮起脚尖，将大嘴凑到周鼎耳边说："你晓得吗？诺曼底公寓被孔二小姐买下来了，她今天要搬进公寓里住，孔府的车队马上要经过这里，上面要求清空路面以防刺客。"

周鼎还没说话，忽见四辆黑色凯迪拉克小汽车疾驰而来。巴络见状，急忙掏出警哨猛吹起来，另外两个警察则挥手把路边的人朝屋子里赶。场面混乱之际，却见第二辆车靠边停下，后面跟着的也连忙靠边，第一辆开道车原本已经开出一段，此时也倒了回来。

第二辆小汽车上走下一个人，这人个子不高，留着大背头，身穿皮质猎装，嘴里叼着一根雪茄，手里攥着马鞭，大摇大摆地朝着人群方向走来。前后三辆车上，迅速跳下一大群穿着黑色短褂的壮汉，伴随在猎装男人四周，前面开道的人不断大声呵斥路人靠边。

巴络已经迎上前去，却被一个开道的壮汉一把推开，便只能站在路边朝猎装男人敬礼。这群人经过茂生洋布行时，猎装男人停下脚步，黑衣壮汉们也赶紧停步，有人撞到了前面人的后背，两人都是一个趔趄。

猎装男人看了看匾额和人群，右手从口袋里掏出一把左轮枪，人群中发出一阵惊呼。此人把枪在手中转了几圈，又放回了口袋，随后向人群拱拱手说："我就看看，你们继续。"这人声音甚是清脆，居然是妇人之声，说着又迈开了步子，黑衣壮汉们赶紧跟上。

望着一大群黑衣人簇拥着猎装人往诺曼底公寓走去，后面跟着气喘吁吁的巴络和另两个警察，阿苇问周鼎："这个人是男的还是女的？"

一旁的朱洪豪抢在周鼎前面说："这个会不会就是大名鼎鼎的孔二小姐，据说她虽是女儿身，但平生只爱男装，上衣口袋里装两样东西——手枪和雪茄，一言不合就拔枪，谁都要让她三分。程先生，你是中央大员，这是不是孔二小姐？"这话是问站在周鼎身边的程如沫。

程如沫点头说："是啊，这几年她在重庆很风光。"朱洪豪诧异道："那你怎么不上去打招呼，据说她是蒋夫人的心头肉。"程如沫扶了扶金丝边眼镜，不屑地说："我是国民政府的官员，拿国家的俸禄，为老百姓办事，从不去结交权贵。"

听到这里，阿苇咯咯地笑出了声，低声对周鼎说："他就是吃自己生的蛋的人。"这话说得并不响,但引来程如沫朝她瞥了一眼。

傍晚时分,周鼎和阿苇步行回到公寓。底楼门厅里并没有曹鲁的影子,两台电梯也都不在底楼,显得空空荡荡。

两人正要上楼,门外急匆匆走进一个黑衣人,正是那天到船长室的高个子孔府保镖。他看到周鼎,大声问:"这里的看门人呢?"周鼎摇头说:"没见到,大概有事走开了。"

高个子怒道:"我已经来回跑了四趟了,就没见到看门人的影子,我们二小姐没这么大耐心,一会她拔枪冲过来,那可是见人就要开枪的。"

阿苇连连咂舌说:"哎呀,见人就开枪,那不成小日本了吗?"周鼎忙说:"孔二小姐有什么吩咐,你先跟我说,我转告看门人曹叔。"

高个子瞪了一眼阿苇,对周鼎说:"我们二小姐大人大量,她不住船长室了,现在住进了新楼[1]的四楼。刚才她在走廊上看到楼下平台,说要找地方建喷水池和游泳池,让我来叫看门人带路……"

"我刚才看你从大门进来,你不知道两幢楼里有通道连接吗?"周鼎打断道。

"这个鬼地方像迷宫,谁搞得清楚。我限你半小时之内找到看门人,不然就要天黑了!"说完,转身从大门出去了。周鼎和阿苇

---

[1] 新楼:诺曼底公寓新楼,1930年建成,位于诺曼底公寓东侧,共五层,有内部通道与老楼连接。

对视一眼,阿苇笑道:"他是怕迷路吧,又从大门走了。你有把握半小时内找到曹叔吗?"周鼎也笑了笑说:"我知道他在哪里。"

"回来啦。"楼梯上传来曹鲁的声音。

"曹叔,你下午一直陪着南乔吧?"周鼎问。

曹鲁只是点点头,脸上照例没什么表情。周鼎和阿苇并不等电梯,已经走上了楼梯,背后传来曹鲁的声音:"芬妮找你,在船长室。"

芬妮坐在朝西的落地窗前,今天的晚霞甚是明艳,投射在她白皙圆润的脸上,就像敷上一层橘黄色的面霜。

周鼎问:"芬妮,你找我?"看到芬妮的对面放着一张椅子,阿苇问:"你只找小钉子对吗?那我先走了。"话虽这么说,却站着没动。芬妮有点尴尬,连忙又搬来一张椅子说:"没关系,你也坐。"阿苇调皮地大笑,转身就走:"你有心事跟小钉子说,我才不听呢。"

周鼎坐下,问:"布莱特先生呢?"

"他们出去看电影了,从隔离区出来一年多了,今天他们是第一次去看电影。"

周鼎喜道:"说明你妈妈身体好多了。"芬妮望着窗外说:"是啊,也说明我们快要离开了。"周鼎问:"你爸爸下定决心了?"

"他早就决定了,只是我妈妈身体不好,不能长时间坐船,才拖到现在。"芬妮把目光从窗外收回,看着周鼎说:"你说这个世界上,哪里还会有这样的房间、这样的窗户、这样的夕阳?"

"你们准备去哪里?"

383

"我爸爸说，黑塞先生当年几次建议他去南美，或者去粗鲁蛮荒的美国或者澳大利亚。对我来说，上海才是故乡，其他地方没什么区别，都是异国他乡。"芬妮的眼神里带着几分柔情问，"小钉子，你舍得我走吗？"周鼎笑着说："我当然舍不得，不过更舍不得你走的是南乔吧？"

　　芬妮站起身来，伫立在窗边。此时，半个夕阳已经沉入了地平线，光线打在芬妮的脸上，没有刚才明亮，但多了一些斑斓。她幽幽道："你知道吗，这么多年来，我对南乔是一种怎样的情感？"

　　周鼎欲言又止，轻轻摇了摇头。芬妮说："我一直很仰慕他，他身上有一种特别的英武果敢，非常吸引我。当年他偷偷去报考黄埔军校，我就在幻想，以后他一定能当上将军，指挥千军万马跟日军作战。但我当时没有想过，我要嫁给他。"

　　"从来都没有吗？"周鼎有点诧异。

　　"那倒也不是，你记不记得我们有一次晚上到孤军营送吃的，我当时在想，如果南乔这时候能出来，我马上跟他结婚，让他别再受苦了。"

　　"现在他从孤岛上回来了，你对他还是这种感觉吗？"

　　芬妮抬眼看着窗外，那轮夕阳已经只剩下四分之一了。她说："我看到他的样子，真是心都碎了，希望他找个好太太，别再受苦。连我自己都奇怪，是不是因为南乔身体不好了，我才不想跟他结婚？"

　　"那个美国兵卡森呢，听说他前两天来向你求婚了？"

　　"是的，就在这个客厅，但我说我还要想一想，他很失望。他是一个有趣的男人，总能把我逗得很开心。我爸爸也不讨厌他，但他说嫁给这个美国人不是最好的投资,最好的投资是你。"

一年前,布莱特就说希望周鼎跟芬妮结婚,那时卡森还没有出现,曹南乔更是被认为早已殉国。而随着这两人的出现,周鼎以为布莱特会改变主意,听芬妮这话忙道:"结婚可不是做生意。"

"在我爸爸眼中,一切都是生意,只是有些生意是冷冰冰的,而有些生意带着灼热的情感。他觉得你正派上进,而且你有生意头脑,不管走到哪里,哪怕是粗蛮的美国,你都可以凭你的智慧生活得很好。"

周鼎走到芬妮身边,此时夕阳已经完全落下,天空中只剩下一层白白的亮光,照在芬妮脸上,犹如一幅人像素描。周鼎轻声问:"那你自己是怎么想的?"

芬妮走近半步,抬头看着周鼎说:"其实,我一直很喜欢我爸爸的建议,但我知道阿苇是最爱你的人,所以我不能答应我爸爸。"周鼎心中升起万丈柔情,伸手将芬妮搂进怀中。芬妮虽比他大了两岁,但对这个温润恬淡又善良美丽的犹太女孩,周鼎从小就有怜爱之心,而黑塞医生坠楼前的嘱托,更让他增添了一份保护的责任。而对于俏皮灵动的阿苇,他则是青梅竹马、两小无猜的情爱。夜色中,周鼎轻轻搂着芬妮,心里想的是如何更好地保护她,不让她在这纷乱的世界上受到伤害。

电话铃骤然响起,葛妮亚从仆人房推门而出,胖胖的身体有点吃力地挪到客厅,接起电话叫了声周鼎,又原路挪回了仆人房。周鼎拿起电话,那边传来的是阿苇的声音:"小钉子,我猜你们现在正卿卿我我。"周鼎忙说:"没有没有,我跟芬妮在看夕阳。"

"哼……"听阿苇这声娇俏的鼻音，周鼎正想怎么解释，却听阿苇提高了声音说："你猜我现在在哪里？"不等周鼎回答，继续说："在你的房间里，曹南乔不见了！"

周鼎和芬妮急速跑到五楼，走进曹南乔的卧室，床上的被子叠得四棱四角，床单没有一丝皱褶，而原本放在柜子里的衣物已经不知去向。阿苇看到他俩，拿起手中的一封信，犹豫了一下，递给了芬妮。

信是写给周鼎、芬妮和阿苇三人的，内容很简单，说自己回国后对国民政府的腐败和敷衍失望透顶，最近政府又以官爵相诱，要他回到部队准备内战，他决定离开上海这个是非地，寻找一条能真正拯救中华的道路。信的末尾，曹南乔特地叮嘱芬妮珍重此生，勿以他为念。

芬妮已泪如雨下，周鼎问阿苇："曹叔知道了吗？"阿苇点头："就是曹叔打电话叫我来的，他知道你在船长室，但他不想打扰你们。"阿苇特意将重音落在了"你们"上。

"他现在去找南乔了吗？"周鼎问，却听后面有人说："没有。"回头一看，曹鲁从走廊上走进门来说："我陪孔二小姐看平台去了。"

芬妮哭道："曹叔，南乔走了你不急吗？"曹鲁伸手摸着曹南乔睡过的枕头说："这孩子有志气。"周鼎问："曹叔，这些日子你每天都要跟南乔说好久的话，你知道他要去哪里吗？"曹鲁刚要坐到床上，但似乎怕把床单弄皱，在一旁椅子上坐下说："我跟他谈了很多，他也跟我说了很多，他想走，我支持！"

"曹叔，你到底知不知道他去哪儿了？"一向柔顺平和的芬妮，此刻变得焦躁起来。周鼎和阿苇也都看着曹鲁，却见曹鲁缓缓点了一下头，低声说："我知道。"随后从口袋里掏出一枚银元大小的东西，递给了芬妮。

众人凑近细看，在芬妮白里透红的掌心里，是一枚有着不少磨损的纪念章，正面中央是谢晋元团长的头像，头像上方铸有"谢团长纪念像"六字，下书"孤军营敬制"，而背面刻有"No11"的编号。

"他去谢团长老家了？"阿苇问。曹鲁说："不是，这是他留给我的纪念。谢团长被叛徒杀害后，孤军营给每人铸了一枚纪念章，南乔说这是他最宝贵的东西。现在他走了，把纪念章留给我，说他立志成为像谢团长那样的男子汉。"

芬妮翻来覆去地看着纪念章，问："南乔有什么东西留给我吗？"曹鲁点点头，蹲下身从床下拿出一个破旧的小包，将它交给了芬妮。阿苇好奇，伸手直接拿了过去，放在床上打开小包，里面有一块淡黄色手绢，上面用娟秀的字体写着：曹南乔亲启，旁边还有一行法文：mon amour，正是当年三人去孤军营送饭时芬妮写的，手帕下面是十多封信件，几乎每个信封都有破损，显然被拆阅了许多次。

刚刚止住泪水的芬妮，看到这些信大哭起来，颤声问曹鲁："南乔，他，为什么要把我的信都还给我？"曹鲁一边用手抚平床单，一边说："他说这些信给了他活下去的希望，现在还给你，就是要你以后不要以他为念。"

曹南乔走后，芬妮变得沉默寡言。周鼎和阿苇则会忙里偷闲，几乎每天都找时间来到船长室，跟芬妮聊天解闷。而布莱特几乎天天外出，比当年美华洋行开着的时候更为忙碌，周鼎跟阿苇心照不宣，显然他在为离开上海做最后的准备。

而芬妮却不太关心这些，她每天或站在落地窗前，或站在环廊上，看着空中的浮云和楼下的行人。"芬妮，你在想曹南乔还是卡森？"这天午后，阿苇蹑手蹑脚走了进来，突然凑到芬妮的耳边问。

芬妮被吓了一跳，转头看到阿苇递上了一袋面包，笑了笑说："我谁也不想，我只想小钉子。"阿苇调皮地笑笑说："那好办，我打电话叫他来。"说着，作势就要去打电话。

芬妮拉着她说："我其实真的谁也不想，就是想多看这里几眼。"随后咬了一口面包，说："自从申生师傅不见了，银记面包房的东西也不好吃了。"

"对啊，我也跟我妈说，这个公寓里的洋人已经走了不少，干脆把面包房关掉算了。你知道我妈怎么说？"说着，从芬妮手上的面包上挖下一块，放进了嘴里。

"你和你妈妈都古灵精怪的，只有我爸爸和小钉子还能猜到你们在想什么。"

"我妈说，现在不能关，因为布莱特夫妇和芬妮还住在公寓里，他们喜欢吃我们的面包。等以后他们走了……"说到一半，阿苇鼻子一酸，有些哽咽。

芬妮睁大眼睛看着阿苇，奇道："你也会哭呀，我还以为你一天到晚只会做两件事，傻笑和捉弄人。"阿苇轻拭双目，转了个话题："前几天卡森来跟你告别，你老实说有没有哭？"

芬妮慢慢吃着面包，走到环廊上，倚着栏杆说："上次他向我求婚，我没答应。前几天他说他们军舰要去菲律宾，又来问我愿不愿意跟他结婚。我说我信犹太教，他是新教徒，父母可能都不会同意。他说他去说服他妈妈，让我说服我爸爸，因为在他家他妈妈说了算，而在我家我爸爸说了算。"

阿苇一双妙目看着芬妮说："那你怎么说？"

"我说不要问了，因为我爸爸不可能同意。卡森是个有趣的大男孩，跟他在一起让我很开心，但他如果不在身边，我也没有多少思念，更不会伤心。所以我没有去码头送他，我相信他也会很快忘了我。"

"你会思念南乔吗？"

"会的，他失踪那些年我经常思念他。他这次又走了，我这些日子经常发呆，一直会想到他。不过阿苇，你说奇怪吗，我并不是很伤心。"拉着阿苇的手放在自己的胸口，"这里有点酸，但是并不痛。"

阿苇轻抚着芬妮温软的胸口，感受着她的心跳，忽然狡黠一笑问："那么，谁会让你感到心痛？"

芬妮脸一红并不回答，低头看着楼下的梧桐，惊道："阿苇你看，那是什么？"听芬妮轻呼，阿苇顺着她的手指望去，只见一只硕大的母鸡从公寓里腾空而出，咯咯叫着展开双翅飞过了林森路，滑翔到对面一幢花园别墅，在一片大草坪上平稳落地，往四周看了几眼，便低头在草地上啄食。

芬妮和阿苇居高临下看着，都大笑起来。这时，从乳白色的两层西式别墅里，跑出七八个穿灰色中山装的人，其中两个步步紧逼那只母鸡，而另外五六个人则掏出手枪，高度紧张地朝着诺曼底公寓张望。

芬妮赶紧低下头，拉着阿苇往房间里走。阿苇却好奇心大起，拉着芬妮一起蹲下,从栏杆缝隙看着对面。阿苇问:"对面前几天好像来了个大官?"

"是啊,前天晚上有好几辆小汽车开进别墅,他们还没到的时候,下面马路上的路灯都熄灭了,等他们走了才重新点亮。我爸爸说,看这架势像是国民政府的大官。"

这时,那只母鸡已被抓住,只见那些穿灰色中山装的人走出别墅铁门,一边张望着公寓高层,一边警惕地穿过马路,手中的手枪甚是显眼。看着那些人走进公寓大门,阿苇拉着芬妮说:"走,我们去看热闹。"

"你知道那只鸡从哪里飞出来的?"芬妮诧异道。阿苇并不说话,拉着她的手就往门外走去。

芬妮有出门换衣的习惯,稍微磨蹭了一会儿,两人正要下楼,却见那些灰衣人分成两队,分别坐电梯和走楼梯,几乎同时到达顶楼。阿苇赶紧拉着芬妮退到走廊一侧。这时71室房门打开,一个矮个子洋人穿着睡衣打着哈欠走了出来,猛然见到一群灰衣人,吓得便要退回房间。

一个灰衣人大声问:"别走!是你把东西扔到对面的吗?"那洋人被问得瞠目结舌,站在房门口,连声说:"不是的,不是的。"几个灰衣人把他围住,一个人说:"走,带我们进去看看。"

这房间里走出一个洋人女人,也是一身睡衣,上衣没有系紧,胸口肌肤若隐若现,吸引了灰衣人的目光。洋人女人问:"芒斯,这些是什么人?"芒斯连声说不知道,洋人女人圆睁杏眼对灰衣人说:"我是菲兹曼太太,你们要干什么,敢闯进公寓里来撒野?"

后面走上一个留着小胡子的灰衣人，看了看菲兹曼太太丰满的胸口，低声说："我们是对面别墅的，刚才这幢楼里有东西扔过来，要进去查一下。"

菲兹曼太太拦在门口说："说清楚是什么东西，是石头、菜刀还是炸弹？"小胡子一挥手，几个灰衣人就要往里闯。菲兹曼太太伸开双手全力阻挡，毫不在意祖露的胸口，芒斯从屋子里拿来一只吹风机和一把剃头剪刀，站在一边守卫。

在这紧要关头，从楼道一角传来阿苇清脆的声音："是一只鸡！"

"等一等！是一只鸡？一只母鸡？"菲兹曼太太大叫一声，问小胡子。见小胡子点头，她瞪着眼睛说："你们怎么不早说？我家楼下搬来一家中国人，居然在阳台上养了好几只母鸡，天天把我们吵得不能睡觉。走，我带你们去！"

菲兹曼太太推开几个灰衣人，扭着细腰走下楼去，拖鞋拍打在楼梯台阶上，似有千军万马的气势。芒斯快步跟在后面，手上依然举着吹风机和剪刀，就像一个称职的发型师兼保镖。几个灰衣人都看着小胡子，见他一扬下巴，也赶紧跟在后面。

人群后，还跟着阿苇和芬妮。芬妮轻声说："刚才你要是不说，肯定要打起来了。"阿苇点头说："接下来说不定真要打起来。"

在衣冠不整的菲兹曼太太带领下，一群人来到61室门口，菲兹曼太太指了指说："就是他们家在阳台上养鸡。"举手就要敲门，后面上来一个灰衣人，抢在前面猛敲房门。

没敲几下，房门打开，里面探出一个大脸阔嘴高颧骨的中年妇人，看了看门外这些人，冷冷地问："你们找谁？"

那些灰衣人似乎对洋人留几分情面，见是一个中国妇人，敲门那人一把将她推开，后面的灰衣人便一起涌入，直奔阳台而去。只见阳台上菜皮、大米和鸡粪散落一地，发出一股难闻的气味。三只原本正在啄食的母鸡，被惊得咯咯大叫，都振翅飞起，一只母鸡还跳上了栏杆，眼睛惊恐地看着四周，似乎随时有以身殉楼的气概。

"你为什么在这里养鸡？"一个灰衣人厉声问道。那妇人站在客厅里，气定神闲道："这是我家，不要说养鸡，就算养头猪，你们也管不着。"

"你就养了三只鸡？"小胡子说话相对客气一些。妇人走到阳台前看了一眼，惊道："还有一只鸡呢？怎么只剩下三只了。"

小胡子抓起一只鸡，在它全身上下摸了一遍，然后示意其他灰衣人按他样子做。一个灰衣人毛手毛脚地去抓栏杆上的鸡，那只鸡咯咯大叫，振动翅膀就要跳楼。小胡子伸手一把抓住，骂道："废物，抓只鸡都不会。"

"刚才有只母鸡从这幢公寓飞过马路，落在了我们公寓草坪上，看来是你家的。若在平时也就算了，但这几天不行，你跟我们走一趟吧。"小胡子一努嘴，两个灰衣人走上前就要扭住那妇人的双臂。

忽见一个卧室门打开，里面走出一个穿黑色长衫相貌儒雅的中年人。他扫了一眼客厅中的灰衣人，慢慢道："赵侍卫长，有话好说，先别动粗。"

小胡子有点吃惊，问："你是谁？"

"赵侍卫长真是贵人多忘事，在下程如沫，在重庆时见过几面。现在奉了中央政府的命令，这几个月一直担任上海特派员，清查敌产伪产。"

"啊呀，原来是程特派员，恕罪恕罪。刚才有一只鸡飞到了对面，我们怕有人搞破坏，就上楼来查个究竟。没想到，居然是程特派员养的鸡，误会了。只是在下实在不明白，特派员为何住在公寓里，还自己养鸡？"小胡子说话客气，但显然并不惧怕程如沫。

程如沫笑了笑，示意众人坐下，只有小胡子坐了下来，其他人依然站着。"在下虽然是特派员，人称接收大员，但我拿的是政府的俸禄，办的是百姓的公事，自然应当节约为上。再说现在社会上对接收大员风评不佳，都说我们中饱私囊，甚至有人污蔑是'劫收大员'。所以呢，我住公寓、吃粗茶淡饭，只是内人身体不佳，每天需吃五只鸡蛋。若是从市面上买，又怕多花公帑，就想出了这个养鸡吃蛋的笨办法。"

听程如沫这番话，小胡子笑了笑，站起身拱手道："在下明白了，程特派员可谓党国清廉实干之士，抱歉抱歉，回头会派人把那只鸡送回，告辞了！"

程如沫送到门口，似乎突然想起一事，问："不知刚才这一闹，有没有打搅到他？"小胡子凑到程如沫耳边，低声说："他不在别墅，要晚上回。"程如沫也凑到小胡子耳边，说："这件事最好还是向他报告一下，不然他要是从其他人那里听说，只怕你有渎职之嫌。"

小胡子抬眼看了看程如沫，点头说："特派员说得是，我今晚就向他报告。"说着就要下楼，程如沫伸手轻轻抓住他一只胳膊说："我养鸡吃蛋的苦衷，也要麻烦侍卫长如实报告。"

此事迅速在诺曼底公寓里传开，程如沫就此得了个"母鸡大员"的雅号。过了好几天，每天早出晚归的布莱特，终于得空回家吃晚饭。饭桌上，听芬妮把"飞鸡事件"说了一遍，他并没有笑，只是摸了摸鼻子说："这是个厉害角色。"

芬妮歪着头看着父亲，似乎没听懂这话的意思。布莱特问："你把这事告诉周鼎了吗？"芬妮摇头说："我没说，是阿苇说的。"

"他听了什么反应？"

"我听阿苇说，小钉子听了后没有笑，只是淡淡说了句，我们以后离他远一点。爸爸，这话跟你说的有点像。"

布莱特点点头，仿佛在自言自语："这个公寓里，能看穿这套把戏的，恐怕只有我和他两个人。"芬妮好奇道："什么把戏，你跟我说说。"

布莱特微笑不语，但芬妮不依不饶，他只得无奈地说："那就等你吃完饭，去叫周鼎上来，听听他怎么说。"

周鼎来到船长室，已是晚上八点多。布莱特独自站在落地窗前，听到芬妮给周鼎开门，依然望着窗外，只是用手示意周鼎在沙发上坐下，随后问："洋布行的生意不错？"

"还好，今天正好有艘船从意大利来，下午进港卸货，一直忙到现在。"

布莱特转过身，看着周鼎说："我最近也很忙，楼下程先生的事，才听芬妮说起，你怎么看那只飞翔的母鸡？"芬妮在一旁说："我爸爸说，那人是个厉害角色，可我不明白厉害在哪里。"

周鼎笑了笑说："一开始，我看到一个接收大员住进公寓，真觉得这是一位清官。后来听芬妮说，他家在阳台上养鸡，对外说是为了吃蛋，就觉得有点奇怪。前几天，阿苇跟我说一只母鸡飞到马路对面别墅里，又说对面的保镖前来盘查的经过，这让我的疑惑尽消。"

芬妮惊讶地问："为什么？"布莱特则面无表情看着周鼎，晃动着手中的红酒杯。

"我觉得，那只母鸡不是自己飞过去，而是被人扔过去的。"听到这里，布莱特问："你凭什么这么说？"

"楼下这条林森路，你们习惯叫霞飞路，路面很宽，如果母鸡只是失足掉下楼，很难飞进对面别墅，而且听阿苇说，还飞到了大草坪的中央。当然，我们讨论的不是一只鸡的飞行能力，而是母鸡进别墅的真正动机。布莱特先生，听说对面刚住进一个国民政府大官，你知道是多大的官？"

"听说官阶不算最高，但是蒋先生身边最亲近的人，所以这段时间对面戒备森严，不让汽车和行人靠近半步。"布莱特说。

"那就完全说通了。楼下的程如沫到处标榜自己清廉，演着住公寓、养母鸡之类的戏码，但如果只是老百姓知道，他只能获得一点点好官声。而当他知道对面住进大官后，便将母鸡抛进别墅，这样保镖们一定会来搜查，他正好把养鸡吃蛋的故事说一遍，所以临别时，他特别关照侍卫长一定要将这事报告那位高官。"

布莱特拿来一只空酒杯，给周鼎倒了小半杯红酒，说："你们中国人在当官方面，看来远远超过我们犹太人了。"芬妮却面现疑惑："对面那个高官知道了养鸡吃蛋这种事，程如沫就能升官了吗？"

周鼎刚要开口，布莱特说："最重要的是那个高官是蒋先生最亲近的人，两人平常会有很多接触，只要他稍微提一提这件事，程如沫在蒋先生心目中就会留下清廉的印象。要知道去年抗战胜利后，重庆政府往各地派了很多接收大员，这些人个个中饱私囊，名声极坏，蒋先生应该心知肚明。现在难得有个清廉的接收大员，程如沫升官不是早晚的事吗？"

芬妮低声惊呼："真没想到这个气质儒雅的程如沫，居然是个大贪官。"布莱特说："是不是贪官要有证据，不过这个人用心非常阴险，你们少跟他接触。"说着，布莱特抬眼看了看客厅里的时钟，说："芬妮，你刚才不是说有事找阿苇吗？现在去吧。"

看着长裙曳地、赤足出门的芬妮的背影，布莱特低声说："你说，我的女儿是不是天使？"周鼎也望着芬妮的背影，说："是最美丽纯洁的天使。"

布莱特瞥了周鼎一眼："那你为什么不愿娶她？"周鼎被问得有点尴尬，布莱特摆摆手说："今天不说这个。你知道我最近在忙什么？"

"听芬妮说，你在准备离开上海，是不是还有不少生意上的事要清理？"

布莱特苦笑道："美华洋行先落入日本人手中，后来又落到了接收大员手里，我还有一些不动产，也早已处理完毕了，现在哪里还有什么生意上的事要做。我最近接触了一些领事馆的人，包括美国、英国、法国等等，最终还是决定移民美国。但没想到，这个号称最开放的国家，居然也设置了很多规则门槛。"

周鼎有点惊讶："如果不能移民美国，以前黑塞先生多次建议去南美洲，这个可行吗？"布莱特连连摇头说："南美是一片魔幻的土地，如果积攒了足够的钱，倒是可以去那里跳桑巴、写小说。对我来说，还是希望去一个有经商空间的地方。在这次世界大战中，美国获得了巨大的经济利益，也网罗了欧洲很多人才，现在是个投资的好时机。"

周鼎深知，布莱特是个天生的生意人，有着很强的商业嗅觉，说："布莱特先生，如果你选择继续经商，美国确实是首选。你现在遇到了什么困难？"

布莱特深吸一口气，说："我太太是法国公民，去美国没问题。但芬妮出生在中国，她是中国籍，而美国当年曾制定《排华法案》，禁止中国劳工移民美国。当然，在三年前这项法案已被废除，但他们依然歧视中国人，给中国的移民配额每年只有105人。"

"这样的话，芬妮可能暂时去不了？"

布莱特说："不仅是芬妮，我也有麻烦。"周鼎有点吃惊，问："你不是法国人吗？"布莱特摇摇头说："那只是对外这么说，其实我出生在匈牙利，后来因为战争原因，我逃到了中国东北的哈尔滨，所有证明身份的文件都遗失了。"

"你来上海这么多年，一直都是无国籍吗？"周鼎问。

"是的，有过几次申请其他国家国籍的机会，但我都放弃了。因为我觉得在上海不需要，这里可能是世界上唯一愿意接纳无国籍者，而且还让他们有机会发财的地方。你知道金钱的意义吗？"

周鼎想了想说："更好地驾驭人生？"

布莱特笑着拍了拍周鼎的肩膀说："这是我听到关于金钱的最好答案，其实对我们犹太人来说，金钱最重要的是能换来生命，所以几千年来我们如此疯狂地攒钱。我很慷慨地给了美国领事馆的官员不少钱，但他们最终的答复是，我的太太可以携带她的配偶或女儿进入美国，但只能带一个。"

"你和芬妮谁先去,你定了吗?"

"这是很艰难的决定。其实前段时间卡森追求芬妮,我并没有明确反对,因为如果他们结婚,芬妮就能以'战时新娘'的身份毫无阻碍地去美国。但是芬妮没答应,我当然尊重女儿的决定。现在的问题是,如果让她们母女先去,我很担心她们在美国如何生活。如果我跟太太先去,我又担心芬妮接下来一个人如何在上海生活。"

看着布莱特凝视自己的目光,周鼎说:"布莱特先生,我觉得应该你们夫妇先去,安排好生活之后,再想办法替芬妮申请移民。"

"这是个好主意,不过我有一个更好的主意,就是你跟芬妮结婚,我知道芬妮是爱你的。我和太太去了美国后,让你们一起移民。这样的话,我们两个都有经商头脑,而且都有一个好太太,在蛮荒的美国,完全可以打造一个属于我们的商业帝国。"

布莱特越说越是激情洋溢,周鼎却一时不知如何回答。这时,从走廊上传来一阵脚步声,随后是钥匙开锁,芬妮和阿苇走了进来。

芬妮笑吟吟地问:"爸爸,你跟小钉子在谈什么?"布莱特轻描淡写地说:"没什么,就是谈谈金钱与人生,你们怎么这么快就上来了?"

阿苇嘟着嘴巴:"刚才那个'母鸡大员'来找我妈,说有很重要的事情商量,还让我们回避一下。这个人客客气气的,可我总觉得心里在打什么坏主意。"

四人坐在客厅里,一时没有什么话题,阿苇招呼周鼎和芬妮去环廊上,却被周鼎阻止:"对面别墅里戒备森严,那天母鸡飞过去之后,他们特意来关照过,无论白天黑夜都不要张望别墅。"布莱特也说:"那些人都有枪,你们三个跑到环廊上,就成了他们的靶子。"

芬妮吓了一跳,赶紧回到沙发上坐下。阿苇却吐了吐舌头,走到落地窗前,蹲下身朝对面观望。看了一会儿,她回过头叫周鼎和芬妮:"你们来看,这是谁进别墅了?"

周鼎走到阿苇身边,也蹲下身看,芬妮胆小,并不起身。周鼎轻声问:"你说的是哪个人?"阿苇伸手指着前方说:"你看草坪边上那四个人,是刚才从一辆凯迪拉克小汽车上下来的,领头那人是个矮胖子,后面跟着两个应该是保镖。走在他边上的那个瘦高个子,你看到了吗,觉得像谁?"

此时,对面乳白色的别墅里亮着灯,但偌大的草坪周围只有几盏昏暗的小灯,周鼎只能模模糊糊看到那几个人的背影,但心头还是被猛击了一下。

见周鼎不说话,阿苇转头凑到他耳边说:"我觉得那个高个子,有点像周叔。"周鼎的眼眶已经湿润,轻声说:"是,有点像。"说着站起身,快步走到环廊上,阿苇也紧随其后。那四个人步履匆匆,已经走到别墅的大门口,跟站岗的中山装保镖说了一两句话,矮胖子和高个子进了门,后面两个保镖则站在了门外。

客厅里,芬妮喝着葛妮亚端来的牛奶,想起一件事,转头问她父亲:"我们去美国的话,能带上葛妮亚吗?"

布莱特望着落地窗外的夜空,说:"怎么可能,她是白俄,跟我们又没有血缘关系。"芬妮鼻子一酸,两颗泪珠滚落到牛奶中,轻声说:"爸爸,我们能不去美国吗?一直留在上海,就在船长室

399

住一辈子。"

敲门声响起,葛妮亚打开了门,门外站着的是阿苇妈。她走进来跟布莱特打了招呼,对芬妮说:"能不能和阿苇到楼下我家坐一会儿,我跟你爸爸有点事要商量。"

芬妮站起身去叫阿苇,但或许是担心自己成为别墅里保镖的靶子,走到落地窗前还有一米多远,便停下了脚步。阿苇连连摆手,阿苇妈走过来叫她,只得跟周鼎说:"到我家去,我家阳台一样能看到。"

周鼎刚转身,却被阿苇妈叫住:"小钉子,你别走。"三人在客厅沙发坐定,布莱特看着阿苇妈说:"听阿苇说,那个特派员刚才来找你,不怀好意吧?"

阿苇妈以指为梳理了理头发说:"'母鸡大员'说我在抗战期间囤米高价出售,是上海滩最大的米蛀虫,现在要没收银记米行的所有财产,还要把我投进监牢,按不法奸商论罪。"

周鼎有点坐立不安,还不时往落地窗瞥两眼,布莱特问:"那几年奸商太多了,银记米行不但卖得不算贵,还施舍了不少给穷人。再说,这个米行虽然小有名气,但不算什么富商巨贾,那个特派员为什么看中这个米行呢?我猜他这是先吓吓你,后面还有别的意图。"

阿苇妈喝了口水,水杯微微发颤,说:"他说他只用打个电话,就可以让法院判我死罪。现在只有一个办法,就是把阿苇嫁给他,这样不仅可以保全米行,而且还能开金楼银楼,家里可以堆成金山银山。"

周鼎依然不说话，布莱特问阿苇妈："他有没有给时间限制？"阿苇妈伸出一个手指："一个月，限一个月内成亲。"布莱特笑笑说："我看他的太太像个悍妇，居然答应跟他离婚？"

"不是，他想让阿苇做小。他说他当年留学日本时，跟一个日本女人生下六个小孩，但家中原配听说了坚决不答应，要断绝他的经济来源，他就一个人回了国。不过这个原配生不出小孩，现在答应只要不把在日本的小孩接回来，他可以再娶一房，但只能生一个小孩，生下后由原配抚养。他说这样最好，他跟阿苇两人可以逍遥自在。"

听到这里，周鼎回过神来，猛地站起身，大声问："阿苇妈，你答应了吗？"阿苇妈苦笑道："我还没来得及说话，阿苇爸拿着拖把从厨房里冲出来，把他赶跑了。"

第十三章
今夜须沉醉[1]

上海的黄梅雨季总是潮湿难熬,而黄梅天一过,便是更难熬的酷暑盛夏,就像刚从水里捞出来又马上放进了蒸笼。一九四六年七月,在闷热得令人烦躁的傍晚,顶楼船长室里一片忙碌。

布莱特蹲在书房地板上,最后一次检查明天上船要带的行李;布莱特夫人站在房门背后的熨衣板边,最后一次熨烫着衣服;胡大厨在厨房里切菜,案板上放满了各种食材,在他的头顶上方,或许是因为经历了漫天的黄梅天,从橱柜门里长出一朵蘑菇状的真菌。

胡大厨对此浑然不觉,他的全部精力都专注于菜刀。这是被布莱特解雇八年之后,他第一次回归船长室的厨房。这不仅仅是芬妮的提议,也不仅仅因为告别的聚会,更重要的是布莱特心中有个特别的盘算。

在这个精于生意的犹太人看来,做生意不仅要凭智慧和人脉,更需要天时,所以他特别留意上帝的暗示。以前胡大厨在他家当厨师时,有几次把红烧鲳鱼做得咸得难以入口,接下来都出现了难得

---

[1] 今夜须沉醉:出自唐代韦庄的词作《菩萨蛮·劝君今夜须沉醉》。

的商机。布莱特把盐视为上帝与人间的沟通媒介，也是生意上的重要信号。

在明天即将启程的时候，他特地登门请来胡大厨，请他再做一顿宁波菜。而且他要求必须做一道红烧鲳鱼，他暗示胡大厨："这道鲳鱼就按你的烧法做，咸淡随便你，我们不怕咸。"

对于是否要说"我们不怕咸"，布莱特是有犹豫的，因为这样似乎过于直白。但他素知胡大厨不会察言观色或话里听音，必须说得比较明确。他又不能直接说"多放盐"，因为这样就不是上帝的暗示，而成了他的意图了。

芬妮和阿苇坐在客厅，吃着阿苇妈刚刚拿来的面包。芬妮微微皱眉，阿苇已经察觉，笑道："又在想念申生了？"芬妮点头："每次吃面包都会想到他，你说他会逃到哪里去呢？"阿苇说："你要是能找到他，就把他偷偷带到美国去。听说美国没什么好吃的，就让他在那里开一家面包房。"

敲门声响起，葛妮亚有点艰难地走过去开门，随着年岁的增长，她的腿脚日益不便。门外站着一身西服的马尔基尼奥，手里拿着一束鲜花，冲着房间里大声说："谢谢你们的邀请，我是不是来得太早了。"

布莱特已快步走出了书房，说："早到的客人心最诚，请进来吧。"马尔基尼奥的眼光跳过布莱特，朝里面扫了一眼问："亲爱的芬妮在家吗？"

看到芬妮款款而来，马尔基尼奥伸出双手与她热情相拥，亲了亲芬妮的面颊说："亲爱的，你怎么一天比一天美，真让我按捺不住对你的爱，要不我们私奔去佛罗伦萨吧。"

芬妮笑着挣脱了他的拥抱，说："你这辈子跟几个女人私奔过？"意大利人举起双手，认真地掰起了手指，然后示意手指用尽，便要脱鞋数脚趾，芬妮忙打断他说："好了，再借你几只手也数不过来，进来吧。"

"亲爱的，听说你明天要去美国了，我太伤心了，我不想吃晚餐，就想求你跟我私奔。"

芬妮刚想说自己先不去美国，被阿苇打断了："你要跟芬妮私奔，怎么还带着一个人？"

马尔基尼奥做出猛然想起的样子，连忙闪身，指着身后一个矮小秃顶、戴着黑圈玳瑁眼镜、胡子刮得满面发青的六十多岁洋人老头说："这是全中国，不，这是全亚洲最伟大的指挥家、钢琴家，也是我的意大利老乡，梅百器先生。"

布莱特已经走到书房门口，听到这里立刻走回门口，看着这个面带威严与憔悴的老人，连忙伸手相握说："梅百器先生，你怎么来了，我听过你指挥的贝多芬九部和柴可夫斯基六部交响曲，还有德彪西、拉威尔、雷斯庇基、格什温、斯特拉文斯基等很多人的作品。"

梅百器笑着指了指意大利人说："日本人来了之后，我就离开了工部局乐队，在家里教小孩弹钢琴。马尔基尼奥是我当年从意大利请来的，他常邀我来诺曼底公寓坐坐。刚才说到布莱特先生明天要去美国，今晚开一个派对，让我来见识一下船长室的夕阳。"然后看着芬妮说："还有天使般的芬妮小姐。"

布莱特陪着梅百器在客厅坐下，马尔基尼奥看到芬妮和阿苇走到了环廊上,也赶紧跟了出去。这时,又有敲门声响起,以三声为一组不疾不徐,显得很有礼貌。葛妮亚缓步走过去开门,布莱特也转头看着房门。

门外站着三个人,前面那人五十多岁,穿一身黑色长衫,肤色白净,举止儒雅,后面两人则穿着中山装。葛妮亚一愣,回头看着布莱特。这时布莱特已经站起身来,刚要开口,却见那人客气地说:"抱歉,在下程如沫不请自来,听说布莱特先生明天要远渡重洋,我带了一些老家四川的土特产,还望笑纳。"

布莱特伸手接过,淡淡道:"程先生要进来坐坐吗?"程如沫跨进两步,朝着客厅四下扫了一眼,说:"你们家的离别晚宴,我就不打扰了。如果你见到阿苇妈,麻烦跟她说一声,我们约定的期间还剩下最后一个礼拜。"

阿苇妈快步从厨房走了出来,走到程如沫面前,大声说:"程先生,我在这里,你有话请说。"程如沫客气地说:"这两天一直没看到你,你最好不要动念头离开上海,正所谓'普天之下莫非王土,率土之滨莫非王臣',不论跑到宁波鄞县老家,还是远走云贵川,我只要一个电话,就能把你立刻抓捕归案。"

"程先生放心,我这些年做米行生意,其他不行,就是记性还好,这种日子哪里会忘记?"说话间,阿苇妈用眼角扫到,环廊上的阿苇和芬妮都在往门口看,又看到胡大厨已经站在了厨房门口,手里拎着一把滴着水的菜刀。自从上次"母鸡大员"程如沫被胡大厨打出门后,每次程如沫来,胡大厨都拿着扫帚拖把站在厨房里。而经历了那次拖把事件后,程如沫每次来都带着两个警卫,但他会很礼貌地让警卫站在门口,说是以免惊扰。

阿苇妈对布莱特说:"布先生去招待客人吧,我跟程先生到门外走廊上说话。"说着便转身来到走廊,那两个中山装警卫退后半步,警惕地看着阿苇妈。程如沫跟布莱特拱拱手,似笑非笑地看了一眼胡大厨和他手中的菜刀,转身出门。

过了几分钟,阿苇妈推门进屋,见胡大厨依然站在厨房门口,急道:"你拎着把菜刀有什么用,快去做饭。"阿苇走到门口问:"刚才那个'母鸡大员'来做什么?"阿苇妈轻描淡写说:"没什么,他来给布莱特送土特产。"

这时,布莱特将客人交给他夫人应酬,走过来以目光相询阿苇妈,然后示意一起去书房。

刚关上书房门,布莱特问:"他怎么说?"

"就是刚才你听到的那些话,最后一个礼拜了,再不把阿苇送给他,他就要动手了。布莱特先生,你看到小钉子了吗?"

"没有,我昨天叫他今天早点来,他一口答应的,但你看现在都五点多了。刚才芬妮也来问,我就让她下楼去找了。"这些年来,无论是布莱特还是阿苇妈,都已经习惯了有事找周鼎商量。

布莱特示意阿苇妈坐下,问:"我看刚才的情形,阿苇还不知道这事吧?"

"是的,我女儿脾气急性子烈,要是让她知道了,说不定就冲到程如沫家里质问。所以这事也不能让芬妮知道,她们俩之间无话不谈。"

布莱特将身体往前倾了倾,说:"现在最好是出去避一避,但那个程如沫未必说大话,无论跑到哪里,他都有办法找到你们。我看唯一的办法是,离开这个国家,至少离开南京政府控制的地区。"

阿苇妈点头,想了想说:"现在能去哪里呢?"

"去延安,投奔共产党。"布莱特笑着摆摆手说,"在这个国家里,现在有三个地方不受南京政府控制,除了共产党的地盘外,还有香港和澳门。"

书房门被推开,芬妮进来说:"爸爸,我把小钉子给你找来了。又来了一些客人,我和阿苇先招待。"看到周鼎身上沾着一些尘土,布莱特问:"你去帮程如沫抓母鸡了?"

周鼎笑了笑,说:"我从洋布行回来,刚走到公寓门口,就遇到巴络带着好几个警察,他看到我就说,他们知道申生躲在哪里了,今天上午有人看到,他就在公寓里。"

阿苇妈忙问:"巴络让你带他们去搜?"周鼎说:"是的,因为找不到曹叔,他们让我带他们一层一层地找。现在除了顶楼平台和汽车间,整个公寓里已经翻了一遍。刚才巴络要到船长室来搜,被我拦住了。"

布莱特说:"一个面包师都能叛国,不知道他到底做了什么。小钉子,我们先来商量阿苇妈的事。"他把刚才谈的简单复述了一遍,然后问阿苇妈:"前几天我还想到一个办法,通过汪步青去找青帮大佬杜先生出面。不过,那个卖水果出身的杜先生,现在明显在走下坡路,连已经选上的上海参议会议长职位,也迫于南京政府的压力,只得拱手让给别人了。"

周鼎在一旁坐下,阿苇妈摇头说:"我就算把米行送给他,他也未必帮得了。我想到一个人,前些年做暹罗米生意的时候,要从香港码头转运来上海,那里的事情由一个李先生帮忙打理,这个人办事很牢靠，抗战胜利后他还让我去香港做生意，说内地说不定要打内战，香港是英国人管的，有可能不卷入战争。"

"这个李先生你见过没有？"布莱特问。

"从来没见过，一直就是生意上的联系，电话也打得不多。前天我打电话给他，没有把事情原委都讲出来，但他说明白了，让我尽快去香港，最好提前先把钱款打过去，不要随身携带，避免路上出事。"

看布莱特和周鼎都若有所思，阿苇妈继续说："我从宁波乡下来上海快二十年了，做过女佣，开过面包房、米行，见过很多人。我发现要想看明白一个人，就算是天天见面也不一定准，最好的办法是做生意。在生意上讲信用靠得住的人，他的人品不会差的。"

布莱特跟周鼎对视一眼，点头说："一千多年来，我们犹太人没有自己的土地，更没有自己的国家，我们的生存方式就是做生意。做生意不仅让我们生存下来，也让我们更团结，让我们这个民族没有分崩离析。"

周鼎也有些感慨："你说得对，与其相信一个甜言蜜语的熟人，不如相信一个生意上的伙伴，哪怕那是一张陌生的面孔。阿苇妈，你们打算什么时候动身？"

阿苇妈看了看四周，宽敞的书房里并无别人，但还是压低了声音说："我买好船票了，明天有一班船去香港。"

"你也是明天走？为什么这么着急，不是还有一个礼拜吗，你的米行转手了吗？"布莱特问。

"我是怕越到后面，那个程如沫把我们盯得越紧。米行被他盯上了，现在没办法出手，但那些能带走的我都会带走。"

布莱特点点头说："我们夫妇也是明天的轮船去旧金山，我们先不带芬妮。她是中国籍，暂时去不了。我们到了美国马上想办法，会尽快接芬妮过去。只是接下来，她要一个人住在诺曼底公寓了。"

周鼎坐直了身体，看着阿苇妈和布莱特说："阿苇妈，你和胡大厨带着阿苇先走，米行的事交给我。布莱特先生，芬妮交给我，我来照顾她。"

隔着墙壁，能听到客厅的唱机发出的音乐声越来越响，芬妮推门进来说："爸爸，梅百器先生要告辞了。"

布莱特忙走到客厅，除了音乐声，空气里还漂浮着浓重的烟味。梅百器见他出来，拧灭了烟头，缓缓站起身说："非常抱歉，我这辈子有三件事戒不掉，音乐、香烟和赌博。今天终于见到了神秘的船长室，度过了非常美好的一小时。"

布莱特与他再次握手说："这是我在上海，也是在诺曼底公寓的最后一个夜晚，如果你能留下来共进晚餐，将是我最大的荣幸。"

梅百器笑笑说："将这个美妙的夜晚留给家人吧。你离开之后，会想念这座城市吗？"

"当然，其实我还没离开，现在就开始想念了。这个城市给了我很多，除了财富还有友情，以及魔幻般的经历。可惜我不是小说家，不然一定能写一部畅销书。"

梅百器说："二十多年前，我跟我太太定居爪哇岛，上海工部局乐队邀请我来举办音乐会。一踏上这里的土地，我就给太太写信说，我们吉普赛式的生活已经过够了，一定要搬到上海来！"

"我曾经也以为，我和全家会在这座城市一代代住下去，但现在当局如此腐败，治安如此混乱，也许是到了探索新世界的时候了。"

听布莱特的话语有些沉重，梅百器伸手拍了拍他手臂说："从一九二零年到一九四一年，我和工部局乐队一共举办了将近一千五百场各类音乐会，这个纪录不知道什么时候会被打破。我生在佛罗伦萨，后来去那不勒斯、罗马、米兰学习音乐，然后开始在世界各地巡回演出。我一直说我只有祖国没有家乡，如果说有家乡的话，那一定是上海。"

布莱特说："其实，我出生在匈牙利的一个小镇……"梅百器奇道："我一直以为你是法国人。"

布莱特笑了笑，感慨地说："我在这里冒充了很多年法国人，但现在不需要了，因为明天就要离开。我的家乡当年属于奥匈帝国，现在这个国家早就分崩离析。对我来说，跟你正相反，我只有家乡没有祖国，而且恐怕这辈子都找不到祖国了，你比我更幸运！"

周鼎坐在客厅一角，对眼前的一切感到疏离。他今天来得晚，不仅仅是因为遇到了巴络，更重要的是，刚才在他的五楼房间里，跟曹鲁有一番对话。

因想着布莱特的告别晚宴，他从洋布行回来比平日早得多，刚打开自家的房门，见曹鲁坐在餐桌边。

"曹叔，你有事吗？"周鼎心中一惊。他惊讶的不是曹鲁自己开门进屋，因为备用钥匙就放在曹鲁那里；奇怪的是这段时间曹鲁很忙，对于他说看到父亲的背影出现在对面别墅，也一直不置可否，而今天下午居然来到自己房间，显然不是来闲坐。

"我想跟你说说你父亲。"曹鲁示意周鼎在自己身边坐下，"上次见到父亲是什么时候？"

"五年前，一九四一年的年底。"看到曹鲁有深谈之意，周鼎便不急着问，只是有问必答。

"再上一次呢？"

"十二年前了，一九三四的秋天，就是那只深咖啡色小皮箱在公寓里被调包的时候。"

"那之后，上级要给老周安排别的任务，他对没找回皮箱很自责，主动要求做最艰苦的工作。"曹鲁从口袋里掏出一包香烟，抽出一支点上。周鼎奇道："曹叔，你怎么也抽烟了？"

曹鲁将手中的火柴挥了几下，示意不要打断，说："你记得曹南乔下船后说的那些话吗？他们孤军营里有个叫老沈的清洁工，新四军通过公共租界工部局安插进来的，一直在想办法营救他们。"

周鼎想了想，惊道："那是我爸爸？"

曹鲁说："这是他主动要求去的，很辛苦也很危险。一九四一年底太平洋战争爆发后，老周预感到日本兵会开进公共租界，肯定会对孤军营里的八百壮士下手，他特地跑出营地，就为了跟你见上一面。"

"后来他有没有被小日本发现？"

"老周何等机智何等老练，他迅速脱身了。可惜的是他的营救计划几乎走到了最后一步，却因为孤军营里一个士兵的大意，最后功亏一篑。"

"曹叔，我父亲后来去了哪里？"

411

"他在做一件大事,很孤单但又很重要。也许会惊天动地,但更大可能是默默无闻,到最后除了跟他单线联系的上级,谁也不知道他做了什么。"

"三个礼拜前我看到对面别墅里,有个人的背影很像我父亲,连阿苇也说像,后来我在窗口守到半夜,也没看到他出门。曹叔,那会不会是他?"周鼎急道。

"这事你跟我说过了,但我确实不知道。老周现在在哪里,具体在做什么,都不是我应该知道的。而且,就算我知道,我也不能告诉你。"曹鲁避开周鼎灼热的双眼,朝四周看了看,目光落在客厅一角的象棋棋盘上,"南乔住在这里的时候,你们经常下棋?"

周鼎见曹鲁转移了话题,心知再追问也没用,点头说:"是的,陪他消磨时间。曹叔,你肯定知道南乔去哪里了,因为这次他不告而别,你一点都不担心。"

曹鲁抽着烟笑了笑说:"他刚从新不列颠岛回来的时候,还对政府抱有希望,但后来的遭遇让他很悲愤。我就经常开导他,每次跟他一聊就是一下午,他问我以后应该怎么办,我说男子汉就该干一番事业,民族和国家的希望在哪里,就到哪里去。"

周鼎点头说:"曹叔,我明白南乔去哪里了,就是跟你和我父亲做一样的事。你今天为什么特地来跟我说这些,是不是你也要走了?"

曹鲁未置可否,话锋一转:"很多人问过我,怎么从来没见到过南乔的妈妈,但只有你从来不问。"

"因为我妈妈早就不在了,我怕南乔的妈妈也是这样,所以一直不问。"

"小钉子,你觉得南乔跟我长得像吗?"

"不大像,没有我跟我父亲这么像,阿苇妈还说过,你们父子怎么个头和长相都差得远,胡大厨说儿子肯定像娘。"说到这里,周鼎忽然想到什么,"曹叔,你跟南乔……"

曹鲁轻轻点头,说:"别看我五十多了,其实我没成家。南乔的父母都是我们党内的同志,同一天被捕,同一天被害,那时候南乔只有九岁,我把他接到身边,我们以父子相称。他本姓夏,为了掩人耳目,就跟我姓了曹。"

周鼎虽有预感,但此刻还是吃惊不小,问:"曹叔,你带着南乔来诺曼底公寓,也是上级的安排吗?"

"那是为了照顾你,当然同时也为了解老周的下落。"曹鲁站起身来,似乎要结束谈话。周鼎也站起身问:"曹叔,你今天不像以前,不但抽了烟,还说了这么多话。你平常话很少,以前乌老二不高兴的时候,背后就叫你'闷葫芦'。"

曹鲁淡淡地说:"我跟你爸爸一样,不能在人前展露真实的自己。有时候,我自己也弄不清,哪个是自己,哪个是我扮演的。"他走到那盘象棋前,把棋盘上的棋子都扒拉到桌上,然后拿起一个卒,放在了快到对手底线的棋盘边上,抬头说:"你刚才问我,你爸爸在做什么,就是这个。"

周鼎看着棋盘,问:"你说他是一个过河卒?"

曹鲁已经走到门口,回头说:"快到底又靠边,看着好像没用了,但谁也不知道什么时候突然有用,甚至有大用。这叫——闲棋冷子。"

环廊上,夜幕已经降临,马尔基尼奥又在跟芬妮和阿苇聊天,

413

把周鼎也拉上了。周鼎看了看四周问:"你的夫人呢,怎么没带上她?"

马尔基尼奥做着意大利式的手势,说:"你说的是冯美人吧,我们邂逅,我们相爱,我们同居,我们订婚,然后现在呢,我们各奔东西了。"他那双深蓝色的眼睛深情地注视着芬妮,说:"亲爱的小天使,我现在是自由的,你别去美国了,那里吃得不好穿得不好,也没什么好玩的。跟我回意大利吧,那里有艺术有美食有时尚,有你想要的一切。"

夕阳带着最后一点执着,将光线照在芬妮的侧脸,饱满的额头、清澈的双目、挺立的鼻子、浑圆的嘴唇以及细密的汗珠,形成了一幅最美的剪影。芬妮若有所思地看着远方,并没有答话,汗珠在她鼻子下汇聚,随后滴落在胸口。

马尔基尼奥伸手抚摸着芬妮的脸颊、鼻子和嘴唇,正要再往下摸,却被芬妮挥手甩开。见芬妮脸上有几分薄怒,马尔基尼奥忙说:"小天使,你知道天下有无数种动物,无论是猫、狗、狮子、老虎、鹿或者狼,它们的鼻子都是潮湿的。为什么只有我们人类的鼻子,在大多数情况下摸上去都是干的?"

芬妮没说话,阿苇说:"芬妮的鼻子现在是湿的,你是说她像猫还是狗?"

马尔基尼奥连忙举起双手一通比划,说:"虽然我们意大利人最爱狗,但我也不会把小可爱比作狗。"然后双手搂住芬妮的腰,凑到她面前低声说:"亲爱的,人类的鼻子之所以是干的,那是因为你们女人接吻时不喜欢湿鼻子。"

意大利人抱着芬妮便要吻下,却听阿苇一声惊叫,就在他们身后两三米处，一个黑影正从顶楼平台翻越而下。这时，周鼎已经快步走到黑影下方，那人双脚还未落地，周鼎扑上去将他按倒在环廊上。

芬妮和阿苇连忙往后躲，马尔基尼奥懊恼地向天上打着手势，这个黑影的出现让他铺垫很久的亲吻功败垂成。

那人衣着污秽、头发凌乱，浑身散发着呛鼻的气味。周鼎拽着头发，将他的头拉起来，芬妮、阿苇和马尔基尼奥都是惊叫一声，虽然满脸杂乱的胡子，但依稀能看出，这人正是银记面包房的面包师傅申生。

听到环廊上的动静，阿苇妈第一个从客厅走了出来，见是申生，怒道："你到底做了什么伤天害理的事？"

申生原本性格温吞，话不少但语速很慢，在面包房干活那几年，被人称作"温吞水"。现在听到阿苇妈的怒斥，只发出"嗯嗯啊啊"的声音，一时不知如何说起。这时，从楼顶上方传来一个沙哑粗粝的声音："阿苇妈，抓住他，千万别让他再逃走！"众人朝上看去，只见一个满脸横肉的大脑袋探在夜空中，两只手紧紧抓着围栏。

阿苇妈大声说："好，巴老爷，等你下来。"忽然，上面发出一声惊呼，只见巴络半个身体已经掉在了栏杆外面，只是他两条腿还挂在围栏内。"笨蛋，快拉我，快拉我上去。"夜空中传出巴络杀猪般的吼叫声，楼下有不少行人纷纷驻足，抬头朝着上面指指点点。

周鼎见此情况，急道："巴老爷，抓住那道绳索！"众人细看，才发现刚才申生是顺着一道很细的绳索下来的，因天色较黑，不细看很难分辨。

巴络挥舞着双手，急忙去抓这最后的救命稻草。上面平台上又传来杂乱的脚步声，在一声声纤夫拉纤般的喊声中，巴络肥胖的身躯渐渐被拉了上去。只听到接连数声清脆的耳光声，接着是巴络气急败坏的骂声："你们把老子害死有什么好处，是看上了老子的婆娘还是黄金美钞？"接着，又是一阵拳打脚踢的声音。

    布莱特走到环廊，见躺在地上的申生只是被绑住了双手，看了看墙头垂下的那根绳索，伸手将其往空中一抖，便掉落在地上。布莱特捡起看了看，对周鼎说："你看这上面有精钢打造的倒钩，这绳索是用头发丝和尼龙混扎在一起的，非常牢固。"说着，他蹲下身给申生打了五花大绑。

    周鼎问："布莱特先生，你的手法可比巴络那些警察还熟练。"布莱特说："当年从欧洲一路来到哈尔滨，再到上海，什么事没做过？"

    房门外传来咚咚的敲门声，葛妮亚步履蹒跚地走过去，刚一开门，被门外的巴络推了一把，险些摔倒在地。这时候，客厅里已经来了不少宾客，巴络环顾四周，一挥手带着几个警察快步走上环廊。

    他看到跪在地上的申生，飞起一腿踢在胸口，申生闷呼一声朝后倒去。巴络从怀里掏出一把尖刀，怒道："上次你刺了老子一刀，今天我要还你三刀！"

    周鼎和阿苇妈立刻上前一步，挡在巴络的面前。周鼎说："人已经抓住了，不要再伤人。"阿苇妈说："他到底犯了什么罪，今天你要当面说说清楚。"

巴络手握尖刀犹豫了一下，又朝申生后背踢了一脚，愤愤道："这要让他自己说。"今天布莱特邀请的宾客们也聚拢过来，有阿克塞尔夫妇和他们的双胞胎儿子，有菲兹曼太太和芒斯，还有斯特伦堡夫人等。当然还有芬妮邀请的，像归一、阿玖、孟祥、仇连升、朱洪豪等人。环廊上站不下太多人，有的就站在落地窗前。

申生在地上翻了个身，抬头看了一下四周，说："日本人占领上海那几年，面包房的面粉都用完了，我没办法做面包。有个老乡来找我，让我为他跑跑腿，不但每个月有养家费，如果做得好还有赏，我就去了。"说着瞥了一眼阿苇妈，"我就是跑腿，真的没干过伤天害理的事。"

阿苇妈问："我当时让你跟我一起做米行生意，你为什么不做？"

申生摇头说："你那个米行说好听一点是做生意，说难听一点就是拼性命。那几年暹罗米断掉了，你让手下人冲过日本人的铁丝网去苏州无锡买米，这个要是被日本人发现，马上就放狗来咬，轻的咬掉几块肉，重的赔了性命。我家里有老有小，本来就是靠手艺吃饭……"

"那你也不能为七十六号做事啊，上海滩谁不晓得那里是魔窟？"阿苇妈说。

"我跟你们说，我真的就是跑跑腿，传递一些东西，他们也没给我多少钱。日本人投降前两个月，我不是回来做面包了吗？"

周鼎见申生避重就轻，走到巴络身边，低头跟他耳语了几句。巴络诧异地看着周鼎，想了想沉着声音对申生说："你投奔七十六号是小事，捉进去还要开庭，你还可以请律师。不过你真正投靠的

417

是共产党，现在把你抓起来，当场就枪毙！"说着，掏出手枪顶在申生太阳穴。

申生大惊失色，跪在地上大声说："这是哪个人栽赃陷害啊，我绝对没有给共产党做过事。我还发现一个光头洋人鬼鬼祟祟，就跟我老乡去报信了，后来他被日本人抓进去，被装在一个麻袋里吊在空中，旁边的日本人你一脚我一脚，等他们力气用光了把麻袋放下来，那个人还差半口气就断气了。后来我听我的老乡说，那个洋人是苏联共产党派来的间谍。你们想想，假使我是共产党，还会去报信吗？"

斯特伦堡夫人挤到落地窗前，双眼含泪声音颤抖地说："你说的那个光头洋人，是不是小斯特伦堡？"

申生的脸上掠过一丝诡异的笑，说："我不知道什么小斯特伦堡，还是大斯特伦堡，只知道那个洋人是共产党，当年日本人赏了我，现在的国民政府不但不应该抓我，还应该奖赏我。"

斯特伦堡夫人凝视了一会儿，突然拔下头上的发簪，猛扑到申生身上，用尽全力朝他眼睛戳去。众人一片惊叫，申生全身被五花大绑不能动弹，闭上眼睛发出号叫。周鼎眼疾手快，双手拽住申生的胳膊往后一拉，斯特伦堡夫人手中挥动的发簪在申生的肚子上连扎了三下，鲜血顿时朝外涌出。

两个警察手忙脚乱地将斯特伦堡夫人拉住，巴络凑近一看，满脸的麻子恣意舞动起来："好！好！今天不用我动手，就有人帮我报了仇。"一个警察正想为申生包扎伤口，被巴络踢了一脚："包什么，死不了！"

哀嚎声中，两个警察拖着申生穿过客厅走到门外，巴络得意洋洋地冲众人一抱拳:"惊扰惊扰,饭前看一出小戏,你们吃饭更开胃。"

芬妮轻声对她父亲说:"爸爸,你能让他们留下申生师傅吗?"布莱特奇道:"为什么?"

"因为他的面包做得最好吃,我想让他给我们做好面包再走。"

布莱特还没回答,一旁的阿苇发出清脆的笑声:"你看他脸上手上这么肮脏,肚子上还在流血,现在做出来的面包,大概连要饭的都不要吃。"

葛妮亚拿着拖把擦拭地板上的血迹,看她行动有些艰难,阿苇妈抢过拖把麻利地擦干净了。因为胡大厨的归来,船长室又恢复了多年前的规矩,西餐和中餐各分一桌。芬妮想也不想,便朝中餐桌走去,布莱特轻轻拉住她说:"先在这里陪一下客人,等一会我跟你一起吃中餐。"

葛妮亚和胡大厨陆续端上了各色菜肴,西餐桌上觥筹交错,菲兹曼太太手中抱着一个两岁多的男孩,自己喝着威士忌。布莱特夫人问:"菲兹曼先生怎么不来,他好些了吗?"

菲兹曼太太说:"他只能躺在床上,没有知觉,如果他能来喝酒,"他看了看身旁的芒斯:"我就不会带他来。"

布莱特夫人打量着小男孩,说:"这孩子长得像你。"菲兹曼太太又喝了一口威士忌,说:"我知道你想说,这孩子长得一点也不像菲兹曼,而跟芒斯长得一模一样,对吗?"

布莱特夫人有点尴尬地点点头,想了想说:"你们以后就这么生活?"菲兹曼太太说:"对啊,这样挺好,我不可能抛弃菲兹曼,

419

也无法离开芒斯。现在菲兹曼虽然没有知觉，但有他在家，我还是觉得安心。"

一旁的布莱特问："我们知道这孩子叫埃马纽埃尔，他姓什么？"布莱特夫人轻轻捅了捅丈夫，但菲兹曼太太神情如常地说："当然姓菲兹曼，我这辈子有不少男人，但丈夫只有一个，以后也绝对不会有第二个。"

芒斯也听到了这番话，转头对桌上众人说："我们两个是世界上最亲密的伴侣，这就够了。菲兹曼先生在日本人的监狱里为我挨打，我当然不能抢他的太太。"

听这话，一桌子的人都笑了起来，似乎包含着不同的意味。当然，也有人没有笑，她神情肃穆地喝着红酒，对满桌的食物丝毫不感兴趣，布莱特端起酒杯对她说："斯特伦堡夫人，告密者会受到惩罚的，为你的健康干杯！"

斯特伦堡夫人再一次落泪，哽咽着说："小斯特伦堡不是我的儿子，可这些年我越来越把他当作儿子。他是一个有魅力的男人，一个目光犀利的思想者，一个有信仰的谍报员。今天我很高兴，看到了告密者的下场。但我又很悲伤，因为并不是告密者把我儿子送上断头台的，真正的凶手到底是谁呢？"

听到这里，芬妮的泪水已难自控，说："一九四一年太平洋战争爆发前，在福开森上的那家小饭馆，小斯特伦堡先生对我们说，这个世界将会发生大战，而我们将度过漫漫长夜……"芬妮想了想，问坐在中餐桌上的周鼎："小钉子，你还记得那天小斯特伦堡先生是怎么说的？"

周鼎站起身，走到西餐桌边说："他说，你们要记住，有些事情可以忍受，但不要麻木。"阿苇走过来说："对，他还说，有时候可以麻木，但不要习以为常。"芬妮也已想起，大声说："甚至可以习以为常，但一定不要帮助坏人干坏事！"

布莱特带头鼓起了掌，西餐桌上响起一片掌声。中餐桌上众人不知何意，只有仇连升因为在戏园子里待惯了，也习惯性地鼓起掌来。

布莱特让周鼎和阿苇在西餐桌坐下，对众人说："我有件事拜托大家，芬妮因为暂时拿不到美国签证，她还要继续在这里住上一段时间，可能半年，可能一年，也可能更长，请大家多多关照。"随后站起身，以中国式的礼仪，向两个餐桌连连拱手作揖。

菲兹曼太太已略有醉意，笑着说："你把芬妮托付给我们，还不如让她嫁个好丈夫，我看小钉子就很好。"

芬妮满脸笑意，阿苇似笑非笑，周鼎尴尬一笑，布莱特哈哈大笑。却见马尔基尼奥站起身说："为什么是周鼎，这个世界上我是最爱芬妮的！"

一直不作声的阿克塞尔夫人，突然开口："我们只能照顾芬妮一个礼拜。"看着众人诧异的目光，她说："我们全家坐下礼拜三的船回英国。"

从集中营出来后，阿克塞尔先生性情大变，整天沉默寡言，极少出门，更不能工作。全家生活靠阿克塞尔夫人当法文家教，而房租则由阿苇妈支付。阿克塞尔夫人感慨地说："我们一个英国人一个法国人，在上海相爱，中途又去德国继承一大笔遗产，还生了一对可爱的双胞胎儿子。这些年虽然财产得而复失，我丈夫还被关进了集中营，但我想我们的人生是丰富的，因为我们经历了足够多。"

菲兹曼太太问："你舍得离开上海，离开诺曼底公寓，离开一直为你做头发的紫罗兰？"

"我们以前是生活在上海，现在是寄生在上海，连房租都是阿苇妈帮我们付的。以前我们说过，当我们到了六十岁就回家乡，但我丈夫想回英国，我想回法国，为此一直争吵。现在他很少说话，也不再为此跟我吵架，所以我想就去英国吧。"

菲兹曼太太大声笑了起来，用手擦擦泪水，对布莱特说："阿克塞尔夫人说他们下礼拜要走，我们准备下个月回法国，我要带着菲兹曼回到他的家乡里尔。"她凑近布莱特低声说："我想让他埋葬在自己的家乡。"然后，她又转头跟阿克塞尔夫人说："我也要离开上海了，要离开这幢充满诗意的公寓，我比你幸运的是，我虽然离开了紫罗兰，但我的美发师会陪伴在我身边。"

胡大厨在中餐桌接连上菜，芬妮早已按捺不住，拉着布莱特、周鼎和阿苇坐了过去。看到满满一桌宁波菜，芬妮人还没坐下，已经伸手拿起一个血蚶吸了起来。

阿玖忍不住笑道："不知道的人，还以为你三天没吃饭呢。"芬妮已经连吃了四五个血蚶，阿苇笑道："何止三天，她已经好几年没吃我爸做的菜了。"

听这话，芬妮连连点头，转手抓了一把血蚶给阿玖："真鲜，你也吃。"阿玖略一犹豫，把血蚶推到芬妮面前说："你这么爱吃，全给你吃吧。"

芬妮虽然从小爱吃，但她从不吃独食，马上掰开一个血蚶递到阿玖嘴边:"你吃。"阿玖有点尴尬,只能笑着说:"我现在不能吃生的。"阿苇奇道:"阿玖现在怎么讲究起生的熟的,再说我妈一直说,用开水泡过就是熟的。"

阿苇妈朝芬妮和阿苇连使眼色,芬妮没注意,阿苇没理解,一旁的朱洪豪举起黄酒杯,对归一说:"小阿弟恭喜啊!"没等归一开口,已一饮而尽说:"想不想知道阿玖肚子里是男是女,要不要我来帮你们算一算?"

这话把阿玖说得满脸通红,阿苇恍然大悟,芬妮似有不解地问:"为什么要算是男是女,生出来不就知道了吗?"

朱洪豪连连摇头说:"芬妮小姐,你不知道,做我们这行的就是未卜先知,前看五百年、后看五百年,就是要在小孩在肚子里的时候,算出是男是女,更厉害的是要算出他这辈子是不是富贵命。"

阿苇好奇地问:"你算一卦收多少钱?"

朱洪豪说:"我们这一行有规矩,算卦一定要收卦金,不然对算命者不利,对泄露天机者也不利。但也有三种情况是不收卦金的,阳寿将尽者不收,大祸临身不可避者不收,再无好运者不收。至于多少呢,我们的规矩是富贵者多收,贫贱者少收。"说着,看了看一旁的布莱特,说:"布先生明天要远渡重洋,此时此刻最好是算上一卦。当年日本人叫杜先生为他们做事,杜先生半夜登门请我算卦,我让他远避香港,才逃过了一大劫难。"

布莱特笑笑说:"我哪敢自比杜先生,我来中国这么多年,知道你们有一句老话叫做听天由命,做什么事都要应天时顺天命,就走一步看一步吧。"

一旁的仇连升忙说:"布先生不要误会,刚才洪豪兄说的富贵

423

者多收、贫贱者少收，确实是他们这一行的规矩，不过多与少只是相对而言，绝不可能对你狮子大开口的，洪豪兄你说对吗？"

朱洪豪连连点头："我先算一卦，卦金随意。"说着，伸手推开面前的杯筷碗碟，又让阿苇到厨房拿来一块干净抹布，将一小块桌面擦净后，从口袋里摸出三块铜板，就要开始算卦。

布莱特伸手拦住说："这样吧，今天是要请朱先生算上一卦，不过不要为我算，在座各位谁想算谁就算，今天的卦金都由我出。"布莱特虽然极为迷信，但他并不相信算命占卜，只相信胡大厨偶然大量放盐之类的细节，因为他始终认为，上帝的暗示不会通过任何语言传递。

仇连升没等朱洪豪说话，抢道："布老板自己不算，但可以为千金芬妮算一算，未来的东床快婿到底是谁。"这话引来一桌人的笑声，连西餐那桌的人也抬眼观瞧，菲兹曼太太和芒斯等人干脆端着酒杯走了过来。

芬妮满脸娇羞，连连向众人摆手，双眼看着周鼎。阿苇狡黠地一笑，也看着周鼎。一个显然在求助，另一个似乎在说，现在就看你了。

周鼎站起身来，扫视了一圈，说："在我小的时候，就知道法租界里的人都把诺曼底公寓叫做船房子，一开始我还不懂，后来大了一些，才发现这幢大楼造得确实像一艘巨轮。我们今天聚会的布莱特先生的房间，正处于顶楼船头，公寓里的人喜欢把它叫做船长室。这样说的话，我们每一个住在公寓里的人都是乘客，我们的命运就是这艘船的命运，这艘船的命运也就是我们的命运。"

这话引来众人面面相觑，芬妮疑惑地问阿苇："小钉子喝醉了吗？"阿苇一笑，将一根白皙的手指放在嘴唇上。

周鼎看着朱洪豪说："朱老伯，今天能不能请你给诺曼底公寓算一卦，看这幢船房子接下来命运如何？"

朱洪豪两只小眼睛转了两圈，连连摇头说："我向来只给活人算命，从来没有……"布莱特打断道："小钉子的主意好，我出双倍的卦金，朱先生你就破个例吧。"阿苇也连声说好："朱老伯，你今天给诺曼底公寓算了卦，以后传到外面，说不定大大小小的楼房都要来找你算卦，只有你算过的才是吉屋，才卖得出钱。"

在众人的怂恿下，朱洪豪抓起桌上的三个铜板，嘴里一番念念有词，然后将铜板一一旋转，每转一轮便用食指蘸着杯中黄酒在桌上做个记号，连转六轮之后，桌上显现一个图像：底下是三根直线，上面是三根中间中断的线。

朱洪豪摸了摸凹陷的双颊说："我朱某人算卦一甲子，这还是头一回给冷冰冰硬邦邦的东西算卦，你们看明白了吗？"

众人面面相觑，周鼎说："这是六十四卦中的第十一卦，泰卦！"

朱洪豪有点吃惊，看着周鼎说："小阿弟真是见多识广，不光有生意头脑，连算卦都懂，那你来说说这一卦吉凶如何？"

"小往大来，吉亨。我只是略知一二，不知说得对不对？"周鼎道。

朱洪豪微微点头，说："此卦是异卦相叠，乾为天，为阳；坤为地，为阴，阴阳交感，上下互通，天地相交，万物纷纭。"

听到这里，阿苇已不耐烦，问："那你说到底好还是不好？"

"小阿苇还是这么急脾气，这一卦当然是如意吉祥之卦，若是放在一个人身上，那是无论做何事都一片和气，万般皆好。"朱洪豪这番话，引来一片"啧啧"声，仇连升借着酒意跟布莱特打趣道："布先生，诺曼底公寓得了这么一个好卦，你干脆留下来吧。你又不是梅兰芳，他去美国万人空巷，你去美国没有人睬你的。"

朱洪豪端起酒杯一饮而尽，说："各位听我说，我算卦跟别人不一样，别人要么专挑好的说，这叫捧一捧，要么专挑坏的说，这叫吓一吓。我是实话实讲，万事万物皆对立转化，盛极必衰，衰而转盛，故应时而变者泰。此卦虽好，但万事物极必反，而泰极则否来。"

这番话说得声音不响，众人听在耳中，却觉得嗡嗡作响。仇连升打了个酒嗝，对布莱特说："看来这一卦玄机很深，不过你还是应该留下来。以后这艘大船是一路顺风还是触礁沉没，都靠船长室里的布船长掌舵指挥啊。"

布莱特摸摸鼻子，感慨地说："我虽然在这个船长室住了十多年，但这艘大船哪里会听我指挥。其实，我们谁都不知道未来会驶向哪里，因为开船的从来就不是我们。"

算卦只是助兴，没一会儿一桌人都已把它抛之脑后。布莱特看着一桌子的宁波菜，每个菜也都吃了一两口，虽然他一直不太接受中餐，但他暗自点头，心想："这几年胡大厨的厨艺大有长进，每道菜都做得咸淡适中、色味俱佳。"只是，那道他寄以特别期待的红烧鲳鱼，却迟迟未上。

而且，胡大厨已经有半个多小时没有上菜了。阿苇妈好几次抬头看厨房，她示意阿苇进去看看。过了几分钟，阿苇从厨房出来，在她妈妈耳边说了几句，阿苇妈面现诧异之色，连忙站起身走向厨房。却见厨房门打开,站在门里的是满面春光的胡大厨和面露无奈的葛妮亚。

"让大家等得心焦了,这是一道宁波普通人家的家常菜,叫做红烧鲳鱼,因为布莱特先生和芬妮小姐特别喜欢,所以今天的最后一道菜就是它了,用唱戏的话来说,就是压大轴了。"说着,从厨房里推出一辆小推车,上面放着一个大盘子,盘子上盖着一个西餐用的餐盘盖。

小推车在布莱特和芬妮身边停下,胡大厨笑着说:"布莱特先生,芬妮小姐,你们来动第一筷。"正要伸手揭开餐盘盖,却被站在芬妮身后的马尔基尼奥拦住:"芬妮最爱吃的菜,要让芬妮来揭盖。"然后,俯身抓着芬妮圆润的手掌,伸向餐盘盖。

"等一等!"周鼎突然站起身走过来,说:"布莱特先生,既然这道菜这么重要,那就应该今天在座的每个宾客都能吃上。假使你一筷子我一筷子,不但不卫生,而且吃相难看,还是请胡大厨回到厨房切分好以后,再拿出来吧。"

阿苇和阿苇妈连声说好,阿苇妈更是推着推车就要回厨房。胡大厨伸手一把拉住,说:"分拆鲳鱼最方便了,不过今天这条鲳鱼不但特别大,而且做法很特别,一定要让大家先看看摆盘。"说罢,不顾阿苇妈的阻拦,猛地揭开餐盘盖,屋内众人目光全部聚焦餐盘里的鲳鱼。只见这条鲳鱼身长足有七八十公分,比初生婴儿还大,看分量大概有将近十斤。但更让大家吃惊的是,这道胡大厨嘴里的红烧鲳鱼,汤色奶白,未见一点酱油的影子,而一起煮的则是胡萝卜、洋葱、土豆、西蓝花、青豆、玉米粒等众多西餐配料,硕大的鲳鱼身上洒满了一层密密的深色粉末,芬妮鼻子尖,说:"胡大厨你真好，我很喜欢胡椒味，你特地加了这么多黑胡椒。"

布莱特眉头紧皱，问："胡大厨，我不是让你做红烧鲳鱼吗？"胡大厨愣了一下，马上说："对啊，是红烧鲳鱼，我放酱油了。就是不敢多放，就放了一点点。"

布莱特心想："放不放酱油问题不大，我事先关照过他，叫他不要怕咸，也可能放了不少盐。"他拿起芬妮手中的筷子，略显笨拙地夹上一块鱼肉，放在嘴里。众人看着他的脸突然扭曲，又见他再次下筷，这次还将鱼肉放进汤里浸了浸，才放进嘴里，这时他的脸已经变形，低沉着声音问："胡大厨，你连盐都没放？"

胡大厨露出孩子般的笑容说："放了的，也只放了一点点。"

"我让你做红烧鲳鱼，结果酱油你只放一点点，我让你做这个菜不要怕咸，结果盐你也只放一点点，你没听懂我的话吗？"

见布莱特火气不小，胡大厨的脸上依然挂着笑容，只是笑得有点尴尬，说："我晓得的，你说不要怕咸是说反话，以前我几次做红烧鲳鱼都太咸，后来你找了个借口，说我偷偷地在菜里放猪肉和猪油，叫我卷铺盖了。其实我心里明白，哪有人不爱吃肉的，肯定是以前我做菜太咸了你还记仇。"

阿苇笑了一声，赶紧捂住嘴。布莱特瞪着胡大厨，半天说不出话，客厅的空气有些凝固。周鼎走过来说："刚才阿苇从厨房出来，跟我说他爸爸忘了放酱油，做的不是红烧鲳鱼。其实胡大厨跟我说过，他今天就是要做一道西式鲳鱼，特别为布莱特先生和太太送行。至于红烧鲳鱼么，接下来马上会再做一条。"

周鼎虽不知道布莱特吃红烧鲳鱼的真实意图，但他见布莱特对这道菜如此重视，必有其道理。方才他想在揭盖前撤回厨房重新做,现在只能让胡大厨再做一条。阿苇妈已经拉着胡大厨进了厨房,胡大厨说大鲳鱼只此一条,剩下只有几条小鲳鱼。阿苇妈低声说:"你没看出来,布莱特不在乎大小,就是要红烧。"胡大厨愤愤道:"弯弯肠子这么多,我又不是他肚皮里的蛔虫!"

晚宴结束于几条红烧小鲳鱼。很多时候,胡大厨的急就章,要比他精心烹制的菜肴更鲜美,今天也不例外。但即便芬妮吃得放不下筷子,布莱特还是满心烦躁,因为他期待中的事情并没有发生,换言之,上帝这次没有通过盐来给他暗示,这让他对即将开始的新生活产生了巨大的无力感。

等菜肴撤下、唱机打开,客厅顿时变成了舞池。按惯例,第一支舞由今晚的主人跳,兴致不高的布莱特搂着夫人草草了事。紧接着,马尔基尼奥拉着芬妮走下舞池,菲兹曼太太却没有和芒斯跳,而是主动邀请了周鼎。

一曲终了,周鼎环视客厅,却没见阿苇的影子。他在环廊上走了一圈,才看到一个娇小的背影倚着朝北的栏杆。

"小钉子,你还记得那年小日本打进来,我们都站在这里看吗?"阿苇没有回头。

"阿苇,你怎么知道是我?"周鼎与阿苇并肩而站,一起向北远眺。

"你来这个公寓时多大?"

"我五岁那年,我爸爸来这里当看门人,就带我一起来了。你是多大的时候来的?"

"我四岁来上海,下船的时候下着大雨,我和我爸爸在布莱特先生的店门口滑了一跤，布莱特说这是好兆头，因为虞洽卿当年下船也摔过一跤，收留他的店主后来发了大财。我们一家就在店里住了下来，后来布莱特做生意发了财，就带着我们一起搬进了这个公寓。那年我七岁。"夜幕中，阿苇的双目晶莹光亮。

周鼎点点头，继续望着远方说："那时候，住在这个公寓里的都是洋人，我们中国人只能当仆人、开电梯，我一度很讨厌他们，为什么我们中国的地盘上住着这么多洋人，他们开着汽车、抽着雪茄、喝着洋酒、赚着大钱。"

阿苇转过头，看着周鼎问："现在呢，你现在还讨厌洋人吗？"

"还是很讨厌，但只讨厌那些作威作福的洋人。这些年，我发现有不少洋人虽然在这里赚了钱，但那是因为他们贡献了自己的智慧，就像这幢公寓的设计师邬达克；还有些洋人靠聪明才智经商发财，就像布莱特先生；还有些洋人敢当面骂小日本，像菲兹曼先生；还有些洋人为自己的信仰而死，像小斯特伦堡先生；还有些洋人把绝密消息透露给他并不喜欢的犹太人，只为人性的高洁，像黑塞医生……"周鼎说着，依然目视远方。

"可是他们有的已经走了，有的很快就要走了，以后的上海还会有这么多洋人吗？"

"可能吧，有时候走的人会多一些，有时候来的人会多一些。当水草丰美的时候，大鱼小鱼都会游过来；当水质败坏的时候，大鱼小鱼都会逃出去。所以，人总是成群结队而来，成群结队而走。我想，租界以后不会再有了，上海依然是上海，它从来不管你是从哪里来的，各自凭本事，来去都是自由的。"

阿苇轻轻叹了口气说："小钉子，你说的话，我有的听不明白，我也不想弄明白。我明天就要去香港了,现在你还在跟我聊洋人。"

"阿苇,我们不是早就说好了吗,你们全家先去香港,我留下来打理米行歇业的事,还要把我的洋布行转手,然后我就来香港跟你们团聚。"

"不仅仅这两件事吧?"阿苇轻轻一笑问。

"对,布莱特先生还要我照顾芬妮,等他们到了美国办好手续后,我把芬妮送上船就行了,这不会花很长时间的。"

阿苇又转头看着夜空,问:"布莱特是不是让你明天起搬到船长室,来陪伴芬妮?"

"是的,不过我不会搬上来的,芬妮有葛妮亚照顾。阿苇,等我办好那两件事,然后把芬妮送上去美国的船,我第二天就登上去香港的船。"

阿苇俏丽的脸上生出几分愠色,说:"你想没想过,假使布莱特的船在大海中沉没了,假使他们到了美国,一年两年三年都办不出芬妮的签证,假使上海的码头封锁了,一艘船也不让出海,你怎么办?过几年,你倒是真的来香港跟我团聚了,只是还带着芬妮和你们的孩子!"

说到这里,阿苇的眼中噙满了泪水,周鼎则忍不住笑出了声:"这样吧,今天是一九四六年七月十一日,我对着月亮发誓,半年之后如果我周鼎不来香港,就……就像黑塞医生那样,从楼顶上跳下去。"

阿苇的泪水已经滑落,大声道:"你说这些有什么用?我不要你跳下去,我要你好好活着,明天跟我一起走!"

周鼎伸手将阿苇拥入怀中,阿苇性情激烈,双手拍打着周鼎前胸，双脚边跳边踢。周鼎并不说话，只是紧抱着阿苇不松手。过了好一会，阿苇才慢慢平静下来，将头埋在周鼎的胸口，久久不语。

客厅里的音乐停了一会儿，几声脚步声传来，周鼎低声说："芬妮来了。"阿苇"嗯"了一声，并不离开周鼎的怀抱。

脚步声来到身后，只听芬妮惊讶道："我还以为你们中国人从来不拥抱呢，马上跳最后一支舞了，我爸爸让我来叫你们。"

布莱特看到周鼎和阿苇进来，只是微微点点头，但最后一支舞曲并没有播放。他转头看着房门，似乎在等什么人。

马尔基尼奥看到阿苇脸颊晕红，还带着点点泪光，问周鼎："你刚才在外面求婚了？成功了吗？"周鼎一笑说："我们中国人没有求婚这个说法。"意大利人摊手耸肩说："不求婚怎么结婚？你们中国人难道直接上床，比我们意大利人还浪漫？"

这时客厅里一片安静，这番话引来一片哄笑，阿苇的脸更红了，正要开口驳斥，却听胡大厨问："周鼎要结婚了吗？跟谁？"

这话引来更大的哄笑，阿苇妈白了他一眼说："别说话，跟你没关系。"胡大厨奇道："你不是说要把阿苇嫁给周鼎，他现在要跟别人结婚，我怎么不能问？"

这次的哄笑声更响，令楼下的行人都驻足，抬头朝着灯火通明的船长室张望。但笑声瞬间停顿，因为从船长室的门外，悄无声息地推进一辆轮椅，一条长长的毛毯将上面的人盖得严严实实，只露出一张苍老瘦削的脸。

"菲兹曼先生！"众人惊叫起来，周鼎快步走上前，扶着轮椅说："菲兹曼先生，菲兹曼先生！"菲兹曼双目似睁非睁，脸上毫无表情,从嘴唇一角流下一道口水。

"他从监狱出来就是这样,多亏了那个日本人吉永医生的救治,他活是活了下来,但他的灵魂已经不在这个世界上了。"菲兹曼太太将轮椅推到客厅中央,"今天是船长室的告别晚宴,我们也在这个屋子里住过几年。下个月我们就要回法国了,他虽然看不到听不见,但我还是要带他来跳最后一支舞,也算是我们的告别吧。"

布莱特对马尔基尼奥说:"放音乐吧。"意大利人手中拿着好几张唱片,问:"放哪一首曲子?"芬妮大声说:"放《毛毛雨》!"

布莱特刚要阻止,马尔基尼奥却连声说好:"芬妮真是音乐天才,《毛毛雨》是我听过的最好的中国歌曲。"说着,他扭着腰手舞足蹈地唱了起来:"毛毛雨,下个不停;微微风,吹个不停;微风细雨柳青青,哎哟哟,柳青青……"

唱机里,传出柔情娇媚的女声,意大利人停止了自己的歌唱,拉着芬妮进入舞池。菲兹曼太太推着轮椅也开始舞蹈,布莱特夫人担心菲兹曼会掉下来,菲兹曼太太掀开毛毯一角给她看,原来菲兹曼被绑在了轮椅上。

周鼎和阿苇、布莱特和夫人、阿克塞尔和夫人,芒斯邀请斯特伦堡夫人,归一带着羞怯的阿玖,都先后下了舞池。阿苇妈叫胡大厨一起跳,胡大厨却连连躲避,被阿苇妈一把拉了过去。见葛妮亚落单,孟祥邀她一起跳。仇连升看看四周,见已没有剩下的女宾可邀,突然瞥见阿克塞尔家的那对双胞胎也手拉手下了舞池,茅塞顿开,对朱洪豪说:"老朱,你算了一辈子命,有没有算到有一天要跟一个麒派老生一道跳舞?"

一九四六年炎热的夏夜,一场最后的舞会在诺曼底公寓顶楼

433

举行。舞池中，无论是洋人还是华人，都不知明天会怎样。但今夜，他们放下一切，只想在舞蹈中寻求安慰，回味在这幢公寓里的时光。他们中，有的人泪流满面，有的人似笑非笑，有的人面无表情，还有的人醉态可掬。而伴随着他们舞蹈的，则是一曲中国的流行歌曲：

  毛毛雨　打得我泪满腮
  微微风　吹得我不敢把头抬
  狂风暴雨怎么安排
  哎哟哟　怎么安排
  莫不是有事走不开
  莫不是生了病和灾
  猛抬头　走进我的好人来
  哎哟哟　好人来
  ……

尾声

上午九点，布莱特订好的四辆汽车停在诺曼底公寓门口，根据他的安排，两辆车坐人，两辆车拉行李。归一、孟祥和胡大厨等人在船长室进进出出，他们负责将行李搬上电梯；而周鼎、阿苇和阿苇妈等则守在公寓门口，他们负责区别不同的行李，搬上不同的汽车。

"这个箱子搬到第一辆车，那个上第二辆车。"阿苇大声指挥着搬运工人，转头问："妈，为什么昨天半夜要把我们的行李搬到船长室，跟布莱特先生的混在一起？"

"不能让别人知道我们要走了，所以不能带着大包小包的行李，等一会儿我们出门就空着手，就像去码头送布莱特先生和夫人。"阿苇妈低声说。

"可是，我不想走。那个坏老头说你是米蛀虫，说你是汉奸，你和爸爸去香港避一避不就行了，让我留下来吧，这里有小钉子和芬妮，肯定比香港好。"

阿苇妈苦笑着，她并没有把程如沫看上阿苇的事告诉女儿，周鼎插话道："要避就一起避，万一他们把你当小汉奸抓起来呢？"阿苇瞪了周鼎一眼，说："你就这么想叫我走啊，那好，我才不稀罕留下来呢。"说着，赌气走到门厅里，不再指挥搬运工人。

一辆电梯门打开，装束整齐的布莱特夫妇走出电梯，后面是穿着居家服的葛妮亚。三人走到骑楼下，葛妮亚还没开口已经泪流满面，布莱特夫人轻声安慰着她。葛妮亚哽咽着说："你们放心，我会好好照顾芬妮的，到了美国也不用着急，先找房子，再开公司，事情都办好了再把芬妮接过去。如果那里不好，就回来，我这辈子没见过比上海更好的地方。"

布莱特夫妇连声说是，布莱特看了看四周，问："芬妮呢？"

周鼎和阿苇再次来到船长室，一个个房间找过来，却哪里有芬妮的影子。周鼎正要回身下楼，阿苇站在客厅里轻轻叹了口气："小钉子，你还记得小时候我们一起听《毛毛雨》，后来站在环廊上看着闸北的战火，再后来日本投降了，我们就在这个落地窗外拥抱庆祝吗？"

看到阿苇白皙的脸颊透着一层晕红，周鼎说："我就记得我们抱在一起，亲啊亲啊，停都停不下来。"阿苇的脸犹如昨天船长室外的晚霞，急道："什么亲啊亲啊，哪有这么长时间，明明只亲了一下。"

周鼎走上前，抱着她纤纤细腰低声说："阿苇，我们再重温一次好吗？"阿苇抬着头不说话，慢慢闭上了眼睛。

时间在船长室停滞了，不知过了多久，走廊上传来急促的脚步声，虚掩的房门被一把推开，有个人走进来大声说："你们要吃鸭胀吗？"

周鼎和阿苇赶紧各自退开半步，抬眼看到芬妮笑吟吟地站在对面，手里举着好几个油纸包说："我刚才去那家小饭馆买零食，你们亲累了可以吃一点。"

三人来到楼下，阿苇看了一眼紧闭的看门人小屋，说："曹叔出去了吗？真想跟他告个别。"周鼎还没回答，大门外的阿苇妈连声招呼他们赶紧上车。

从马路对面的别墅大门里，走出一个戴金丝边眼镜的人来，这人穿过马路，径直朝公寓大门走来。"阿苇妈，出门啊，去哪里？"这人嘴里说着，眼睛死死盯着阿苇。

"程先生啊，今天我的老东家布莱特夫妇去美国，我们去码头送一程，当年我们一家从宁波来上海，就是布先生收留的。"阿苇妈不紧不慢说着，显然这是早已准备好的台词。

程如沫嘿嘿笑了笑，说："送老东家这是人之常情，不过不要一送送到美国去啊。"不等阿苇妈说话，他摆摆手说："说句戏话，美国人怎么可能给你这样的人发签证呢。我是想再提个醒，还有六天，我们说定的时间就到了。"

四辆车缓缓驶离诺曼底公寓，布莱特夫妇回头看着大楼，布莱特夫人问："我们还会回来吗？"布莱特默不作声，只是久久地凝望着。

太古码头上，两艘轮船并排停泊着。左边是美国轮船"戈登号"，目的地是旧金山；右边是英国轮船"康沃尔号"，目的地是香港。

阿苇妈一家站在"戈登号"的舷梯口，跟布莱特夫妇话别。胡大厨说："等你们从美国回来，我再给你们烧红烧鲳鱼，酱油和盐都只放一点点，保证不会咸。"布莱特抬头看着阴沉的天空，叹口气说："如果真的有那一天，你还是照你原来的做法做，我再跟你说一遍，我不怕咸。"胡大厨笑着答应，心里却想："你每次话都说得漂亮，到时候真烧咸了，你肯定骂我，我才不上你这个当。"

阿苇妈一直在观察前后左右，当确定没有程如沫的手下尾随，才松了口气说："布先生，布太太，我们到香港安顿好，会把地址和电话号码告诉小钉子，由他转告你们，你们到了美国也要告诉我们地址和电话。我们的船马上要开了，你们一定要平平安安、顺顺利利的。"阿苇妈抹了抹泪水，拉着胡大厨和阿苇往"康沃尔号"舷梯走去。

芬妮早就哭成了泪人，拉着阿苇的手，也一路跟了过来。走到舷梯口，芬妮看了看自己身上，先是想把手上的戒指摘下，但摇摇头摘下了脖子上的项链，给阿苇戴上说："那个戒指是黑塞先生送给我的，不能给你。就送给你这根项链吧，这是在我的成人礼上，我爸爸送我的，你以后看到它就能想起我。"阿苇摘下手上的玉镯说："这是我妈开了面包房后给我买的，你可别打碎了。"但芬妮手臂比阿苇粗了不少，一时居然戴不上去，只得向阿苇妈求助。

阿苇趁机问周鼎："小钉子，你准备送我什么，一个小钉子吗？"周鼎摸了摸口袋说："小钉子还真的没带小钉子，我有一封信给你，你上了船再看。"说着，将一个信封塞到阿苇手中。阿苇转过身，背对着芬妮，将信封折得很小，才塞进了口袋。

汽笛声中，"康沃尔号"缓缓驶离码头，阿苇站在船舷，哭着大声说:"芬妮,我们一定要再见!小钉子,你这个笨蛋,我没耐心等的,你早点滚过来!"

目送着"康沃尔号"在黄浦江上渐渐变成一个黑点,周鼎扶起哭倒在地的芬妮,往"戈登号"慢慢走去。远远看到,布莱特正跟一个穿灰色长衫的男人说话,芬妮嘟囔了一句:"这个青面怪人怎么又来了?"走到跟前,汪步青看了看芬妮,面无表情地说:"芬妮,祝你一路平安。"芬妮诧异道:"我又不去美国,你应该祝我爸爸妈妈一路平安。"汪步青追问:"你真的不去?一个人留在诺曼底公寓。"芬妮点头说:"我爸爸妈妈先去,再说我也不是一个人,还有葛妮亚和小钉子陪我呢。"

汪步青看了一眼一旁的布莱特,说:"那就祝你和夫人一路平安吧。那笔钱还要麻烦你到了美国就汇给我,要不然我不能保证芬妮能登上去美国的轮船。"对布莱特拱拱手,便往外走去。

周鼎看着汪步青的背影,低声问布莱特:"他又来敲诈你?"布莱特紧盯着远去的汪步青说:"他最近一直在敲诈我。十几年前,我跟他合伙搞到一只小皮箱,里面装满了金条和首饰,我按市面价钱分了他一半的钱,他当时很满意。但最近却来找我,让我再给他十万美金,要不然就去告发我。"

听这话,周鼎脑子里嗡的一声,急问:"那是一只什么样子的皮箱?"布莱特用手比划了一下,说:"深咖啡色,非常牢固,我找人费了很大劲才打开。"周鼎血往上涌,抓住布莱特的双臂说:"在哪里,你把这个皮箱藏在哪里?"

周鼎的反应似乎在布莱特的意料之中,他看了看四周,此时已临近开船,大多数乘客已经上船,码头上只剩下送行的人。布莱特从口袋里掏出一张纸,展开递到周鼎眼前。

周鼎一看,这是诺曼底公寓汽车间的平面图,在一个角落画着几道虚线和实线。布莱特问:"记住了吗?"见周鼎点头,他掏出一只打火机,便将那张纸点燃了。看着随风而逝的黑色纸屑,布莱特凑近周鼎耳边说:"你找个夜深人静的时候,砸开地图上标志的那个地方,向下深挖五米,你要找的箱子就在那里。"

周鼎瞪大着眼睛问:"箱子里面的东西还在吗?"

"我没有动过,原来我是想带去美国的。去年我从隔离区出来,你把帮我卖药的四十二万美元都给了我,我当时就在想该怎么报答你。你不要问我当时是怎么搞到箱子的,我们犹太人为了钱有时候会不择手段,因为身处绝境时,钱能买到命。"

布莱特往远处看了看,汪步青的背影消失在了视野外,低声说:"我不知道因为丢失这个箱子,你父亲这些年遭遇了什么。所以你不用感谢我,也不要仇恨我,箱子还给你,我们的账就此一笔勾销。但我还是要感谢你,你是个诚实精明的商人,也是个能干可靠的男人,我一直很想把芬妮嫁给你,但我知道这不可能了。"

"戈登号"拉响了汽笛,水手大声招呼码头上的乘客上船。站在舷梯口,芬妮扑在她妈妈怀中抽泣,周鼎对布莱特说:"你们放心,我会照顾好芬妮的。"

布莱特摸摸鼻子说:"其实芬妮的签证早就办好了,把芬妮留在上海只是一个烟幕弹,只有这样,汪步青才会让我们走,他以为芬妮还在他手上。因为要把戏演得毫无破绽,这件事只有我一个人知道,我太太和女儿都被蒙在鼓里。"

布莱特不管愣在那里的周鼎,转头对芬妮说:"你先送我们上船,等船快开了你再下来吧。"说着,拉着夫人和芬妮走上了舷梯。芬妮回头问周鼎:"小钉子,你不上来吗?"

周鼎满含着泪水,轻轻摇了摇头。三个人走上甲板,布莱特回身倚着栏杆眺望着外滩,问周鼎:"这座城市是建在地狱上的天堂,你知道我最爱她什么吗?"不等周鼎回答,大声道:"英雄不问出处!"

这时,水手们开始撤舷梯、解缆绳,芬妮惊道:"爸爸,我还没下船呢。"布莱特抓住芬妮的双臂说:"芬妮,我们一起去美国。跟小钉子告别吧,跟上海告别吧。"

布莱特夫人大吃一惊,芬妮则边哭边叫:"小钉子,这是怎么回事,你站在那里干什么,快来接我下船!"周鼎的泪水早已倾泻而出,叫道:"芬妮,你去吧,我会想你的!"

轮船缓缓驶离码头,周鼎一路跑一路喊,船上的芬妮挣扎着想跳下船,被布莱特夫妇紧紧抱住,几个水手惊讶地看着这一幕。此时,一阵大风刮过,紧接着下起了大雨。风雨中,芬妮的喊声渐渐远去。

回到诺曼底公寓,周鼎第一件事是去找曹鲁。但看门人小屋紧闭着门,一旁的电梯里探出一张脸,二十多岁的模样,皮肤略黑,一口龅牙很是醒目,走过来说:"周先生,我是新来的电梯工,你叫我小鲍就好。曹叔今天一早就出门了,他留了封信让我交给你。"

周鼎道了声谢,转身走上电梯。来到五楼,开门进屋,马上将门反锁,在书桌前坐下,拆开信封掏出信纸,展开后见上面写着:走了,勿念。

周鼎不禁哑然失笑，曹叔以最简洁的方式跟自己道了别，却不知再见是何年。他把信纸重新装进信封，书桌上放着的一沓信纸，上面一张有涂改的痕迹，这是他写给阿苇那封信的底稿。

周鼎拿起信纸，又读了一遍：

不是每一个路口

都有这样的风情

不是每一个你我

都有这样的窗棂

我的指尖

曾轻轻滑过你的掌心

你的双眸

能击破一切电闪雷鸣

阴雨中　夕阳里

印刻着多少个衣香鬓影

窗台边　环廊上

多庆幸有你让我不独行

船房子　船长室

身后留下了数不尽的荏苒光阴

我只愿将此生

同你一起超然远引

读罢，周鼎轻轻拭泪，站起身走出房间，沿楼梯拾级而上，来到顶楼船长室。门虚掩着，周鼎走到客厅，只见两个异国老太太紧挨着，正喝着下午茶，在轻轻的微风中，两人的白发正各自起舞。

胖胖的葛妮亚忙问："芬妮呢，她又去买吃的了？我早就给她做好下午茶点了。"周鼎走到她跟前，轻声说："芬妮跟着她爸爸妈妈，一起走了。"

葛妮亚大惊失色，被饼干呛得剧烈咳嗽，说："她不是没有签证吗，怎么就走了，就让我一个人留在这里，我怎么办？"

周鼎从口袋里掏出一沓美元，塞到葛妮亚手中说："这是布莱特先生让我交给你的，你用这笔钱可以继续在这里生活，也可以回到你的国家去。"

葛妮亚哆哆嗦嗦拿过钱，说："你知道吗，我来布莱特先生家里当厨娘，有十九年了，他只给我涨过两次工钱。这次怎么这么大方？"葛妮亚一边擦拭泪水，一边摇头。

周鼎笑了笑，没有接话，对坐在葛妮亚周边的干瘦老妇说："斯特伦堡夫人，你打算回荷兰吗？"

斯特伦堡夫人淡淡地说："我的丈夫在这个城市消失了快二十年了，但我觉得他还在这里，我要等到跟他团聚的那一天。如果我走了，他回来找不到我怎么办？"

周鼎点点头，缓步走到环廊上，抬头眺望西面的天空，半轮红日正放出半红半金的霞光，片片云彩像各种燃料桶倒翻了那般，身披各色的光泽在天边快速流动。他又低头看着脚下马路上的车辆和行人，几乎每个人头上都泛着金光，身上的衣服也被霞光染成各种奇怪的颜色。看着看着，一种从未有过的孤独感将他紧紧包围。

从船长室出来，顺着楼梯慢慢下楼，周鼎心里盘算着今天深夜要去汽车间，将布莱特深埋的皮箱取出。但取出后怎么办呢？父亲不知下落，曹叔也不告而别，如果不能将那只皮箱物归原主，自己又怎么能一走了之，去香港跟阿苇团聚？

不知不觉走到底楼门厅，他听到身后一阵脚步声，开电梯的小鲍跑过来递上一把雨伞："周先生，今天的雨下下停停，你出门还是带把伞保险。"周鼎接过雨伞，道了声谢，小鲍满脸堆笑说："周先生客气啥，你是这里的主人，我当然要服侍好。"

周鼎望着空空的门厅，缓缓道："诺曼底公寓没有主人，我们都是过客。"

2022 年 4 月 26 日初稿于龙萌村
2023 年 4 月 16 日改定于于龙萌村

后记
上海武康大楼下，万众举目在看什么

> 我始终相信，这幢大楼里曾经发生的故事，一定比建筑本身更精彩。于是，有了长篇小说《诺曼底公寓》。

大楼下面

这个世界上的事，是由无数个偶然构成的，但有些偶然其实是必然。如果没有那次超近距离的观察，我可能也会写长篇小说《诺曼底公寓》，只是要等待另一个偶然。

那是两年前，一个初秋的周末午后。我开车沿着淮海中路由东往西，开到那个著名的六岔路口，绿灯翻成了黄灯，我没犹豫，踩下了刹车。

后来想想，那个黄灯或许是故意为我设的，也是想考验我一下，如果我一踩油门过去了，后来的故事就是另一种叙述了。

停在第一排，就像坐在"VIP专座"，看一场没有导演，但全场整齐划一的大戏。红灯一亮，街边的人群一起潮水般涌向马路中央，大多数人站在斑马线上，也有不少人干脆走到路中心。不管站在哪里，所有人都举着手机，以面前那幢八层楼的红色楔形大楼为背景，疯狂自拍，有人在喊："诺曼底公寓！"

我摇下车窗，由左向右转动脖子，余庆路、天平路、淮海中路、兴国路、武康路这几个路口，还有人不断如飞蛾扑火，跳进灼热无比的路中央。变绿灯的瞬间，人海瞬间退潮，马路车行道上一片空荡。

这是有点魔幻的一幕。但近些年来，上海人已经慢慢习惯了这样的万众举目，对此情景不再大惊小怪，最多只是在节假日景象过于盛大时，才轻轻感慨一下："这真是值得研究的社会学课题。"

在曾叫诺曼底公寓的武康大楼下，这些自拍的人们，其中大多数是年轻人，他们到底在拍什么，在看什么呢？

大楼外面

答案或许五花八门，但有一点是肯定的，首先当然是看楼。

我虽从小生长在这座城市，但第一次听说武康大楼，已经上小学五年级了。那时候，班上有个小个子男生，坐在第一排，身后就是我。此人外号"小猴子"，自然非常捣蛋，班上几乎每个同学都被他惹毛过。有一天终于轮到我，下课的时候动了手，双方都破了皮。

"小猴子"虽欠打,但心软。下一节课下课时,见我依然板着脸,舔着脸皮来套近乎,说了一堆好话,说起他爷爷住在武康大楼,家里有四个房间,还有抽水马桶,说下次带我一起去玩。

周边好些同学凑拢过来,"小猴子"更加眉飞色舞,说那个大楼是三角形的,看上去就像一艘大船,顶楼最中间有一套最大的房子,有六七个房间,就像"船长室"。当时是二十世纪八十年代初,班上这些住在上海逼仄老城厢的孩子,难以想象还有这么大的房子,都觉得他在吹牛。但在我心中,对这座模样奇怪、内部奢华的大楼,有了点好奇心。

后来,数不清多少次从武康大楼跟前路过,当然也曾登堂入室。作为老上海第一座外廊式公寓大楼,因为地处六岔路口,只能依楔状地形设计,形成了狭长的楼身,而且呈约30°的锐角,再加上楼高近30米,从西面望去,便如一艘巨轮。

但一开始,我真觉得"小猴子"在吹牛,当时大楼的外墙陈旧且污损,上空的架空线更是杂乱无章,就如一个披头散发的老妪,枯坐在那里。

后来,上海要办世博会了。我又经过那里,外墙显然作了精心修整,架空线似乎也打理过了,就如一个洗了脸梳了头的中年妇人,施施然站在那里。又过了将近十年,再经过那里,索性连架空线都没了,就如一个容光焕发的少妇,飘飘欲仙地接受膜拜。

随着时间的流逝,我越来越发现,"小猴子"当年诚未欺我。但武康大楼渐成网红地标,且红得一发而不可收,就靠独特的巨轮外形?

大楼后面

我想，大楼底下无数举目仰望的人，他们还在看大楼背后的人。

有个名字，跟这座大楼紧密相连，叫做拉斯洛·邬达克，他是赋予大楼独特外形和舒适功能的建筑师。他的上海经历，现在是无数大楼仰望者心中的传奇。

1918年10月，一艘从中国东北驶来的日本轮船，抵达上海码头。20多岁的邬达克，一瘸一拐走在人群中。他是奥匈帝国的伤兵，是哥萨克人的俘虏，是不名一文的"洋瘪三"。

29年后的1947年，他带着家人搭乘"波尔克总统号"轮船离开上海，行李中装着两样笨重的东西——一张绘图桌和一扇木门。而无法带走的，是他在上海留下的上百幢单体建筑。

在逃亡上海之前，他只学习过建筑设计；在离开上海之后，他基本没有作品问世。很多人奇怪，这个连国籍都有争议的人，为什么能在上海如此成功。或许，邬达克脆弱的边缘人身份，使他更注意沟通，而他兼容并蓄的建筑理念，比傲慢的外滩建筑，更受华人业主的欢迎。

根据现在较权威的说法，邬达克是斯洛伐克裔、匈牙利籍。有人开玩笑道，他是"斯裔匈籍旅沪建筑师"。其实，完全可以说得更直白，他就是一个"上海人"。只有上海，才让这个身份存疑的人有了施展空间，因为上海从来都是英雄不问出处。

大楼里面

我觉得,仰望者们除了想看大楼背后的人,还会把目光投向大楼里面的人。

1924年,这幢大楼正式落成,因为投资者万国储蓄会的法商背景,起名"诺曼底公寓"。当时入住的以法国侨民为主,也包括一些欧美商人。上海字林洋行出版的英文《中国行名录》中称,诺曼底公寓的63户户主中,有嘉第火油物业公司销售总代理、美亚保险公司上海办事处经理、罗办臣央行老板以及西门子公司经理等。

大楼建成的最初十年里,是完全排斥华人入住的。当然,大楼里华人不少,他们都是仆人、司机等。直到1936年后,个别跟法租界有公务或商务关系的华人,开始可以入住。1941年,在"归还租界"的大背景下,大楼里又住进了一批华人。抗战胜利后,大楼被孔祥熙次女孔令俊买下,她本人也住了进去。1949年后,大楼产权收归国有,搬进了众多南下干部、文化界人士和行政人员等。

建筑里,只有住进了人,才有了灵魂。对一幢地标大楼的阅读,如果只停留在外形研究和建筑师介绍,而不触及里面的住户,是远远不够的。

目前,有详细档案资料可考的,基本上都是1949年后搬入的。越往前,住户们的面目越模糊,行迹越朦胧。因此,虚构成为一种必然。以小说笔法记叙二十世纪三四十年代,发生在诺曼底公寓里的风烟往事,或许也是献给这幢百年大楼的微薄寿礼。

我始终相信,诺曼底公寓里发生的故事,一定比建筑本身更精彩。

大楼上面

如果我也在大楼下面，我的目光不会只盯着大楼本身，会把视线慢慢抬高，直至越过顶楼傲然而立的"船长室"，看着大楼上空蔚蓝的天空和流动的浮云。我觉得，这是仰望的最高境界。

一幢百年建筑，是向现实、历史和人们的所思所想开放的。悠悠沧桑中，一切人与事，都是流动的浮云。沧桑看云，便是回望历史的诗意与不堪，回首命运的悲喜与跌宕。

小说《诺曼底公寓》以上世纪三四十年代的上海为时代背景，以法租界内的诺曼底公寓为舞台，以公寓小看门人周鼎的成长经历为主线，用文学方式去想象和描摹这幢著名建筑的前世今生，刻画了一组中外人物的悲欢离合。

在他们中，有白手起家的犹太富商，有古板固执的船公司经理，有忍辱负重的地下党员，有风骚迷人的法国美女，有性情迥异的异国姐妹，有善于经营的宁波少妇，有市侩善变的电梯工人，有神秘莫测的外国特工，有敲诈勒索的青帮人物，也有粗鲁狡诈的租界巡捕……

这是基于真实历史背景的虚构故事，是诺曼底公寓的爱恨情仇，是昔日法租界的市井百态，也是老上海的生命协奏。记叙大楼里的人，是记叙大楼曾经的往昔，记叙那个时代共同经历的历史，也是记叙这座城市不被忘却的记忆。

当我写完这部小说，情不自禁地想起，曾同窗的"小猴子"，已经走散了40多年；想起曾落魄而来的邬达克，已经离开上海70多年；想起大楼里的住户们，已经进进出出了近 100 年。他们以不同的方式，为大楼赋予了生命。我固执地相信，不仅他们是鲜活的，小说中那些虚构人物，也是真实的。他们肯定来过。

因为这是上海，一座比虚构更神奇的城市。

高渊

2023 年 10 月 7 日

图书在版编目（CIP）数据

诺曼底公寓/ 高渊著. -- 上海：上海文艺出版社, 2024
ISBN 978-7-5321-8685-3
Ⅰ.①诺… Ⅱ.①高… Ⅲ.①长篇小说－中国－当代
Ⅳ.①I247.5
中国国家版本馆CIP数据核字(2023)第220291号

发 行 人：毕　胜
责任编辑：江　晔　余　凯
封面设计：钱　祯

书　　名	诺曼底公寓
作　　者	高　渊
出　　版	上海世纪出版集团　上海文艺出版社
地　　址	上海市闵行区号景路159弄A座2楼 201101
发　　行	上海文艺出版社发行中心
	上海市闵行区号景路159弄A座2楼206室 201101 www.ewen.co
印　　刷	上海中华印刷有限公司
开　　本	890×1240　1/32
印　　张	14.375
插　　页	2
字　　数	320,000
印　　次	2024年1月第1版 2024年1月第1次印刷
ISBN	978-7-5321-8685-3/I.6838
定　　价	68.00元

告 读 者：如发现本书有质量问题请与印刷厂质量科联系　T:021-69213456